PETER GERDES
Verrat verjährt nicht

ZEITEN DER RACHE Leichenfund im Oldenburger Jachthafen – genau am Bootssteg der scharfzüngigen Journalistin Olivia Dressel. Die Platzierung des Ermordeten kann kein Zufall sein. Ebenso wenig die Häftlingsnummer Z 3030, die einem anderen gehört, auf dem Arm des Toten. Wo ist der Zusammenhang? Olivia, als Pflegekind aufgewachsen, interessiert sich nicht für familiäre Bindungen. Plötzlich sieht sie sich in die dunkle Geschichte gleich zweier Oldenburger Familien verstrickt. Gemeinsam verdienten sie an jüdischem Besitz. Dann kam der Verrat. Kann es sein, dass Verbrechen, die viele Jahrzehnte zurückliegen, noch heute Opfer fordern? Gibt es einen Rachefeldzug über Generationen hinweg? Hauptkommissar Stahnke, zurück an seiner alten Wirkungsstätte, greift auf der Suche nach Täter und Motiv weit zurück in die Vergangenheit, steigt hinab in dunkle Keller und hinter dichte Lügengespinste. Am Ende scheint die Lösung greifbar nahe. Aber ist sie auch zu fassen?

© Heike Gerdes

Peter Gerdes, 1955 geboren, lebt in Leer (Ostfriesland). Er studierte Germanistik und Anglistik, arbeitete als Journalist und Lehrer. Seit 1995 schreibt er Krimis und betätigt sich als Herausgeber. Seit 1999 leitet Peter Gerdes die »Ostfriesischen Krimitage«. Seine Krimis »Der Etappenmörder«, »Fürchte die Dunkelheit« und »Der siebte Schlüssel« wurden für den Literaturpreis »Das neue Buch« nominiert. Mit seiner Frau Heike betreibt der Autor die Krimi-Buchhandlung »Tatort Taraxacum« in Leer.

PETER GERDES

Verrat verjährt nicht

Oldenburg-Krimi

GMEINER

Immer informiert

Spannung pur – mit unserem Newsletter informieren wir Sie
regelmäßig über Wissenswertes aus unserer Bücherwelt.

Gefällt mir!

Facebook: @Gmeiner.Verlag
Instagram: @gmeinerverlag
Twitter: @GmeinerVerlag

Besuchen Sie uns im Internet:
www.gmeiner-verlag.de

© 2021 – Gmeiner-Verlag GmbH
Im Ehnried 5, 88605 Meßkirch
Telefon 07575/2095-0
info@gmeiner-verlag.de
Alle Rechte vorbehalten
1. Auflage 2021

Lektorat: Claudia Senghaas, Kirchardt
Herstellung: Mirjam Hecht
Umschlaggestaltung: U.O.R.G. Lutz Eberle, Stuttgart
unter Verwendung eines Fotos von: © Tobias Arhelger / shutterstock.com
Druck: CPI books GmbH, Leck
Printed in Germany
ISBN 978-3-8392-0089-6

Personen und Handlung sind frei erfunden. Ähnlichkeiten mit lebenden oder toten Personen sind rein zufällig und nicht beabsichtigt.

1.

Jedes Mal, wenn sie zustach, spürte sie diesen wohligen Schauder. Wie die pralle Haut unter ihrer Klinge knarrte, wie sich der Schnitt klaffend öffnete, wie das weiche Innere hervordrängte! Als würde sie einen Froschmann sezieren. Oder einen Orca schlachten.

Sie blickte hoch. Die polierte Oberfläche der Kühlschranktür zeigte ihr Spiegelbild. Hohe Wangenknochen, starkes Kinn, blaue Augen, Lockenmähne. Die vollen Lippen ihres breiten Mundes waren zu einem spöttischen Grinsen verzogen. Olivia Dressel, die Spottdrossel, den Spitznamen hatte sie sich redlich verdient. Sich selbst nahm sie dabei nicht aus. Nicht einmal beim Würfeln einer Aubergine hatte sie ihre Fantasie im Griff!

Aubergine, Zucchini, Knoblauch, Kräuter und Harissa, ab damit ins heiße Olivenöl. Schon wieder mediterrane Gemüsepfanne! Das Fleisch blieb im Gefrierfach. Nächstes Jahr wurde sie 40, da hieß es aufpassen. Momentan war sie zwar ganz zufrieden mit ihrem kraftvollen Körper und seinen Rundungen, aber mehr durften es nicht werden. Deshalb hatte sie für den Nachmittag auch zwei Stunden Fitnessstudio angesetzt. Ihre Zeitungsseiten waren schon zu, ihr Arbeitszeitkonto war übervoll; ein guter Tag, um Überstunden abzubummeln.

Beim dritten Bissen summte ihr Smartphone. Direkt neben ihrem Teller, da lag es immer. Falls die Redaktion anrief. So wie jetzt. »Was gibt's denn noch, Marco?«

»Guten Appetit! Na, was isst du gerade, blutiges Büffel-steak, selbst geschossen?« Kollege Marco Rosenfeld klang am Telefon viel selbstsicherer als im wahren Leben. Ein echter Telefonmensch, wie geschaffen für den Redakteurs-job, der immer häufiger am Schreibtisch stattfand.

»Schieß mal selber los«, entgegnete sie, ungeniert kau-end. »Du versaust mir doch wohl nicht den Nachmittag, mein Kleiner?« Ihr Kollege war einen Kopf größer als sie, aber in ihrer Gegenwart schien er immer zu schrumpfen; dabei gab er sich doch so hartgesotten, recherchierte selbst die übelsten Mordfälle, so wie neulich den Tod des dealen-den Nazi-Rockers mit der aufgeschlitzten Kehle. Hinter seinem Notizblock schreckte er vor nichts zurück, dachte Olivia amüsiert. Alles Fassade! Schade eigentlich, Marco war ein ganz leckeres Kerlchen, und dass er erst Mitte 20 war, störte sie nicht im Geringsten. Aber ein bisschen selbstbewusster mussten ihre Männer schon sein. »Ich muss mich an etwas reiben können, um mich an jemandem zu reiben«, hatte sie das mal ausgedrückt, in der Kneipe, unter Frauen und nach dem dritten Glas Weißwein.

»Nee, natürlich nicht. Ist nur eine Kleinigkeit.« Marco drückste herum. Damit fiel er bei ihr schon wieder durchs Raster. »Ist auch nur, weil du doch momentan die Ost-friesland-Seiten machst. Da kam gerade eine Meldung aus Völlen rein, die muss noch zu morgen mit.«

»Na und? Dann stell sie doch rein.« Sie ließ ihn zap-peln. »Rechts auf der Zwei, die Meldungsspalte, da ste-hen unten die DRK-Termine. Schmeiß die raus und stell die Meldung oben drüber. Ist doch kein Ding. Morgen schreibe ich einen Nachdreher.« Ihre Zeitung, die *Regio-nale Rundschau* in der alten Residenzstadt Oldenburg, war gerade dabei, ihren Beritt in Richtung Küste auszudehnen, weil das Leeraner Blatt den jahrzehntealten Kooperationsvertrag gekündigt hatte. Das bedeutete Krieg, deshalb hatte sich Olivia auch gleich für die neue Position gemeldet. Freie Hand und Konkurrenzkampf, so etwas liebte sie.

»Ja nee.« Ihr Kollege gab sich einen hörbaren Ruck. »Wir brauchen ein Foto, und von den freien Fotografen, die wir dort haben, hat keiner Zeit. Von uns hier in der Zentrale auch nicht.«

»Wie, und jetzt soll ich extra in die Sümpfe fahren, bloß, um ein Foto zu knipsen? Wovon denn überhaupt?« Sie schaufelte sich Gemüse in den Mund, soviel nur hineinpasste. Das Zeug schmeckte wirklich gut. Außerdem war ihr Widerstand in Wahrheit längst gebrochen. Also schnell hin, schnell fertig, dann blieb vielleicht noch Zeit für das Studio. Oder für ihr Boot, dort musste sie auch mal wieder nach dem Rechten schauen.

»Anschlag auf den Gedenkstein vor der Kirche«, sagte Marco.

Olivia prustete Auberginenstücke auf ihren Teller. »Wie bitte? Hat jemand das Ding in die Luft gejagt? Das hättest du gleich sagen sollen.«

»Nein, keine Bombe, aber ein Farbanschlag. Immerhin. Du weißt, das Ding ist sowieso brisant, seit die Sache mit diesem Johann Niemann aufgeflogen ist. Deswegen brauchen wir unbedingt ein Foto, die Fakten haben wir schon zusammen. Also, was ist? Nagelst du eben runter mit deinem Organspendermobil? Foto kannst du online schicken. Danach hast du frei.«

»Natürlich online! Das sagst du doch bloß, damit ihr mir die Rückfahrt nicht als Arbeitszeit berechnen müsst.« Sie nahm ihren Teller und stellte ihn auf die Spüle. »Und mach mir mein Moped nicht schlecht, verstanden? Wenn ich das nicht hätte, würdest du bei mir auf Granit beißen.«

»Moped! Selten so eine schamlose Untertreibung gehört. Höllenmaschine passt wohl eher.« Marcos Stimme war die Erleichterung anzuhören.

Sie musste lachen. »So was kann nur ein Weichei sagen. Sorry, nichts für ungut, aber – Weichei! Lass dich doch in die Gartenredaktion versetzen, oder hast du etwa vor Harken Angst? Die sind vorne ebenfalls aus Metall.«

»Nein, danke, ich bleibe bei meinen weichen Themen«, parierte Marco. »Solchen wie dieser ultrarechte Parteifunktionär, der gestern gegen eine Mauer gerast ist, weil sein Wagen die komplette Bremsflüssigkeit verloren hatte. Der ist jetzt butterweich, das kannst du mir glauben.«

Olivia lachte entzückt. »Oho, Marco! Willst du etwa doch noch auf Mann umschulen?«

Er lachte mit, gutmütig, wie er war. »Schönen Dank auch! Und treib's nachher nicht zu doll, nicht, dass mir Klagen kommen.«

»Wenn ich es irgendwo treibe, kommen nie Klagen.« Sie alberten noch ein bisschen herum, während Olivia sich in ihre Lederjacke zwängte. Die Lederhose trug sie bereits, die war einfach schick, wenn auch etwas warm im Sommer. Aber was tat man nicht alles für ein paar bewundernde Blicke.

Sie beendete das Gespräch und trat aus der Tür. Hinaus in die grüne Hölle. Ihr kleines Siedlerhäuschen in Drielake hatte über 1.000 Quadratmeter Garten, viel zu viel für ihren Geschmack. Wenn sie mit Mähen und Schnippeln an einem Ende fertig war, konnte sie am anderen direkt wieder anfangen. Meistens tat sie das nicht, was die Sache nicht einfacher machte. Zum Glück hatte sie tolerante Nachbarn. Das

Kifferpärchen rechts lobte sie sogar für ihren »Naturgarten«, während deren eigener an eine Müllkippe erinnerte. Und der alte Schulte links, der schon ewig dort wohnte und dessen Garten immer aussah wie geleckt, stutzte sogar die kleine Trennhecke auf ihrer Seite mit. Als Nachbar war der Mann ein Glücksfall, weil er nicht nur von Pflanzen, sondern auch von Motoren etwas verstand. Auf dem Weg zu ihrem Carport sah sie ihn drüben werkeln und winkte ihm zu.

Im Carport stand ihr roter Alfa Romeo Spider, klein und niedrig und so weit wie möglich hinten rechts in die Ecke gedrängt, als fürchte er sich vor dem anderen Fahrzeug, mit dem er sich den Unterstand teilen musste. Einem Klotz aus schwarzem Metall, der das Auto deutlich überragte, mit obszön unverkleideter Maschine und blanken Luftansaugstutzen, die wie Kanonenrohre aussahen. Die Yamaha V-Max, seinerzeit das erste Serienmotorrad auf dem deutschen Markt mit mehr als 100 Pferdestärken. Sogar mehr als 100 Kilowatt! Inzwischen war das keine Seltenheit mehr, aber dieses Monstrum mit seinen 262 Kilo Gewicht hatte einst den Bann gebrochen.

Sie stülpte den knallroten Helm über ihre Mähne und glitt in den Sattel. Dröhnend und fauchend erwachte der Motor zum Leben. Sanft gab sie Gas, ließ die Maschine niedertourig über den Hemmelsbäker Kanalweg rollen, um keinen Nachbarn vom Sofa zu scheuchen; hier am Stadtrand hielt man sich noch an die Mittagsruhe bis 15 Uhr. Erst hinter dem Bahnübergang gab sie kurz mehr Gas – und steckte sofort im dichten Stadtverkehr fest. Mit einem wirklichen Moped hätte sie sich jetzt zwischen den Autos hindurchgeschlängelt. Mit dem Monster tat sie das lieber nicht. Nicht hier, wo man sie kannte.

Statt sich durch die Innenstadt zu quälen, schlug sie den Weg zur Autobahn ein, nahm die Auffahrt Oldenburg-Ost, fuhr bis Eversten/Bloherfelde und nahm dann die B401, die in Hundsmühlen auf den Küstenkanal traf. Ab hier ging es mehr oder weniger geradeaus bis zur Abzweigung nach Papenburg. Trotz der Geschwindigkeitsbeschränkungen, an die sie sich weitgehend hielt, fuhr Olivia diese Strecke gern. Vor allem wegen des Kanals, dessen Wasser linker Hand immer wieder durch Baumreihen blitzte. Hin und wieder kam ein Motorboot in Sicht, dann reckte sie den Hals. Meist aber waren es behäbige Rentnerpötte, hoch und breit und mit allem Komfort. Olivia liebte es auch auf dem Wasser deutlich rasanter. Ihr eigenes Boot im Oldenburger Jachthafen legte Zeugnis davon ab.

Kurz vor der Abzweigung des Elisabethfehnkanals kam ihr ein niederländisches Binnenschiff entgegen, so groß, wie es gerade noch durch die Schleusen passte, hoch beladen mit Containern, einige davon knallbunt, die meisten matt und rostig. Wie hatten diese Blechbüchsen die Seefahrt verändert, weltweit, auf den Ozeanen wie auf den Flüssen und Kanälen! Albert Schulte, ihr netter alter Nachbar, schwärmte oft von den Zeiten, als Stückgut noch Stückgut war und mit Kran und Karre gelöscht wurde, als die Schiffsbesatzungen zahlreich und die Hafenarbeiter noch weit zahlreicher waren. Aus, vorbei, komplett umgekrempelt. Containerhäfen glichen heute Geisterstädten, arbeiteten dafür rund um die Uhr, und die Liegezeiten der Schiffe waren so kurz, dass es sich für die wenigen verbliebenen Seeleute kaum lohnte, einen Fuß an Land zu setzen.

Ihr Vater war einer von diesen Seeleuten gewesen. Na ja, was man so Vater nannte. Nennen musste, das hatte Mutter ihr eingebläut. Von wegen Mutter! Dass sie bloß ein

Pflegekind war, eine Einnahmequelle, hatte die Frau ihr nach einem furchtbaren Streit ins Teenagergesicht gebrüllt. Sie hatte im Schock eine Blumenvase zerschlagen, und ihr sogenannter Vater, der zufällig mal zu Hause war, hatte sie vertrimmt, routiniert und gründlich. Danach hatte sie sich geschworen, sich vom Acker zu machen, sobald und so schnell es ging. Das hatte sie auch gemacht, an ihrem 18. Geburtstag. Seitdem konnte es ihr nie schnell genug gehen, bei allem, was sie tat.

Vor ihr bog ein Passat auf die Bundesstraße ein, nahm ihr die Vorfahrt. Hielt der Fahrer sie etwa für ein Mofa? Statt zu bremsen, gab sie Gas, huschte an der Familienkutsche vorbei und fädelte sich vor dem entgegenkommenden Lkw wieder ein, ehe der entsetzt glotzende Fahrer seine Lichthupe gefunden hatte. Dann noch schön den Mittelfinger! Ja, so machte es Spaß. Damit trieb sie sich trübe Gedanken wirkungsvoll aus Kopf und Gekröse.

Papenburg zerrte an den Nerven. Wie konnte eine Stadt nur so lang gestreckt sein! Ein abgewickelter Bindfaden war nichts dagegen. Klar, Fehnsiedlungen waren zur Zeit der Moorkolonisten entlang von Kanälen entstanden, weil es richtige Straßen nicht gab, schon gar nicht im Winter, wenn alles nass und der Untergrund aufgeweicht war. Ließ sich logisch erklären. Aber machten Erklärungen irgendetwas besser? Für Marco vielleicht, diesen Kopfgesteuerten, dachte Olivia. Aber nicht für sie. Papenburg fühlte sich blöd an, also war es blöd.

Im ostfriesischen Dorf Völlen angekommen, fuhr sie zunächst an dem Gedenkstein vorbei. Am Tatort, genau genommen. Sie hatte gedacht, die Gedenkstätte läge direkt an der Straße, Polizei und Spurensicherung wären im Einsatz und müssten sich dabei aufdringlicher Gafferhorden erwehren. Nichts davon traf zu. Das beschmierte Steintafel-Triptychon lag ein paar Meter zurückgesetzt und durch Büsche abgeschirmt zwischen Straße und Kirche und war mit Flatterband umsäumt; der Polizeieinsatz war bereits beendet, und wenn es einen Auflauf Neugieriger gegeben hatte, dann hatte sich der inzwischen verlaufen. Vermutlich hatte die Tat nachts stattgefunden, überlegte Olivia, während sie ihre V-Max in der nächsten Seitenstraße abstellte, dann war klar, warum hier niemand mehr herumstand. Blöde nur, dass die *Rundschau* so spät davon erfahren hatte! Schaulustige hätten sich auf dem Foto gut gemacht. Die Verankerung ihrer Zeitung im südlichen Ostfriesland musste noch sehr viel besser werden.

Das mit Backsteinen ummauerte Denkmal hatte drei Flügel aus Sandstein; zwei kleinere rahmten den mittleren, deutlich größeren ein. Links und rechts waren die Völlener Toten des Ersten Weltkriegs aufgelistet, von 1914 bis 1918 nach Jahrgängen sortiert. Die große Tafel in der Mitte zeigte die Namen der im Zweiten Weltkrieg gefallenen Völlener, weitaus mehr, alphabetisch und im Fließtext. Über diese Namen hatte jemand mit roter Farbe das Wort »Mörder!« gesprayt, in zwei Zeilen und mit Trennungsstrich. Dahinter ein Ausrufezeichen. Und noch ein Strich darunter, wie um das Ganze … na, eben zu unterstreichen.

Olivia zückte ihr Smartphone. Sie mochte keine Bilder nur von Steinen, ohne Menschen, in der Zeitung. Aber hier waren immerhin genügend Namen drauf, und die Schändung des Mahnmals sprach für sich. Sie knipste aus verschiedenen Perspektiven.

Na ja, Mahnmal … Dass es eigentlich als Kriegerdenkmal gedacht war, sah man auf den ersten Blick, auch wenn die Überschrift »Unseren gefallenen Helden« inzwischen durch »Nie wieder!« ersetzt worden war. Die beiden steinernen Schwerter links und rechts des Mittelblocks aber hatte man belassen. Fadenscheinig, fand Olivia. Sie hatte nichts gegen archaische Waffen, hatte sogar schon überlegt, ob Fechten nichts für sie wäre. Aber weder im Ersten noch im Zweiten Weltkrieg wurde mit Schwertern gekämpft, da wurde Menschen durch alle erdenklichen Körperteile geschossen, sie wurden mit Granaten und Bomben zerfetzt, zermalmt und zerstampft. In Frankreich und Belgien fanden Bauern heute noch Überreste in ihren Feldern. Moderne Kriege waren keine edlen Gefechte, sondern Gemetzel mit Maschinen, da gab es nichts zu beschönigen.

Hatte der unbekannte Sprayer das gemeint? Er hatte allein die mittlere Tafel besprüht, die mit den Namen aus dem Zweiten Weltkrieg. Links und rechts konnte Olivia kein Tröpfchen Farbe entdecken. Also eher eine Anti-Nazi-Aktion. Naheliegend, die extreme Rechte hatte in den letzten Jahren mächtig Zulauf gehabt, vor allem in den östlichen Bundesländern, aber auch hier im Nordwesten gab es immer mehr Aktivitäten. Die neuen Nazis beriefen sich immer ungenierter auf die alten, und von denen hatte mindestens einer jahrelang mit auf dieser Ehrentafel gestanden: Johann Niemann, der Kommandant des Konzentrationslagers Sobibor.

Vor einiger Zeit war das aufgefallen, es hatte Kritik gegeben, und sein Name war mit einer getönten Plexiglasscheibe überdeckt worden, die auf eine separate Tafel verwies, auf der die Verbrechen dieses Völleners erläutert wurden. Weder der überdeckte Name noch die Infotafel waren besprayt worden. Wollte der unbekannte Täter damit andeuten, dass auch alle anderen Weltkriegsteilnehmer in seinen Augen Mörder waren? Es gab Leute, die das so sahen – »Soldaten sind sich alle gleich, lebendig und als Leich'.« Die meisten aber differenzierten doch danach, wer für welche Sache kämpfte, mit welchen Mitteln, ob unfreiwillig oder aus Überzeugung. Oh ja, das Leben war kompliziert. Das Wort »Mörder« allein wurde dem nicht gerecht.

Genug davon. Olivia schickte drei Fotos an die Redaktion, wartete die Bestätigung von Marco ab und setzte sich den Helm wieder auf. So, was jetzt? Noch ins Fitnessstudio? Eigentlich war das Wetter zu gut dafür. Vielleicht später am Abend. Erst mal zurück nach Oldenburg und einen Abstecher zum Jachtklub machen, nach ihrem Boot schauen, vielleicht Leute treffen, bisschen klönen. Sie startete ihre Maschine, riss kurz das Gas auf. 145 Pferdestärken brüllten durch das halbe Dorf. Ups! Schnell legte sie den ersten Gang ein, wollte lossprinten, musste aber erst einen Kleinbus vorbeilassen, der Vorfahrt hatte. Der Bus war mit Werbung beklebt, drinnen saßen lauter Halbwüchsige in bunten Fußballtrikots. Die Jungs starrten sie aus großen Augen an, teils ungläubig, teils bewundernd und neiderfüllt. Waren die Burschen schon alt genug für den Mopedführerschein? Bis zu einer V-Max würden sie noch ein paar Jahre warten müssen. Gott sei Dank.

Sie überholte den Kleinbus bei der ersten Gelegenheit, gondelte durch Papenburg zurück an den Küstenkanal und bog nach links auf die Bundesstraße ein. Diesmal hatte sie mehr Gegenverkehr; nach ein paar krassen Überholmanövern ließ sie es sein und blieb hinter einem Tieflader, der seinerseits so schnell fuhr, wie es die Straße gerade noch zuließ. Seine Ladung bestand aus einem rostigen Seecontainer. Kein Spaß, heutzutage für eine Spedition zu arbeiten, dachte Olivia, ständig den Zeitdruck im Nacken und den Disponenten am Handy. Sie als Redakteurin stand normalerweise auch unter ständigem Zeitdruck. Aber ihr machte das nichts, sie war schnell im Denken und flott im Schreiben. Nicht so wortverliebt wie Marco, der jeden Satz viermal durchkaute.

In Oldenburg hatte schon der Feierabendverkehr eingesetzt. Sie brauchte eine Weile bis zum Jachtklub, wo ihr Boot lag. Der lange Schwimmsteg war in einem Seitenarm der Hunte vertäut, unterhalb einer Fischtreppe und seitlich der Schleuse, dort, wo aus dem Küstenkanal ein Fließgewässer wurde. Die Ufer waren dicht bewachsen. Ebbe und Flut reichten bis hierher, in die Mitte der Stadt; so war das binnenländische Oldenburg mit allen Ozeanen und Randmeeren dieser Welt verbunden. Ein Gedanke, der sie faszinierte. Sie grüßte flüchtig ein paar ältere Vereinskollegen, die ihr unverhohlen nachglotzten, während sie über den Verbindungssteg tänzelte. Olivia sah es genau, sparte sich aber den Mittelfinger. Diese alten Säcke hatten das Sagen im Verein und konnten ihr jede Menge Ärger machen, wenn sie denen dumm kam. Das war es ihr nicht wert. Sie wollte nur einen Liegeplatz für ihr Boot; die Welt verbessern, das sollten andere besorgen.

Der Schwimmsteg war ewig lang, ein Element folgte auf das andere. Ihr Boot lag ganz am Ende des Steges; Neulinge mussten sich hinten anstellen, wenn sie überhaupt einen Liegeplatz bekamen. Die alten Kämpen gingen nicht gerne weit zu Fuß. Olivia war inzwischen zwar seit acht Jahren Vereinsmitglied, hatte aber nie drauf gedrungen, dementsprechend weiter in Richtung Vereinsheim zu rücken; außen am Steg lag sie nicht in einem engen Schlauch mit hinterlistigen Steinen an der Böschung gegenüber, an denen sie sich bei Niedrigwasser den Propeller verhunzen konnte, sondern im freien Wasser, direkt am breiten Huntebecken mit Blick auf die alte Cäcilienbrücke. Ihr Boot war eine *Cobalt 253*, keine acht Meter lang, aber mit 250 PS, und führte den Namen *Sting*. Okay, sicher gab es Rennboote, deren spitze Form noch mehr an einen Stachel erinnerte, aber ihres kam schon ziemlich dicht heran. Offenes Cockpit mit Bimini-Verdeck, Schlupfkajüte, Steuerstand rechts, ultrabequeme Sessel, Liegefläche achtern. Und Getränkehalter. Herrlich, wie sich die alten Männer die Mäuler darüber zerrissen! Aber wenn sie den Volvo Penta anwarf, hörte sie nichts mehr davon. Und wenn sie beschleunigte, spürte sie die gierigen Blicke der Kerle mal nicht auf ihrem Hintern, sondern auf dem Heck ihres Bootes. Kurze Inspektion: An Bord war alles in Ordnung. Sie startete die Maschine und warf die Festmacher los, erst achtern, dann vorne. Die Ebbe lief bereits und *Sting* lag mit dem Bug stromaufwärts, das empfahl sich wegen des ständig von der Fischtreppe her fließenden Oberwassers. Also löste sie die vordere Spring zuletzt. Die Strömung drückte den Bug vom Steg weg, genau wie berechnet. Sie schob den großen, verchromten Hebel sanft nach vorne. Einkuppeln und Gas geben war eins. Federleicht löste sich ihr Boot vom Steg und beschrieb einen eleganten Bogen. Hach, war das schön!

Auf dem Warteplatz vor der Schleuse lag ein großes Binnenschiff, hoch mit Containern beladen. Olivia passierte das Schiff in sicherem Abstand. Am Heck hing die niederländische Flagge. *Herinnering* hieß das Schiff und kam aus Groningen. Viele Binnenschiffe waren in den Niederlanden beheimatet.

Die Strömung der Ebbe war deutlich spürbar, das Wasser aber stand noch hoch. Kein Problem, die Durchfahrthöhe der Hubbrücke reichte jederzeit für ihr flaches Boot. Das

Ende dieser alten Brücke war besiegelt; demnächst würde sie durch einen Betonbau ersetzt werden, so wie vor vielen Jahren die Amalienbrücke am anderen Ende des Stadtkanals. Noch aber konnte sie das stählerne Baudenkmal von unten bewundern.

Langsam tuckerte sie zwischen den Spundwänden hindurch, spürte die gebändigte Kraft des Motors in den Vibrationen des Ruderrades. Ungeduld auch, aber das war ihre eigene. Beim Stadthafen bog sie nach rechts ab. Zwischen ihr und dem Unterlauf der Hunte lag als letztes Hindernis nur noch die Eisenbahn-Klappbrücke. Ein vertracktes altes Ding, das sich an heißen Tagen wie diesem gerne mal verklemmte. Zwei rote Warnlampen leuchteten ihr entgegen. Mit den Augen nahm sie Maß: Reichte die Durchfahrthöhe auch ohne Öffnung?

Eine der roten Lampen erlosch; die Klappbrücke begann, sich zu heben. Hatte man sie vom Stellwerk aus bemerkt? Ach nein, auf dem Warteplatz vor der Brücke machte sich gerade ein weiteres Binnenschiff startklar, hatte die Öffnung wohl über Funk angefordert. Gute Gelegenheit, dachte Olivia und gab Gas. *Sting* hob seinen Bug und schob ihn auf die eigene Welle. Flott steuerte sie ihr Boot auf die Durchfahrt zu. Noch leuchtete zwar die eine rote Lampe, aber sie brauchte nicht auf Grün zu warten, die Durchfahrthöhe war bereits mehr als groß genug, und das lahme Binnenschiff hatte noch nicht einmal auf Schleichfahrt beschleunigt. Mit ihrem Speed war sie durch die Brücke, ehe sie jemand bemerkte.

Irrtum, stellte sie fest, kaum, dass sie das Rotlicht passiert hatte. Im toten Winkel auf der anderen Brückenseite lauerte sachte dümpelnd ein Polizeikreuzer. Worauf? Auf Verkehrssünder wie sie. Schon beschleunigte das schwere blaue Stahlboot und schob sich in einem Bogen längsseits, nicht weniger elegant als vorhin die *Sting* beim Ablegen. Olivia fletschte die Zähne und knurrte vor unterdrückter Wut. Wut auf sich selbst. Schon wieder in die Falle getappt! Lernte sie denn nie etwas dazu? Wenigstens kannte sie das Verfahren inzwischen, behielt Kurs und Geschwindigkeit bei, wie die Beamten es von ihr erwarteten; das Polizeiboot passte sich genau an und fuhr neben der *Sting* her, weniger als einen Meter entfernt. Zwei stämmige Uniformierte stiegen zu ihr herüber, fast gleichzeitig, sodass ihr Boot seitlich tiefer eintauchte und sie gut zu tun hatte, ihren Kurs stabil zu halten und eine Kollision zu vermeiden.

»Guten Tag, Bootsführerschein und Schiffspapiere bitte.« Der ältere der beiden trug einen ausladenden Schnurrbart. Er tippte sich an die Mütze und stellte sich vor. »Hauptkommissar Seifert, Wasserschutzpolizei. Sie wissen, warum wir an Bord gekommen sind?«

Olivia nickte. »Tut mir leid, ich war wohl etwas voreilig.« Sie investierte einen ihrer Augenaufschläge. Dunkelblaue Iris unter langen schwarzen Wimpern, ein reizvoller Kontrast zu ihren Zigeunerlocken und ihrem sommerbraunen Teint. Na, tat der Anblick seine Wirkung wie schon so oft zuvor?

Der Beamte ließ sich nichts anmerken, prüfte ihre Papiere akribisch, während sein jüngerer Kollege hinter ihm stand und interessiert über seine Schulter blickte. Galt sein Interesse dem Boot oder der Steuerfrau? Schwer zu sagen, dachte Olivia. Das konnte teuer werden. Wurde es aber nicht. Der ältere Beamte beließ es bei einer kleinen Geldbuße und einer väterlichen Ermahnung, der jüngere grinste sie zum Abschied breit an. Aha, alles klar, dachte sie und grinste zurück. Vielleicht ein anderes Mal, am besten am Strand oder im Huntebad. Auf Uniformen stand sie nicht.

Nachdem der Polizeikreuzer kehrtgemacht hatte, um sich erneut auf die Lauer zu legen, blieb Olivia noch ein paar Minuten auf ihrem Kurs, wendete dann aber auch ihr Boot. Die Lust an einer längeren Ausfahrt war ihr vergangen. Sie hatte sich überzeugt, dass mit *Sting* alles in Ordnung war, und damit ihrer Eignerpflicht genügt. Jetzt lieber ins Studio und Eisen stemmen, richtig abreagieren, darauf hatte sie mehr Bock.

Diesmal hielt sie sich penibel an die Geschwindigkeitsbegrenzung, unterquerte die Eisenbahnbrücke, ohne eine Öffnung abwarten zu müssen, da der Wasserstand inzwischen weit genug gefallen war, fuhr in Richtung Stadthafen und wollte dann nach links in den Stadtkanal einbiegen, der zum Huntebecken vor der Schleuse und zu ihrem Liegeplatz führte. Von dort näherte sich allerdings Gegenverkehr, ein ziemlich großes Binnenschiff voll mit Containern. Also stoppte sie und wartete ab, bis der Tausendtonner die Kurve bewältigt hatte. Dann erst fuhr sie zwischen die Spundwände, wo das Wasser immer noch von der Schraube des Binnenschiffs aufgewühlt war und schäumte, brachte den Stadtkanal hinter sich und steuerte ihren Liegeplatz an. Etwas flotter als erlaubt, denn jetzt wusste sie ja, wo das Polizeiboot lag.

Die Lücke am Steg, die sie beim Ablegen hinterlassen hatte, war noch frei. Das hintere Ende des langen Schwimmstegs war vom Huntebecken aus frei einsehbar, leere Plätze wirkten einladend. Manchmal legten Passanten, die nach der Schleusung eine Pause einlegen wollten, dort an, das führte jedes Mal zu Diskussionen. Diesmal nicht, dachte Olivia, zum Glück. Nach dem Erlebnis vorhin wäre sie womöglich grob geworden. Adrenalin war ein Teufelszeug.

Im spitzen Winkel steuerte sie die Lücke an, legte die vordere Spring und das Ende der Vorleine zurecht und vergewisserte sich, dass die Fender richtig hingen. Gut vorbereitet, waren solche Manöver auch allein gut zu schaffen. Die Strömung kam zuverlässig von vorn, von der Fischtreppe her, und war gut zu berechnen. Mit einem fein dosierten Gasstoß rückwärts brachte sie ihr Boot zum Stillstand. Jetzt die Einhebelschaltung auf Leerlauf gestellt und schnell auf den Steg gesprungen, das Auge der Spring über den Poller gestreift und die Vorleine durch den Ring gezogen, schon konnte sich *Sting* nicht mehr selbstständig machen. Das hatte sie oft geübt, das hatte sie drauf. Als sie sich nach dem Poller bückte, bemerkte sie, dass dort eine fremde Leine belegt war. Eine dünne Leine, die senkrecht ins Wasser zeigte. Was hatte die hier zu suchen? Fast hätte sie den richtigen Moment für die Spring verpasst; ihr Boot begann schon, rückwärts zu treiben, als sie das Auge des Festmachers endlich über den Poller warf. Schon kam die Leine steif und begann, unter dem Zug zu knarren. Olivia musste erst die Vorleine belegen, ehe sie sich darum kümmern konnte, was da am Poller ihres Liegeplatzes hing. Sie kniete sich auf die Holzplanken, beugte sich vor, näherte ihr Gesicht der Oberfläche des fließenden Wassers und versuchte, etwas zu erkennen. Was nicht einfach war, denn der Wasserspiegel reflektierte im Nachmittagslicht. Alles, was sie sehen konnte, waren ihre eigenen Augen. Augen und ein Gesicht. Aber ihr Gesicht war das nicht, und das waren auch nicht ihre Augen. Diese da waren zwar offen, aber blicklos, und die Gesichtshaut drum herum war bleich wie der Tod. Dort unter Wasser, an ihrem Liegeplatz, direkt unter ihr hing ein Toter. Olivia richtete sich kniend auf, schloss ihre Augen, atmete tief, zählte bis zehn, schaute erneut ins Wasser, in die blicklosen Augen. Dann stand sie auf, beendete das Anlegemanöver, stellte den Bootsmotor ab und rief die Polizei an. Ihre Stimme war ganz ruhig, und auch das Smartphone in ihrer Hand zitterte nicht.

2.

Heute

Erinnerungen, dachte Stahnke. Die leichten Bewegungen der sanft gebogenen Schwimmstegschlange unter seinen Schuhen, das gerade noch spürbare Abtauchen der Steg-Elemente unter seinem schweren Körper. An diesem Steg hatte einmal sein eigenes Boot gelegen, ehe er sich einen Liegeplatz in Elsfleth gesucht hatte, direkt an der Weser, näher an seinem damaligen Segelrevier. Später hatte dann Marian Godehau seinen alten Kutter hier festgemacht. Auch schon wieder lange her, kaum noch wahr. Und doch stand ihm alles plastisch vor Augen.

Jungredakteur Godehau und Sina Gersema, seine Kollegin und Freundin. Damals. Bis sie ihn verlassen hatte. Verlassen für einen deutlich älteren, seinerzeit noch schwergewichtigeren, oft knurrigen und alkoholgefährdeten Kriminalbeamten namens Stahnke. Marian hatte daraufhin Oldenburg verlassen, völlig frustriert, und sich einen Job beim *Langeooger Inselboten* gesucht. Sina hatte auf Psychotherapeutin umgeschult, Stahnke hatte sich nach Ostfriesland beworben. Letztlich waren sie alle drei immer wieder auf Langeoog zusammengetroffen. Ein ums andere Mal. Am Ende einmal zu viel.

»Herr Stahnke«, hauchte eine Stimme, nur einen Meter hinter ihm und doch wie aus einer anderen Welt. »Willkommen zurück an Ihrer alten Wirkungsstätte! Wie ich sehe, ist Ihnen noch alles wohlvertraut.«

»Moin, Herr Doktor.« Stahnke nickte kurz über seine Schulter. Er zuckte schon lange nicht mehr zusammen, wenn Doktor Mergner irgendwo auftauchte wie ein Geist aus einer Gruft. Der Zuständigkeitsbereich des Oldenburger Gerichtsmediziners umfasste auch Ostfriesland, und so waren sie in den letzten Jahren immer wieder beruflich aufeinandergestoßen. Immerhin eine Konstante. Ansonsten war bei der Kripo Oldenburg nichts mehr so wie damals, das hatte er schon nach wenigen Tagen im Dienst festgestellt. Aber wie auch immer, sein Abgang aus Leer war eine Flucht, und Flüchtlinge hatten keine Wahl.

»Gesprächig wie immer«, konstatierte Mergner. »Die neuen Kollegen beschweren sich bestimmt schon wegen der übermäßigen Kommunikation.« Irgendwie schaffte er es, sich auf dem schmalen Steg an Stahnkes ausladenden Schultern vorbeizuwinden und ihm vorauszueilen. »Wir sehen uns bei der Arbeit«, hauchte er noch, und Stahnke wunderte sich, dass seine Worte selbst unter freiem Himmel dumpf klangen. Auch darüber, dass sich kein weißer Arztkittel hinter dem dörrfleischdürren Mann bauschte.

In Hemd und Freizeithose kannte er Mergner gar nicht. Sollte der Mann ein Privatleben haben? Vielleicht. War auch egal. Stahnke hatte momentan keins, deshalb war er gerade hier. In Oldenburg und an diesem Ort, der offenbar ein Tatort war.

Als der Hauptkommissar endlich das Ende des Steges erreicht hatte, kniete Mergner schon in der Pfütze, die sich auf den Planken rund um einen Toten gebildet hatte. Männliche Leiche, schlank, überdurchschnittlich groß, registrierte er automatisch. Die Arme über dem Kopf zusammengebunden, an den Handgelenken, mit einer dünnen Leine, deren anderes Ende zu einem Poller führte. Der Mann schien 60 Jahre alt zu sein oder älter, aber so weit gut erhalten. Volles, kurz geschnittenes Haar, anscheinend blond, vermutlich gefärbt. Bekleidet mit kurzärmeligem Oberhemd und knielanger Freizeithose, passend zum Fundort. Barfuß. Sonstige Merkmale … Stahnkes Gedankenfluss stockte. Eine Riesenfaust quetschte seinen Magen zusammen. Wie sahen diese Füße denn aus! Hinten und mittig schmal und mit hohem Spann, vorne breit. Unnatürlich breit, wie Flossen. Breitgequetscht. Sein Gehirn weigerte sich, eine Erklärung anzubieten für das, was er da sah.

»Prämortale Verletzungen«, sagte Mergner. »Eine Menge davon. Dort, an den Zehen, aber auch an den Unterschenkeln, hier und hier.« Sein Medizinerhirn arbeitete niederschwelliger. »Auch an den Händen und Unterarmen finden sich Quetschungen, Schnitte und Stiche. Muss teilweise heftig geblutet haben, aber das Wasser hat sämtliche Wunden ausgespült.«

»Wurde der Mann gefoltert?«, fragte einer aus der Gruppe, die um Mergner und den Toten herumstand. Zwei Männer trugen Uniform, zwei Frauen weiße Ganzkörperanzüge; der Sprecher hatte Jeans, Oberhemd und Weste an. Für Stahnke sah er aus wie ein Abklatsch von Marian Godehau: um die 40 Jahre, halblange braune Locken, struppiger Bart, schief sitzende, getönte Brille. »Oder könnten die Verletzungen von einer Bootsschraube stammen?«, fragte der Mann weiter.

Mergner blickte auf, schüttelte kurz den Kopf. »Natürlich wurde er gefoltert«, erwiderte er milde. »Und nein, Schraubenverletzungen sehen anders aus. Ganz anders.« Stahnke kannte Mergners Tonfallnuancen; so klang Geringschätzung. Dem konnte er sich nur anschließen. Wer war denn dieser Gehirnathlet überhaupt?

Der Lockenkopf hatte ihn bemerkt. »Moin, Herr Erster Hauptkommissar«, grüßte er. »Ich bin Thorsten Venema, ich weiß nicht, ob Sie sich an mich erinnern. Damals war ich ja noch …« Der Mann schien Stahnkes abweisende Miene zu deuten, stutzte, unterbrach sich, runzelte die Stirn. »Oberkommissar Venema, KDD«, rapportierte er dann betont sachlich. »Leiche ist geborgen, Tatort gesichert, Taucher sind bestellt, Wasserschutz ist unterwegs. Spurensicherung und Gerichtsmedizin …«

»Ja, Herr Venema, wir sind alle hier«, hauchte Doktor Mergner, gerade laut genug, um dem Ermittler das Wort abzuschneiden. »Und wir sind auch brav bei der Arbeit. Ich bin mir sicher, dass Herr Stahnke das bemerkt hat.« Er zwinkerte ihm zu: »Erster Hauptkommissar jetzt, aha! Eins rauf die Karriereleiter, wurde auch Zeit. Meinen Glückwunsch.«

»Bleiben wir doch trotzdem bei Hauptkommissar, Herr Doktor, aus alter Gewohnheit«, sagte Stahnke. Dann nickte er Venema zu, senkte aber schnell den Blick. Venema war in seiner ersten Oldenburger Zeit einer der talentiertesten

Anwärter gewesen, und Stahnke hatte sich vorgenommen, den Jungen nach Kräften zu fördern. Dann aber trennte sich Katharina von ihm, seine Frau und Seelenpartnerin, und er ergriff die Flucht, brach alle Brücken hinter sich ab, fror alle Kontakte ein, löschte alle Festplatten. Thorsten Venema musste sehr enttäuscht von ihm gewesen sein, aber daran hatte er keinen Gedanken verschwendet, tief versunken in Selbstmitleid. Anscheinend hatte der Junge auch allein seinen Weg gemacht. Ob er sich gefreut hatte, als er hörte, dass Stahnke nach all den Jahren zurück nach Oldenburg kam? Falls ja, dann hatte die Freude nicht lange gedauert. Nur bis gerade eben. Selbstkontrolle, dachte Stanke, ich muss mich besser im Griff haben. Aber was sieht dieser Typ auch Marian so ähnlich! Diesem Blödmann, der ihm Sina weggenommen hatte. Bloß gut, dass Sina nicht hier war; sie konnte ihm alle Gedanken von der Stirn ablesen und würde ihm seinen stoppelhaarigen Kopf waschen. Natürlich war Marian kein Blödmann, natürlich war eine Frau oder Freundin kein Besitz, den jemand wegnehmen konnte. Ja doch! Wie hatte er diese Wortgefechte mit ihr geliebt. Warum konnte sie jetzt bloß nicht hier sein!

Stahnke stellte fest, dass sein Blick auf einem Gegenstand ruhte, der neben dem Kopf des Toten lag, in derselben Pfütze. Ein dünnes Drahtseil führte von diesem Gegenstand zum Hals der Leiche. »Eine Autofelge«, stellte er fest. »Damit wurde die Leiche beschwert?«

»Vielleicht ja«, raunte Mergner. »Vielleicht aber trifft das auch nur zum Teil zu.«

»Zu welchem Teil?«, knurrte Stahnke. Venema wich erschrocken einen Schritt zurück.

Mergner grinste totenschädelhaft. »Zur Beschwerung diente die Felge allemal«, hauchte er. »Fraglich ist, ob zur

Beschwerung einer Leiche. Bis jetzt habe ich unter den vielen Wunden an diesem Körper keine letale gefunden. Gut möglich also, dass ein Ertrinkungstod vorliegt. Das stellen wir in der Pathologie fest.«

»Erst gefoltert, dann ertränkt?« Der Hauptkommissar stemmte beide Fäuste in die Seiten. »Klingt nach Hinrichtung. Russenmafia. Überhaupt Mafia. Waffen- oder Drogenhandel. Irgendwelche Hinweise?«

Venema schüttelte den Kopf. »Der Tote hat nichts bei sich, überhaupt nichts außer der Kleidung, Herr, äh … Hauptkommissar. Identifikation muss also über Fingerabdrücke, Zahnstatus und Foto erfolgen. Fotograf ist benachrichtigt.« Er reckte seinen Lockenkopf: »Kommt er da hinten schon?«

Der Hauptkommissar spürte Vibrationen in den Holzplanken unter seinen Schuhsohlen und drehte sich um. Zwei Personen näherten sich eilig, ein Mann und eine Frau, letztere behängt mit Kamera und Fototasche. Stahnke kannte längst noch nicht alle Mitarbeiter seiner Oldenburger Dienststelle, aber die beiden sahen ihm für Kollegen etwas zu aufgeregt und eifrig aus.

»Presse!«, ließ sich Venema prompt vernehmen. »Los, absperren! Stellungnahme gibt es später.«

Die beiden Uniformierten schoben sich an Stahnke vorbei und eilten den Neuankömmlingen entgegen. Der Hauptkommissar musste sich ein Grinsen verbeißen. Gut gemeint und nett gedacht von seinem Kollegen, aber der Schwimmsteg verlief parallel zum hoch gelegenen Ufer, und da war nicht abgesperrt. Von dort ließen sich hervorragende Tatortfotos machen. Wenn das nicht längst geschehen war. Mit einer knappen Kopfbewegung zum Ufer machte er Venema auf dessen Unterlassung aufmerksam. Der Oberkommissar errötete und eilte davon.

Stahnke blieb mit Mergner, den Kriminaltechnikern und dem Toten zurück. Und mit einer Frau, die er bis jetzt nicht bemerkt hatte. Sie hockte auf der Cockpitkante einer kleinen Rennjacht, die Füße auf die Scheuerleiste gestützt, und nahm gerade den letzten Zug aus ihrer Zigarette. Die Kippe ließ sie achtlos zwischen Boot und Steg ins Wasser fallen, wo die Strömung sie schnell davontrug. Sauerei, dachte Stahnke, hat diese Person denn keine Ahnung, wie viele Liter Wasser durch einen einzigen Zigarettenfilter vergiftet werden?

Die Frau trug Lederhose und Motorradstiefel, was auf einem Boot mehr als ungewöhnlich war, ihr kräftiger Oberkörper steckte in einem engen T-Shirt, ihr breites Gesicht war von einer brünetten Lockenmähne umrahmt. Offenbar war sie die Zeugin, von der ihm die Zentrale am Telefon berichtet hatte. Stahnke nickte ihr zu und stellte sich vor.

»Olivia Dressel«, erwiderte die Frau mit belegter Stimme. »Ich bin die, die den Toten gefunden hat.« Sie schloss die Augen, und die gebräunte Haut ihrer Arme kräuselte sich. »Die Leiche wurde an den Poller dort gehängt, während ich kurz mit dem Boot unterwegs war. Unfassbar. Was wollten die damit bloß erreichen?«

Stahnke starrte auf die Frau, löste seinen Blick von ihrem T-Shirt, musterte ihr Gesicht. Ihre Augen waren blau, dunkler als seine wasserblauen; ihr Blick ging durch ihn hindurch. Hatte sie diesen Mord wirklich gerade auf sich bezogen? Eine Verwandte des Toten war sie offenbar nicht, das hätte dessen Identifizierung erleichtert. Wie also kam sie darauf, dass diese Tat etwas mit ihr zu tun hatte?

»Sie meinen, weil dies Ihr Liegeplatz ist?«, fragte er.

Sie nickte. »Kaum bin ich weg, hängen sie den Toten bei mir hin. Ich war etwa eine Stunde unterwegs, vielleicht ein-

einviertel, alles in allem. Sie können den Wasserschutz fragen.« Sie deutete mit dem Kopf vage in Richtung Cäcilienbrücke, wo gerade der Polizeikreuzer in Sicht gekommen war. Vermutlich brachte er die angeforderten Taucher.

»Woher sollen die das wissen? Haben Sie ein Ticket bekommen?«, scherzte Stahnke, wohl wissend, wie unangebracht das in dieser Situation war. Aber die Frau wirkte so, als könnte sie das vertragen. Nein: Als würde sie darauf stehen.

Prompt grinste sie. »Und ob! Total dämlich. Vielleicht wäre ich sonst noch weitergefahren, aber danach war mir die Lust vergangen.«

»Fahren Sie jeden Nachmittag um diese Zeit raus? Ich meine während der Saison?«

»Schön wär's. Aber nein, um diese Zeit arbeite ich gewöhnlich, heute war eine Ausnahme. Ich fahre meist am Wochenende. Oder an freien Tagen, wenn ich Wochenenddienst hatte.« Sie lachte: »Sie merken schon, ist ziemlich unstet bei mir.«

Stahnke warf Mergner einen verstohlenen Blick zu; der Doc musterte seine Zeugin mit unverhohlener Belustigung. »Was arbeiten Sie denn so Unstetes?«, fragte Stahnke sein Gegenüber.

»Redakteurin«, antwortete die Frau. »Olivia Dressel, *Regionale Rundschau*. Noch nie meine Namenszeile bemerkt? Sie lesen doch Zeitung, hoffe ich?«

»Doch«, erwiderte Stahnke, ohne sich provozieren zu lassen. »Aber Ihr Blatt lese ich erst seit Kurzem wieder. Ich habe lange Zeit in Ostfriesland gearbeitet.«

»Dort sind meine Artikel aber auch erschienen.« Olivia Dressel richtete ihren Zeigefinger auf ihn; der schwarz lackierte Nagel berührte fast seine Brust. »Bis vor einigen Monaten hatte die *Regionale Rundschau* ein Kooperationsabkommen mit der *Ostfriesen-Post*. Deren neuer Chef war so leichtsinnig, das zu kündigen. Jetzt werden wir denen mal zeigen, was eine Harke ist.«

Stahnke warf einen weiteren Blick auf die Männerleiche, die gerade zum Abtransport vorbereitet wurde. »Glauben Sie etwa, dieser Mord hat etwas damit zu tun? Wird im Zeitungsbusiness mit so harten Bandagen gekämpft? Ich dachte eher, diese Branche würde einem baldigen und ruhmlosen Ende entgegendümpeln.«

»Mit dem Rücken zur Wand kämpft mancher bis aufs Messer.« Die Frau zuckte mit den Schultern. »Aber eigentlich meinte ich das mehr so allgemein. Die Presse steht heutzutage schwer unter Beschuss, jeder möchte seinen Willen und seine Meinung durchsetzen, und die Leute sind nicht gerade zimperlich. Verrohte Sitten. Aus Worten werden irgendwann Taten.« Sie nickte zu dem Toten hinüber. »Wenn ich wüsste, wer das da ist, könnte ich Ihnen vielleicht etwas Konkreteres sagen.«

Der Abtransport verzögerte sich, weil zuerst die Felge vom Hals des Toten entfernt werden musste und sich das Drahtseil als unerwartet stabil erwies. Einer der Kriminaltechniker wurde nach einem Bolzenschneider geschickt. Der Schwimmsteg dröhnte unter seinen eiligen Schritten.

»Herr Stahnke«, ließ sich Mergner vernehmen. »Wie es aussieht, haben wir noch etwas Interessantes.« Er wies auf den rechten Unterarm des Toten, der während des Gezerres an der Stahlfelge seine Position verändert hatte. »Eine Tätowierung. Scheint eine Nummer zu sein. Eine fünfstellige Zahl.« Er rückte seine Brille mit den flaschenbodendicken Gläsern zurecht und schaute genauer hin: »Nein, eine vierstellige. Das davor ist ein Buchstabe. Ein Z, wie es aussieht. Z 3030.«

Der Hauptkommissar hatte währenddessen Olivia Dressel im Auge behalten; sie ließ professionelle Neugier erkennen, sonst nichts. Erst jetzt drehte er sich um und hockte sich neben den Gerichtsmediziner. Der Anblick der tätowierten Zahl auf der Innenseite des totenbleichen Unterarms war ein Schock, so vertraut wirkte er. Vertraut von alten Fotos und aus Filmdokumenten. Dokumenten des deutschen Versagens. KZ-Insassen hatten solche Nummern getragen. Ganz wenige Überlebende trugen sie heute noch.

Stahnke schaute erneut in das Gesicht des Toten. Wie alt müssten KZ-Überlebende inzwischen sein, überlegte er, 80 Jahre? Wohl eher 90 oder mehr. So alt war dieser Mann auf keinen Fall. »Das kommt nicht hin«, murmelte Stahnke.

»Nein, das tut es nicht. In mehrfacher Hinsicht.« Doktor Mergner war in seinen Überlegungen schon weiter. »Nicht nur der Tote ist zu jung für eine solche Nummer, die Tätowierung ist es auch. Wobei mir das eher geritzt aussieht als fachkundig tätowiert. In die Haut geritzt und dann etwas in die Wunden gerieben, Ruß vielleicht. Ziemlich frisch, höchstens ein paar Tage alt. Und der Buchstabe Z passt auch nicht für mich.«

»Z für Zigeuner?«, riet der Hauptkommissar. Ausschlussverfahren. Sicher wusste er nur von den farbigen Winkeln, mit denen die verschiedenen Gruppen von Gefangenen in den Konzentrationslagern der Nazis markiert worden waren – gelb, rot, grün, lila, blau, schwarz und rosa, auch in Kombination und mit verschiedenen Zusätzen. Die Winkel aber befanden sich an der Kleidung. Von einem tätowierten Z hörte er zum ersten Mal.

Mergner nickte. »Genau. So wurden die Insassen des Zigeunerlagers in Auschwitz tätowiert. Sagen Sie selbst, sieht dieser Mann für Sie aus wie ein Angehöriger der Volksgruppe der Sinti und Roma?«

»Sehen alle Zigeuner wie Zigeuner aus?«, fragte Stahnke zurück. »Und alle Juden wie Juden? Ephraim Kishon war hochgewachsen und blond, das hat ihm damals das Leben gerettet, weil alle dachten, so sieht doch ein Jude nicht aus.«

»Und Sally Perel ging als Volksdeutscher durch, obwohl er auffallend klein und knubbelig war.« Mergner seufzte theatralisch. »Lieber Herr Hauptkommissar, wir beide kennen unsere Schriftsteller, und wir kennen uns auch mit Ausnahmen aus. Aber bleiben wir ausnahmsweise bei der Regel, ja? Dieser Tote ist geschätzt 1,90 Meter groß, seine Haut ist extrem pigmentarm, seine Haare waren mal blond. Nordisch-keltischer Typus. Solche Männer haben seinerzeit im Zigeunerlager Auschwitz bewaffnet auf den Wachtürmen gestanden, nicht stramm vor den Baracken.« Der Mediziner hob die Hand: »Und ehe Sie sich daran festbeißen – auch dafür ist er deutlich zu jung.«

»Und seine Tätowierung sowieso.« Stahnke nickte. »Da will uns einer ein Rätsel aufgeben.« Er wandte sich der Frau auf dem Boot zu: »Oder vielleicht Ihnen?«

Olivia Dressel hatte ihre Haltung nicht verändert, nur den Hals gereckt. »Einen Moment lang dachte ich das«, antwortete sie. »Letztes Jahr habe ich eine Serie veröffentlicht im Oldenburger Lokalteil. Besondere Bauten und ihre Geschichte. Dabei bin ich auf allerhand vertuschte Arisierungen gestoßen. Sie wissen schon, Häuser, die früher mal Juden gehört und zwischen 1933 und 1938 den Besitzer gewechselt haben. Meist unter dubiosen Umständen, und jedes Mal hat sich irgendwer dabei eine goldene Nase verdient. Ich glaubte schon, die KZ-Nummer könnte ein Hinweis auf einen dieser Fälle sein. Aber das Z vor der

Zahl passt da nicht hinein. In meinen Berichten ging es ausnahmslos um Juden.«

Erneut bebten die Planken des Stegs; diesmal war es tatsächlich der Polizeifotograf, ein Glatzkopf von den Ausmaßen eines Sumoringers. Gleichzeitig fuhren am Ufer zwei Streifenwagen auf, und mehrere Uniformierte begannen, den Bereich mit Blick auf den Tatort abzusperren, so gut es ging. Mehrere Leute knipsten sie dabei, darunter die beiden Journalisten, die Venema des Stegs verwiesen hatte. So lässig, wie die sich gaben, hatten sie ihre Pflichtaufnahmen bestimmt längst im Kasten.

Apropos. »Sie haben doch hoffentlich keine Tatortfotos gemacht, Frau Redakteurin?«, fragte er Olivia Dressel.

»Wo werde ich denn«, erwiderte die Frau. »Ist doch mein freier Nachmittag. Außerdem habe ich überhaupt keine Kamera dabei, nicht einmal ein Smartphone.« Zum Beweis hob sie beide Arme und drehte ihren Oberkörper hin und her.

»Ich seh's, vielen Dank«, sagte Stahnke ungerührt. »Ich hätte Sie morgen gerne in der Polizeidirektion gesprochen. Wer weiß, vielleicht fällt Ihnen noch etwas ein. Wann passt es Ihnen am besten?«

Olivia Dressel senkte ihre Arme und kreuzte sie unter der Brust. »Mittags«, antwortete sie. »Morgens ist immer Konferenz, dann werden die Themen vergeben und Kontakte angeleiert. Nachmittags ist Produktion, abends Umbruch. Mittags passt am besten. 14 Uhr?«

14 Uhr war für Stahnke schon Nachmittag, aber er wollte nicht kleinlich sein und nickte. Dann schloss er sich dem kleinen Zug an, der hinter der Bahre mit der Leiche hertrottete.

Olivia Dressel wartete, bis der Hauptkommissar außer

Sicht war. Dann schwang sie sich ins Cockpit ihres Bootes. Im Sichtschutz des Steuerstandes zog sie ihr Smartphone aus dem Schaft ihres rechten Motorradstiefels und aktivierte die Kurzwahl ihrer Redaktion.

3.

Heute

Es war schon spät, aber immer noch hell, als Olivia an diesem Abend zu Hause eintraf. Leise ächzend, stellte sie ihr Motorrad ab, riss sich den Helm vom Kopf und schüttelte ihre Mähne. Von wegen freier Nachmittag! Ein echter Maloche-Tag war das noch geworden. Aber immerhin hatte sie morgen mal wieder die Seite eins. Mord im Jachthafen, mit Augenzeugenbericht und Tatortfotos aus nächster Nähe! Natürlich mit Pixeln und Balken an den kritischen Stellen. Die *Regionale Rundschau* gab sich immer noch gerne als das seriöse Chronistenblatt, das sie vor vielen Jahren einmal gewesen war. Aber alle in der Redaktion wussten, dass die Zukunft auf dem Boulevard lag und ohne bluttriefende Schlagzeilen gar nicht erst stattfand. Die Konkurrenz der Blasen-Blogger und Verschwörungs-Fabulierer aus dem Netz war einfach zu groß.

Aus dem Nachbarhaus drangen rhythmische Geräusche. Hörte der alte Schulte etwa laut Musik? Nein, das Geräusch kam aus seiner Garage. Anscheinend bastelte der Rentner wieder an einem seiner Einzylinder herum. Für diese antiquierten Dinger hatte der Alte wirklich ein Faible, dachte Olivia. Und ein Händchen. Etwas Ablenkung würde ihr guttun, denn diese blicklosen blauen Augen waren hartnäckig und schwer zu verdrängen. Also ging sie hinüber und wollte an die Seitentür der Garage klopfen, aber ihr Nachbar kam ihr zuvor. »Hab' dein Monster schon brüllen hören«, begrüßte er sie lächelnd. »Über euch sollte man mal einen Film drehen. Die Schöne und das Biest.« Er winkte sie herein.

»Alter Charmeur. Deine Sehstörungen sind vermutlich erste Vergiftungserscheinungen«, erwiderte Olivia. Die Schmeichelei tat ihr gut. »Ziemlich dicke Luft hier. Ist das deine Vorstellung von einem schönen Tod? Benebelt umfallen, während du an einer deiner Geliebten herumfummelst?«

Schultes Lachen ging in ein heftiges Husten über. Er schaltete die Zündung der kleinen schwarzen Maschine aus, die im Leerlauf vor sich hin getuckert hatte, und stemmte das Garagentor hoch, um frische Luft hereinzulassen. Olivia half ihm dabei. »Du weißt doch, die lärmempfindlichen Nachbarn«, sagte Schulte. »Ein paar Minuten lang macht mir der Qualm nichts aus. Da hab' ich schon ganz andere Sachen erlebt. Meine Lunge ist von innen geteert, die hält was aus.«

»Ich weiß, ich weiß.« Olivia rollte mit den Augen. »Deine Generation ist durch den Scheuersack gegangen wie früher die armen Silberlöffel, und was euch nicht umgebracht hat, macht euch nur härter. Und so weiter. Tausendmal gehört. Ich war schon öfter bei dir zu Besuch, du erinnerst dich?«

»Freches Gör.« Der Alte zwinkerte ihr zu. »Kaltes Bierchen?«

Sie setzten sich auf die alte Bank neben der Auffahrt, genossen die letzten Strahlen der tief stehenden Sonne, die auch in die Garage fielen, wo sie die sorgfältig an der Wand aufgereihten Werkzeuge aufblitzen ließen und sich im Lack der alten Motorräder spiegelten. Eine Maico im Militär-Look, eine uralte Royal Enfield und eine Yamaha SR 500 aus den 80er-Jahren konnte Olivia identifizieren. Außerdem standen zwei undefinierbare Böcke mit Elchgeweih-Lenkern und ein Haufen Einzelteile im abziehenden Abgasdunst. Wann wollte der alte Herr das bloß alles noch fahren, fragte sich Olivia, sprach den Gedanken aber nicht aus. Albert Schulte war bemerkenswert fit für sein Alter – aber welches Alter? Zwischen 80 und 90 war alles möglich.

Bei der zweiten Flasche Bier erzählte Olivia, was sie am Nachmittag erlebt hatte. Schulte hörte aufmerksam und teilnahmsvoll zu, als sie von dem Toten im Jachthafen berichtete. Dabei zeigte er keine Spur von Entsetzen. Na klar, abgebrühte Kriegsgeneration, dachte Olivia und erzählte, wie sie den tumben Kriminalbeamten aus Ostfriesland ausgetrickst und heimlich Tatortfotos an die Redaktion geschickt hatte. Schulte grinste. »Wenn der das wirklich nicht gemerkt hat, ist er keinen Schuss Pulver wert«, sagte er. »Ich glaube eher, er hat dich machen lassen. Schließlich will er doch den Toten identifizieren, sagst du. Und je mehr Wirbel du in der Zeitung machst, desto schneller geht das.«

So hatte Olivia das noch nicht gesehen. Hatte der stoppelhaarige Klotz sie wirklich benutzt? So etwas machte keiner mit ihr. Jedenfalls nicht ungestraft. Na, dieser Stahnke lief ihr bestimmt irgendwann noch mal über den Weg. Ach ja, fiel ihr ein, gleich morgen Mittag!

»Auf jeden Fall war das ziemlich gruselig«, nahm sie das Hauptthema wieder auf. »Dass der Tote ausgerechnet an meinem Liegeplatz hing. Und dass er angeblich auch dort gestorben sein soll. Ertrunken, mit einer Stahlfelge um den Hals.«

»Mit einer Felge um den Hals? Von einem Auto?«

»Klar von einem Auto«, schnappte Olivia. »Fahrradfelgen sind ja wohl …« Erst jetzt wurde ihr bewusst, wie viele Motorradfelgen sich in der offenen Garage befanden. »Ja, eine Autofelge«, wiederholte sie. »Altes Ding, schwer, aus Stahl. Fabrikat soll noch ermittelt werden.«

»Und das ist beim Jachtklub passiert?« Jetzt zeigte der vom Leben abgehärtete Mann doch Wirkung. »An deinem Liegeplatz? Ungeheuerlich.«

»Nicht wahr? Ich frage mich ernsthaft, ob die Aktion auf mich gemünzt war.« Sie leerte ihre Bierflasche in zwei durstigen Zügen. »Als ich meine Arisierungsserie geschrieben habe, du weißt schon, über die früher jüdischen Geschäftshäuser und Villen, da haben mich einige Leute gewarnt. Keine schlafenden Hunde wecken und so. Kann das heute die Quittung gewesen sein? Oder eine Warnung, künftig die Finger von solchen Themen zu lassen?«

Schulte schüttelte den Kopf. »Nicht, wenn du den Toten gar nicht kennst«, sagte er. »Wenn jemand dir schaden wollte, würde er doch etwas gegen dich selbst unternehmen. Oder gegen dein Haus, dein Boot, dein Motorrad. Ganz zu schweigen von deinen Angehörigen.«

»Nach Angehörigen können die lange suchen.« Olivia machte eine wegwerfende Handbewegung. »Aber was ist mit der Warnung? Wenn ich so weitermache, könnte es mir auch so ergehen? Diese Aussicht gefällt mir gar nicht.«

»Deine Serie war doch letztes Jahr«, sagte Schulte. »Ich weiß es genau, denn ich habe alle Folgen gesammelt.« Er zeigte in den Hintergrund der ungewöhnlich geräumigen Garage; in einer Ecke war dort eine Art Büro eingerichtet, mit Schreibtisch und Regalen voller Aktenordner. »Es war nie die Rede davon, dass die Reihe fortgesetzt werden sollte. Ist das geplant? Dann könnte etwas durchgesickert sein.«

»Nein, nichts in der Richtung geplant, die Sache ist durch.« Jetzt schüttelte Olivia den Kopf. »Momentan bin ich mit der Ostfriesland-Ausweitung der *Rundschau* voll und ganz ausgelastet. Und falls in nächster Zeit wieder ein Wechsel ansteht, dann geht es für mich in Richtung Sportredaktion, das habe ich mit der Chefetage längst abgekaspert.«

»Stimmt, du willst ja unbedingt über stramme Fußballerwaden schreiben.« Schulte grinste schelmisch. »Dann fang doch gleich mit mir an, ich war mal ein sehr hoffnungsvoller Jugendspieler.« Er krempelte eines seiner Hosenbeine hoch; seine Wade war noch erstaunlich muskulös, allerdings auch bleich, knotig und voller Besenreiser.

In gespieltem Entsetzen hob Olivia beide Hände vor die Augen. »Verschone mich, ich erblinde«, stöhnte sie. »Sag mir lieber, ob du noch irgendwo Bier versteckt hast.«

»Ich hol dir eins.« Schulte erhob sich und ging mit rutschendem Hosenbein in die Garage, wo neben dem Schreibtisch auch ein alter Kühlschrank stand. Die Garage war nicht nur ungewöhnlich breit, sie musste auch ein Stück ins Haus hineinreichen, so lang war sie. Platz genug für noch mehr Bikes aus dem vergangenen Jahrtausend, dachte Olivia, während sie dem kleinen, untersetzten Mann zuschaute, der mit geübten Griffen zwei Bierflaschen aus dem Kühlschrank holte, die Kronkorken am Rand der Deckplatte abschlug und zu seiner Besucherin zurückkehrte. Er schlurfte, aber seine Schritte waren flink.

Sie prosteten sich zu; Olivia nahm einen langen Zug, Schulte nippte nur. »Und?«, fragte er dann. »Glaubst du immer noch, dass dieser Mord irgendwas mit dir zu tun hat? Vielleicht hat der Mörder nur die Gelegenheit genutzt, dass dein Liegeplatz gerade frei war. Wochentags sind doch die meisten Stegplätze besetzt.«

»Ich stelle mir gerade vor, wie er sein Opfer den ganzen Steg entlang geschleppt hat.« Olivia verzog zweifelnd den Mund. »Ich glaube nicht, dass der Mann zu diesem Zeitpunkt gehen konnte, so wie er zugerichtet war. Und der Täter wäre gesehen worden. An der Slipanlage hingen zu der Zeit nämlich ein paar von unseren Grufties rum. Nach dem, was dieser Oberkommissar Venema als offizielles Statement rausgegeben hat, wollen die aber nichts bemerkt haben.«

»Grufties, ja? Solche wie ich?« Schulte drohte ihr scherzhaft mit dem Zeigefinger. »Wie auch immer, es war dein Liegeplatz, und der Täter hat sich die Mühe gemacht, den Ertrinkenden an deinem Poller anzuleinen. Hätte ihn einfach ins Wasser stoßen können, dann wäre er auch gestorben und die Strömung hätte seine Leiche mitgenommen. Wäre vielleicht entdeckt worden, aber viel später. Absicht steckte also wirklich dahinter. Bloß welche? Gab es denn keinen Hinweis?«

»Es gab das hier.« Olivia aktivierte ihr Smartphone, öffnete die Bildgalerie und präsentierte ihrem Nachbarn ein Foto von der Tätowierung des Toten. »Hier, hab' ich aufgenommen, als gerade keiner hingeguckt hat. Soll eine KZ-Nummer sein. Z 3030, Zigeunerlager Auschwitz.«

Schulte beugte sich vor. Seine Miene verhärtete sich. »Diese Nummer trägt der Tote auf dem Arm?«, fragte er heiser.

Olivia nickte. »Kommt aber nicht hin, sagt der Gerichtsmediziner, weil das Opfer gar nicht das Alter hat, um jemals in einem KZ gesessen zu haben. Eindeutig nach dem Weltkrieg geboren. Er trägt die Nummer eines anderen. Die Frage ist, von wem?« Mit gelenkigem Daumen wischte sie durch die Bilder, die sie am Tatort gemacht hatte. »Ich habe mal gelesen, dass die Nazis über ihre Opfer akribisch Buch geführt haben. Gibt es vielleicht heute noch Verzeichnisse dieser Nummern? Kann man rauskriegen, welcher Name zu welcher Nummer gehörte?«

»Gibt es«, sagte Schulte mit belegter Stimme. »Und kann man sicher.« Er räusperte sich. »Wenn du willst, höre ich mich mal um.«

4.

»Kohle! He, Kohle, wo bleibst du denn?«, brüllte jemand draußen über den Hof. Erhard Köhler schwante Böses. Vorsichtig lugte er aus dem Fenster.

Erich, sein älterer Bruder, schob sich rücklings unter dem Pritschenwagen hervor, Schmutz in den Augen, das ohnehin dunkle Gesicht dreckig von Öl, Rost und Ruß. »Wer schreit hier rum?«, blaffte er und blinzelte in die blendende Sonne. »Keine Zeit, ich muss fertig werden, gleich ist Fußball.«

»Kohle, bist du bekloppt?« Ein blonder Hüne im ausgebeulten Trainingsanzug baute sich neben Erich auf. »Von wegen gleich! *Jetzt* ist Fußball, du Idiot!«

Der Schatten des Hünen fiel auf das Gesicht des Liegenden. Der hatte seinen Mannschaftskameraden inzwischen an der Stimme erkannt. »Mensch, Georg, was sagst du da? Erhard wollte mir doch Bescheid geben.« Erich Köhler sprang auf und klopfte sich den Dreck von seinen Arbeitsklamotten. Eine rührende Geste, denn seine Sachen bestanden fast nur aus Dreck.

»Hat er wohl gepennt, der kleine Rotzlöffel!« Georg Zander gab dem deutlich kleineren Erich einen derben Schubs. »Los, wasch dich, zieh dein Jersey an und dann los! Sonst spielen die ohne uns. Hasko hält den Schiedsrichter hin, solange es geht, aber ewig wartet der sicher nicht. Die Meute tobt schon.« Noch ein Schubser. Erich Köhler, halb blind von dem Schmutz und den Tränen in seinen Augen, stieß sich den Fuß an einer alten Felge. Aufjaulend und hinkend eilte er ins Haus.

Eigentlich war es mehr eine Hütte, niedrig und grau, von dichtem Buschwerk umgeben, als wollte es sich vor der Welt verstecken. Ein aussichtsloser Versuch, denn die städtischen Behörden waren längst aufmerksam geworden auf den hölzernen Bau, den einer von Erich und Erhard Köhlers Onkeln vor Jahren in dieser ungenutzten Sandkuhle am Stadtrand von Oldenburg illegal errichtet hatte. Hinter der Hütte standen die Planwagen der Familie, mit denen sie bis vor wenigen Jahren als fahrende Händler unterwegs gewesen waren. Die Köhlers hielten sie gut in Schuss. Wenn der Räumungsbefehl kam, würde man die Wagen bitter nötig haben.

»Verletz dich nicht auch noch!«, brüllte Zander hinter Erich her. »Frisia braucht deine Tore. Dringend!« Etwas leiser knurrte er: »Und du brauchst sie auch. Vergiss das nicht.«

Schuldbewusst versteckte sich Erhard hinter dem hohen Garderobenschrank. Erich humpelte in die Küche, tastete sich zum Spülstein, stellte eine Emailleschüssel unter die kupferne Pumpe und betätigte den Schwengel. Mit Zisternenwasser und Kernseife reinigte er Gesicht und Hände, zog sich Hemd und wollenen Bostrock vom Leib und wusch sich den Hals und die Achselhöhlen. Das musste reichen. Von draußen tönte schon wieder Georg Zanders befehlsgewohnte Stimme. Der Mannschaftskapitän stand kurz vor einem Tobsuchtsanfall.

Einen Moment lang passte Erhard nicht auf; als Erich aus der Küche in den Flur stürzte, rasselte er mit ihm zusammen. Kommentarlos verpasste sein älterer Bruder ihm zwei saftige Ohrfeigen. Erhard taumelte gegen die Wand. Wie zur Abwehr hielt er die alte Taschenuhr ihres Vaters vor sein Gesicht. »Der Stundenzeiger ist wieder lose!«, rief er. »Der große Zeiger ist schon einmal öfter rum. Ich hab's gerade erst gemerkt.«

»Eine Stunde zu spät«, schimpfte Erich. Er riss sein Jersey mit der Nummer 10 aus dem Wäscheschrank und zwängte sich hinein. »Draußen steht Georg und macht mich zur Sau. Alles nur deinetwegen. Wehe, wenn die ohne mich spielen, dann kannst du was erleben.« Er stürmte aus dem Haus, Erhard in seinem Kielwasser.

Draußen hatte Georg Zander seinen Wagen gewendet und wartete mit laufendem Motor. Auch er fuhr einen Leichtlastwagen, der aber von anderem Kaliber war als die alte Karre, an der Erich herumgeschraubt hatte. Ein Mercedes LO 2000 mit Dieselmotor, erst ein Jahr alt. Der braun lackierte Wagen beschleunigte schneller als mancher Personenwagen; Erich saß kaum auf dem Polster, als Georg Zander auch schon die Kupplung kommen ließ. Erhard konnte sich gerade noch mit ins Führerhaus ziehen. Er schlug die Beifahrertür hinter sich zu.

»Was will die kleine Kröte denn hier?« Zanders Stimme übertönte den aufbrüllenden Motor. »Du spielst noch nicht mit, dich können wir nicht gebrauchen. Verpiss dich. Unsere Anlage platzt sowieso schon aus allen Nähten.«

»Lass ihn doch.« Erich Köhler legte den Arm um seinen Bruder. Offenbar taten ihm die Ohrfeigen von vorhin schon wieder leid. So leicht er aufbrauste, so schnell beruhigte er sich auch wieder. »Er kann uns doch ein bisschen zur Hand gehen. Und nachher alle Schuhe putzen, was, Erhard?« Er knuffte dem 14-Jährigen in die ungedeckte Seite. »Dafür zeigen wir dir heute, wie man richtig Fußball spielt. Vielleicht lernst du es dann auch einmal.«

»Da sagst du was, Kohle«, rief Georg Zander, der sein unbeladenes Fahrzeug mit höchstmöglichem Tempo durch die Schlaglöcher rumpeln und über Bahngleise holpern ließ. Grüne Bäume und graue Fassaden flitzten vorbei. »Heute muss es klappen! Der roten Brut werden wir zeigen, wo der Hammer hängt. Wann, wenn nicht jetzt!«

Erich wackelte zweifelnd mit dem Kopf; ihm war eindeutig nicht wohl zumute. Auch Erhard hatte gehört, dass bei den Hamburgern aus dem verrufenen Stadtteil St. Pauli allerhand Hafenarbeiter mitspielten, handfeste Leute, mit denen nicht zu spaßen war. Vor Kurzem noch hatten viele von denen mit den Roten sympathisiert, mit den Sozis oder sogar mit den Kommunisten; die schreckten vor keiner Saal- oder Straßenschlacht zurück, prügelten sich bei jeder Gelegenheit mit der SA. Ob das immer noch so war? Seit Hitler Reichskanzler war, hatte sich einiges verändert. Selbst in Oldenburg-Osternburg, dem Arbeiterstadtteil, in dem Frisia zu Hause war. Auch hier hatte es früher eine Menge Rote gegeben. Was, wenn die sich mit den anrückenden Hamburgern verbündeten? Vor einer feindseligen Kulisse aufzulaufen, war alles andere als ein Spaß.

Je näher sie der Sportanlage kamen, desto stiller wurde es im Führerhaus des Leichtlastwagens. Verbissen umkrampften Georg Zanders Hände das Lenkrad, immer fester drückte Erich Köhler seinen Bruder an sich. Erhard spürte die zunehmende Spannung, aber bei ihm überwog trotzdem die Vorfreude, die seine Augen funkeln ließ.

Vor dem Stadiontor wurden sie schon erwartet. Vereinskameraden winkten den Laster auf ein freigehaltenes Stück Wiese, zerrten Georg und Erich förmlich aus der Kabine. »Nicht mehr in die Umkleide!«, schrie Hasko Zander, Georgs Bruder, ebenso hochgewachsen und blond wie der. »Gleich zum Platz, hinten über den Draht! Sie fangen an, sie fangen schon an!«

Fluchend riss Georg Zander sich den Trainingsanzug vom Leib, warf die Sachen hinter sich, zwängte seine Füße hüpfend in die Fußballschuhe, die Hasko ihm reichte, und rannte los, hinter Erich Köhler her, der bereits über den Drahtzaun flankte. Lautes Rufen ertönte: »Guck, da kommt Kohle! He, Kohle, zeig's ihnen!« Hundertfach, tausendfach wurde der Ruf aufgenommen, dröhnte wie ein Donnerwetter über den Rasen: »Kohle! Kohle!«

Um Erhard kümmerte sich niemand. Er sammelte Georg Zanders Trainingssachen auf und machte sich auf den Weg zur Ersatzbank. Jedem, der ihn aufhalten wollte, zeigte er die Jacke mit dem eingestickten Namen des Mannschaftskapitäns. Alle ließen ihn passieren. Rund um den Platz standen die Menschen wie eine kompakte Masse. Diese Masse aber war in ständiger Bewegung, die Leute rieben sich aneinander, johlend und fluchend, Hälse und Fäuste reckend. Irgendwie schaffte es Erhard, sich bis zum inneren Zaun durchzuquetschen. Weil er schlank war, jung und beweglich, vor allem jedoch, weil er dazu entschlossen war. Scheitern war für ihn keine Option. Er tauchte unter dem Zaun hindurch und hockte sich neben der Ersatzbank ins Gras, wo schon ein paar kleinere Jungs saßen. Ganz außen auf der Bank saß ein Betreuer, der zugleich Übungsleiter von Erhards Jugendmannschaft war; er zwinkerte ihm gutmütig zu. »Leg die Sachen unter die Bank, *Chabo*«, rief er, dann wandte er sich wieder dem Spiel zu.

Von der ersten Minute an ging es hoch her. Irgendwie hatten es die Zander-Brüder geschafft, beim Schiedsrichter eine Aufstellungsänderung in letzter Minute durchzusetzen, jedenfalls standen Georg und Erich in der Startformation, Erich als Mittelstürmer, Georg als Turm in der Innenverteidigung neben seinem Bruder Hasko. Die Gäste aus Hamburg übernahmen mit dem Anpfiff das Kommando, und die Zanders hatten gut zu tun, das Leder ein ums andere Mal aus dem Strafraum herauszudreschen. St. Pauli spielte schnell und ging hart in die Zweikämpfe. Die Frisianer waren sichtlich beeindruckt.

»Kohle! Kohle!« Auf der Gegengerade wurden die Zuschauer wieder laut, wollten ihre Mannschaft unterstützen, in den Angriff peitschen. Die Rufe jedoch blieben dünn und verhallten nach kurzer Zeit. Frisia blieb in der eigenen Abwehr eingeschnürt, Erich Köhler wartete an der Mittellinie vergebens auf einen entlastenden Pass. Nur wenige Zuschauer hielten mit den Gästen, aber die wurden immer lauter. Und frecher. »Was ist denn nun mit eurem Wunderstürmer?«, höhnte einer; normalerweise wäre er sofort niedergebrüllt worden, aber der Spielverlauf drückte auf die Stimmung. »Was ist das für ein fetter Zwerg? Kann der Schwatte überhaupt rennen?«, schrie ein anderer Paulianer. »He, du Kohle! Ab in deinen Sack! Und dann nichts wie in den Ofen.«

Das laute Gelächter schmerzte Erhard mehr als erwartet. Klar, Erich war eher klein und breit gebaut, aber doch alles andere als dick; als Stürmer kam ihm seine Statur zugute, sein niedriger Schwerpunkt machte ihn wendig und durchsetzungsfähig. Erhard war schlanker als sein Bruder, schon jetzt genauso groß wie er, und seine Haut war sehr viel heller. So was kam vor, auch ihre Schwester hatte recht helle Haut, wenn auch nicht so hell wie Erhard. Ihr Bruder Erich wurde häufig als »der Schwatte« verspottet und verlacht. Erich nahm das locker, jedenfalls nach außen, Erhard jedoch war das peinlich. Dafür schämte er sich jetzt.

Aber das Lachen der Leute machte ihm Angst. Zumal es bestimmt nicht nur Hamburger waren, die da lachten.

Die erste Viertelstunde war um, und Frisia stand immer noch unter Druck, die Gästeführung war nur eine Frage der Zeit. Gerade schien es so weit zu sein, denn der Oldenburger Torwart unterlief eine Flanke und irrte planlos im Strafraum umher. Zwei Paulianer zeigten einen bildschönen Doppelpass, schon lag das Tor der Gastgeber frei vor ihnen. Ein scharfer Flachschuss und … nein! Die gesamte Kulisse ächzte. Von der rechten Abwehrseite tauchte Hasko Zander auf wie aus dem Nichts, rannte quer vor dem Tor entlang und traf den Ball im letzten Moment mit voller Wucht, nur wenige Zentimeter vor der Torlinie. Das Leder stieg hoch wie von einem Katapult, Hasko stürzte von seinem Sprint entkräftet zu Boden, die beiden Paulianer fielen über ihn. Mehrere Sekunden lang herrschte Tumult im Frisia-Strafraum. Der Schiedsrichter aber signalisierte: kein Foul, weiterspielen! Und der Ball flog.

Er flog bis in den Mittelkreis, zum wartenden Erich. Der nahm ihn aus der Luft an und trieb ihn nach vorne, so eng am Fuß, als sei der Ball festgeleimt. Zwei Paulianer liefen hinter ihm her, rannten aus Leibeskräften, nahmen ihn in V-Formation in die Zange, bereit, ihm die Knochen unter dem Körper wegzutreten. Mit einem einzigen Schlenker ließ Erich sie ins Leere treten und ineinander krachen. Der Gästetorwart lief ihm entgegen, duckte sich, machte sich so breit wie er konnte. Erich schlug einen Haken, verlockte ihn zum Sprung, spielte ihm den Ball unterm Körper hindurch und sprang über den liegenden Torwart hinweg. Der Rest war Formsache. Ein Innenrist-Schuss wie im Training und das Leder zappelte im Netz. Das Stadion explodierte. Aus dem erlösenden, lang gezogenen

Torschrei wurde nach und nach ein skandiertes »Kohle, Kohle!« Diesmal höhnte keiner. Jedenfalls keiner, den man gehört hätte. Auch Erhard brüllte und hüpfte in Ekstase, tanzte vor der Trainerbank herum, bis sein Jugendtrainer ihn am Hemd zurück auf den Rasen zog. »Benimm dich, sonst fliegst du doch noch raus!«, tadelte er ihn gutmütig. »Außerdem ist die Messe hier noch lange nicht gesungen.«

Tatsächlich gaben sich die Paulianer keineswegs geschlagen, griffen immer wieder aufs Neue an und bedrängten das Tor der Gastgeber. Der Führungstreffer aber hatte den Oldenburgern frischen Mut verliehen. Immer stärker hielten sie dagegen, befreiten sich aus der Umklammerung der körperlich überlegenen Gäste und trugen selbst schnelle Angriffe vor. Auch der lange Georg Zander schaltete sich in die Offensive ein, versuchte mit genauen Pässen, Erich Köhler in Torschussposition zu bringen. Erich wurde ständig von zwei Gegenspielern bewacht, konnte sich aber immer wieder mit schnellen Körpertäuschungen der Bewachung entziehen. Nach 40 Spielminuten war es dann so weit. Zander schlug den Ball von halblinks diagonal in den Strafraum, »Kohle« lief sich blitzartig frei, versetzte einen weiteren Abwehrspieler durch eine geschickte Körperdrehung und schob den Ball zentimetergenau ins lange Eck. Das Freudengebrüll der Zuschauer musste bis nach Eversten zu hören sein, dachte Erhard, der beide Hände auf seine Ohren presste, um nicht taub zu werden.

Es kam sogar noch besser. Unmittelbar vor der Pause versuchte Georg Zander den Diagonalpass von halblinks noch einmal. Wieder verlud Erich Köhler seine Bewacher und schickte sich an, den herauslaufenden Torwart zu umdribbeln. Der aber versuchte gar nicht erst, nach dem Ball zu greifen, sondern packte Erich am Knöchel und brachte ihn zu Fall. Schreie der Wut dröhnten durchs Stadion, wilde Flüche schallten über den Platz, und die Ordner hatten alle Hände voll zu tun, um die aufgebrachtesten Zuschauer daran zu hindern, den Platz zu stürmen. Der Schiedsrichter pfiff Elfmeter, ohne eine Sekunde zu zögern, und so legte sich die Aufregung, auch wenn der unfaire Torwart mit einer Verwarnung davonkam. Erich selbst trat zur Vollstreckung des Strafstoßes an, täuschte den Schlussmann gekonnt und erhöhte auf 3:0. Das Spiel gegen die favorisierten Hamburger war schon zur Pause so gut wie entschieden.

Während die Spieler zu den Umkleideräumen marschierten, trieb sich Erhard am Spielfeldrand herum und lauschte begeisterten Zuschauern, die sich gegenseitig die entscheidenden Szenen der gerade beendeten Spielhälfte in glühenden Farben schilderten, ein ums andere Mal, bis aus den Spielern göttergleiche Übermenschen geworden waren. Natürlich waren es vor allem Erich Köhler und Georg Zander, denen die größte Anerkennung galt. »Der Herrenmensch und sein Schwatter« nannte einer das spielentscheidende Duo und stieß damit auf allgemeine Zustimmung.

»Scheiß-Zigeuner!«, schimpfte unvermittelt eine Stimme direkt neben Erhard. »Dass wir es nötig haben, so einen spielen zu lassen! Man schämt sich direkt, dass so was immer noch möglich ist.«

Zwei Männer, von der Menschenmenge eingekeilt, standen an den Zaun gepresst. Den Sprecher hatte Erhard schon einmal bei einem Jugendspiel gesehen, vermutlich gehörte er zum Verein. Der andere trug eine Uniform, schwarz, mit SS-Runen an den Kragenspiegeln. »Nur keine jüdische Hast«, erwiderte er. »Schritt für Schritt, eins nach dem anderen. Immer mit Blick auf das Ausland. Deutschland ist noch nicht so weit. Aber das kommt schon, nur Geduld.« Sein Blick erfasste Erhard, der stehen geblieben war und die beiden anstarrte. »Was ist los, Bengel?«, schnauzte der Uniformierte. »Weitergehen, aber zackig! Hier werden keine langen Ohren gemacht.« Erhard machte sich davon, mit brennenden Ohrmuscheln und eingezogenem Kopf. »Auch einer von denen, sieht man bloß nicht gleich«, bekam er noch mit, ehe er außer Hörweite war.

Erhard machte, dass er wegkam. Seine Wangen brannten. Zigeuner! Er hasste dieses Wort, er hasste es, so genannt zu werden. Herumziehende Gauner hieß das, was für eine Gemeinheit, das waren sie doch längst nicht mehr. Sein Vater gab sich alle Mühe, genauso deutsch zu sein wie alle anderen um sie herum. Penibel hielten sie sich an die Gesetze, und zu Hause wurde nur Hochdeutsch gesprochen, auch wenn ihrer Mutter immer wieder ein paar Sätze auf *Romanes* herausrutschten. Ihr sah der *Babo* das nach, aber die Kinder durften sich das nie erlauben. Einmal hatte er seine Schwester *Chaia* gerufen, Mädchen – schon hatte es eine schallende Ohrfeige gesetzt. Dafür musste Vater nicht aus der Rolle fallen, Erziehung durch Schläge war bei Deutschen wie bei Sinti oder Roma gleichermaßen üblich. Ihre Mutter dagegen war der Farbklecks in der Familie. Im Haus kleidete sie sich kunterbunt, trug riesige Ohrringe und glitzernden Schmuck. Bei jeder Gelegenheit sang oder tanzte sie. »Den Flamenco haben unsere Leute erfunden«, rief sie dann, schnippte mit den Fingern und stampfte rhythmisch, dass die Dielenbretter dröhnten und die Tassen im Schrank klirrten. Der *Babo* lachte dann, und die Kinder klatschten dazu. Sowie ihre Mutter jedoch einen Fuß aus dem Haus setzte, war es damit vorbei, das hatte Vater ihr eingeschärft. Nur nicht auffallen, immer anpassen! Waschechte Roma waren sie nur privat, zum Beispiel, wenn es etwas zu entscheiden oder einen Streit zu schlichten galt. Dann hielt man sich an uralte Überlieferungen. Nach außen aber waren die Köhlers deutscher als deutsch. Und trotzdem bekamen sie es bei jeder Gelegenheit zu hören: »Zigeunerpack!«

Verspätet bemerkte Erhard, dass Regen eingesetzt hatte, ganz leicht zunächst, aber stetig zunehmend. Beim Anpfiff zur zweiten Spielhälfte fiel schon ein solider Landregen, der stärker wurde. Frisias Übungsleiter hatte seine Mannschaft umgestellt, Erich Köhler und Georg Zander blieben draußen, dafür verstärkten zwei echte Eisenfüße die Oldenburger Abwehr. Wieder rannte Pauli an, kam aber nicht mehr bis vors Tor. Der Boden wurde schnell weich und tief, die Stollen der matschverklebten Schuhe boten keinen Halt mehr, Furchen durchzogen den Rasen wie Narben, der Lederball sog sich mit Nässe voll, wurde schwerer und sprang unberechenbar. Das Spiel verlor seine Klasse, verkam zu einer plumpen Bolzerei. Der Schiedsrichter hatte alle Hände voll zu tun, stellte nach einer Keilerei je einen Hamburger und Oldenburger vom Platz und pfiff sich die Lunge aus dem Leib. Die Minuten aber verstrichen, der Sieg rückte für Frisia näher.

Einige Minuten vor Schluss suchte Erhard nach seinem Bruder, um ihn zu beglückwünschen – in der Hoffnung, dass Erich die Sache mit dem Schuheputzen vergessen haben könnte. Er fand ihn unter dem Dachvorsprung der Umkleidebaracke, im Gespräch mit Georg Zander. Beide waren geduscht und umgezogen, Zander trug seine SS-Uniform, in der er noch imposanter aussah. Dem Spiel schenkten beide keine Aufmerksamkeit. Etwas anderes beschäftigte sie anscheinend weitaus mehr.

»Da ist Geld zu holen«, beschwor Zander den kleinen Stürmer, der sich den Rollkragen seines Pullovers übers Kinn gezogen hatte. »Und es wird mehr. Die ganz Schlauen sind schon letztes Jahr weg, aber die anderen merken erst so nach und nach, was die Uhr geschlagen hat. Jetzt wollen sie verkaufen, aber natürlich bekommen sie keine vernünftigen Angebote mehr. Ist klar, warum sollte man den Itzigs das Geld auch hinterhertragen, was? Und da kommen wir ins Spiel.«

Erich schüttelte den Kopf. »Das ist nichts für mich«, lehnte er ab. »Ich halte den Kopf lieber unten. Du weißt doch, meine Leute und ich gehören zu den Unbeliebten. Ich will auf keinen Fall mit unter die Räder kommen.«

So unauffällig wie möglich drückte sich Erhard neben seinem Bruder an die Holzwand. Das belauschte Gespräch von vorhin fiel ihm ein. Schritt für Schritt, eins nach dem anderen.

»Erich, du brauchst dir doch keine Sorgen zu machen!« Georg Zander schlug seinem Mannschaftskameraden wuchtig auf die Schulter. »Ihr habt doch alle den reichsdeutschen Pass, oder? Na also! Juden seid ihr auch keine, das weiß ich, weil ich dich und deine Sippschaft schon in der Kirche gesehen habe. Was soll also passieren?« Er legte Erich den Arm um die Schulter, halb vertraulich, halb Schwitzkasten: »Außerdem, solange ich auf dich aufpasse, kann dir sowieso keiner etwas anhaben. Wer Arier ist, bestimmen wir, verstanden?«

»Ist gut, Georg, ihr seid die Besten, ich weiß Bescheid.« Erich entwand sich dem Größeren, deutete spielerisch ein paar Boxhiebe an. »Und wenn schon. Von diesem Herbst an ziehen wir über die Jahrmärkte, meine Familie und ich, mein Vater mit seiner Schießbude, meine Mutter als Wahrsagerin. Vater sagt, ich soll den Zugwagen fahren. Bin der Einzige von uns, der das kann. Außerdem muss ich die Karre immer wieder zusammenflicken.« Bedauernd breitete er die Arme aus: »Du siehst, es geht nicht. Vater ist der Chef, und was der sagt, ist Befehl. Kennst du doch, kannste nichts machen.«

»Mensch, Erich! Was kannst du denn dabei verdienen? Pfennige! Bei uns machst du das große Geld. Und als Mechaniker können wir dich auch sehr gut gebrauchen. Der Mercedes ist zwar neu, aber was wir sonst noch so im Fuhrpark haben …« Er rollte mit den Augen.

»Einen Mechaniker wirst du doch wohl anderswo finden«, erwiderte Erich. »Beliebter Beruf heutzutage. Hier, guck dir Erhard an, der bastelt gerne an unserem Laster herum. Hat er richtig Begabung dafür.« Sein Blick huschte zwischen seinem Bruder und Georg Zander hin und her. »Rechnen kann er übrigens auch, besser als ich. Überhaupt ist er viel flinker im Kopf, ich hab's mehr in den Beinen. Und guck mal, wie groß er schon ist. Also, wenn du jemanden suchst für dein Geschäft, wie wär's denn mit ihm?«

»Mit dem?« Georg Zander betrachtete den Jungen, als sähe er ihn zum ersten Mal. »Mit der kleinen Kröte hier?« Abschätzig starrte er Erhard Köhler aus eisblauen Augen an. Erhard stellte sich kerzengerade hin und starrte zurück.

5.

Heute

Stahnke warf die Zeitung vor sich auf den Konferenz-
tisch. Am anderen Tischende tat Venema das Gleiche, nur
ungleich heftiger. »Hat die Spottdrossel uns wieder ausgetrickst«, schimpfte der Oberkommissar. »Tatortfotos mit
allen Details! Aus nächster Nähe! Das kann nur sie gewesen sein. Der Dame ist einfach nicht zu trauen. Klimpert
einen treuherzig an mit ihren blauen Augen, und dann haut
sie uns hinterrücks doch in die Pfanne.«

»Mit den Wimpern«, korrigierte Stahnke. »Man klimpert mit den Wimpern. Augen klimpern nicht.«

Venema erstarrte. Alle Gespräche im Raum erstarben. Es
war plötzlich so still, dass das Gespräch zweier Kollegen
unten auf dem Hof durchs offene Fenster Wort für Wort
zu verstehen war. Oberkommissar Venema presste seine
Lippen aufeinander, stampfte durch den Besprechungs-
raum und knallte das Fenster zu. Als er seinen Platz ein-
nahm, hatte sich sein Gesicht gerötet.

»Moin zusammen.« Stahnke setzte sich und blickte in die
Runde. »Ich begrüße alle Mitglieder der Mordkommission
Jachthafen zur ersten offiziellen Dienstbesprechung. Die
meisten von uns sind schon seit gestern am Ball; bringen
wir uns also gegenseitig auf den aktuellen Stand. Akten-
führung macht Frau Wiemken.« Er nickte der grauhaari-
gen Beamtin zu, die gleich rechts von ihm saß. Nach ihm
war sie die älteste Person in diesem Zimmer. Dienstrang
Oberkommissarin, Vorname Sibylle. Hoffentlich bietet sie

jetzt nicht das Du an, dachte Stahnke. Kollegin Wiemken aber beließ es bei einem Lächeln.

Außer ihr, Stahnke und Venema umfasste die neue Mordkommission zwei weitere Mitglieder, die junge Kommissarin Manuela Schönborn und Hauptkommissar Berthold Seifert vom Wasserschutz. Fünf Leute, das war normal. Ob die MK aufgestockt wurde, hing davon ab, wie sich die Ermittlungen entwickelten. Stahnke wusste, dass er den Vergleich mit seinem Amtsvorgänger nicht zu scheuen brauchte; der hatte keine gute Aufklärungsquote erreicht, viele Fälle waren ungeklärt in die Ablage gewandert. Wenn er hier unter Druck stand, dann nur, weil er von sich selbst mehr erwartete. Deutlich mehr.

Mit Seifert war Stahnke schon in Leer zusammengetroffen; damals war der Glatzenträger mit dem überbreiten Schnurrbart noch bei der Autobahnpolizei. Jetzt also Wasserschutz. Ob es da beschaulicher zuging als auf der Autobahn? Sicher, aber jedes Ding hatte seine zwei Seiten. Längst nicht alle Wasserleichen waren so frisch wie die von gestern. »Hat der Tauchereinsatz noch etwas ergeben?«, fragte Stahnke.

Seifert schüttelte den Kopf. »Leider nein. Es wurden zwar ein paar Kleinteile gefunden, die dürften aber eher im Zusammenhang mit den Bootsliegeplätzen dort stehen als mit unserem Fall. Ein Wantenspanner, ein paar größere Schrauben und Muttern, eine Bratpfanne ohne Stiel. Nichts, was zu den Wunden des Toten passt. Trotzdem haben wir natürlich alles in die Kriminaltechnik gegeben.«

»Danke.« Stahnke legte seine Hände flach auf den Tisch. »Dann gehen wir also unsere Hauptfrage an. Identität des Toten. Wer war dieser Mann? Haben wir diesbezüglich schon etwas? Kollege Venema, was ist mit Gebiss und Fingerabdrücken?«

»Fingerabdrücke negativ«, antwortete der Oberkommissar, dessen Wangen immer noch rötlich getönt waren. »Wir haben ihn nicht in unserer Datenbank. Zahnstatus ist noch offen; Aufnahmen sind angefertigt, aber noch nicht ausgewertet. Ich schlage vor, wir veröffentlichen als Nächstes ein Porträtfoto und bitten die Öffentlichkeit um Mithilfe.« Er hielt den Abzug einer Nahaufnahme in die Höhe.

Seifert lachte. »Foto veröffentlichen? Nach all dem, was heute schon in der *Regionalen Rundschau* steht? Text und illegale Fotos von Spottdrossel Dressel? Das hat sich wohl erübrigt. Eigentlich müssten unsere Telefone schon Sturm klingeln.«

»Das tun sie natürlich nicht, weil dieser Bericht keine Telefonnummer für sachdienliche Hinweise enthält«, fauchte Venema den Höherrangigen an. »Außerdem ist die Nahaufnahme vom Gesicht der Leiche verpixelt. So viel Anstand hatte die Redaktion gerade noch. Also werden wir das noch mal ganz ordentlich … ja, was ist denn?«

Manuela Schönborn hatte schüchtern die Hand gehoben. Allem Anschein nach war dies die erste Sonderkommission, der sie angehörte. Entsprechend unsicher klang sie, als sie fragte: »Wir suchen den Namen des Toten? Seine Identität ist noch nicht bekannt?«

»Natürlich suchen wir seine Identität«, polterte Venema los. »Wie sollen wir denn wohl den Täter ermitteln, wenn wir nicht einmal wissen, wie der Tote heißt?«

»Ich weiß, wie er heißt«, sagte Manuela Schönborn. Thorsten Venema verstummte augenblicklich, nur sein Mund klappte ein paarmal auf und zu.

»Warum sagst du das nicht gleich?«, fragte Sibylle Wiemken milde tadelnd. »Wer ist es denn?«

»Ich wusste ja nicht ... bin doch erst heute früh hierher abgestellt worden.« Sie gab sich einen Ruck. »Der Tote ist Heino Zander. Er hat mit meiner Mutter zusammen an der Uni Oldenburg studiert. Damals hat er im Studentenwohnheim am Johann-Justus-Weg gewohnt. Meine Mutter auch. Es gibt Fotos aus dieser Zeit. Ist lange her, aber ich habe ihn gleich wiedererkannt. Das ist Heino Zander.«

»Gibt es die Fotos noch? Die müssen wir haben.« Fordernd streckte Stahnke seine Hand aus. »Können Sie Ihre Mutter fragen? Am besten jetzt gleich, telefonisch?«

Die junge Kommissarin schlug die Augen nieder. »Die Kartons stehen bei mir auf dem Dachboden«, sagte sie leise, aber mit fester Stimme. »Der ganze Papierkram aus ihrem Nachlass. Ich schaue gerne gleich nach, sobald ich hier abkömmlich bin.«

»Aber sofort, wenn ich bitten darf!«, schnauzte Venema. Als seine junge Kollegin nicht gleich darauf reagierte, fiel ihm auf, was er falsch gemacht hatte. Er schaute Stahnke an und stammelte: »Ich meine, natürlich nur, wenn Sie ... wenn Ihnen das recht ist, Herr Erster ... Herr Hauptkommissar.«

Seifert, zurückgelehnt in seinem Stuhl, lachte schon wieder. Klar, was Venema da trieb, war unmöglich, dachte Stahnke. Benahm sich wie ein unreifer Polizeischüler. Trotzdem sollte Seifert nur nicht glauben, er könnte den amüsierten Beobachter spielen. Entweder diese Kommission wurde schnellstens ein vernünftiges Team, oder sie konnten es gleich vergessen. Also widmete er Seifert einen Blick, der ihn schlagartig in eine angemessene Sitzposition aufrichtete, ignorierte Venema und sagte freundlich zu Manuela Schönborn: »Wäre nett, wenn Sie das gleich erledigen könnten. Kollegin Wiemken sorgt dafür, dass Ihnen nichts entgeht.«

Die junge Kommissarin nickte, erhob sich und eilte aus dem Raum. Es sah nach Flucht aus.

»Reden wir über diese Frau Dressel«, sagte Stahnke, als die Tür zugefallen war. »Die Erste am Tatort, hat uns sofort informiert, sagt sie. Kein Motiv erkennbar, trotzdem, die Gelegenheit hätte sie gehabt. Behauptet, der Mord könnte irgendwie auf sie bezogen sein, ohne erklären zu können, inwiefern. Kommt heute Mittag zur Befragung. Was muss ich über sie wissen?«

»Ihre Angaben zu ihren Aktivitäten vor der Tat stimmen«, sagte Seifert. »Das Foto, weswegen sie nachmittags nach Völlen gefahren ist, steht heute im Ostfrieslandteil der Zeitung. Beschmierter Gedenkstein vor der Kirche. Zeitpunkt ihres Eintreffens beim Jachthafen des OYC wurde auch bestätigt, von mehreren älteren Klubmitgliedern, die ansonsten nichts Verdächtiges wahrgenommen haben wollen.«

»Außer Frau Dressel hätte demnach keiner das Vereinsgelände während dieser Zeit betreten?«, fragte Stahnke.

»Die Befragten sagen, sie hätten niemanden gesehen«, erwiderte Seifert. »Allerdings haben die sich nach der Inspektion der Slipanlage überwiegend im Vereinsheim am Tresen aufgehalten. Hundertprozentig sicher ist das also nicht.«

»Und was war mit diesem Ticket, das Frau Dressel kassiert haben will? Kam das von euch?«

Seifert schmunzelte. »Genau. Von mir persönlich. War schon witzig, dass ausgerechnet sie uns in die Falle getappt ist. Unter der Eisenbahnbrücke durchgehuscht, ohne das grüne Licht abzuwarten. Typisch für diese wilde Hummel.«

»Also Spottdrossel und wilde Hummel.« Stahnke zählte an den Fingern seiner linken Hand ab: »Was noch? Die Frau scheint viele Namen zu haben.«

»Zigeunerbraut«, platzte Sibylle Wiemken heraus. Erschrocken presste sie sich die flache Hand auf den Mund.

»Zigeuner?« Stahnke runzelte sie Stirn. »Ist sie von der Abstammung her Roma oder Sinti? Oder wie heißt die weibliche Form, Sinta? Das würde zu dem Buchstaben Z aus der Tätowierung des Toten passen.«

»Sintezza«, sagte Venema.

»Gesundheit!«, sagte Seifert und grinste über seinen flachen Witz.

Irritiert guckte Stahnke von einem zum anderen. »Wie war das?«

»Sintezza«, wiederholte der Oberkommissar und schaute Seifert missbilligend an. »Weibliche Form von Sinto. Sinti ist Plural.« Er verschränkte seine Arme vor der Brust.

»Aber nein«, rief Sibylle Wiemken. »Ist sie gar nicht wirklich, das sagt man nur so. Weil sie doch so aussieht. Braune Lockenmähne, rassiges Gesicht, großer roter Mund, sehr weibliche Formen – eine Klischee-Carmen sozusagen. Soll auch einen entsprechenden Männerverbrauch haben.« Sie kicherte albern wie ein Teenager.

»Olé«, knurrte Stahnke. »Also keine Zigeuner-Abstammung? Überprüfen Sie das doch mal. Überhaupt könnte ich ein paar Hintergrundinformationen über die Frau gebrauchen, wie schon gesagt. Ebenso wie über unseren Toten, wie heißt er gleich – richtig, Heino Zander. Universität anfragen, Studentenwohnheim, vielleicht finden wir dort einen Ansatz. Kollege Seifert, wie sieht's aus?«

Der Glatzkopf verzog missmutig Mund und Schnauzbart. »Die Uni ist nicht gerade meine Welt«, maulte er.

»Außerdem haben wir bisher etwas Wichtiges vergessen. Nämlich das Wasser.«

»Nicht vergessen.« Stahnke schüttelte den Kopf. »Nur hintangestellt. Mir ist klar, dass der Täter auch auf dem Wasserweg zum Jachtanleger gekommen sein kann. Mitsamt seinem Opfer, über das wir dringend mehr wissen müssen. Eins nach dem anderen, Schritt für Schritt. Aber bitte, wir können die Schrittfolge auch ändern.«

»Ich bin für paralleles Vorgehen«, sagte Hauptkommissar Seifert. »Der Schleusenwärter weiß, welche Schiffe und Boote gestern bei ihm durchgekommen sind, das wird aufgezeichnet. Mit etwas Glück hat er darüber hinaus vielleicht beobachtet, was sich sonst noch im Huntebecken vor dem Schleusentor getan hat. Ich möchte ihn gerne befragen, solange die Erinnerungen frisch sind.«

»Alles klar, von mir aus«, stimmte Stahnke zu. »Und wer übernimmt die Uni samt Wohnheim?«

»Das mache ich.« Venema hob eifrig die Hand. »Ich kenne mich da ein bisschen aus, bin früher öfter dort gewesen.«

»Klar, früher, als die Uni-Feten noch wilder waren.« Seifert erhob sich. »Melde mich, wenn ich etwas habe«, sagte er und verließ den Raum, Sibylle Wiemken in seinem Kielwasser.

Thorsten Venema blieb noch sitzen, Stahnke gegenüber, an der entfernten Schmalseite des Tisches. Der Hauptkommissar hob den Blick: »Ja, Kollege, was gibt es noch?« Er hatte das diffuse Gefühl, sich entschuldigen zu müssen, wusste aber nicht, wofür.

»Ich wollte noch …« Venema schluckte. »Ich wollte noch gratulieren. Erster Hauptkommissar, das ist schon etwas. Wirklich verdient nach all den Jahren. Was man so gehört hat, die vielen erfolgreichen Ermittlungen …« Der

Oberkommissar schien auf eine Erwiderung zu warten, aber Stahnke ließ ihn zappeln. Endlich stieß Venema hervor: »War das der Grund für Ihre Rückkehr? Der Karrieresprung nach all den Jahren?«

Stahnke fixierte ihn mit seinen wasserblauen Augen, und es schien ewig zu dauern, ehe er antwortete: »Bleiben wir doch bei der Anrede Hauptkommissar, wie gestern schon gesagt, in Ordnung? Ansonsten bin ich wieder hier, das ist alles, was ich dazu sage. Höchstens noch, dass Ihre Fragetechnik lausig ist. Daran werden wir arbeiten. Aber vor allem haben wir einen Fall zu lösen.«

Leise ächzend erhob er sich aus seinem Stuhl. Als er sich anschickte, den Raum zu verlassen, war Thorsten Venema schon draußen auf dem Gang.

6.

Heute

Dienstbeginn anderthalb Stunden später, das hatte sie sich ausbedungen nach ihrer außerplanmäßigen Sonderschicht gestern Abend. Wenigstens schön ausschlafen! Von wegen.

Ihre innere Uhr hatte sie zur üblichen Zeit aus dem Reich der unruhigen Träume geholt. Dort war sie übrigens von einem Froschmann bedrängt worden und hatte vergebens nach einem scharfen Messer gesucht. Solch eine innere Uhr hatte also auch ihr Gutes.

Jetzt stand sind in ihrem Garten, die bloßen Füße im taunassen Gras und einen dampfenden Kaffeebecher in der Hand, und blinzelte in die Morgensonne. Schön war das, so ganz allein und in Ruhe. Klar, ein Frühstück in fröhlicher Runde war auch etwas Schönes, das kannte sie aber nur aus Skiurlauben in Norwegen. Sie war ziemlich sicher, dass sie so etwas jeden Tag gar nicht ertragen würde. Und selbst wenn, der Preis dafür hieß Familie oder Wohngemeinschaft und war bei Weitem zu hoch. Jedenfalls ließ sie keine Gelegenheit aus, sich das einzureden.

Bei den Kiffernachbarn war noch kein Lebenszeichen wahrzunehmen. Lagen wohl noch im Betäubungsschlaf. Oder sie schoben ein morgendliches Nümmerchen. Olivia schüttelte sich bei dem Gedanken an die schmuddelige männerähnliche Hälfte des Pärchens. Oh bitte, so nötig konnte sie es gar nicht haben! Außerdem waren genügend akzeptable Exemplare auf dem Markt. Und frei verfügbar, vor allem, wenn man es nicht auf langfristige Vertragsbindung anlegte. Mit ihrem Marktwert konnte sie sehr zufrieden sein. Mit ihrer Rolle als Jägerin auch.

Auf die Dauer war das feuchte Gras doch etwas kühl an den Füßen; sie spürte Gänsehaut an den Armen, und dass sie unter ihrem T-Shirt nichts anhatte, konnte jetzt auch jeder sehen. Olivia scherte sie nicht darum. Sie wurde den Gedanken an diesen Froschmann nicht los.

»Moin! Und prost Kaffee!«, tönte es jenseits der sauber gestutzten Hecke. Albert Schulte stand dort, winkend und grinsend. Dieser alte Molch, dachte Olivia, wie lange steht der wohl schon da?

»Hast du eine Minute?«, fragte Schulte. »Möchte dir etwas zeigen.« Er wies mit dem Daumen auf die Terrassentür hinter sich: »Frischen Kaffee hab' ich auch.«

»Na klar, ich komm' rüber.« Sie nahm den Umweg über den Hauswirtschaftsraum, schlüpfte in ihre lila Crocs und warf sich eine Joggingjacke über. Beim Kontrollblick in den Flurspiegel musste sie lachen und zog den Reißverschluss zu. Alte Kerle waren auch Kerle. Aber diesen da mochte sie, und wenn sie sich nicht täuschte, mochte er sie auch.

Die seitliche Terrassentür führte direkt in Schultes Küche. Er empfing sie mit einem aufgeschlagenen Exemplar ihrer eigenen Zeitung. »Kenn' ich«, sagte sie. »Den Kram da habe ich selbst geschrieben.«

»Aber weißt du auch, wer das ist? Nee. Das steht hier jedenfalls. Aber ich.«

»Sag bloß.« Olivia setzte sich und hielt ihm ihren Becher hin. »Mir wurde neuer Kaffee versprochen. Unter anderem. Wollen doch mal sehen, ob du auch lieferst, Herr Nachbar.«

Schulte goss schwungvoll ein. »Heino Zander, so heißt der Tote. Hat früher hier an der Uni studiert, daher kenne ich ihn. Ziemlich lange sogar.«

Olivia nahm Milch und reichlich Würfelzucker, musste sich vorbeugen und schlürfen, weil ihr Becher fast überlief. »Kanntest du ihn lange? Oder hat dieser Zander besonders lange studiert?«

»Beides«, erwiderte Schulte. »Paar Semester extra, das war damals noch kein Problem, wenn man es sich leisten konnte von der Lebenshaltung her. Danach hat er noch seinen Doktor gemacht. Das heißt, er hat so ein Studium drangehängt, wie heißt das noch … aber ob er den Titel auch bekommen hat, weiß ich nicht.«

»Provokationsstudium«, sagte Olivia ungerührt.

»Sag bloß.« Schulte machte große Augen. »Oder willst du mich nur promovieren?«

»Du Spinner!« Sie warf einen Zuckerwürfel nach ihm, dem er geschickt auswich. »Komm mir nicht so! Nicht am frühen Morgen.«

Schulte bückte sich, hob den Zuckerwürfel auf, besah ihn sich von allen Seiten, pustete ein Stäubchen ab und legte ihn auf die Tischplatte. »Nur nichts umkommen lassen«, kommentierte er und zwinkerte Olivia zu: »Weißt ja, Kriegsgeneration Scheuersack.«

»Was hattest du eigentlich an der Uni verloren, dass du das mit Zander so genau weißt?«, fragte sie. »Hast du etwa heimlich studiert? Muss ich Doktor Schulte sagen?«

»Hör mir auf mit Zeitverschwendung! Ich war immer Spediteur. Lastwagen fahren und daran herumklütern, das war meine Sache. Und nebenbei Motorräder.« Schulte deutete mit dem Daumen in Richtung Garage. »Ein paar Jahre bin ich für einen Bierverlag gefahren, Getränke ausliefern an Gaststätten und so, innerhalb Oldenburgs und umzu. In der Zeit habe ich immer wieder die Universität angefahren. Die Carl-von-Ossietzky-Universität, genauer gesagt; damals kochte gerade der Streit, ob die sich so nennen durfte oder nicht.«

»Die Uni war euer Kunde? Haben die so viel Bier verkauft in der Kantine?« Von dem Namensstreit hatte Olivia natürlich gehört, aber für sie war das Schnee von gestern. Seit vielen Jahren prangte der Name des Friedensnobelpreisträgers Carl von Ossietzky oben am blauen Turm des höchsten Uni-Gebäudes; warum auch nicht? Wer könnte jemals etwas dagegen gehabt haben?

»Nee, nicht die Mensa«, korrigierte Schulte. »Aber die Studenten haben alle naselang wilde Feten gefeiert, selbst organisiert in den Räumen der alten Pädagogischen Hochschule. G-Trakt hieß das damals. Genau, wie G-Punkt, ich wusste, dass du grinsen würdest. Die Unileitung hat das erlaubt, vorausgesetzt, bis 7 Uhr morgens waren alle Spuren beseitigt. Diese Feten haben wir beliefert. Morgens die Reste und das Leergut abgeholt und gleich kassiert. Da kam manchmal ganz schön was zusammen, das kann ich dir sagen.«

»Studenten und organisieren!« Olivia schnaubte verächtlich. »Da ist doch bestimmt alles drunter und drüber gegangen.«

»Teils, teils.« Schulte grinste verschmitzt. »Das hing davon ab, welche Fachschaft die Fete gemanagt hat. Arbeitslehre zum Beispiel hatte mal morgens so viel Minus in der Kasse, dass die bei allen Helfern sammeln mussten für die Bierlieferung, weil sie selbst am meisten gesoffen hatten. Aber bei den Germanisten, diesen hochgeistigen Typen, hat es immer wunderbar geklappt. Die hatten auch immer den Hausmeister und die Putzfrauen auf ihrer Seite. Paar Pullen Schnaps und Apfelkorn und die Sache lief.«

»Was du nicht sagst.« Olivia gähnte demonstrativ. »Und bei welcher dieser Fachschaften war nun Heino Zander aktiv?«

»Der? Bei keiner natürlich. Da hätte er ja etwas tun müssen. Aber Zander war auf jeder Uni-Fete dabei. Bis kurz vor Schluss, wenn die Abschlepperei losging. Dafür war er bekannt. Manchmal hab' ich ihn beobachtet, wie er noch dabei war, als ich schon kassieren kam.« Albert Schulte grinste anzüglich: »Der hat auch überhaupt nur deshalb ein Zimmer im Studentenheim gehabt, weil er dort leichter an die scharfen Miezen rankam. Finanziell hatte er das gar nicht nötig.«

»Lockeres Völkchen anscheinend, diese Studenten damals«, sagte Olivia. »Wann war das denn, 70er-Jahre? Die Pille schon allgemein verbreitet, aber Aids noch nicht erfunden? Und die 68er-Bewegung hatte die freie Liebe ausgerufen. Vermutlich kam damals das Bumsen gleich nach dem Moin. Quasi, um sich erst mal kennenzulernen.«

»Mensch, Mädchen, deine Vorurteile sind auch nicht von schlechten Eltern.« Schulte schüttelte seinen kugelrunden, nur noch spärlich und weiß behaarten Kopf. »Klar sind die jungen Leute damals gerne miteinander in die Kiste gegangen, warum auch nicht? Wenn man sich gegenseitig nett findet, warum sollte man es nicht probieren? Am Ende hat sowieso jeder bloß jemanden gesucht, mit dem man es eine Weile aushalten kann. Partnersuche. Ganz brav und bieder, vielleicht etwas weniger verklemmt als in der Zeit davor. Oder heute. Was du meinst, sind ein paar krasse Ausnahmen. Die gab es natürlich auch. Und einer davon war Heino Zander.«

»Na also«, triumphierte Olivia. »Wusste ich es doch. Ich kenne die Menschen.«

»Du kennst die Menschen?« Schulte erstarrte für einen Moment. Erschrocken sah Olivia, wie sich sein Gesicht von einer Sekunde auf die andere veränderte. Hatte er gerade noch wie ein fröhliches Lebkuchenmännlein ausgesehen, mit runden, rötlich schimmernden, stark geäderten Wangen und tief liegenden, fröhlich blitzenden braunen Rosinenaugen, so wirkte er plötzlich grau und verhärmt, seine Miene hart und hoffnungslos; seine Augen ließen etwas von dem Entsetzlichen ahnen, das sie gesehen hatten, und sein Blick deutete an, dass unter dieser Oberfläche noch sehr viel mehr davon war.

Dann lachte Albert Schulte, und plötzlich war alles wie vorher, als hätte er einen Schalter gedrückt. »Der Heino Zander, der war wirklich so, wie du denkst«, sagte er. »Ein Aufreißer und Abschlepper, aber einer von der fiesen Sorte. Der war nur solange freundlich und spendabel, bis er hatte, was er wollte. Mir kam er immer vor wie ein Trophäenjäger. Nur, dass er die Köpfe seiner Frauen nicht präpariert und auf Holzbretter geschraubt hat.«

»Was hat er denn mit ihnen gemacht? Gevögelt und ab dafür? Da kenne ich einige Leute, die es so machen. Nennt sich One-Night-Stand. Ist nicht direkt verboten.«

»Ich weiß«, sagte Schulte und nickte. »Schließlich bin ich dein Nachbar und stehe morgens früh auf. Habe schon so manchen von deinen Jungs nach Gebrauch abdampfen sehen. Wenigstens hatten sie keine verheulten Gesichter, und ein blaues Auge hast du bis jetzt auch keinem geschlagen. Soweit ich weiß.«

Olivia schnappte nach Luft. »So ein Blockwart bist du! Wenn ich das gewusst hätte.«

»Was dann? Hättest du dir anderswo ein Zimmer genommen?« Schultes Wangen schimmerten längst wieder rosig.

Olivia ging nicht darauf ein. »Blaue Augen. Verheulte Gesichter.« Sie stand auf, goss sich Kaffee nach. »Dieser Zander hat seine Mädels also richtig mies behandelt, sagst du? Und das mehr als einmal? Aber so was spricht sich herum. Von so einem Arsch lässt man als Frau doch die Finger!«

»An der Uni tauchen jedes halbe Jahr neue Studentinnen auf«, sagte Schulte. »Frischfleisch, wie Heino Zander zu sagen pflegte. Neues Spiel, neues Glück. Außerdem sah der Mann ziemlich gut aus. Sehr groß, schlank, blonde Haare. Gute Manieren, jedenfalls anfangs, und immer ein volles Portemonnaie. Da hat manche junge Frau auf die Gerüchte gepfiffen, die im Umlauf waren. Vermutlich dachte sowieso jede, ihr könnt so etwas nicht passieren.«

»Geld hatte er auch, sagst du? Vom Herrn Papa, nehme ich an. Unternehmersohn oder Adelsspross? Obwohl, dann hieße er wohl *von* Zander.«

»Dein erster Schuss lag näher am Ziel«, sagte Schulte. »Zander und Sohn, internationale Transporte. Später umbenannt in Intertrans. Sein Vater war quasi ein Kollege von mir. Allerdings einer mit dem goldenen Löffel im Mund. Woher der auch immer kam. Bei mir reichte es gerade eben zu Blech.« Er klapperte mit dem Löffel in seiner Tasse.

»Spediteure also.« Olivia legte ihre Stirn in Falten. »Und was will so einer mit dem Doktortitel?«

»Frag mich nicht. Ob er im Betrieb seines Vaters jemals mehr getan hat als die Hand aufzuhalten, weiß ich nicht. Irgendwann war er sowieso verschwunden. Seine Rolle auf den Uni-Feten haben andere Hengste übernommen.«

»Verschwunden? Nach deiner Schilderung war dieser Mann doch keiner von der unauffälligen Sorte. So einer verschwindet doch nicht.«

»Offenbar doch.« Schulte senkte den Kopf und schloss seine Augen, schien angestrengt nachzudenken. »Irgendetwas war damals. Aber ich komm' nicht mehr drauf.« Er klopfte sich an die Stirn: »Doch schon zu viel Kalk da oben.«

»Mach dir keine Sorgen. Kalk bröckelt, irgendwann kommt alles wieder.« Olivia erhob sich. »So, jetzt muss ich aber los. Mein Kalkbergwerk heißt Redaktion. Ostfrieslandseiten zusammenkloppen.«

»Apropos Ostfriesland.« Schulte schnippte mit hornigen Fingern: »Hatte ich erwähnt, dass Zanders Vorfahren aus Ostfriesland stammten? Darauf schob er immer sein Aussehen, von wegen groß und blond. Manchmal erzählte er auch diesen blöden Witz, dass die Ostfriesen früher auf Oldenburgern zur Arbeit geritten wären. Weißt schon, wegen der Pferderasse. Dabei waren die Zanders längst selbst Oldenburger.«

»Schau an, wer so alles irgendwo herstammt.« Olivias Gedanken waren schon zur Tür hinaus. »Woher in Ostfriesland kamen die denn genau?«

»Aus Völlen«, antwortete Schulte.

7.

Frühjahr 1937

Erhard Köhler sang vor sich hin: »Alles in Butter, es ist alles in Butter.« Was für ein schwachsinniges Lied, dachte er dabei. Bloß gut, dass es das nicht wirklich gab. Wer würde auch so ein albernes Zeug öffentlich singen!

Mit der langen Bratengabel stach er nach dem weißen Riegel, der im Salzwasser schwamm, spießte ihn auf, hob ihn aus dem Bottich, ließ ihn abtropfen und beförderte ihn mit geübtem Schwung in den großen Einkochkessel auf dem Herd. Vorsichtig eintauchen lassen, darauf kam es an. Nicht mit der heißen Butter herumspritzen! Fettflecken gingen aus Oberhemd und Weste nur schwer heraus, und wenn man großes Pech hatte, konnte sich das Zeug am Stangenherd entzünden. Das wäre eine Katastrophe gewesen. Nicht nur wegen des Feuers.

Während der Butterriegel schmolz, taxierte Erhard den Pegelstand des flüssigen Fetts. Reichte das schon? Zu viel war Verschwendung. Aber es durfte nachher auch nichts oben herausgucken.

Vorne im Haus klapperte etwas. Mit drei schnellen Schritten war Erhard an der Küchentür, spähte in den langen Flur, Hand am Riegel. Das ganze Zeug lag ausgebreitet hinter ihm, der denkbar ungünstigste Zeitpunkt für ungebetenen Besuch! Seine Anweisung für diesen Fall lautete: Tür verbarrikadieren, raus durchs ebenerdige Fenster und ab durchs Grünkohlfeld. Weiter reichte der Plan nicht.

An der Garderobe neben der Haustür pfiff jemand. Aha, das Horst-Wessel-Lied. Eindeutig Georg Zander. Puh! Erhard entspannte sich. Er ging zurück zum Stangenherd, der einen starken Torfrauchgeruch verbreitete, und kontrollierte den Buttertopf. Besser doch noch einen Riegel, sonst reichte es nachher nicht.

Erhard Köhler ertappte sich dabei, dass er nun ebenfalls das Horst-Wessel-Lied vor sich hin summte. Pfui Teufel! Früher war es ein Kampflied der SA-Horden gewesen, das einen der ihren verherrlichte, einen kriminellen Zuhälter, dessen einziges Verdienst es war, von Linken erschossen worden zu sein und dadurch den Nazis als Märtyrer zu dienen. Damals, vor 1933, hatte Erhard sich manchen Tritt von diesen uniformierten Strolchen eingefangen. Inzwischen sah man die kinderkackebraune Kluft kaum noch auf den Straßen. Hitler befehligte inzwischen nicht nur die SS, sondern ganz offiziell Polizei und Reichswehr. Was brauchte er da noch seine Schlägertrupps von früher? Abgehakt und abgelegt. Das Horst-Wessel-Lied aber war zur zweiten deutschen Nationalhymne avanciert.

Die Küchentür flog auf. Georg Zander bückte sich beim Eintreten, trotzdem berührte er mit dem Kopf den Türsturz. Seine schwarze Uniform schien alles Licht im Raum aufzusaugen. Sein langes, blasses Gesicht und sein hellblondes Haar bildeten dazu einen starken Kontrast. »Wie läuft es, mein kleiner Zigeunerfreund?«, rief er dröhnend laut. »Alles in Butter, wie ich sehe. Verschütte bloß nichts, Butter ist kostbar!« Er lachte schallend. »Die gute Horst-Wessel-Butter! *Marschiert im Geist auf unseren Broten mit!*«

Erhard, der gerade den Einkochkessel mit der flüssigen Butter vom Herd heben wollte, hätte das schwere Gefäß beinahe aus den topflappengeschützten Händen rutschen lassen. »Mensch, Georg, leg dich bloß nicht mit Goebbels an!«, rief er erschrocken. »Kugelfest ist deine Uniform auch nicht.«

Zander machte eine wegwerfende Handbewegung. »Hast du eine Ahnung«, schnaubte er. »Die SS ist die wahre Macht im Staate, gleich nach dem Führer und Heinrich Himmler. An uns würde sich sogar der kleine Klumpfuß die Zähne ausbeißen. Aber der ist schlau, darum versucht er es gar nicht erst.«

Erhard Köhler verdrehte die Augen. Gleich zwei politische Witze über den Reichspropagandaminister hintereinander! Erst die Anspielung auf seine vor zwei Jahre verkündete Parole »Kanonen statt Butter«, dann die auf seine körperliche Missbildung. Jede davon konnte einem zehn Jahre Gefängnis einbringen. Oder KZ. Über diese Lager hörte man so einiges, meist hinter vorgehaltener Hand. Dort arbeiteten halb verhungerte Leute bis zum Umfallen, hieß es, Vernichtung durch Arbeit sei das Ziel. Es gab reichlich Nachschub an Arbeitskräften, denn irgendwer erzählte immer einen Witz. Viel zu viel Risiko für einen kurzen Lacher! Jetzt aber hieß es für ihn Konzentration, denn Zander schaute Erhard genau auf die Finger. Und Beeilung, sonst wurde das Butterfett wieder fest. Er trug den Kessel mit dem schwappenden Inhalt hinüber zu dem hölzernen Fass, in dem Rosenfelds Meißner Porzellan gestapelt war, ein historisches Service in kunstvollster Ausführung, mit verschnörkelten Rändern ohne Sprünge oder abgeplatzte Stellen, die Bemalung so leuchtend, als sei sie gestern erst aufgetragen worden. Alles war vollständig, von den großen Terrinen und Saucieren bis hin zu den kleinsten Tellerchen und Kännchen. Erhard hatte Stunden damit zugebracht, alles fein säuberlich in diesem Fass zu stapeln, sodass nirgendwo mehr Luft als nötig bleib, aber ohne dass irgendein Teil die Fassdauben berührte. Das Resultat war für sich genommen schon ein Kunstwerk. Das übergoss er nun mit der flüssigen Butter.

»Sehr gut.« Georg Zander beobachtete, wie der Flüssigkeitspegel langsam stieg, wie die heiße Butter alle Hohlräume füllte und schließlich bis über das oberste Deckelchen stieg, bis knapp unter den Rand des Fasses. Die Buttermenge war genau richtig kalkuliert, stellte Erhard zufrieden fest. Vom langen Halten des Kessels zitterten ihm die Arme; das leere Gefäß klapperte, als er es zurück auf den Stangenherd stellte.

»Du musst mal mehr Sport treiben«, sagte Zander und kniff ihn in den Oberarm. »Nichts als Pudding! Da haben andere 18-Jährige aber mehr zu bieten, die sind nicht so schlapp wie du. Besonders groß bist du auch nicht. Wächst du eigentlich noch?«

»So groß wie du will ich gar nicht werden, da stößt man sich bloß überall den Kopf«, sagte Erhard und wich flink einer angedeuteten Backpfeife des Älteren aus. »Mir reicht es, dass ich schon fast einen Kopf größer bin als Erich, mein großer Bruder. Und außerdem, was soll ich Sport treiben? Bringt doch kein Geld! Olympia war schon letztes Jahr.«

»Da sagst du was«, knurrte Georg Zander. »Letztes Jahr hatten die Siegermächte uns scharf im Visier, da mussten wir zentnerweise Kreide fressen, selbst wenn irgendwelche Neger unsere arischen Männer im Wettkampf geschlagen haben. Und die Juden mussten wir auch eine Weile in Ruhe lassen, damit kein Ausländer mit dem Finger auf uns zeigte. Alles nur, weil wir noch nicht kriegsbereit waren. Aber das ändert sich jetzt, mein Junge, das ändert sich. Weniger Butter, mehr Kanonen. Und Panzer, Flugzeuge, U-Boote. Jeden Tag werden es mehr. Schritt für Schritt zum Endsieg!«

Erhard lief ein kalter Schauer über den Rücken. Hatte er sich gerade eben überanstrengt? Besonders weit her war es wirklich nicht mit seiner körperlichen Konstitution. Seit er in Zanders Geschäft eingestiegen war, verbrachte er mehr Arbeitszeit am Schreibtisch als erwartet. Vor allem, seit Georg ihn zum Kompagnon gemacht hatte. Das brachte nicht nur mehr Geld, das erhöhte auch sein Sicherheitsgefühl. Aber es verstärkte auch den Erfolgsdruck.

»Tingelt dein Bruder immer noch über die Jahrmärkte?«, fragte Zander. »Beim Fußball habe ich ihn seit damals kaum noch gesehen. Mann, das war vielleicht was, wie wir die

Hamburger satt gemacht haben. Aber danach musste er ja für euren Vater den Fahrer spielen. Habt ihr immer noch die große Schießbude? Aber doch bestimmt nicht mehr diese gammelige Zugmaschine von damals.«

»Den *Protos* haben wir längst abgestoßen«, antwortete Erhard mit Stolz in Stimme und Gesicht. »Erich fährt jetzt einen *Cadillac*! Große Kiste, drei Sitzbänke, und auf den Trittbrettern können auf jeder Seite vier Mann mitfahren, wenn es sein muss. Der Wagen zieht den großen Hänger mit der Schießbude wie nichts.«

Zander schüttelte missbilligend den Kopf. »Ein Jammer, dass dein Bruder nicht mehr aus sich macht! Gib's zu, den Wagen hast du ihm doch bezahlt, oder nicht? Finde ich gut, diesen Familiensinn, den ihr habt. Aber tritt deine Mutter immer noch als Wahrsagerin auf? Also mir wäre das peinlich.« Er rieb seinen Mützendeckel mit dem Unterarm ab und polierte den glänzenden Schirm. Dabei kam er ins Sinnieren: »Obwohl, unser Reichsführer SS Heinrich Himmler hat auch einen Hang zum Okkulten. Wer weiß, dem würde das vielleicht gefallen.«

»Meine Mutter ist tot«, sagte Erhard leise. »Letztes Jahr verstorben. Ganz plötzlich, an Herzversagen.« Die Erinnerung versetzte ihm einen schmerzhaften Stich. So ein großes Herz, dachte er. Aber sie war das Herz unserer ganzen Familie. Das wäre auch für ein starkes Herz eine sehr große Aufgabe gewesen, und stark war ihres wohl nicht, wie der Doktor sagte, als es zu spät war. Sie hatten eine schöne Trauerfeier für sie gemacht, aber bei der Beerdigung ging es völlig deutsch und gesittet zu, alles schwarz und grau und beherrscht und still. Alles Leid im Inneren verborgen. Genauso hatte Erhard es mit seiner Trauer gemacht, hatte sie tief in sich drin bestattet und begraben. Das hatte gut funktioniert, schon am nächsten Tag war er wieder arbeiten gegangen, und keiner hatte etwas gemerkt. Nur er selbst, weil es sich ein wenig tot anfühlte da in ihm drin.

»So, Herzversagen? Beileid.« Georg Zander war eindeutig nicht interessiert. »Kenne ich, solche Fälle. Kommt meistens von zu viel fettem Essen. Esst ihr Zigeuner nicht auch immer sehr fett?«

Erhard nickte. Das stimmte zwar nicht, Mutters Zigeunerpörkölt aus Rindfleisch und ein wenig Schweinespeck war auch nie fetter gewesen als der Sonntagsbraten der Nachbarn, nur schärfer und leckerer. Aber ihm behagte das Thema nicht, und Zustimmung verhinderte meist lange Erörterungen.

Diesmal klappte das nur annähernd. »Trotzdem, es ist jammerschade, wie Erich sein Talent verschleudert. Fahrer für einen Schießbudenbesitzer! Selbst wenn es euer eigener Vater ist, hör mal, das ist doch nichts.«

»Nebenbei hat er aber noch ein Boxerzelt«, nahm Erhard seinen Bruder in Schutz. »Da boxt er auch selbst! Immer gegen viel größere Gegner, sodass alle gegen ihn wetten. Aber er ist so schnell, dass keiner eine Chance gegen ihn hat.«

»Tja, schnell ist er. Wie ein Windhund. Und zäh wie Leder.« Wieder schüttelte Zander den Kopf. »Wenn er nur nicht so aussehen würde! Klein und dunkel. Könnte auch ›Zigeuner‹ auf der Stirn stehen haben.« Er klopfte Erhard Köhler auf die Schulter: »Sei froh, dass du anders aussiehst als Erich! Dich kann man schon eher mit einem Arier verwechseln. Auch wenn du im Fußball nicht einmal halb so gut bist wie dein Bruder.«

Erhard widersprach nur halbherzig. Sein Blick war auf die erstarrende Butter gerichtet, seine Gedanken waren bei seiner Familie. Je stärker er die Ablehnung der Deutschen spürte, desto mehr zog er sich gedanklich auf sein anderes, sein eigenes Volk zurück. Sie hatten sich doch einfügen wollen – warum ließ man sie denn nicht? Jedes Mal, wenn er einen von seinen Leuten traf, hörte er von neuen unerfreulichen Vorfällen. Skeptische Blicke und verletzende Bemerkungen waren sie schon lange gewohnt; nicht umsonst hielten sich Sinti und Roma überwiegend an ihresgleichen. Keinen Streit provozieren, damit war man lange Zeit gut gefahren. Auch nach der Machtübernahme der Nazis galt doch die allgemeine Feindseligkeit vor allem den Juden. »In deren Windschatten können wir ruhig segeln«, hatte sein *Babo* letztes Jahr noch verkündet. Dann hatten ihn ein paar junge Burschen beschuldigt, die Luftgewehre in seiner Schießbude präpariert zu haben, nur weil sie zu betrunken waren, etwas zu treffen. Sie hatten ihm mehrere Zähne ausgeschlagen, ohne dass jemand helfend eingegriffen hätte, nicht einmal die Kollegen von den Nachbarständen; Erich hatte es in seinem Boxzelt zu spät mitbekommen. Die Zeiten wurden rauer, das Leben wurde gefährlicher. Schritt für Schritt.

Erhard atmete tief durch. Nur gut, dass ich vorgesorgt habe, dachte er. Sehr gut vorgesorgt. Und dass niemand weiß, wie gut.

»Ist die Lieferung damit komplett?« Zander trat mit blank poliertem Stiefel gegen das frisch gefüllte Fass, dass es wackelte. Von drinnen war nichts zu hören, kein Klirren und kein Scheppern. Das kostbare Porzellan war unverrückbar und sicher eingebettet. Alles in Butter. Diese Transportsicherung stammte aus dem Mittelalter, ebenso wie die Redensart.

»Ja, das ist das letzte Collo.« Erhard wischte mit einem Lappen über eine haardünne Fuge zwischen zwei Dauben, wo etwas Butter ausgetreten und erstarrt war. »Passt alles zusammen auf den kleinen Pritschenwagen. Der ist schneller, dann schaffe ich es hin und zurück leicht an einem Tag.«

»Nimm trotzdem den großen Lastwagen«, ordnete Zander an. »Ich habe weitere Ware angenommen. Kisten mit Büchern für unsere Parteigenossen in den Niederlanden. Teilweise ins Niederländische übersetzt.« Er grinste: »›Mein Kampf‹ heißt bei denen ›Mijn Gevecht‹. Klingt witzig.«

Erhard Köhler stöhnte. »Bücherkisten! Kriege ich wenigstens einen Beifahrer? Oder soll ich die alle alleine schleppen?«

»Stell dich nicht so an, die Parteigenossen in Groningen werden dir schon helfen. Außerdem, Arbeit macht frei! Und stärkt die Glieder.«

»Ein bisschen wundert es mich schon, dass wir mit unseren Butterfässern nie Probleme haben an der Grenze«, sagte Erhard. »Bei uns ist Butter doch Mangelware, in den Niederlanden nicht. Warum also Butter von Deutschland nach Holland exportieren? Ist doch unlogisch.«

»Logisch muss es auch gar nicht sein«, schnarrte Zander. »Es ist nicht verboten, darauf kommt es an. Außerdem deklarieren wir den Inhalt nicht als Butter, sondern als Butterfett. Für Großbäckereien. Holländische *Stroopwaffeltjes*, weißte Bescheid? Die Dinger triefen doch von dem Zeug. So hat noch niemals jemand Verdacht geschöpft.«

Erhard nickte; das wusste er natürlich, die Zolldeklarationen fertigte er schließlich selbst aus. »Wieso bekommen wir so leicht Nachschub an Butter? Wo die doch so knapp ist?«

Georg Zander strich mit der Hand über die Knopfleisten seiner schwarzen Uniform. »Deswegen! Sagte ich nicht, dass die SS die wahre Macht im Staate ist? Aber auch, weil meine Familie aus Ostfriesland stammt. Kennst du Völlen? Das ist bei Papenburg. Vielleicht seid ihr dort mit eurer Jahrmarktsbude schon mal durchgekommen.«

Erhard Köhler zuckte mit den Schultern; mit den alten Zeiten hatte er abgeschlossen. »Da gibt es Butter im Überfluss?«, fragte er.

»Vor allem gibt es da Bauern«, gab Zander zurück. »Reiche Bauern. Gierige Bauern. Die lassen sich nicht gerne vorschreiben, wann sie wie viel zu schlachten und wem sie was zu liefern haben. Solche Bauern denken nicht an die Volksgemeinschaft, sondern nur an den eigenen Bauch. Die sind erst zufrieden, wenn sie Teppiche im Schweinestall liegen haben.«

Blanker Hass sprach aus Zanders Miene; Erhard zuckte erschrocken zurück. Natürlich wusste er, was die SS war und wofür sie stand. Schutzstaffel, von wegen! Aber zu ihm waren Georg und Hasko Zander immer nett gewesen. Herablassend, das ja, manchmal auch geringschätzig, aber meistens korrekt. Man arbeitete zusammen, man brauchte einander; in den letzten Jahren hatte Erhard sich für das gemeinsame Geschäft unentbehrlich gemacht. Er hatte sich trotzdem bemüht, nicht unvorsichtig zu werden, aber wirklich bedroht hatte er sich nie gefühlt. Jetzt aber hatte er einen Eindruck davon, wie sich das anfühlen konnte.

»Na, Bauern eben.« Zander hatte sich wieder im Griff. »Protzen gern mit dem, was sie haben. Aber wenn du sie wegen Gesetzesverstößen bei den Klöten hast, dann fangen die genauso an zu wimmern wie die Judenbengel.« Er lachte böse. »Dann sind die froh, wenn du nichts anderes von denen willst als ein paar Zentner Butter. Verstehst du? Mach den Leuten immer so viel Angst, dass sie denken, es geht ums Leben. Dann trennen sie sich ganz leicht von allem anderen.«

Erhard nickte schweigend. Genau das ist unser Geschäft, dachte er. Wenn Menschen um ihr Leben fürchten, dann geben sie alles andere leichter weg. Dann sind wir da, um es ihnen abzunehmen. Gegen ein Trinkgeld. Gerade so viel, dass sie in irgendein anderes Land kommen, wo sie sich sicher fühlen. Mit schwerem Herzen und leichtem Geldbeutel. Aber mit dem Kopf fest auf dem Hals.

»Was ist mit dem Schmuck?«, fragte Zander unvermittelt. »Wo ist der ganze Silberkram von Levy? Und wo hast du die goldenen Ringe und Ketten von Hammerschmidt hingetan? Pferdehändlers Notreserve, dass ich nicht lache! Als es drauf ankam, hat er sich nicht getraut, das Zeug über die Grenze zu schmuggeln. Feiges Judenpack!«

»Reservereifen«, sagte Erhard Köhler und seufzte. »Hatte ich schon für den Pritschenwagen fertig gemacht. Jetzt muss ich das Zeug natürlich umpacken. Dabei gehen die Lastwagenreifen so schwer von der Felge ab.«

»Da siehst du es mal wieder, blinder Eifer schadet nur. Bloß keine jüdische Hast.« Unvermittelt beugte sich Zander zu Erhard Köhler herab. »Und wie ist das mit den Diamanten ausgegangen?«, zischte er. »Los, ich will eine Erfolgsmeldung hören.«

»Bedaure.« Erhard hielt dem bohrenden Blick aus kalten blauen Augen stand. »Da ist uns einer zuvorgekommen. Muss deutlich höher geboten haben. Landsberg hat heimlich verkauft und mich hingehalten, bis er und seine Leute in Antwerpen waren. Außer Reichweite.«

»Verfluchte Inzucht!«, schimpfte Georg Zander. »Das passiert jetzt auch immer öfter. Sind mittlerweile viel zu viele Hechte unterwegs in diesem Karpfenteich. Müsste mal wieder richtig aufgeräumt werden. Wie damals 1934 mit dem fetten Röhm und seiner schwulen Bande. Zack, Genickschuss, fertig! Wer war das? Hast du den Namen?«

Erhard Köhler schüttelte den Kopf. »Nein. Angeblich war es einer aus Frankfurt, aber sicher weiß ich das nicht.«

»Das muss aufhören«, bekräftigte Georg Zander. »Sonst funken die uns als Nächstes noch bei den Immobilien rein. Läuft da wenigstens alles sauber mit?« Er unterbrach sich; Geräusche von der Eingangstür ließen ihn aufhorchen. Krachend schlug die Tür zu, schwere Schritte stampften über den Flur. Diesmal war es keine Frage, wer da kam.

»Heil Hitler, ihr Luschen!« Hasko Zander war kaum kleiner als sein Bruder, einen oder zwei Zentimeter vielleicht, und das bei identischer Schulterhöhe; auch Stirn und Hinterkopf waren gleichermaßen ausgeprägt. Der Unterschied lag im Gesicht. Haskos Augen waren schmal und von wulstigen Brauen überwölbt, seine Nase wirkte gestaucht, seine Oberlippe war kaum vorhanden; sein Mund war breit, sein Kinn kurz und vorspringend. Trotzdem war die Familienähnlichkeit unverkennbar. Hasko war ein gequetschtes Pendant seines Bruders.

Die Begrüßung fiel herb aus: ein Hieb auf die Schulter, ein Stoß vor die Brust. Für Erhard fiel ein beiläufiges Nicken ab. »Ihr seid beim Geschäft, was?«, stellte Hasko fest. »Sehr gut. Ich brauche Bares.«

»Andauernd brauchst du Geld.« Georg war wenig begeistert. »Neues Auto schon wieder? Das können wir doch über die Firma laufen lassen.«

»Nix Auto. Edelgard!«, rief Hasko. Tief in ihren Höhlen blitzten seine Augen. »Wird Zeit für den Antrag. Ich brauche Ringe! Erst einen, dann noch zwei.«

»Ringe?« Georg schmunzelte belustigt. »Kein Problem, Erhard muss sowieso noch mal an den Ersatzreifen ran. Aber wieso denn jetzt auf einmal? Hast du Edelgard etwa geschwängert, du Hengst? Keine Selbstbeherrschung, der Herr Sturmbannführer, was?«

»Blödsinn«, erwiderte Hasko. »Es ist ihr Vater. Macht Druck, der Herr Großkonfektionär. Will seine Nachfolge endlich geregelt wissen. Hat bloß Töchter, dieser Büchsenmacher. Also ran an den Feind. Heiraten, Enkel zeugen, schon stehe ich im Testament. Und im Grundbuch.«

»Klingt nach überfallartigem Angriff. Mit Stellungskrieg hast du es wohl nicht so, was? Davon hält unser Führer bekanntlich auch nichts.« Sie lachten grölend, wohl wissend, auf wie dünnem Eis sie sich bei dieser doppelten Anspielung auf Hitlers Weltkriegserfahrungen und seinen Familienstand bewegten. »Los, Kleiner, dann leg mal etwas vor!«

Hasko hob abwehrend die Hände: »Von wegen, nicht so ein Judenzeug! Etwas richtig Schickes, maßgefertigt, von dem arischen Goldschmied in der Achternstraße. Ein Ring zur Verlobung, mit Stein, und natürlich Eheringe. Alles schön verziert.«

»Seit wann gibt es einen arischen Goldschmied in der Achternstraße?« Georg Zander schaute Erhard Köhler fragend an. »Ich kann mich an keinen jüdischen Juwelier dort erinnern, den wir … du weißt schon.«

»Gab's auch nicht«, sagte Hasko Zander. »In dem Haus war ein Klamottenjude. Ist letztes Jahr weg. *Jetzt* ist da ein Goldschmied drin.«

Sein älterer Bruder seufzte. »Na dann hol mal Bargeld raus, Erhard! Wie viel brauchst du denn, Hasko?«

»Sieben fünf«, sagte Hasko Zander in beiläufigem Ton.

»Bist du bekloppt?«, rief der Ältere entsetzt. »7.500 Reichsmark! Dafür kriegst du einen *Mercedes Benz 230 Cabrio*, brandneu und mit Küsschen auf den Arsch! So viel Geld willst du für ein paar Ringe ausgeben? Wo wir hier mehr als genug von dem Zeug haben? Und dann womöglich noch so ein kitschiges Zeug mit Hakenkreuz und Totenkopf?« Er ballte die Faust und präsentierte seinen SS-Ehrenring: »Für so was kenne ich eine billigere Bezugsquelle.«

»Vorsicht, Georg«, zischte Hasko Zander zurück, die Zähne gefletscht, die rechte Hand ebenfalls zur Faust geballt. »Darüber macht man keine Witze, nicht einmal dir lasse ich das durchgehen. Auch wenn du einen Rang über mir stehst.« Nase an Nase, Faust an Faust standen sie da, sekundenlang, der eine bebend vor Zorn, der andere vor Gier. Bis Georg Zander sich bewusst wurde, dass Erhard Köhler immer noch neben ihnen stand, in geduckter Haltung und mit wachsamem Blick. »Schon gut, hol das Geld!«, wies er ihn an. »Wir haben genug von dem Zeug.«

Erhard stieß die Tür zur Speisekammer auf. Der niedrige Raum war mit langen Regalen aus ungehobelten hölzernen Latten vollgestellt, und jedes dieser Regale war vollgepackt mit stabilen Pappkartons. Alle trugen den gleichen Aufdruck: »Natronseife«. Die Raumluft war geschwängert mit dem intensiven Geruch von Fett und Glyzerin. Erhard zählte die Kartons auf dem ganz rechts stehenden Regal ab und zog den fünften hervor, der genauso intensiv roch wie die anderen. Sein Inhalt bestand auch aus Seifenriegeln – jedenfalls die obersten beiden Schichten. Darunter befanden sich Geldscheine, ordentlich gebündelt und geschichtet. Erhard Köhler nahm eines davon heraus. »10.000«, stand auf der Banderole, mit Bleistift und in seiner Handschrift.

»Gib her.« Hasko Zander riss ihm das Bündel aus der Hand und steckte es in die Tasche seiner Uniformjacke. »Rest wird verrechnet. Ist sowieso bald wieder eine Ausschüttung fällig, stimmt's? Das Haus in der Langen Straße. Glaubt nicht, ich hätte den Verkauf nicht mitgekriegt. Sauber getarnt übrigens. Wo kriegt ihr die Strohmänner bloß immer her?«

»Für Geld bekommst du alles«, gab Georg Zander knurrig zurück. »Strohmänner für die getarnten Verkäufe gehen jedes Mal vom Gewinn ab, vergiss das nicht! Von wegen Ausschüttung. Wir müssen liquide bleiben. In nächster Zeit wird es eine Menge Immobilienverkäufe geben. Das heißt für uns viele Ankäufe. Mit Nebenkosten. Ohne Bargeld geht nichts.«

»Ach Bruderherz, ihr macht das schon.« Hasko Zander klopfte sich auf die Jackentasche: »Du und deine zweibeinige Rechenmaschine. Fürs Erste bin ich abgefunden. Sorgt ihr nur dafür, dass die Kuh auch weiterhin so viel Milch gibt!« Er stampfte über den Flur davon, und Erhard registrierte, dass auch er das Horst-Wessel-Lied pfiff.

Georg Zander fluchte leise vor sich hin. »Was der wohl glaubt, dieser Wichtigtuer! Keinen Finger rühren, aber abkassieren. Ewig geht das nicht mehr so weiter. Nichts geht ewig, gar nichts.«

Erhard Köhler merkte auf. »Hast du etwas gehört?«, fragte er leise. »Gibt es Untersuchungen?«

»Untersuchungen gibt es ständig«, erwiderte Georg Zander leise. »Sogar mit der Aufforderung, speziell auf Tarnverkäufe zu achten. Partei und Staat haben doch längst gemerkt, wie viel Beute ihnen durch die Finger rinnt. Die Juden werden nicht ohne Grund zur Emigration gedrängt. Deren Besitz ist längst verplant. Glaubst du, die ganzen Panzer, Flugzeuge und U-Boote gibt's für lau?«

Erhard überlegte einen Moment. »Wie viel Zeit haben wir noch?«, fragte er dann.

»Zeit? Ein Jahr, vielleicht zwei, aber nur, wenn wir ganz vorsichtig sind.« Zander schaute seinen Kompagnon scharf an: »Mit unseren Geschäften. Oder was hast du gemeint?«

»Unsere Geschäfte, was sonst«, antwortete Erhard. »Was sonst.«

»Mach dir keinen Kopf«, sagte Georg Zander. »Kümmere du dich um den Schreibkram, wie immer, und um den Transport morgen. Ordentliche Papiere und so, kennst du ja. Ich kümmere mich ums große Ganze. Wenn es zu heiß wird, kriege ich das schon rechtzeitig mit.« Sein Blick, der forschend auf Erhard Köhlers Miene ruhte, nahm für ein paar Augenblicke eine freundschaftliche Verbindlichkeit an. »Dir wird schon nichts passieren. Nicht, solange ich meine Hand über dich halte, verstehst du?«

Er verabschiedete sich und verließ das Haus, ihre Basis, ihr wunderbar unauffälliges Versteck am kleinbäuerlichen Rand von Osternburg. Erhard Köhler sah ihm nach, bis er seinen an der nächsten Straßenecke abgestellten Wagen bestiegen hatte und davongefahren war. Dann machte er sich daran, auftragsgemäß die morgige Lieferung vorzubereiten. Solang er seine Hand über mich hält, dachte er dabei. Er spürte ein mulmiges Gefühl in der Magengrube. Solang. Also nicht für immer. Es wird demnach brenzlig. Für die Juden, die Kommunisten, die Sozis und Gewerkschafter, die Bibelforscher, die Schwulen, soweit sie keine SS-Uniform tragen, natürlich auch für die Neger. Und für uns Zigeuner nicht? Mehr als unwahrscheinlich. Wir sind bloß noch nicht dran. Das wird aber kommen. Schritt für Schritt. Und was dann?

Dann, beantwortete Erhard seine eigene Frage, werde ich vorbereitet sein. Gute Vorbereitung hieß gutes Geld. Noch besser Gold und Edelsteine. Papierscheine galten nur etwas, wenn ein starker Staat dahinterstand, und wer konnte in diesen Zeiten sagen, welcher Staat wie lange stand? Und welcher welchem standhielt? Solange Georg Zander seine Hand über ihn hielt! Du falscher Hund, dachte Erhard. Wenn es eng wird, ist deine Hand doch schneller weg, als ich sie beißen kann. Ihm fühlte er sich nicht verpflichtet, von Anfang an nicht. Nur seiner Familie. So hatte er auch gehandelt. Bis heute unbemerkt. Genauso würde er weitermachen, solange das so blieb.

Also bestimmt nicht ewig.

8.

Heute

Mittag. Stahnke packte sein Butterbrot aus und biss herzhaft hinein. Der Gouda war hart und zu dick geschnitten, das Brot trocken und krümelig. Butter quoll zwischen seinen Zähnen hervor und kleckste über die Unterlippe auf seinen Unterarm. Natürlich war keine Serviette zur Hand. Was für eine Sauerei!

Sibylle Wiemken schob ihm eine Taschentuchbox über den schmalen Spalt zwischen ihren Schreibtischen. Die Hoffnung, sein Missgeschick könnte unbemerkt geblieben sein, war somit dahin. Er dankte mit einem verkniffenen Lächeln. Brotkrümel rieselten von seinem schlecht rasierten Kinn.

In Sachen Krümel konnte seine Kollegin mithalten; ihr Mittagsimbiss bestand aus einer Packung runder Doppelwaffeln, die bis zu ihm herüber nach Butter rochen, mit einer zähen Sirupschicht in der Mitte. Plombenzieher und Kalorienbomben. *Stroopwaffeltjes*, die Dinger waren berühmt, er kannte sie und mied sie wie die Pest. Viel zu süß, er bekam Sodbrennen davon.

Vor ihm auf dem Schreibtisch lag Seiferts Bericht. Stahnke schüttelte die Krümel vom Papier, ein großer Fettfleck blieb zurück. Der Hauptkommissar wickelte den Rest seiner Stulle in das gebrauchte Papiertaschentuch und versenkte das Bündel im Papierkorb.

Schiffspassagen Schleuse Oldenburg, zu Berg und zu Tal, aha. Eine Reihe von Schiffsnamen und Tonnagen war aufgelistet, dazu die Namen der Eigner und Schiffsführer. Mit Uhrzeiten, Schleuse ein, Schleuse aus. Sah gut aus, tatsächlich jedoch hatte Seifert es sich leicht gemacht und nur das Protokollbuch kopiert. Wenigstens hatte sein Kollege den fraglichen Zeitraum markiert. Während der Abwesenheit dieser Frau Dressel mitsamt ihrem Boot vom Jachtklub-Anleger hatten zwei Binnenschiffe die Schleuse passiert, eins in Richtung Hunte und Weser, eins in Richtung Küstenkanal. Beide waren Holländer, beide hatten Container geladen. Mit dem Abwärtsfahrer mussten sie reden. Früher sprachen fast alle Holländer gut Deutsch; mittlerweile wurde man beim Cafébesuch in Groningen auf Englisch angesprochen. Der Gedanke behagte Stahnke gar nicht. Unten auf dem Ausdruck befand sich ein handschriftlicher Zusatz, mit dünnem Bleistift, den hätte er fast übersehen. »Laut Aussage Schleusenwärter wurde kein weiterer Sportbootverkehr zwischen Auslaufen und Rückkehr der *Sting* beobachtet«, stand da. »Lediglich ein Angelboot zeitweise während des Nachmittags an verschiedenen Positionen. Eine Person, vermutlich männlich. Schlauchboot, dunkelrot.«

Stahnke lehnte sich zurück. Ein Angler? Einer, der mit seinem roten Gummiboot stundenlang im Hafenbecken dümpelte, um mal hier, mal dort seine Würmer zu baden? Wann sollte der denn wohl diesen hochgewachsenen älteren Mann in seine Gewalt gebracht, ihn gefoltert, gefesselt, mitsamt einer Autofelge an Bord genommen und im Jachthafen versenkt und ertränkt haben? Nein, als Täter kam dieser Angler wohl nicht in Frage. Aber vielleicht als Helfer. Mit der Aufgabe, den Schwimmsteg des Jachtklubs im Auge zu behalten und zu melden, sobald ein bestimmtes Motorboot seinen Liegeplatz verließ. Und dem eigentlichen Täter dann bei seiner Tat zur Hand zu gehen. Aber das setzte voraus, dass diese Journalistin mit dem engen T-Shirt richtiglag mit ihrer Behauptung, die Tat hätte irgendetwas mit ihr zu tun. Jemand wolle ihr etwas mitteilen, sie unter Druck setzen. Nur wusste diese Person leider nicht, wer. Und auch nicht, warum. Spielte die sich bloß auf? Möglich; ihre ganze Attitüde hatte in Stahnkes Augen etwas Wichtigtuerisches. In jungen Jahren zu kurz gekommen, brauchte sie daher besonders viel Aufmerksamkeit, so was in der Art. Wie er solche Leute verabscheute!

Sibylle Wiemken verließ das Büro und schloss die Tür hinter sich. Eine halbe Minute später schwang die Bürotür wieder auf. War das etwa schon Olivia Dressel? Seit wann kamen Journalisten zu früh? Na, vielleicht war ihr noch etwas Wichtiges eingefallen. Der Hauptkommissar ließ seinen Drehstuhl herumschwingen.

Es war aber nicht Olivia Dressel, es war seine junge Kollegin, die Kommissarin Manuela Schönborn. Hochgewachsen, schlank, sehr hellhäutig, sehr ernst. Mitte 20. Sehr gut sieht sie aus mit ihren langen blonden Haaren, dachte Stahnke. Es hieß, die Polizei stelle bevorzugt hübsche Frauen ein, wenn sie denn schon Frauen einstellen musste. Wenn das stimmte, wäre es ein Armutszeugnis. Manuela Schönborn taugte nicht als Gegenbeweis.

»Hier.« Sie legte eine Mappe auf Stahnkes Schreibtisch, trat einen Schritt zurück, verschränkte ihre Hände hinter dem Rücken. Ihre blassen Wangen zeigten hektisch rote Flecken, ihre Wimpern flatterten.

»Bitte setzen Sie sich.« Bloß nicht zu väterlich, dachte der Hauptkommissar, während er die Mappe öffnete. Das hatte Sina ihm ausgetrieben. Väterlich wirke auch nur geringschätzig gegenüber einer jüngeren Frau. Wie dann? »Sei ganz normal«, hatte Sina verlangt. Was war normal? »Das ist relativ.« Na super.

Die Mappe enthielt einen Stapel Fotografien, farbige Papierabzüge, wie sie bis vor einigen Jahren üblich gewesen waren. Sogar ein paar Polaroids waren dabei. Feiermotive, vermutlich hatte einer die Polaroidkamera als Party-Gag mitgebracht. Die junge Frau hier, war das Manuela selbst? Nein. »Ihre Mutter sah Ihnen sehr ähnlich«, stellte Stahnke fest. »Oder Sie ihr. Wie sagt man?«

»Danke. Meine Mutter war eine sehr schöne Frau«, erwiderte Manuela Schönborn, die sich einen Stuhl an die Seite des Schreibtisches gezogen hatte. Ihre Wangen waren inzwischen vollständig in zartes Rosa getaucht, aber ihr Blick war fest. Hellblaue Augen, das Klischee war komplett.

Manuelas schöne Mutter war auf beinahe jedem der mitgebrachten Fotos zu sehen. Mal alleine, meistens aber im Kreis anderer junger Leute, Studentinnen überwiegend, gelegentlich auch junger Männer, überwiegend mit langen Haaren und struppigen Bärten. Stahnke fühlte sich an Marian Godehau erinnert. Ein bisschen auch an Thorsten Venema.

Auf einigen Fotos waren im Hintergrund Unigebäude zu erkennen, auf anderen das Johann-Justus-Wohnheim. Manchmal auch nur Landschaft oder Baggerseen. Man war wohl öfter gemeinsam spazieren gegangen oder im Sommer schwimmen. Lustig ist das Studentenleben, kam es Stahnke in den Sinn, faria, faria ho! Ach nein, falsches Lied – Zigeuner, nicht Studenten.

Einer der wenigen abgelichteten Männer ohne Bart und Langhaarmatte war Heino Zander. Ein gut aussehender Mann, blond und hochgewachsen, auffallend seriös in dieser Gesellschaft. Auf den Gruppenbildern war er nie dabei, dafür gab es eine ganze Reihe Fotos, die die beiden als Paar zeigten. Manchmal mit Feiernden im Hintergrund, was aber nur den Eindruck unterstrich, dass diese zwei zusammengehörten. Manuelas Mutter sah glücklich aus, und auch Heino Zander lächelte. Ein wenig schief und spöttisch, aber immerhin.

Stahnke hielt beim Durchblättern der Fotos inne. Er sortierte die Bilder aus, die Zander zeigten, stauchte sie zu einem Stapel zusammen, hielt sie fest und ließ seinen Daumen über die Kante gleiten. Heino Zanders Gesicht huschte vorbei, wieder und wieder, in den verschiedensten Größen und Situationen. Aber immer mit demselben Lächeln.

»Wie lange ging das denn mit Zander und Ihrer Mutter?«, fragte der Hauptkommissar.

»Ein halbes Jahr«, sagte die Kommissarin. »Die meiste Zeit hat er sie wohl nicht gut behandelt, aber sie war über beide Ohren in ihn verliebt. Dann hat er Schluss gemacht, von einem Tag auf den anderen. Genau an dem Tag, als sie ihm erzählt hat, dass sie schwanger sei.«

Stahnkes Augenbrauen schnellten in die Höhe. Hochgewachsen, blond, gut aussehend – klar, die Ähnlichkeit war augenfällig. War seine Kollegin wirklich die Tochter des Opfers? Aber nein, das kam vom Alter her nicht hin. Die Fotos mussten aus den frühen 80er-Jahren stammen. Wenn Manuela Schönborn damals gezeugt worden wäre, müsste sie mindestens zehn Jahre älter sein.

»Sie hat ihm natürlich eine Szene gemacht«, fuhr die junge Kommissarin fort. »Hat auf seine Mitverantwortung gepocht. Da hat er sie geschlagen. Und rausgeworfen.«

»Das hat sie sich gefallen lassen?«, entfuhr es Stahnke. Die Jahre mit Sina hatten ihre Spuren hinterlassen.

»Ja«, antwortete Manuela Schönborn, ihre Stimme so hart wie ihre Miene. »Das hat sie. Ich kann mir das heute auch kaum vorstellen, aber ich war damals noch nicht auf der Welt.«

Der Hauptkommissar schluckte. Er ahnte, wie es weitergegangen war.

»Sie ist dann nach Holland gefahren«, berichtete die Kommissarin mit belegter Stimme. »Viele machten das noch so, obwohl Abtreibungen auch in Deutschland legalisiert waren. Aber der gesetzlich verordnete Spießrutenlauf war quälend, den wollten sich viele Frauen nicht antun. Einige bekamen lieber unerwünschte Kinder. Meine Mutter fuhr nach Groningen.« Sie beugte sich vor, griff nach den Fotos, die nicht Heino Zander zeigten, und suchte ein Gruppenbild heraus: »Hier, das ist Rainer Schönborn. Gehörte damals schon zum Freundeskreis meiner Mutter. Er hat sie bei allem unterstützt, auch finanziell, aber vor allem psychisch. Oder moralisch, wie Sie wollen. Zwei Jahre später hat er meine Mutter geheiratet. Und als dann keiner mehr damit rechnete, kam ich auf die Welt.«

Rainer Schönborn, einer von den struppigen Marian-Typen auf den Uni-Fotos. Haare und Bart straßenköterbraun, mittelgroß, leichter Bauchansatz. Mit solchen Leuten führten hübsche Frauen tiefgründige Gespräche, dachte Stahnke, nächtelang. Mit dem Sowieso kann man über alles reden, hach! Aber nach Hause und in die Kiste ließen sie sich von den anderen abschleppen. Von den großen, gut aussehenden Heinos mit dem abfälligen Grinsen. Mann ey, Frauen!

»Ihr Vater also.« Rein optisch konnte Stahnke keine Ähnlichkeit zwischen dem Mann auf dem Foto und seiner Kollegin feststellen. Sie kam offensichtlich ganz nach ihrer Mutter. »Haben er und Heino Zander sich eigentlich gekannt? Und wenn ja, hat er ihn nicht mal zur Rede gestellt?«

Die Kommissarin nickte. »Sie kannten sich nur flüchtig; unterschiedliche Fächer und Studiengänge, verschiedene Semester, da sieht man einander höchstens in der Mensa oder auf Partys. Vielmehr Feten, so sagte man damals. Und was das andere betrifft …« Sie verzog kurz ihren Mund, dann hatte sie sich wieder unter Kontrolle. »Mein Vater war nicht so der kämpferische Typ. Weich, sehr auf Ausgleich bedacht. Den hätte einer wie Heino Zander ungespitzt in den Boden gerammt.« Sie schüttelte den Kopf.

»War?«, hakte Stahnke nach. »Ihr Vater lebt nicht mehr?«

»Nein. Er starb zwei Jahre nach meiner Geburt an Krebs. Gesichtskrebs, das muss eklig gewesen sein. Ging dafür relativ schnell. Dagegen hat er auch nicht sonderlich hart gekämpft.«

Sibylle Wiemken betrat das Büro, eine Ermittlungsakte unter dem Arm, und nickte ihrer jungen Kollegin freundlich zu. Die kurze Unterbrechung reichte Stahnke, um sich wieder zu fangen. »Ihre Mutter hat Sie also allein aufgezogen?«, fragte er. »Oder hat sie wieder geheiratet?«

»Hat sie nicht«, erwiderte Manuela Schönborn. »Sie hat gearbeitet und für mich gesorgt, bis ich 18 Jahre alt war. An dem Tag hat sie sich umgebracht.«

»Aber Kind!« Oberkommissarin Wiemken ließ die Akte fallen. »Du armes Kind! Das wusste ich noch gar nicht.«

Manuela Schönborn rang sich ein bitteres Lächeln ab. »So was erzählt man auch nicht im Kollegengespräch. Sorry, ich hätte das gerne weiterhin für mich behalten. Aber ich bin nun einmal Polizistin, also werde ich hier nichts, das relevant sein könnte, für mich behalten.«

Stahnke fragte nicht, er starrte die junge Frau nur an. Er hatte so etwas geahnt.

»Meine Mutter hat mir einen Brief hinterlassen«, sagte Manuela Schönborn. »Sie hat alles aufgeschrieben. Wie sie auf Heino Zander hereingefallen ist, wie sie sich hat täuschen lassen von seinem Aussehen und seinem vielen Geld. Wie er sie gedemütigt und im Stich gelassen hat, als sie ihn am nötigsten brauchte. Dass sie sich die Abtreibung niemals verziehen hat. Dass sie die Liebe meines Vaters nur ausgenutzt hat und sich auch deswegen schuldig fühlte. Schuldig auch an seinem Tod.« Sie senkte ihre Wimpern und schüttelte den Kopf: »Meine Mutter glaubte fest, dass Krebs eine Folge negativer Gedanken sein kann. Vater war wohl klar, dass er nur zweite Wahl war. Dass meine Mutter ihn nie geliebt hat, sondern nur entlohnt. Für seine Hilfe. Das hat sie wirklich so aufgeschrieben! Nach seinem Tod hat sie nur meinetwegen durchgehalten, aber nur solange wie unbedingt nötig. Dann hat sie sich umgebracht, so wie diese andere Frau. Nur mit Schlaftabletten, ganz unspektakulär. Ich war die ganze Nacht weg, meinen 18. Geburtstag feiern mit Freundinnen. Sie hatte alle Zeit der Welt.«

Stahnke räusperte sich. »Diesen Brief würde ich gerne sehen«, sagte er.

»Das glaube ich«, sagte Manuela Schönborn. »Aber das geht leider nicht. Ich habe ihn verbrannt.«

»Verbrannt?«, fragte der Hauptkommissar. Er traute seinen Ohren nicht.

»Den Abschiedsbrief deiner Mutter?«, empörte sich Sibylle Wiemken. »Wie konntest du …« Sie unterbrach sich. »Wurde der denn nicht zu den Akten genommen? Der Todesfall wurde doch bestimmt untersucht?«

Die junge Kommissarin schüttelte den Kopf. »Unserem alten Hausarzt habe ich ihn gezeigt. Der hat daraufhin eine natürliche Todesursache bescheinigt. Inzwischen ist der selbst längst tot. Den Brief bekam ich zurück.« Sie atmete tief ein und aus. »Ich konnte ihn nicht ertragen. Dieser Brief enthielt das Fazit zweier zerstörter Leben. Die Trümmer, aus denen ich hervorgegangen bin. Es ist schwer genug, mit solch einer Hypothek zu leben, selbst wenn man es schafft, sie zu verdrängen. Die meiste Zeit. Dieser Brief hat mich daran gehindert. Darum habe ich ihn vernichtet.«

Sie verschränkte die Arme. Stahnke stützte sein Kinn in die Handflächen. Eine Minute lang war es totenstill im Zimmer. Dann fragte Oberkommissarin Wiemken: »Wer war diese andere Frau, die du vorhin erwähntest? Die sich ebenfalls umgebracht hat?«

9.

Sommer 1937

Hinter der Grenze schmeckte die Luft irgendwie anders. Frischer. Freier. Besser. Dabei sah das Land jenseits von Nieuweschans auch nicht anders aus als rund um Oldenburg. Satt grünes Gras, schwarz-weiße Kühe, hingetupfte Bäume, moorbraunes Wasser in den Kanälen. Der Eemskanaal, der immer wieder linker Hand in Sicht kam, hätte auch der Küstenkanal oder irgendeine Wasserstraße in Ostfriesland sein können. Aber die Augen saßen nun einmal im Kopf, und der Kopf wusste Bescheid. Hier lagen die Dinge anders. Bei der Grenzkontrolle hatte es keine Probleme gegeben. Georg Zander wusste immer vorher, wer wann Dienst hatte und wer für kleine Gefälligkeiten empfänglich war. Dabei sahen alle Papiere korrekt aus und hätten bestimmt einer oberflächlichen Prüfung standgehalten. Aber sicher war sicher. Allein wegen der Möbel, die mit auf der Ladefläche des großen Lastwagens standen. Wundervoll geschnitzte Schränke und Anrichten, ein großer Tisch mit erlesenen Intarsien, passende Stühle und schwere Ledersessel. Solches Zeug ließ sich in Deutschland immer schwerer an den Mann bringen. Jeder wusste, woher diese Dinge stammten, niemand bot mehr dafür als unbedingt nötig. Das war in Holland anders. Klar, auch hier wussten die meisten Bescheid, was jenseits der Schlagbäume vor sich ging; auch hier war das den meisten Leuten herzlich egal. Jeder musste sehen, wo er blieb; hatten sie nicht ihre eigenen Sorgen? Der entscheidende Unterschied bestand darin, dass der Markt hier noch nicht so überfüttert war. Die Niederlande waren exportorientiert, viele Artikel gingen direkt weiter nach Übersee. Entsprechend hoch waren die Preise. Groningens Silhouette kam in Sicht, überragt vom Turm der Martinikirche. Etwas zu forsch lenkte Erhard seinen Wagen über das Kopfsteinpflaster; lautes Rumpeln von der Ladefläche rief ihn zur Ordnung. Hoffentlich hatten sie die kostbaren Möbel ausreichend abgepolstert. Um das Porzellan machte er sich keine Sorgen, da war alles in Butter. Schmuck, Tafelsilber und Bargeld waren unempfindlich. Je näher er dem Bahnhof kam, desto mehr nahm der Verkehr zu. Einmal gab es sogar einen Stau; ein Pferdefuhrwerk hatte einen Teil seiner hochgetürmten Heuladung verloren, zwei Knechte mühten sich mit langen Gabeln, das Missgeschick zu richten, während sich die wartenden Chauffeure einen Spaß daraus machten, sich gegenseitig mit ihren Hupen zu übertönen. Erhard machte dabei nicht mit, wartete geduldig und sang lieber leise vor sich hin. Nur nicht auffallen, diese Devise galt immer und überall. Zumal mit solch kostbarer Ladung an Bord.

Nach wie vor lief ihr Geschäft prächtig. Georg Zanders Prophezeiung hatte sich nicht bewahrheitet. Der Staat bemühte sich zwar um mehr Kontrolle der Geschäfte mit dem veräußerten Besitz jüdischer Emigranten, hatte dabei jedoch mit mehreren Nachteilen zu kämpfen. Zum einen hatte die Gegenseite, also Leute wie die Zanders und er, einen Erfahrungsvorsprung von mehreren Jahren; zum anderen waren die Gebrüder Zander als SS-Offiziere selbst Teil des nationalsozialistischen Machtapparats und konnten sich alle wichtigen Informationen ohne größere Schwierigkeiten beschaffen. So spielten sie Hase und Igel und waren stets vor dem Hasen am Ziel. Allerdings waren sie nicht die einzigen Igel im Spiel. Längst nicht mehr. Die Konkurrenz nahm zu, man lief sich über den Weg, kam einander in die Quere. Das verdarb die Preise und erhöhte das Risiko. Die Gefahr, dass einer dieser Mitbewerber durch eigene Ungeschicklichkeit aufflog, dass er dann andere verriet und mit reinriss, wuchs mehr und mehr. Das Ende des Weges kam näher, Schritt für Schritt. Erhard Köhler durfte den richtigen Moment zum Aussteigen nicht verpassen.

Eigentlich hätte er längst aufhören können, denn die Zanders und er schwammen im Geld. Auch wenn Georg und Hasko sich selbst größere Stücke vom Kuchen genehmigten als ihm, obwohl er die Hauptarbeit erledigte, blieb für ihn immer noch mehr als genug übrig. Allein durch seinen offiziellen Anteil. Von dem anderen ganz zu schweigen.

Als es endlich weiterging, wechselte Erhard vom Stationsweg über die Herebrug auf die andere Seite des Kanals und bog nach links in den Ubbo-Emmius-Singel ein. Ab hier wurde die Strecke unübersichtlich, aber Erhard kannte sich aus und lenkte seinen Lkw flüssig durch die engen

Gassen. Sein Ziel war die Pottebakkersrijge. Das schmutzig grüne Holztor neben einer dunklen Backsteinfassade öffnete sich wie von Geisterhand, als er sich näherte, und schloss sich wieder, kaum dass er es passiert hatte. Wieder einmal hatte er ihren Groninger Stützpunkt ohne Komplikationen erreicht.

Der Mann, der ihn zur Begrüßung herzlich umarmte, hatte die Figur eines Würfels: klein, breit, enorm muskulös. Seine Haut war haselnussbraun, sein schwarzes Haar war stark geölt und lag am Kopf wie ein Helm. In seinem schneeweißen Gebiss, von breit lächelnden Lippen entblößt, glänzte ein goldener Schneidezahn. »Grüß dich, Djamel, zerquetsch mich nicht!«, rief Erhard lachend und klopfte seinem Vetter auf die Schulter wie ein Ringer, der seine Aufgabe signalisiert. »Ah, das fühlt sich teuer an. Seit wann trägst du Seidenhemden?«

»Seit der Kiste mit den Bildern.« Djamel hob Erhard hoch und schüttelte ihn spielerisch wie eine Stoffpuppe. »Lauter holländische Meister! Namen hab' ich vergessen, aber die Ölschinken haben sie mir nur so aus den Händen gerissen. Einige der Käufer kamen aus Amsterdam und Den Haag. Sogar ein Museumsdirektor war dabei.«

»Museumsdirektor?« Erhard befreite sich aus dem Griff seines Cousins und zog seine Weste zurecht. »Hat der sich denn mit unseren Herkunftsnachweisen zufriedengegeben? Und mit den Echtheitszertifikaten?« Einige davon hatte er selbst geschrieben. Streng nach originalen Vorbildern, aber dennoch so falsch wie das Stöhnen einer Hure.

»Zufrieden? Der hat getanzt vor Freude.« Djamel klatschte kräftig in die Hände und deutete ein paar Tanzschritte an. »Was glaubst du, wie glücklich der war, wieder ein paar Werke seiner berühmten Landsleute aufhängen zu dürfen. Da interessiert den doch nicht, was aus ein paar deutschen Juden geworden ist. Für einen Holländer sind Deutsche doch alle Moffen, egal ob christlich oder jüdisch.« Er begann, die Verschnürung der Lkw-Plane zu lösen. »Und was bringst du heute für Schätze?«

Zum Abladen der Möbel winkte Djamel zwei junge Männer heran, Roma aus dem Osten, die anscheinend weder Holländisch noch Deutsch sprachen und in einer Holzhütte innerhalb der Umzäunung hausten, Nachtwächter und Gelegenheitsarbeiter zugleich. Die Kisten und Butterfässer trugen Erhard und Djamel selbst ins Lagerhaus. Das Porzellan befreite Djamel mit eigenen Händen aus der schützenden Butter. Dass er sich dabei sein teures Seidenhemd befleckte, war ihm vollkommen egal.

»*Latscho!* Das gibt wieder gute Umsätze«, freute er sich, nachdem sie alle Eingänge genauestens aufgelistet und abgehakt hatten. »Für die Möbel weiß ich schon Abnehmer, neureiche Kaufleute, die gerne Adel spielen möchten. Für die wäre vielleicht auch dieses Service etwas.« Zärtlich strichen seine breiten Finger über die fettigen Schnörkel und Ornamente, die Erhard reichlich übertrieben fand.

Etwas von der Butter sammelte Djamel auf einem Stück Pergamentpapier. »So, jetzt gehen wir in die Küche, zur Feier des Tages mache ich uns Pfannkuchen.«

»Pfannkuchen?« Erhard Köhler verzog seinen Mund. »Solch ein Süßkram ist doch nichts für einen arbeitenden Menschen! Mir ist eher nach etwas Deftigem.« Auf ein zünftiges Gulasch hatte er gehofft, mit Paprika und Kartoffeln, vielleicht auch Bratfisch oder Sauerkraut mit Bohnen. So etwas hatte es früher oft gegeben, als in Deutschland noch große Roma-Treffen stattgefunden hatte. Lange vorbei. Damals hatte seine Mutter noch gelebt, dachte Erhard. Schnell schloss er die schwere Tür in seinem Inneren wieder und schob den Riegel vor. Schmerz war nicht gut, er trübte nur den Blick für die schnellen Entscheidungen, die das Leben jeden Tag von ihm verlangte. Wie an der Schießbude, wenn man die große Auswahl wollte; da musste auch jeder Schuss ein Treffer sein. Schmerz störte dabei und gehörte weggesperrt.

»Nach etwas Deftigem steht dir der Sinn? Kannst du haben, mein Lieber, kannst du haben.« Djamel dirigierte ihn in die große Küche, zückte sein Klappmesser und beförderte eine großzügige Portion Butter in die vorgeheizte Pfanne, dass es zischte. »Pannekoeken met Ham en Kaas, sollst mal sehen, wie gut das schmeckt.«

Von der Decke hingen mächtige Schinken, dicke Hartwürste und eine ganze Speckseite. Djamel schnitt ein großzügiges Stück vom Speck ab, zerkleinerte es mit geübten Bewegungen und offensichtlich rasiermesserscharfer Klinge und briet sie in einer kleinen Extrapfanne scharf an. In die große Pfanne kamen zwei Kellen flüssiger Teig; nach dem Stocken und Wenden wurden Speckstücke und Goudascheiben auf dem halbfertigen Pfannkuchen verteilt, dann kam für die letzten zwei Minuten ein Deckel drauf. Intensiver Duft breitete sich in der Küche aus. Erhard lief das Wasser im Munde zusammen.

Djamel hatte nicht zu viel versprochen. Gebratener Speck, angeschmolzener Käse und leicht gesalzener Pfannkuchenteig passten hervorragend zusammen. »Besser als *Peke balitschane guschuma*, was?«, fragte Djamel lachend und mit vollem Mund.

»Gebratener Schweinemagen? Bist du verrückt?«, wehrte Erhard ab. »So was essen sie in Süddeutschland auch, hab' ich gehört. Geh mir bloß weg, darauf kann ich verzichten.«

Gegen den Durst gab es dünnes holländisches Bier. Erhard nahm einen zweiten Pfannkuchen, Djamel vertilgte gleich drei; wie er das anstellte, während er gleichzeitig beide Pfannen im Auge behielt und für mehr Speckwürfel und Goudanachschub sorgte, blieb Erhard ein Rätsel. Den allerletzten Pannekoeken teilten sie sich. Danach musste Erhard seinen Gürtel und den obersten Hosenknopf lösen und kräftig durchschnaufen. Djamel goss Kaffee auf und stellte ihm einen großen Becher hin. »Auf das Leben! So sagen die Juden immer. Recht haben sie. Lass uns das Leben genießen!«

»L'chaim!« Erhard hob seinen Becher, erst zum Toast und dann zum Mund. »Der beste Kaffee meines Lebens«, schwärmte er. »Was ist das hier nur für ein tolles Land! Hier sollten wir für immer bleiben.«

Auch Djamel trank, aber als er seinen Becher absetzte, war sein Überschwang dahin. »Für immer, das ist lang«, murmelte er. »Willst du dir dein Haus für die alten Tage direkt neben einem Vulkan bauen? Was ist, wenn er ausbricht?«

»Zu nah an Deutschland, meinst du?« Erhard wiegte seinen Kopf hin und her. »Brodeln tut es wohl, da hast du recht. Rache für Versailles. Deutsches Blut für deutschen Boden. Kann gut sein, dass irgendwann etwas passiert. Aber doch nicht gegen Holland! Frankreich ist der Erbfeind, England der Rivale, von Polen will man das verlorene Land zurück, und die meisten Untermenschen leben in Russland. Von den Juden mal abgesehen. Was hätten die Holländer zu befürchten? Die haben doch damals sogar den deutschen Kaiser aufgenommen, als der nach dem vergeigten Weltkrieg abgehauen ist.«

Djamel verschränkte seine Hände hinter dem Kopf; seine Oberarmmuskeln spannten sich, die Nähte des Seidenhemdes krachten. »Die Holländer denken etwas anders«, wandte er ein. »Wenn Große erst miteinander kämpfen, werden die Kleinen schnell mal zertreten. Die Nazis sind nicht für Rücksichtnahme bekannt. Auch nicht dafür, dass sie sich an internationale Regeln halten. Und was Untermenschen angeht – du weißt, wer für die Herrenmenschen alles dazuzählt.«

»Mit meinen persönlichen Herrenmenschen komme ich gut zurecht«, wehrte Erhard flapsig ab. Sein Lächeln sollte selbstsicher aussehen, geriet ihm jedoch sehr dünn.

»Herrenmenschen! Hier gibt es auch welche davon.« Djamel schüttelte den Kopf; seine ölglänzende Frisur saß wie gemeißelt. »Zwei davon sind mir letzte Woche begegnet, nachts, am Turfsingel. Hatten ordentlich Genever intus. Die hättest du mal hören sollen. Dreckszigeuner war noch das Netteste.« Er ließ seinen Goldzahn blitzen: »Ich habe sie alle beide vermöbelt. Von wegen Herrenmenschen! Das sind doch die letzten Schlappsäcke. Wenn Rasse das Einzige ist, womit die prahlen können, sind sie sehr arm dran.«

»Verprügelt? Haben die dich erkannt?« Erhard war alarmiert. »Du weißt, dass wir keinen Ärger gebrauchen können. Es ist nicht weit von hier bis zur Grenze. Oder nach Oldenburg.«

»Ach, die waren viel zu besoffen.« Djamel winkte ab. »Außerdem war es dunkel. Und dunkel bin ich auch. Nicht so ein Weißling wie du. Hör mal, wie machst du das, schrubbst du dich jeden Abend mit eurer deutschen Kernseife? Mensch, du bist so hell, du leuchtest im Dunkeln!«

Gegen seinen Willen musste Erhard lachen. Wahrscheinlich hatte sein Vetter recht, man musste sich nicht wegen jeder Kleinigkeit gleich Sorgen machen. Wegen der großen Dinge allerdings schon.

»Lass uns über das Geld reden«, sagte er. »Das geht wie immer nach Luzern. Bargeld über Amsterdam. Alle Wege noch offen? Kontaktmänner sicher? Kuriere auf Abruf?«

Djamel nickte. »Kontenverteilung wie gehabt?«, fragte er leise und mit gerunzelter Stirn.

»Wie immer.« Erhard nickte. »Georg Zander, Hasko Zander, Erhard Köhler.« Er stand auf, reckte sich und schloss Hose und Gürtel. »So, lass uns die Liste kontrollieren, ich muss bald wieder los. Ach ja, eins noch.« Er ließ sich ein Brecheisen reichen und öffnete eine Kiste, die mit edlen Stoffen gefüllt war, griff in die bunte Fülle hinein und förderte eine zerschrammte Ledertasche zutage. »Das hier kommt ins Depot. Für die Familie. Übliche Stelle. Du bürgst mir dafür!«

Djamel öffnete die Tasche und musterte den Inhalt. »Goldbarren«, flüsterte er andächtig. »Und in dem Säckchen? Diamanten? Erhard, mein Lieber, ich bitte dich, übertreib es nicht! Sonst kommen sie dir noch drauf, und dann …«

»Keine Sorge«, beschwichtigte Erhard. »Ich habe die Zander-Brüder auf eine falsche Fährte gesetzt. Die bösen Konkurrenten, verstehst du? Die uns immer zuvorkommen und die besten Geschäfte wegschnappen. Nach denen fahnden die gerade. Da können sie lange suchen!«

»Wer lange sucht, der findet auch«, unkte Djamel. »Irgendwas bestimmt. Und ehe du dich versiehst, hängst du am Haken.«

»Seit wann bist du denn so ein Miesepeter!« Er haute seinem Vetter auf die Schulter; es fühlte sich an, als schlage er auf Stahlbeton. »Es ist doch auch für euch. Für dich, deine Frau, deinen Sohn. Übrigens, spielt er noch Fußball bei Frisia Oldenburg, dein Django? Hab' ihn lange nicht mehr gesehen.«

»Er spielt noch«, sagte Djamel. »Ist immer noch ein großer Fan von Erich. Will mal genauso spielen wie der. Er schwärmt immer noch von dem legendären Spiel gegen St. Pauli, als dein Bruder alle drei Tore gemacht hat. Mann, das war vielleicht ein Ding.«

»Da war er dabei?« Erhard konnte sich nicht erinnern, Djamels Sohn dort gesehen zu haben, nur, dass irgendwelche Jungs neben der Bank gesessen hatten, genau wie er. »Ich schau mal, wann das nächste Jugendspiel angesetzt ist, dann geh' ich hin und feuere ihn an«, versprach er; es klang halbherzig, sogar für ihn.

»Lass mal«, sagte Djamel. »Besser nicht. Er hat schon genug Ärger wegen seines Namens. Sobald ihn jemand anfeuert, fangen andere an zu pöbeln. Lieber den Ball flachhalten.«

Sie verabschiedeten sich voneinander, mit langem, festem Handschlag, innigem Augenkontakt und anschließender Umarmung. Djamel war älter als Erhard, etwa so alt wie Erich, und er mochte ihn fast genauso gern. »Pass gut auf alles auf«, sagte Erhard, sobald er wieder Luft bekam. »Für die Familie.«

»Für die Familie«, wiederholte Djamel. »Und sag Bescheid, ehe der Vulkan ausbricht. Nicht erst, wenn's zu spät ist.«

Erhard startete seinen Lkw und lenkte ihn hinaus auf die Gasse. Das schmutzig grüne Tor schloss sich hinter ihm wie von Geisterhand.

10.

»Bitte nehmen Sie Platz. Nein, hier bitte, Frau Dressel.«

Olivia blickte sich um. Als gelegentliche *Tatort*-Gucke-rin hatte sie klare Vorstellungen, wie ein Vernehmungs-raum aussah. Fensterlos, zellenhaft, mit Kamera und Vene-zianischem Spiegel. Dieses Zimmer hatte nichts davon, es sah aus wie eine kleinere Version des Konferenzraums in ihrer Redaktion. Enttäuschend. Dass die Kommissare zu zweit auftraten, gefiel ihr schon eher. Stahnke war dabei, das neue Schwergewicht, und Venema, den sie von frühe-ren Terminen her kannte. Wenigstens wurde sie hier nicht vom Nachwuchs abgefertigt.

»Erkennen Sie den Mann auf diesem Bild?« Stahnke schob ihr ein Foto über den Tisch zu, Papierabzug, also schon älter. Der Tote als Lebender, in jüngeren Jahren, mit einer tumb grinsenden Blondine. Sah nach einem Feten-Abschluss aus. »Ja, das ist er«, nickte Olivia. »Inzwischen weiß ich auch, wie er heißt.« Sie schaute den Hauptkom-missar herausfordernd an.

»Wir auch«, sagte der und schaute ebenso herausfor-dernd zurück.

Oberhemd, dachte sie, kurzer Arm, Plissee, längsge-streift, komplette Farbpalette. Entweder hat der Kerl über-haupt keinen Geschmack, oder ihm ist alles egal. Warum kein T-Shirt? Okay, schlank ging anders, der Typ war ein Brocken, aber kein Fettsack. Muskeln im Speckmantel. Halb so alt und ein paar Tattoos, dann hätte er ein weißer

Rapper sein können. Wenn er die Stirn runzelte, könnte er bei *Star Trek* ohne Maske einen Klingonen spielen. Nicht ihr Typ, logisch, aber irgendwie interessant.

»Nämlich?«, fragte sie schnippisch. »Wie heißt er denn?«

»Sagen Sie es mir«, gab Stahnke zurück.

Oberkommissar Venema legte sein Smartphone auf den Tisch. »Offizieller Beginn der Befragung«, sagte er, nannte Datum und Uhrzeit, außerdem die Namen aller Beteiligten. »Frau Dressel gibt an, den Namen des Toten in Erfahrung gebracht zu haben. Bitte sehr, Frau Dressel.«

Machte der das absichtlich? Vermutlich schon, dachte Olivia enttäuscht. Schade um ihr schönes Duell mit dem Alphatier.

»Der Tote heißt Heino Zander. Mein Nachbar hat ihn heute auf dem Foto in der Zeitung erkannt«, sagte sie und berichtete kurz von Albert Schultes Vergangenheit als Spediteur und Bierfahrer. »Er hat ihn seinerzeit öfter an der Uni gesehen, morgens nach den wilden Studentenpartys, wenn er Leergut und Reste abgeholt hat. Zander blieb immer bis zum Schluss. Er soll es auf kleine Studentinnen abgesehen haben.« Sie zeigte auf das Foto: »So was in der Art.«

Die beiden Ermittler wechselten einen stummen Blick. »Was wissen Sie noch über Herrn Zander?«, fragte der Hauptkommissar.

»Langzeitstudent«, sagte Olivia. »Kam aus reichem Hause. Nach dem Abschluss ein Promotionsstudium angehängt, vermutlich nicht abgeschlossen.« Sie legte ihren Kopf schief: »Ich weiß gar nicht, in welchem Fach. Habe ich vergessen zu fragen.« Weil es ihr nämlich völlig egal war. Ach ja, apropos völlig: »Er stammte aus Völlen.«

»Stimmt«, sagte Venema. »Völlen, südliches Ostfriesland. Beinahe schon Papenburg.«

»Aber nur beinahe«, sagte Olivia mit erhobenem Zeigefinger. »Dazwischen steht eine acht Meter hohe Mauer. Bildlich gesprochen. Ich kenne mich aus. Das haben die Eingeborenen mir als Erstes erzählt, als ich angefangen habe, dort Geschichten zu machen.«

»Sie haben da Geschichten gemacht?«, fragte Venema.

Sieht total verwirrt aus, der kleine Struppi, dachte Olivia und erklärte: »Themen recherchiert. Für unsere Ostfriesland-Ausgabe.« Sie richtete sich auf, streckte ihre Wirbelsäule. Prompt rutschte Venemas Blick von ihrem Gesicht auf ihr T-Shirt ab. Durchgefallen, du Würstchen, dachte sie, glotz du nur, für mich bist du Luft.

»Sie spielen auf die unterschiedlichen Konfessionen an«, brummte Stahnke. »Ostfriesland ist protestantisch, bei Papenburg beginnt das katholische Emsland. Bis dorthin reichte früher der lange Arm des Fürstbischofs von Münster.«

»Bomben-Bernhard«, sekundierte Venema. »Der hatte vom Dreißigjährigen Krieg noch nicht genug. Ließ die grenznahe Festung Bourtange beschießen und marschierte in Ostfriesland ein. In solchen Dingen haben Küstenbewohner ein langes Gedächtnis.«

Stahnke nickte bestätigend, Venema nickte zurück. Olivia schüttelte den Kopf. Wo war sie hier bloß hingeraten?

»Die Großeltern Zander waren Tagelöhner«, nahm der Oberkommissar den Faden wieder auf. »Arbeiteten bei verschiedenen Großbauern, lebten in ständiger Armut. Von ihren acht Kindern überlebten nur zwei, die Söhne Georg und Hasko. Beide gingen als Jugendliche nach Oldenburg, arbeiteten als Packer bei einer Spedition. Schlossen sich früh den Nazis an. Kurzes Intermezzo bei der SA, dann zur SS. Dort Karriere bis in die Offiziersränge. Im Zwei-

ten Weltkrieg wurden beide überwiegend im Osten eingesetzt. Georg Zander starb kurz vor Kriegsende an der Front,
Hasko Zander überlebte und ging zurück nach Oldenburg.
Übernahm eine Spedition, investierte groß und baute sie
zu einem internationalen Unternehmen aus, das er erfolg-
reich führte, zusammen mit seiner Ehefrau. Einziger Sohn
ist Heino, geboren 1953.«

»Das erklärt einiges«, murmelte Olivia. Gegen ihren Willen war sie von Venemas Rechercheleistung beeindruckt.
Okay, Polizisten hatten andere Möglichkeiten als Journalisten, aber für die kurze Zeit war das sehr ordentlich.

»Was erklärt das?«, fragte Stahnke.

»Sein Verhalten«, erwiderte Olivia. »Zum Beispiel
Frauen gegenüber. Anerzogene Geringschätzung, gleichzeitig Sucht nach Bestätigung. Trophäenjäger. Dazu die
Liebe zum unverdienten Reichtum. Der Vater hat Armut
noch am eigenen Leibe erlebt; bestimmt hat er seinem Sohn
höchste Wertschätzung des Materiellen vermittelt. Sicherheit durch Geldgier. Mammon vor Mensch. Klare Kiste.«

»Haben Sie mal Psychologie studiert?«, fragte Venema
erstaunt. Eine lockige Haarsträhne hing ihm über die Brille.
Jetzt sah er doch ganz süß aus, fand Olivia und war über
sich selbst verwundert.

Sie schüttelte den Kopf. »Universität des Lebens. Und
seit 20 Jahren Journalistin. Das bringt psychologisch mehr
als 20 Semester Hochschule.« Ein guter Spruch, den setzte
sie öfter mal ein. So musste sie nicht zugeben, dass mensch-
liches Verhalten sie immer wieder vor Rätsel stellte.

»Der Mensch neigt zum Kopieren seiner Rollenmodelle,
solange er sie nicht hinterfragt«, warf Stahnke ein. »Aber
Gegenstand unserer Ermittlungen sind nicht die möglichen Vorbilder des Opfers, zumal beide längst verstorben

sind. Wir suchen nach möglichen Motiven für die Tat, die Rückschlüsse auf den Täter zulassen. Dabei sind wir auf eine interessante Parallele gestoßen.«

»Parallele? Bestimmt gibt es eine Menge Kerle in Oldenburg, die von ihren Nazi-Vätern geprägt wurden«, platzte Olivia heraus. »Ohne irgendwas zu hinterfragen.« Sie breitete ihre Arme aus: »Sorry, Sie wissen schon, 20 Jahre, da stößt man auf einiges.«

»In diesem Fall besteht die Parallele in der Todesart«, korrigierte Venema. Er wollte noch mehr sagen, aber Stahnke stoppte ihn mit einer knappen Geste.

»Im Herbst 1978 wurde bei Baggerarbeiten in der Hunte im Oldenburger Stadtgebiet eine weibliche Leiche gefunden«, referierte der Hauptkommissar. Mit den Fingerspitzen klopfte er auf eine abgegriffene Ermittlungsakte. »Genauer gesagt in dem erweiterten Abschnitt der Hunte zwischen Schleuse und Cäcilienbrücke. Der Zustand des Körpers ließ den Schluss zu, dass er acht bis 14 Tage vorher dort versunken sein musste. Die Tote wurde identifiziert als Hendrike de Vries, 24 Jahre, ledig, deutsche Staatsangehörige, Lehramtsstudentin an der Universität Oldenburg. Todesart war Ertrinken.«

Olivia verschränkte abwartend die Arme. Die Parallele lautete also Ertrinkungstod? Kam vor in Hafenstädten, bestimmt öfter als alle 40 Jahre. Das konnte noch nicht alles gewesen sein.

»Nähere Untersuchungen ergaben, dass Frau de Vries einige Zeit vor ihrem Tod ein Kind zur Welt gebracht hatte«, übernahm Venema das Berichten. »Vater des Kindes unbekannt, Verbleib des Kindes unbekannt.«

»Recherchen ergaben, dass Hendrike de Vries zahlreiche Sozialkontakte unterhalten hatte, vor allem im universitären Umfeld«, sagte Stahnke. »Unter anderem gehörte sie zu dem Personenkreis, der keine Unifete ausließ.«

Olivia war plötzlich wie elektrisiert. »Könnte sie Heino Zander gekannt haben?«, fragte sie.

»Ziemlich sicher.« Stahnke nickte. »Schauen Sie hier.« Er griff eines der Fotos aus dem Stapel und schob es ihr hin. Im Vordergrund wieder Zander und seine Blondine, hinter ihnen eine größere Gruppe lachender junger Leute, die ihre Gläser erhoben hatten; es gab wohl etwas zu feiern. Das Blitzlicht der Kamera hatte gerade ausgereicht, um die Gesichter erkennbar zu machen. Stahnkes dicker Finger zeigte auf die junge Frau ganz links. »Hier. Das ist sie.«

Olivia starrte auf das Foto.

»Die eigentliche Parallele ist jedoch eine andere.« Venemas Stimme drang gerade noch zu ihr durch. »Am Hals von Hendrike de Vries war ein Gewicht befestigt, um ihren Körper unter Wasser zu halten. Eine stählerne Autofelge.«

Olivia begann zu keuchen. Aber nicht deswegen.

11.

Vom Eingang ertönte lautes Klopfen. »Erhard!«, rief eine Männerstimme. »Erhard, ich bin's! Mach auf!«

Erhard Köhler zuckte zusammen. In letzter Zeit passierte ihm das immer öfter. Er zögerte; mit dem Mauern im Keller war er fertig, alle Spuren waren sorgsam beseitigt. Hatte ihn jemand gehört? Und wenn ja: öffnen oder sich ganz ruhig verhalten? Es war schon spät, er war allein im Haus, hatte nur eine einzige Lampe angezündet, um mit der Inventur weiterzukommen, und peinlich darauf geachtet, dass vorne alle Vorhänge zugezogen waren. Sein Fahrrad stand beim Hintereingang, ganz unauffällig. Wer konnte wissen, dass er hier war? Wen ging das etwas an?

Das Klopfen wurde energischer. Das Rufen lauter. Erhard konnte die Stimme nicht zuordnen. Jedenfalls war das keiner von den Zanders.

»Hallo! Lass mich rein, kleiner Bruder!«

Erhard ließ Block und Bleistift fallen, nahm die Öllampe und stürzte die breite Treppe hinab, immer drei Stufen auf einmal nehmend. Er riss die schwere Haustür auf. »Erich! Mensch!« Erhard nahm seinen älteren Bruder in die Arme, drückte ihn, hüpfte und drehte sich dabei, als wollte er mit ihm tanzen. Erich lachte schallend. »Erst willst du mich nicht kennen und dann willste mit mir ringen. Pass auf, Kleiner, ich bin dir über!« Mühelos befreite er sich aus Erhards Griff, schaute sichernd nach beiden Seiten auf die dunkle Haarenstraße hinaus und drückte dann die

Tür sorgfältig hinter sich zu. »Djamel hat gesagt, dass ich dich wohl hier finde«, erklärte er. »Jüngste Neuerwerbung, was? Schicke Hütte, das muss ich sagen.« Er blickte hoch zu dem schimmernden Kristalllüster über ihnen, zur düsteren Gemäldegalerie oberhalb der Treppe im ersten Stock und zu dem blinkenden Silberbesteck, das Erhard auf einem kleinen Tischchen neben dem Büffetschrank sortiert hatte. »Und du bist fix am Ausweiden. Muss schon sagen, faul bist du nicht gewesen in den letzten Jahren.« Er klopfte seinem Bruder, der ihn um Haupteslänge überragte, anerkennend auf die Schulter. »Jetzt mach mal Pause, wir müssen etwas besprechen.«

»In der Küche habe ich Tee gefunden«, sagte Erhard. »Magst du? Sonst ist nichts mehr zu trinken im Haus.«

»Tee ist gut.« Erich machte eine wegwerfende Handbewegung. »Küche ist auch gut.« Er ging voraus, als wäre er hier zu Hause.

Während Erhard den Tee aufbrühte, setzte Erich sich auf einen Küchenstuhl und streckte wohlig stöhnend die kurzen, kräftigen Beine von sich. »Ab Zwischenahn musste ich laufen«, berichtete er. »Bis dorthin hat mich ein Lastwagen mitgenommen. Der fuhr leer zurück nach Zetel. Hatte Klinker nach Leer geliefert. Ha, leer zurück von Leer, witzig, oder?«

»Dann kannst du eine Stärkung bestimmt gut gebrauchen.« Erhard hatte ein paar Kluntjes entdeckt; drei davon warf er in Erichs Tasse. Sie knisterten noch, als er die Tassen auf dem Küchentisch abstellte. »Was hast du denn überhaupt gemacht bei Djamel in Groningen?«

»Quartier«, antwortete Erich knapp. »Wir sind alle über die Grenze. Kurz entschlossen. Nach der Polenaktion hat unser *Babo* mit Djamels Vater Rat gehalten. Die beiden Alten waren sich einig. Was die Nazis mit den Juden machen, das machen die auch bald mit uns. Und in den Osten will keiner, nicht nach Rumänien und nicht nach Polen. Also sind wir direkt rüber nach Holland, bei Venlo über die grüne Grenze. Dann erstmal nach Groningen. Ich voraus, damit Djamel etwas vorbereiten konnte.«

»Um Himmels willen.« Erhard war froh, nicht in der geräumigen Haut seines Vetters zu stecken. »Mit beiden Familien rüber? Und mit den Fahrgeschäften?«

Erich schüttelte den Kopf. »Nee, die Wagen und Buden haben wir vorher verkauft. Natürlich kaum etwas dafür gekriegt. Die lieben Kollegen wussten, dass wir unter Druck standen, und hatten auf einmal alle Igel in den Taschen.« Er grinste: »So geht's im Geschäft. Damit kennst du dich aus, was?«

Erhard fühlte sich ertappt, aber mehr noch gekränkt. »Was meinst du denn, für wen ich das tue?«, fragte er vorwurfsvoll.

»Schon gut, Kleiner. War nur Spaß.« Erich trank von seinem stark gesüßten Tee und schmatzte anerkennend.

»Und was ist nun mit deiner Hochzeit?« Erhard fiel ein, dass sein Bruder vor einigen Monaten verkündet hatte, seinem Jugendschwarm endlich den lange hinausgezögerten Antrag machen zu wollen. »Kommt Dana mit? Und was ist dann mit ihrer ganzen Sippschaft?«

»Ach, hör mir auf!« Erich winkte resigniert ab. »Daraus wird nichts. Ich habe mit ihrem *Babo* gesprochen, im September schon. Aber der ist noch einer von der ganz alten Sorte, verstehst du? Der wollte, dass ich ihm das Geld für eine dreitägige Feier mit 400 Leuten bar auf den Tisch lege. Und noch mal so viel für den Hausstand. Wie stellt der sich das vor, glaubt der, ich könnte Dukaten scheißen? Nee, mein Lieber, diese Leute leben noch in einer ganz anderen Welt. Auf Dauer würde das nie funktionieren mit denen und mir.« Er trank seine Tasse aus und zerbiss geräuschvoll einen Kluntje. »Mit Dana und mir schon, wohlgemerkt. Aber nicht mit dem Familienballast, den sie an der Hacke hat.«

»Das tut mir leid«, sagte Erhard. Dann musste er doch grinsen. Er liebte seinen Bruder sehr – mit all seinen Facetten. »Du findest schon etwas Neues. Hast du doch immer, nicht wahr? So schnell entflammbar, wie du bist! Außerdem ist deine wahre Liebe sowieso der Fußball. Der stellt auch noch so hohe Ansprüche.«

Erich grinste zurück, ging aber nicht näher darauf ein. »Zum Glück hatte Djamel in Groningen ein Haus für uns, zwei Wohnungen unter einem Dach, etwas eng für uns alle, aber sonst perfekt. Hatte wohl gerade seinen Gewinn investiert.« Er schmunzelte. »Ich frage mich, wie groß wohl sein Anteil ist, dass er davon ganze Häuser kaufen kann.«

»Ich werd's dir sicher nicht sagen«, erwiderte Erhard. Vertiefen wollte er das Thema nicht. »So ganz verstehe ich die Entscheidung der Alten nicht. Was hat denn die Polenaktion mit uns zu tun? Gut, das lief alles sehr überstürzt letzten Monat. Aber wenn die deutsche Regierung alle in Deutschland lebenden polnischen Juden ausweist und zurück nach Polen schickt, inwiefern betrifft das uns?«

»Du musst das im Zusammenhang sehen.« Auf einmal war Erich wieder der große Bruder, der dem jüngeren die Welt erklärt. »Anfang Oktober ist die deutsche Wehrmacht ins Sudentenland einmarschiert, ohne dass die Alliierten etwas dagegen unternommen hätten. Das war der Anfang vom Ende der Tschechoslowakei. Du weißt bestimmt, dass Hitler dieses Land als ›französischen Flugzeugträger mitten in Europa‹ bezeichnet hat? Der ist nun so gut wie versenkt. Damit hat er den Rücken frei für einen Krieg gegen Frankreich.«

»Hat er nicht von einem ›bolschewistischen Flugzeugträger‹ gesprochen?«, fragte Erhard. Er hörte immer so viel Radio wie möglich, schon aus geschäftlichen Gründen.

»Hat er beides gesagt«, meinte Erich. »Mal so, mal so, wie es ihm gerade passt. Was ich damit meine: Die jahrelange Kriegsvorbereitung geht ihrem Ende zu. Deutschland ist bereit, guck dir die Wochenschauen an! Demnächst geht es los.«

»Wieder Krieg gegen Frankreich?« Erhard dachte mit Schaudern an die militärischen Wunderdinge, die er über die Maginot-Linie gehört hatte. War Frankreichs Grenze zu Deutschland nicht mit unüberwindlichen Festungen gespickt? Sollte schon wieder eine deutsche Armee auf französischem Boden ausbluten? Er schüttelte den Kopf. »Wo soll denn dabei der Zusammenhang zur Polenaktion sein?«

»Damit will Hitler die Polen provozieren«, behauptete Erich. »Er will sie in einen Krieg treiben, den sie nicht gewinnen können. Keine Chance! Und dann teilt er sich das Land mit Stalin.« Er breitete seine Hände aus, als sei damit alles bewiesen.

»Ich bitte dich! Krieg gegen Frankreich *und* Polen? Also wieder ein Zwei-Fronten-Krieg? So dumm kann Hitler doch nicht sein.« Erhard erschrak über seine unbedachten Worte. Gut, dass niemand außer Erich sie gehört hatte. Solcher Leichtsinn konnte ins Gefängnis führen. Oder noch schlimmer, ins KZ. Im Moor bei Esterwegen war eines, nicht weit von Oldenburg, darüber hörte man schlimme Dinge.

Lautes Pochen dröhnte durch die Vorhalle bis in die Küche. Diesmal zuckte auch Erich zusammen. »Erwartest du jemanden?«, flüsterte er. »So spät noch?« Erhard schlich auf Zehenspitzen zur Tür. Als er sich nach Erich umschaute, hatte der ein Messer in der Hand.

Draußen war es längst stockdunkel. Die schwarzen Uniformen waren durch das Türfensterchen kaum auszumachen. Erhard hielt den Atem an. Waren es zwei oder mehr? »Bist du sicher, dass er hier ist?«, hörte er eine Stimme fragen. Georg Zanders Stimme. Erleichtert schloss er auf und ließ ihn und seinen Bruder Hasko ins Haus.

»Kohle!«, rief Georg Zander überrascht, als er seinen ehemaligen Mannschaftskameraden erkannte. Er lief auf ihn zu und packte ihn an beiden Schultern. »Dich habe ich ewig nicht gesehen! Was treibt dich nach Oldenburg? Ist irgendwo noch Jahrmarkt?«

»Ich muss doch mal nach dem Kleinen sehen«, gab Erich lachend zurück. Sein Messer hatte er unbemerkt verschwinden lassen. »Du hast es besser, hast deinen Bruder ständig im Schlepptau.« Er grinste zu Hasko hinüber, deutete auf seine imposante Schützenschnur: »Alles klar, Brechstange? Ist wieder mehr Lametta geworden, oder?«

Hasko grüßte nicht. Falls er sich freute, den ehemaligen Frisia-Torjäger unverhofft zu treffen, dann verbarg er es gut. »Vergiss nicht, weswegen wir hier sind«, zischte er Georg an. »Wir haben keine Zeit zu verlieren.«

Georg nahm seine Uniformmütze ab und rieb sich die Stirn. »Du hast recht«, sagte er. »Wir müssen schnell machen. Und wir könnten einen Mann mehr sehr gut gebrauchen.«

»Bist du verrückt! Du kannst doch nicht einfach …« Hasko packte seinen Bruder am Revers. »Hör mal, die Sache ist heiß.«

»Was fällt dir ein!« Georg Zander schlug Haskos Hand weg. »Vergiss nicht, mit wem du redest. Sag so was nie wieder.« Er trat so dicht an seinen Bruder heran, dass ihre Nasenspitzen sich berührten. »Wenn ich sage, wir brauchen einen Mann mehr, und wenn ich sage, dieser Mann ist gut dafür, dann ist das so, verstanden?« Er fletschte die Zähne. »Ob du mich verstanden hast!«

Hasko hatte seine SS-Mütze noch auf, die ließ ihn größer wirken, mächtiger als sein mächtiger Bruder. Einen Moment lang sah es so aus, als wollte er sich auf einen Machtkampf einlassen. Gerade noch rechtzeitig lenkte er ein. »Verstanden«, knurrte er. »Dann spann ihn eben an, wenn du meinst, dass er ins Geschirr passt.«

Georg Zander schickte seinem jüngeren Bruder noch einen bösen Blick, dann wandte er sich Erich Köhler zu, der die Szene mit großen Augen verfolgt hatte. Erhard wollte sich dazugesellen, aber Hasko Zander stellte sich ihm in den Weg. »Mitkommen!«, schnauzte er und drängte ihn in die Küche. Dort öffnete er seinen Uniformmantel und griff in die Innentasche. Als er seine Hand hervorzog, hielt er einen Revolver darin.

Erhard Köhler verfügte über einen flinken Verstand. Seit die Zanders an die Tür geklopft hatten, lief dieser Verstand auf Hochtouren. Jede Begegnung mit Georg oder Hasko, vor allem jedes Zusammentreffen mit allen beiden verlangte seine höchste Aufmerksamkeit. Nachdem Georg Zander ihn als Ersatz für Erich akzeptiert hatte, als 14-jährigen Behelfspartner, probeweise, hatte er sich ständig beweisen müssen. Das hatte all die Jahre niemals aufgehört. Sei nützlich oder überflüssig, das war die Alternative, von Anfang an bis zum heutigen Tag. Der Unterschied war, dass er damals nicht viel zu verlieren hatte. Hätte er sich als ungeeignet erwiesen, als lahmarschig oder nicht clever genug, hätte es einfach geheißen: Ab dafür, du Taugenichts, Zigeunerbengel, steh anderswo im Weg herum! Ein paar Ohrfeigen zu Hause, ein paar Tränen, das wär's gewesen. Jetzt war das anders. Jetzt hing ein Vermögen an seiner Partnerschaft mit den Zander-Brüdern. Vielleicht noch sehr viel mehr. Deshalb stand er stets unter höchster Spannung wie eine Bogensehne.

Daran musste er denken, als Hasko ihm die Revolvermündung unter die Nase hielt. Hätte er das ahnen müssen? War dies der logische Schlusspunkt? Seine Miene erstarrte. Auch sein Gehirn wurde zu Eis. Die Tür in seinem Inneren war fest verriegelt. Hasko visierte ihn über Kimme und Korn an, Erhard starrte über Korn und Kimme zurück.

Hasko Zander lachte. »Kalt wie gefrorene Schafskacke, der kleine Zigeuner! Genauso wollen wir dich haben. Heute wird nämlich abgerechnet.«

Wenn ich gläubig wäre, würde ich beten, dachte Erhard. Ich bin im katholischen Glauben erzogen worden; wann ist er mir abhandengekommen? Gezweifelt hatte er nie, der kindliche Glaube hatte sich einfach verflüchtigt, von einem Tag auf den anderen. Gab es dafür nun die Strafe? Ewige Verdammnis im Höllenfeuer? Gleich würde er es wissen.

Der große Mann mit dem zusammengequetschten Gesicht ließ die Waffe in seiner Hand herumwirbeln – und hielt ihm den Griff hin. »Kannst du damit umgehen? Sechs Patronen, alle Kammern sind geladen. Hier ist noch Reserve.« Hasko Zander drückte Erhard den Revolver in die eine Hand und eine kleine Pappschachtel in die andere.

»Kann ich«, presste Erich hervor. Seiner Überraschung folgte keine Erleichterung, im Gegenteil, die Angst wuchs und schlug Krallen in seinen Magen. Seine Kehle schmerzte wie eine offene Wunde, als er fragte: »Gegen wen?«

»Die Nachtjacken aus Donnerschwee«, fauchte Hasko Zander. »Manni Grotelüschen und seine Ludenbande. Die stecken nämlich hinter den abgeworbenen Verkäufen. Die haben uns in letzter Zeit ständig in die Suppe gespuckt, haben uns die dicksten Brocken vor der Nase weggeschnappt. Wissen wir aus sicherer Quelle. Da staunst du, was?«

Erich Köhler nickte. Da staunte er tatsächlich. Woher hatten Georg und Hasko das? So musste sich ein Zauberlehrling fühlen, wenn sein Besen plötzlich Beine bekam.

»Manni streitet natürlich alles ab, aber das ist klar, Zuhälter lügen immer«, berichtete Hasko weiter. »Da ist jedes weitere Wort verschwendet. Heute Abend geben wir ihm Saures! Er soll uns nur noch verraten, wer sein Kontaktmann ist und wer ihm die Strohmänner für die getarnten Verkäufe besorgt. Sowie wir die Namen haben, ist er nur noch totes Fleisch.«

Erhard spürte, wie das schwere Metall in seiner Hand warm und glitschig wurde. »Hoffentlich sind das keine Leute aus der Partei«, brachte er hervor, angestrengt darauf bedacht, dass seine Stimme nicht zitterte. »Oder womöglich … nicht, dass es zu Interessenskonflikten kommt.«

»SS vielleicht, meinst du?« Hasko verzog seinen Mund: »Keine Sorge. Wer von uns seine Hände wo drin hat, wissen wir ganz genau. Wir haben die Kameraden immer gut im Blick.«

Hoffentlich beruht das nicht auf Gegenseitigkeit, dachte Erhard.

»Und dass uns zufällig irgendwelche Parteigenossen in die Quere kommen, ist eher unwahrscheinlich«, fuhr

Hasko Zander fort. »Heute Abend feiert nämlich unser Kreisleiter Engelbart seinen Geburtstag in Papes Hotel am Heiligengeistwall, da sitzen die ganzen Goldfasane und kippen sich einen hinter die Binde. Ich bin nicht eingeladen, weil meine liebe Edelgard und Engelbarts Frau sich neulich furchtbar gezankt haben. Georg schon – aber er hat sich entschuldigt, mit Rücksicht auf meine Gattin und mich. So ist er, ganz der Kavalier!«

Erhard Köhler nickte. Die Gelegenheit war günstig, das musste er zugeben. »Was genau habt ihr vor?«, fragte er.

»Wir wissen, wo Manni und seine Bande sich heute Abend treffen wollen«, erzählte Hasko Zander. »Privat, in der Kortlangstraße, kleine Wohnung hinterm Schnapsladen. Gut für uns, da knallt es öfter mal. Fällt nicht groß auf. Zwei Mann sichern, zwei gehen rein, kurze Befragung, kurzer Prozess. Anschließend schieben wir alles den Ostjuden in die Schuhe.«

»Ostjuden? Die sind doch abgeschoben worden während der Polenaktion letzten Monat«, wandte Erhard ein.

»Die Grünbergs und die Rosenbachs, genannt Parnes. Oldenburger Kaufleute, verhaftet und ausgesiedelt, samt Familien. Alle weg.«

»Ist doch egal. Es gibt noch allerhand Juden hier, die ursprünglich aus dem Osten stammen, auch wenn sie inzwischen deutsche Pässe haben«, sagte Hasko Zander. »Das war doch der wahre Grund für die Polenaktion – den Druck auf die Judenbande erhöhen, damit noch mehr von denen auswandern. Und ihren Zaster natürlich hierlassen. Noch leben viel zu viele davon hier. Mehr als genug für unsere Zwecke. Außerdem: Wer Pole ist, bestimmen wir.«

»Richtig, Hasko, so ist es«, ertönte Georg Zanders laute Stimme von der Küchentür her. »Jude, Pole, Zigeuner, alles unsere Entscheidung. Heute in Deutschland, morgen in der ganzen Welt.« Er drehte sich zu Erich um, der mit ernster Miene hinter ihm her trottete, und klopfte ihm auf die Schulter. »Macht ihr euch keine Sorgen. Es gibt nicht nur uns Herrenmenschen und das jüdisch-bolschewistische Ungeziefer, das bekämpft werden muss, es gibt auch noch etwas dazwischen. Die Hilfsvölker nämlich. Die haben ihren Platz in der Weltordnung, die dürfen uns gerne unterstützen.« Er nickte seinem Bruder zu: »Erich ist dabei.«

So ganz verstand Erhard immer noch nicht. »Und warum die Schuld auf die Ostjuden schieben? Warum nicht auf andere Zuhälter oder sonstige Ganoven?«

»Na, wegen diesem Herschel Grünspan natürlich!« Georg Zander schlug sich mit der flachen Hand an die Stirn. »Grünspan! Der Kerl, der vorgestern in Paris auf diesen deutschen Diplomaten geschossen hat. Nee? Nichts gelesen, nichts gehört?«

Langsam dämmerte es Erhard. »Richtig, das soll ein Racheakt gewesen sein wegen der Polenaktion … ist aber schiefgegangen, oder? Grünspan war so blöd, der hat aus Versehen auf Ernst vom Rath geschossen, weil er dachte, der sei der Botschafter. Und jetzt glaubt ihr, andere Juden machen so was nach?«

»Andere Juden *werden* das nachmachen«, tönte Hasko Zander. »Wenn wir das sagen, dann ist das so. Und wir werden das sagen.« Er klatschte in die Hände. »So, wollen wir nicht mal los? Sonst hat Manni Grotelüschen seine Betriebsversammlung beendet, ehe wir dort sind. Georg?«

Der Ältere nickte, dann setzte er seine Uniformmütze auf. Erhard zog sich seine Jacke über; Erich hatte seine gar nicht ausgezogen. Als sie das Haus verließen, schlug er den

Kragen hoch. Erhard sah, dass eine seiner Taschen ausgebeult war. Ebenso wie seine eigene.

In der Dunkelheit konnten sie das Flüsschen Haaren plätschern hören. Die feuchten Klinker des Straßenpflasters knirschten unter ihren Schuhen. Kleine Bäume reckten ihre kahlen Äste in den Nachthimmel. Erich stolperte durch welkes Laub, rutschte aus, fing sich und fluchte leise. Wir könnten auch vier Männer auf dem Weg zur Kegelrunde sein, dachte Erhard, normal und friedlich, wenn nur die schwarzen Uniformen nicht wären. Und die Beulen in unseren Taschen. Und diese Zeiten.

Der Wagen stand ein paar Häuser weiter in einer Seitenstraße. Kein ausladender Mercedes, sondern ein kleiner Ford, altmodisch eckig, unauffällig. Hasko Zander setzte sich ans Steuer, Georg nahm daneben Platz, Erhard und Erich klemmten sich auf die enge Rückbank. Herren und Diener, dachte Erhard. Hilfsvölker! Sein Vetter Djamel kam ihm in den Sinn. Sag Bescheid, ehe der Vulkan ausbricht, nicht erst, wenn's zu spät ist.

Hasko lenkte den Ford über eine kleine Brücke auf die Ofener Straße, fuhr Richtung Innenstadt, bog an der Friedenskirche nach links in die Peterstraße ab, passierte die Synagoge, dann Sankt Peter und die Garnisonkirche. Ganz schön heilig hier, schoss es Erhard durch den Kopf. Diese Dichte an Gotteshäusern war ihm früher nie aufgefallen. Am Pferdemarkt bogen sie rechts ab, fuhren gleich darauf nach links in die Nadorster Straße und sofort wieder rechts. Lindenstraße. Jetzt war es nicht mehr weit. Hasko Zander schaltete die Scheinwerfer aus und stellte die Zündung ab. Das Motorgeräusch erstarb, der Wagen rollte noch ein paar Meter, ehe er am Bordstein zum Stehen kam. Wortlos stiegen die vier Männer aus. Kleine Häuser standen aufgereiht beiderseits der Straße. Nichts ließ erkennen, wie nahe am Zentrum sie hier noch waren. Dies hätte auch ein Vorortsträßchen sein können. Die Kortlangstraße zweigte nach rechts ab; sie verband die Lindenstraße mit der Donnerschweer Straße. Wenn die Peterstraße das Oldenburger Zentrum der Geistlichkeit war, so hatte sich dieser Teil der Stadt dem Leiblichen verschrieben. Nicht zuletzt dem Unterleib. Auch Erhard war schon in den Donnerschweer Etablissements zu Gast gewesen, nach Feierabend und nach Einbruch der Dunkelheit. Hier regelten rote Laternen den Verkehr.

»Ruhe!«, flüsterte Georg Zander ärgerlich. »Was gibt es da zu glucksen! Mach lieber deinen Revolver klar.«

Den hielt Erhard bereits fest umklammert. In seiner Tasche, vorerst noch. Aber er würde ihn ziehen, dazu war er fest entschlossen. Er würde auch schießen. Die Zanders wollten Manni Grotelüschen und seine Leute zum Reden bringen. Erhard Köhler wollte, dass sie schwiegen.

»Schon nach Mitternacht«, murmelte Hasko Zander. »Hoffentlich kommen wir nicht zu spät.«

Linker Hand stand ein langes Gebäude mit dem schmalen Giebel zur Straße. Sie schlichen daran entlang bis zum Hinterhof. In dem engen Durchgang war es stockdunkel. Vorsichtig setzten sie einen Fuß vor den anderen. Bitte keinen Hund, dachte Erhard, bitte keinen scharfen Hund! Wem diese Bitte galt, wusste er selbst nicht. Ganz hinten schimmerte Licht durch eine Vorhangspalte, gerade genug, um das unebene Klinkerpflaster zu erkennen. Auch zwei Pfosten mit einer Wäscheleine, an der einige Pullover hingen, waren auszumachen. Dort musste die konspirative Hinterwohnung sein. Georg Zander öffnete seine Pistolentasche, Hasko ebenfalls. Beide zogen bösartig aussehende Luger-

Automatikpistolen. Erhard wischte mit dem Ärmel den Schweiß vom Griff seines Revolvers. Jetzt kam es darauf an.

Die Wohnungstür sah nicht nur morsch aus, sie war es auch. Hasko Zander musste nur einmal zutreten, schon flogen die Splitter, das Schloss brach heraus und die obere Angel gleich mit. Die Trümmer der Tür fielen nach innen, durch einen kurzen Windfang direkt in den Raum hinein, der als Wohnstube diente. Die Möblierung war karg; außer dem Kanonenofen gab es nur einen Tisch, ein Sofa und drei Stühle. Drei Männer und eine Frau saßen bei Schnaps und Bier zusammen. Erhard hatte mit mehr Leuten gerechnet. Immerhin war der dicke Manni Grotelüschen dabei. Er starrte genauso entsetzt wie die anderen auf die Eindringlinge.

»Grotelüschen«, schnarrte Georg Zander. »Letzte Chance für dich. Mach's Maul auf! Seit wann machst du Geschäfte mit Judenware? Und mit Judenhäusern? Wie viel hast du dabei schon abgesahnt? Und wo hast du die Sore versteckt?«

»Nein, gar nichts! Das ist nicht mein Geschäft, damit habe ich nichts zu tun«, rief Grotelüschen, ein feister Riese mit rotem, schwitzigem Gesicht und gewaltigen Pranken. Seine Augen waren vor Angst geweitet, die Augäpfel drohten ihm aus dem Kopf zu fallen. »Wir sind Luden, das weiß hier jeder. Mona ist unsere Puffmutter, die kennt ihr doch auch. Bisschen Koks nebenbei und paar kleine Sachen hier und da, aber doch kein Judenrupfen! Höchstens …«

Erhard Köhler hatte sich hinter den Zander-Brüdern in den Windfang gedrängt, die Pistole in Gürtelhöhe. Grotelüschen sah sie trotzdem, kaum, dass er Erhard bemerkt hatte, und verstummte. Sein schweißglänzendes Gesicht wurde bleich.

»Was denn, höchstens? Nun sag schon, was meinst du mit höchstens?« Hasko Zander stampfte um den Tisch herum auf Manni Grotelüschen zu und drückte ihm die Lugermündung an die Schläfe. Unter Zanders blanken SS-Stiefeln bebte der Dielenboden so stark, dass die Schnapsflasche auf dem Tisch umfiel. Puffmutter Mona stieß einen erstickten Schrei aus.

Im nächsten Moment ereigneten sich mehrere Dinge zugleich. Hinter Erhard rauschte eine Toilettenspülung, und ehe er die Klotür in seinem Rücken bemerkt hatte, wurde sie aufgerissen. Ein dünner Mann mit Boxernase und tätowierten Unterarmen, offenbar ein weiteres Mitglied von Grotelüschens Bande, verpasste ihm einen Stoß in den Rücken, der ihn aus dem Gleichgewicht brachte; er stolperte in die Stube hinein, krampfhaft bemüht, seinen Revolver nicht zu verlieren. Der Mann auf dem Sofa sprang auf. Hinter dem Sofa rumpelte es, und ein großer schwarzer Hund tauchte auf, mit langen spitzen Zähnen im Maul und einem tiefen Grollen in der Kehle. Erhard hörte Erich draußen erschrocken aufschreien, während er selbst um sein Gleichgewicht kämpfte. Der Hund stürzte geradewegs auf ihn zu, die Zähne gefletscht, bereit, ihm die Gurgel herauszureißen. Hinter Erhard ertönten blitzschnelle Schritte. Der Hund setzte zum tödlichen Sprung an. Neben Erhard tauchte ein Arm auf, eingewickelt in einen Pullover. Erich rammte der Bestie seinen gepolsterten Arm ins Maul. Der Hund biss zu. Erichs Messer fuhr ihm direkt ins Herz. Erhard Köhler stürzte, riss im Fallen den rechten Arm hoch und schoss. Hasko Zander zuckte zurück. Manni Grotelüschen kippte mitsamt seinem Stuhl hintenüber, ein schwarz-rotes Loch in der Stirn.

»Verflucht, spinnst du!«, schrie Hasko Zander. Dann

bellte seine Luger los, wieder und wieder. Grotelüschens Kumpane brachen zusammen, jeder der beiden von mehreren Geschossen getroffen. Georg Zander schoss einmal; er traf Mona genau ins Herz. Den Mann mit der Boxernase erledigte Erich mit dem Messer. Sein Revolver steckte unbenutzt hinten in seinem Hosenbund.

»Was hast du hier rumzuballern!«, brüllte Hasko Zander. »Du hättest mich treffen können! Außerdem warst du viel zu früh.«

»Das war ein Versehen.« Erhard Köhler stemmte sich vom Boden hoch; er zitterte am ganzen Körper. »Ich bin gestolpert, als ich gestoßen wurde, bin hingefallen, auf meine rechte Hand. Da hat sich der Schuss gelöst.« Mit offenem Mund blickte er um sich. Die winzige Wohnung war mit Leichen übersät.

»Das war doch kein Zufallstreffer.« Hasko Zander richtete seine Pistole auf Erhards Kopf. »Das hast du mit Absicht gemacht! Was hattest du überhaupt hier drinnen zu suchen? Du solltest draußen warten und sichern, genau wie dein Bruder. Du hast einen direkten Befehl missachtet. Weißt du, was darauf steht?« Haskos Zeigefinger, bisher lang ausgestreckt am Schutzbügel, begann, sich um den Abzug zu krümmen.

»Feuer einstellen!«, befahl Georg Zander scharf. »Das ist ein Befehl! Verstanden? Noch bin ich der Ranghöhere von uns. Los, Waffe runter!«

Haskos Arm blieb oben. »Kapierst du denn nicht, was dein kleiner Liebling gerade gemacht hat? Er hat einen Zeugen zum Schweigen gebracht. Ganz eindeutig! Manni wollte gerade zu singen anfangen, weißt du noch, ›höchstens‹? Irgendwas wollte er uns sagen von den krummen Geschäften, mit denen er uns in die Quere gekommen ist.

Irgendwas hat er gemacht. Und ich wette, es war etwas mit dem hier.« Sein hasserfüllter Blick war starr auf Erhard gerichtet, über Kimme und Korn hinweg.

Erhard wog seine Chancen ab, kalt wie die Schnauze des toten Hundes. Er hielt immer noch seinen Revolver in der Hand, die Mündung auf die Dielen gerichtet. Unmöglich, ihn schnell genug hochzureißen, dachte er. Außerdem war dann immer noch Georg da. Erich auch, aber Erich hatte nur sein Messer in der Hand, und es war kein Wurfmesser.

»Erhard?« Auch Georg Zander fixierte ihn jetzt. »Stimmt das, was er sagt? Hast du uns beschissen? Hast du Geschäfte an uns vorbei gemacht? Hast du gerade eben einen Zeugen beseitigt?«

Köhler schaute Georg in die Augen. Jetzt kam es darauf an. »Nein«, sagte er. »Nichts davon. All unsere Geschäfte habe ich immer ehrlich abgewickelt. Und der Schuss gerade eben … Wie soll ich denn mit Absicht im Fallen so genau getroffen haben? Glaub mir, wenn ich das gewollt hätte, hätte ich das nie und nimmer hingekriegt.« Er schaffte es, flehend zu sprechen und kein einziges Mal zu blinzeln. War das genug? Würde Georg ihm glauben, würde er sich überzeugen lassen? Oder würde er auf die Idee kommen, nach der Schießbude seines Vaters zu fragen und nach den unzähligen Übungsstunden, die Erhard mit den Luftdruckpistolen seines *Babos* absolviert hatte?

Georgs blaue Augen hielten Erhards Blick einige Sekunden lang fest. Dann sagte er: »Hasko, was weißt du über deine Waffe?«

»Was soll das denn jetzt?«, ereiferte sich sein Bruder. »Ist das eine Prüfung, oder was? Ich weiß alles über meine Pistole.« Wieder krümmte sich sein Zeigefinger.

»Was weißt du über dein Magazin?«, fragte Georg Zander.

»Acht Schuss neun Millimeter«, kam die Antwort wie aus der Pistole geschossen. Dann stutzte Hasko Zander. »Was denn … du meinst …?«

»Immer schön mitzählen, Hasko«, sagte Georg Zander milde tadelnd. »Sonst stehst du irgendwann so da wie jetzt. Ganz schön blöd, wenn man schießen will und kann nicht.«

Hasko schaute seinen Bruder aus zusammengequetschten Augen ebenso hasserfüllt an wie vorher Erhard Köhler, aber er senkte die Hand mit der Waffe. Als die Mündung auf den Boden zeigte, krümmte sich sein Zeigefinger vollends. Ein weiterer Schuss dröhnte durch den Raum. Sein achter.

»Georg, du mieser Hund!«, schrie Hasko. Hilflos fuchtelte er mit seiner Waffe. Jetzt war sie tatsächlich leer.

»Hände hoch, alle Mann! Was ist denn das hier?« Ein Schutzpolizist stand plötzlich in der Türöffnung, die Waffe im Anschlag. Hinter ihm tauchte ein zweiter auf, außerdem mehrere Bewaffnete in Zivil. Alle starrten entsetzt auf die fünf menschlichen Leichen und den toten Hund. Und auf die beiden SS-Männer. »Heil Hitler, Herr Obersturmbannführer!«, stieß der Polizist hervor. »Können Sie mir sagen … Bitte um Aufklärung der Lage hier!«

Erhard ließ seinen Revolver los, spürte ihn am Hosenbein entlang zu Boden rutschen. Trotzdem polterte die Waffe laut auf den hölzernen Dielen. Er schaute Georg Zander an. Was für eine Geschichte würde er servieren? Erhard machte sich bereit, mit Details einzuspringen. Irgendein Märchen würden sie schon zusammenbringen. Nach seinem Auftritt gerade eben fühlte er sich allem gewachsen.

Aus der Ferne waren Sirenen zu hören. Über den Dächern erschien ein diffuser Lichtschein, etwa in Richtung Innenstadt. Auf der Donnerschweer Straße heulten Automotoren. Irgendetwas war da los. War deswegen so viel Polizei unterwegs?

Georg Zander steckte seine Luger in die Pistolentasche am Gürtel und gab Hasko ein Zeichen, das Gleiche zu tun. »Natürlich, Oberwachtmeister«, sagte er in verbindlichem Ton. »Es gab hier einen Schusswechsel, den haben wir von der Straße aus gehört und sind eingeschritten. Offenbar ein Konflikt zwischen rivalisierenden kriminellen Banden. Beide Seiten haben dann uns beschossen. Wir mussten das Feuer erwidern.«

»Reine Notwehr«, ergänzte Hasko nickend. »Die haben es nicht anders verdient. So haben wir Ihnen und den Gerichten eine Menge Arbeit erspart.«

»Was führt Sie denn hierher?«, fragte nun Georg Zander. »Läuft irgendwo eine Razzia?«

Der Polizist schüttelte den Kopf. »Befehl aus München«, erwiderte er. »Die NSDAP-Kreisleitung hat uns informiert. Herr vom Rath ist gestern Nachmittag den Folgen des Anschlags erlegen. Jetzt bekommen die Juden den gerechten Volkszorn zu spüren.« Er deutete mit dem Daumen hinter sich; die bewaffneten Zivilisten feixten. »Wir sind beauftragt, die Sache einzugrenzen. Auf dem Weg zum Einsatz hat uns ein Nachbar angehalten und hierher gelotst.«

»Und was brennt da hinten?«, fragte Hasko Zander, der den Feuerschein ebenfalls bemerkt hatte.

»Der Judentempel natürlich«, sagte der Polizist. »Wie überall in Deutschland in diesem Augenblick.«

Erhard spürte den Blick des Oberwachtmeisters auf sich ruhen. Ihm war klar, warum. Georgs Geschichte war unvollständig. Erich und er passten nicht hinein. Da fehlte ein Detail. Er wusste nur noch nicht, welches.

»Die beiden Zigeuner hier«, ertönte Georg Zanders Stimme, »gehören zu der rivalisierenden Bande. Der eine hat den Hund abgestochen und den Mann dort auf dem Klo, der andere hat Manfred Grotelüschen erschossen. Mit dem Revolver dort. Das war vermutlich das Hauptziel der Aktion. Schlage vor, wir nehmen die beiden mit.«

Der Vulkan, dachte Erhard Köhler. Jetzt bricht er aus, und ich stehe genau am Rand des Kraters. Tatsächlich stand er da wie angewurzelt. Seine Beine waren wie erstarrt.

Anders Erich. Er warf seinem Bruder einen auffordernden Blick zu, dann rannte er los, das Messer zum Stoß erhoben. Er lief genau ins Mündungsfeuer der Polizeipistole hinein.

Erhard schrie auf vor Entsetzen. Trotzdem hörte er die Stiefeltritte hinter sich. Hasko Zanders Schlag traf ihn hinter dem Ohr. Dass er mit der Stirn auf dem Boden aufschlug, spürte er schon nicht mehr.

12.

Heute

»Das war unheimlich. Richtig unheimlich.« Olivia hielt ihrem Nachbarn ihr leeres Weißweinglas hin. Es war noch von außen bereift, exakt so hoch, wie Schulte ihr eingeschenkt hatte. Vor weniger als zwei Minuten. Er hatte die Weinflasche noch nicht einmal zurück in den Garagenkühlschrank gestellt.

»So ähnlich sah dir die Frau?«, fragte er und goss nach. »Wie aus dem Gesicht geschnitten?«

»Das nun gerade nicht.« Sie nahm einen Schluck, versuchte dabei, sich das Gesicht von der Fotografie vor Augen zu rufen. »Nicht zum Verwechseln. Aber ein ähnlicher Typ. Breites Gesicht, blaue Augen, brauner Lockenkopf. Irgendwie habe ich plötzlich mich an ihrer Stelle gesehen. Das war ein ganz ekliges Gefühl.« Sie schüttelte sich und nahm noch einen kräftigen Schluck.

»An ihrer Stelle?« Albert Schulte nippte an seiner Bierflasche. »Als junge Studentin, die auf einen reichen Fiesling reinfällt? Kann ich mir von dir nicht recht vorstellen. Also« – er hob abwehrend die Hand – »Studentin natürlich und jung sowieso. Aber dass du dich von so einem Kerl verarschen lässt? Dazu wärst du doch viel zu …« Er suchte nach dem richtigen Wort.

»Tough?«, schlug Olivia vor.

»Abgebrüht«, entschied sich Schulte.

Sie grinste halbherzig. »Nett, Herr Nachbar! Und bestimmt nicht ganz falsch. Aber so bin ich nicht auf die

Welt gekommen. Ein paar Narben an der Seele habe ich mir geholt, ehe da Hornhaut drauf war. Was ich erlebt habe, ist aber nichts im Vergleich dazu, was dieser Heino Zander mit seinen Frauen gemacht hat. Mindestens zwei von denen haben sich seinetwegen umgebracht. Die eine hat sich ertränkt, weil sie ein Kind von ihm bekommen hatte, die andere hat viele Jahre später Tabletten genommen, weil sie die Zurückweisung durch ihn nie verwunden hat. Und die Abtreibung.« Olivia griff erneut nach ihrem Weinglas, stellte es aber wieder hin. »Von der Frau stammen auch die Fotos, die man mir gezeigt hat. War die Mutter einer Polizistin, das hat mir die ältere Beamtin erzählt, die beim Gespräch dabei war. Aber erst nachher, inoffiziell. Hübsche Blondine, ganz anderer Typ als ich. Aber die andere, die, die sich ertränkt hat. Das hätte ich sein können. Wenn ich auf solch einen Kerl reingefallen wäre, jung und grün hinter den Ohren. Dann säße ich jetzt nicht hier. Oder wäre völlig kaputt. Der Gedanke macht mich fertig.« Das war nicht übertrieben; der Panzer, mit dem sie all die Jahre ihre geschundene Seele geschützt hatte, zeigte breite Risse.

Sie tranken schweigend. Der Abend war angenehm, leichter Wind hatte die Tageshitze gemildert. Vogelgezwitscher übertönte den entfernten Verkehrslärm mühelos. »Früher hätte ich jetzt eine geraucht«, sagte Albert Schulte versonnen. »Aber kürzlich habe ich damit aufgehört. Ach nee, das war schon vor 15 Jahren.«

»Also nicht nur von außen gescheuert, sondern auch von innen geräuchert, die abgehärtete Kriegsgeneration«, stichelte Olivia.

»Im Krieg haben wir alle geraucht«, erwiderte Schulte ungerührt. »Egal wie jung. Kam ja nicht drauf an, am nächsten Tag konnte man sowieso tot sein. Oder noch am selben.« Er sog die warme Luft tief ein, als enthalte sie Rauch, den er so herausfiltern konnte. Die Luft jedoch war sauber. »Nach dem Krieg genauso, jedenfalls die ersten Jahre. Danach fingen wir an, wieder an eine Zukunft zu glauben. Also haben wir nicht alles geraucht, was wir kriegen konnten, sondern die Zigaretten lieber als Ersatzgeld verwendet.«

»Alles gut und schön«, sagte Olivia. »Damit bringst du mich aber nicht auf andere Gedanken. Diese beiden toten Frauen gehen mir einfach nicht aus dem Kopf. Vor allem die eine, die im Hafen ertrunken ist. Wie hieß sie noch ...«

»Hendrike de Vries«, sagte Schulte.

»Danke.« Olivia band sich die Haare am Hinterkopf zusammen, versuchte, auch ihre Gedanken zu ordnen. Dabei stutzte sie. »Wann habe ich dir denn den Namen gesagt?«

»Hast du nicht«, antwortete der Alte. »Brauchtest du auch nicht. Ich habe ihn nachgeschlagen.«

Albert Schulte stand auf und schlurfte in die offen stehende Garage hinein, zur Schreibecke an der Rückwand. Olivia folgte ihm neugierig. Er angelte einen Ordner aus seinem Regal, klappte ihn auf und legte ihn auf die Rückbank der alten Maico. Der Ordner enthielt Zeitungsausschnitte, säuberlich ausgeschnitten, aufgeklebt und abgeheftet. Schulte blätterte, klappte Seitenbündel um, dann deutete er auf einen Artikel mit fetter Schlagzeile: »Leichenfund im Oldenburger Hafen«. Er stammte aus der *Regionalen Rundschau*, Olivias eigener Zeitung, und sah trotzdem fremd aus: andere Schrifttype, kleinere Schriftgröße, grob gerasterte Schwarz-Weiß-Bilder, eigenartige Zwischenzeilen, bescheidenes Kürzel statt üppiger Autorenzeile. Es war eine Menge Zeit vergangen seitdem.

Mit geübtem Blick überflog sie den Artikel. Leiche bei Baggerarbeiten gefunden, im Bereich zwischen Schleuse und Cäcilienbrücke, dort, wo das Gewässer zwar Hunte heißt, aber abgespundet und verbreitert war und einem Hafenbecken glich, in dem beiderseits größere Binnenschiffe anlegen konnten. Leiche mit Autofelge beschwert. Junge Frau, Alter, Beruf, alles stimmte mit dem überein, was Olivia wusste. Natürlich gab es keine Nahaufnahme der Leiche, schon gar nicht vom Gesicht. Und auch der volle Name der Toten stand nicht im Text. Nur »Hendrike d. V.« – na, da war nicht allzu viel Fantasie nötig. »Du konntest sie?«, fragte Olivia.

Schulte nickte. »Vom Sehen. Bei nächster Gelegenheit habe ich mich damals an der Uni erkundigt. Da wussten natürlich alle Bescheid.«

»Und warum hast du den Artikel aufgehoben?« Olivia musterte den alten Mann kritisch. »Interessierst du dich für Morde an jungen Frauen? Gibt dir das was?«

Schute schüttelte den Kopf. »Sei froh, dass mir das Wort abgebrüht noch eingefallen ist. Mir lag schon ein ähnlich klingendes auf der Zunge. Aber nein, nicht wegen so was. Ich interessiere mich für meine Heimatstadt, hatte sogar mal vor, eine Chronik zu schreiben, von den 30er-Jahren bis zur Gegenwart. Ich kam aber nicht richtig in die Gänge. Andere waren schneller, und seit es das Internet gibt, findet man sowieso überall alles Mögliche. Also ist es beim Sammeln geblieben.« Er zeigte auf sein mit Ordnern gefülltes Regal: »Ist ganz schön was zusammengekommen.«

»Unter anderem meine Arisierungs-Serie«, sagte Olivia nickend. »Das nehme ich mal als glaubwürdiges Dementi mutmaßlicher dunkler Gelüste.« Dabei las sie den Text zu Ende. Alles bekannt so weit.

Dann kehrte ihr Blick zum vierten Absatz zurück. »Abschürfungen an den Handgelenken?«, murmelte sie. »Was ist denn das? Ich dachte, es war Selbstmord.«

»Die Leiche war voller Verletzungen«, sagte Albert Schulte. »Die meisten postmortal, wie man sagt. Immerhin hing die Tote quer vor dem Saugrohr des Baggers. Es hieß, die Spuren an den Handgelenken sollten geprüft werden, um jeden Zweifel an einer Selbsttötung auszuschließen. Es gab aber wohl kein eindeutiges Ergebnis. So ist die Sache zu den Akten gewandert.«

»Vielleicht war die Gerichtsmedizin damals noch nicht so weit. Ist ewig her.« Olivia blätterte in den abgehefteten Seiten: »Gibt es noch mehr über die Tote?«

»Nein, das ist alles.« Der Alte nahm den Ordner an sich, klappte ihn zu und stellte ihn zurück ins Regal. »Was ich sonst noch weiß, habe ich mündlich erfahren, von Uni-Leuten. Hendrike kam ursprünglich aus Holland, daher ihr Vorname; ihren Nachnamen findet man auf beiden Seiten der Grenze recht häufig. De Vries, der Friese. Bei uns die Ostfriesen, in Holland die Westfriesen und die Nordfriesen in Schleswig-Holstein. Ein Volk, verschiedene Länder. Wie heute die Kurden.«

»Gebürtige Holländerin?«, hakte Olivia nach. »Hieß es nicht, sie sei deutsche Staatsbürgerin gewesen?«

»Das stimmt. Geboren ist sie in Groningen. Die deutsche Staatsbürgerschaft hat sie später beantragt. Als junge Erwachsene ist sie nach Deutschland gezogen, hat später hier studiert. Den deutschen Pass bekam sie anstandslos, weil ihr Vater Deutscher war. Vor dem Krieg ausgewandert, da gab es so einige.«

»Ich kenne ein paar Deutsche, die in die Niederlande gezogen sind, um dort zu studieren«, sagte Olivia ungläubig. »Wieso zieht man nach Oldenburg, wenn man in einer so tollen Stadt wie Groningen wohnen kann? Verstehe ich nicht. Groningen ist Klein-Amsterdam.«

»Oldenburg ist auch nicht schlecht«, nahm Schulte seine Heimatstadt in Schutz. »Ich bin ein bisschen rumgekommen in jüngeren Jahren; glaub mir, man kann es deutlich schlechter treffen als hier.«

»Es sprach der Lokalpatriot«, spottete Olivia. »Aber klar, ein paar schöne Ecken gibt es hier auch. Wo genau hat sie denn gewohnt?«

»Sie hatte ein WG-Zimmer im Wohnheim Johann-Justus-Weg«, antwortete Albert Schulte. »Da hat sie aber selten übernachtet, meistens nach Feten. Sie hatte nämlich noch eine andere Wohnung, in der sie sich überwiegend aufhielt.« Er hob die Weißweinflasche. »Möchtest du noch?«

Olivia schüttelte den Kopf. »Wo denn?«, fragte sie.

»In Osternburg«, erwiderte Schulte. »Gar nicht weit von hier.«

13.

November 1938

Als er aufwachte, flackerte es vor seinen Augen. Er kniff sie zu; dabei stellte er fest, dass er seine Lider noch gar nicht geöffnet hatte. Trotzdem ging das Flackern weiter. Er hörte Schreie, das Gebrüll vieler Menschen, lautes Getrampel. »Da nicht!«, rief ein Mann. »Nicht dahin! Hierher, hierher mit der Spritze! Den Scheiß da lasst ihr brennen, verstanden?«

Erhard Köhlers Wimpern waren verklebt, er bekam seine Augen nur einen Spalt breit auf. Das war gut, denn die gleißende Helligkeit jagte stechende Schmerzen durch sein Hirn. Es pochte über seinem linken Ohr, dort, wo ihn der Schlag zu Boden geschickt hatte. Auch seine Nase schmerzte. Er schmeckte Blut. Neben ihm stöhnte jemand. Es war Erich. Erich! Also ist er nicht tot, dachte Erhard, Gott sei Dank. Eine Welle der Erleichterung linderte seinen Schmerz augenblicklich. Hatte die Kugel seinen Bruder verfehlt? Er wollte ihn ansprechen, aber seine Kehle war rau und staubtrocken, er brachte nur ein Krächzen heraus. Er räusperte sich, holte Atem und hatte plötzlich den Mund voller Dreck. Wo war er hier?

Er wollte sich auf den Rücken drehen – das ging nicht, seine Hände waren auf dem Rücken gefesselt. Auch die Füße hatten sie ihm zusammengebunden. Also wälzte er sich auf den Bauch, wippend wie eine Robbe. Die groben, schmutzigen Holzplanken unter ihm bewegten sich mit. Anscheinend die Ladefläche eines Lastwagens.

Erhard schaute zur Seite. Der Mann neben ihm hatte nur noch ein Auge. Die Überreste des zweiten klebten an seiner Wange. Aus seinem offenen Mund ragten die Stümpfe halb ausgeschlagener Zähne. Sein Hemd war blutverschmiert, die Brust darunter bewegte sich nicht. Der Mann war tot.

»Erich!«, brüllte Erhard Köhler mit überschnappender Stimme. »Erich, nein, Erich!«

»Hier«, stöhnte eine halb erstickte Stimme. »Ich bin hier.« Ein schmerzerfülltes Stöhnen folgte. Von irgendwo hinter der Leiche.

Mit dem Ellbogen stemmte Erhard sich hoch. Er schnappte nach Luft. Die Ladefläche des Lasters lag voller Körper. Waren das die Leichen von Manfred Grotelüschen und seinen Komplizen? Dafür waren es zu viele. Hier und da bewegte sich jemand. Also waren nicht alle tot. Wo war Erich? Erich lag weiter links, auf der anderen Seite der Ladefläche. Auch er war gefesselt. Unter seinem rechten Oberarm war alles voller Blut. Also hatte ihn der Polizist doch getroffen. Fleischwunde oder Lungenschuss? Noch war er am Leben, also war die Kugel wenigstens nicht ins Herz gegangen.

Vorsichtig lugte Erhard über die Seitenplanke. Was da brannte, war die Oldenburger Synagoge. Helle Flammen loderten aus dem Dach. Die Feuerwehr war an der Arbeit, mehrere Trupps rollten Schläuche aus, andere löschten bereits. Nein, sie löschten nicht. Sie bespritzten nur die Nachbargebäude mit Wasser, um zu verhindern, dass auch sie Feuer fingen. Allerhand Schaulustige standen herum. Immer, wenn die Flammen besonders hoch aus dem Dachstuhl schossen oder wenn leuchtende Funkenkaskaden auf den Vorplatz niedergingen, johlten sie besonders laut. Als einer der Feuerwehrleute mit seiner Spritze einmal auf das brennende Gotteshaus zielte, wohl aus Versehen, buhten sie ihn aus wie im Fußballstadion.

Plötzlich änderte sich der Tonfall. »Da, guck, ein Itzig!«, schrie einer. Andere fielen ein. Schnelle Schritte trommelten über das Pflaster, schwere Tritte folgten. Ein junger Mann, ein Junge eher, flüchtete zur Straße, rannte so schnell, dass er zu fliegen schien, so wie früher Erich vor dem Tor. Die Verfolger hatten keine Chance. Sie wollten die Jagd gerade aufgeben, als ein Mann hinter dem Lastwagen hervorsprang, auf dem Erhard und sein Bruder lagen, und dem Jungen ein Bein stellte. Der stürzte aus vollem Lauf, knallte wuchtig aufs Gesicht und rutschte mehrere Meter, ehe er bewegungslos liegen blieb. Die Verfolgermeute trampelte heran und umringte den Jungen, schlug und trat brüllend auf ihn ein. Der Mann, der ihn zu Fall gebracht hatte, schaute zu. Dabei zündete er sich eine Zigarette an. Im Schein des Sturmfeuerzeuges konnte Erhard sein Gesicht erkennen. Es war Georg Zander.

Erhard ließ sich langsam zurück auf die Ladefläche sinken. Sein Atem ging stoßweise. Georg, der Verräter. Der Vulkan war ausgebrochen, früher als erwartet. Für Flucht war es zu spät. Damit war alles umsonst, Erhard war gescheitert, sein Leben eine Niederlage. Djamels Befürchtung hatte sich bewahrheitet.

»Der hat genug.« Das war Georgs Stimme. »Ihr da, zurück! Und ihr fasst an. Vier Mann, vier Ecken. Rauf auf den Laster. Eins, zwei und – hopp!« Der Körper des Jungen wurde über die Seitenplanke geworfen, landete auf Erhards Beinen, Gesicht nach oben. Kein Zweifel, er hatte es hinter sich. War er zu beneiden?

»Herr Zander, moin! Tolles Schauspiel, was? Bin froh, dass dieser Schandfleck endlich verschwindet.« Einer der

Totschläger, ein Mann mit schwarzem Hut und Kamelhaarmantel, hatte Georg erkannt. »Muss schon sagen, Respekt! Sehr gut geplante Aktion. Eindeutig SS-Handschrift.«

»Unsinn«, knurrte Georg Zander ihn an. »Keine Verleumdungen gefälligst, verstanden! Hier hat sich der gerechte deutsche Volkszorn Bahn gebrochen. Ganz spontan, das ließ sich gar nicht verhindern.«

Der andere Mann schwieg erschrocken. Im Flammenschein konnte Erhard seinen Mund offen stehen sehen, durch eine Stoßfuge zwischen zwei Seitenbrettern der Ladefläche hindurch. Dann begann Georg Zander zu lachen. Der Kamelhaarmantelmann stimmte erleichtert ein.

»Was mich interessieren würde«, sagte der Mann, »wer ist eigentlich für den Verkauf dieses Grundstücks zuständig? Wunderbar zentrale Lage, herrlich zu nutzen. Den Rabbiner muss ich bestimmt nicht fragen, oder? Vermutlich ist er sowieso da drin.« Er zeigte auf die brennende Synagoge und begann erneut zu lachen.

Diesmal lachte Georg Zander nicht mit. »Nichts da. Leo Trepp geht es gut, niemand hat ihm ein Haar gekrümmt. Der feine Herr ist unterwegs zur Polizeikaserne am Pferdemarkt.« Er nahm einen tiefen Zug aus seiner Zigarette. Der Widerschein der roten Glut verlieh seinen Zügen etwas Diabolisches. Oder lag es daran, dass das lodernde Feuer den ganzen Nachthimmel blutrot gefärbt hatte? »Allerdings musste sich Doktor Trepp zu einem Fußmarsch bequemen«, fuhr Georg Zander fort. »Die Plätze im Auto haben meine Kameraden eingenommen. So ändern sich die Zeiten.«

»Ja, alles ändert sich, und das ist gut so.« Der Mantelmann wollte schnell wieder zum Thema kommen. »Wer könnte denn vermitteln, wenn ich das Grundstück erwerben möchte? Das würde ich mich etwas kosten lassen. Kennen Sie vielleicht jemanden? Oder wären Sie eventuell selbst bereit …?«

»Vergessen Sie's.« Der Obersturmbannführer spie einen Tabakkrümel aus. »Fragen Sie morgen bei der Parteileitung nach, ganz offiziell. Jüdisches Eigentum ist die Angelegenheit von Staat und NSDAP. Das Geld, das die Juden zusammengerafft haben, gehört dem Staat und dem Volk, und die benötigen es dringend. Viel zu lange hat es dabei Wildwuchs gegeben. Das hört jetzt auf, mit dem heutigen Tage. Alles geht seinen ordentlichen Gang, wie es sich gehört in Deutschland. Wir wollen doch nicht, dass Volksgenosse Göring weiterhin Probleme hat bei der Finanzierung seiner Rüstungsprojekte.«

Georg Zander warf seine Kippe auf die Straße und zermalmte sie unter dem Absatz seines Stiefels, so nachdrücklich, dass sich der Kamelhaarmantelmann eiligst empfahl.

Erhard Köhler schloss die Augen. Mit ihren Geschäften war es also vorbei, so oder so. Seit wann hatte Georg gewusst, dass der NS-Staat ihnen keinerlei Freiräume mehr lassen würde? Erst seit heute, seit gerade eben – oder schon länger? War er dem SS-Offizier vorhin in der Kortlangstraße in die Falle gelaufen? Hatte er Erich gleich mit hineingelockt? Abgehakt und abgelegt. Er hätte es wissen müssen! Wut begann, seine Verzweiflung zu überstrahlen.

Ein Auto rauschte über die Peterstraße heran, ein großer, lang gestreckter Mercedes mit glänzend schwarzer Lackierung, in der sich das Feuer widerspiegelte. Bremsen kreischten, ein anderes Fahrzeug wurde aus dem Weg gehupt. Hinter dem Lastwagen kam der Mercedes zum Stehen. Die Fahrertür flog auf. Hasko Zander stieg aus, lief geschmeidig um den Wagen herum, riss die Beifahrertür auf und streckte galant seine Hand hinein. Eine Frau stieg aus, hochgewachsen und blond, gekleidet wie für einen Theaterbesuch, einen großen NS-Bonbon unübersehbar am Mantelkragen. Sie streichelte Hasko kurz über die Wange und winkte mit gespreizten Fingern Georg zu. Edelgard Zander, geborene von Schwan, war eingetroffen.

Erhard Köhler spürte, wie ihm die Kälte bis in die Knochen kroch. Es war Nacht, die Nacht vom 9. auf den 10. November, da konnte einem schon kalt werden; die brennende Synagoge änderte daran nichts, im Gegenteil. Die Fesselung, die ihm den Blutkreislauf abschnürte, tat ein Übriges. Es hätte aber auch ein herrlicher Sommertag im August gewesen sein können – in Gegenwart dieser Frau hätte Erhard trotzdem gefroren. Edelgard Zander, ältester Spross der Oldenburger Linie derer von Schwan, war ein hartherziges, kaltblütiges, menschenverachtendes und gieriges Monstrum. Jedenfalls in seinen Augen. Hasko Zander jedoch umschwärmte diese Frau mit peinlicher Hingabe. Dass sich der Tagelöhnersohn und ehemalige Speditionspacker von einer Heirat mit dieser Frau einen gesellschaftlichen Aufstieg erhoffte, war vollkommen klar. Die Familie von Schwan war nicht nur adelig, sie besaß auch mehrere Hotels und andere Immobilien und gehörte außerdem zum NS-Parteiadel, zu denen, die schon Jahre vor der Machtübernahme auf das braune Pferd gesetzt hatten.

Georg Zander hatte keinen zufriedenen Eindruck gemacht, als Edelgard den rührigen Hasko endlich erhört, den teuren Verlobungsring akzeptiert und in die Heirat eingewilligt hatte. Inzwischen schien er die Verbindung aber als Tatsache akzeptiert zu haben. Er grüßte Haskos Frau freundlich, deutete sogar einen Handkuss an. Sie wechselten einige Sätze, die Erhard nicht verstand. Dann entschuldigte sich Hasko, lief hinüber zu seinen SS-Kameraden, die die Brandstelle sicherten, und ließ Edelgard in der Obhut seines großen Bruders zurück. Georg nahm Edelgards Arm und führte die Frau hinter das Steuerhaus des Lastwagens. Dort nahm er sie in die Arme, drückte sie an sich und küsste sie lang und innig.

Du Verräter, dachte Erhard, du Pottsau von einem Bruder! Na warte. Jetzt habe ich etwas gegen dich in der Hand. Angesichts seiner Lage war das ein lachhafter Gedanke, nichts als ein sinnloser Reflex. Wie sollte er das, was er gesehen hatte, denn gegen Georg verwenden? Selbst wenn er es schaffte, sich bemerkbar zu machen, sobald Hasko zurückkam, wenn der seinen Bruder zur Rede stellte, ihn vielleicht sogar erschoss – die nächste Kugel würde ihm gelten. Wahrscheinlicher jedoch die erste und einzige. Georg und Hasko waren SS, er war nur ein Stück Fleisch auf einem Laster. Die SS konnte jeden töten, ohne irgendwem gegenüber Rechenschaft ablegen zu müssen. Spätestens jetzt war das klar.

Lautes, schnelles Stiefelstampfen kündigte Hasko Zanders Rückkehr an. Georg hörte ihn rechtzeitig, löste sich von der Frau, schob sie mit einem Klaps auf den Hintern von sich weg. Sie streckte ihm die Zunge heraus, ebenso lüstern wie dreist. Sich mit dieser Frau einzulassen, hieß für Georg, mit seinem Leben zu spielen, dachte Erhard. Er wünschte inständig, dass er verlor.

»Fahrer kommt«, berichtete Hasko schnaufend. »Wir bringen die Ladung raus nach Sandkrug. Im Wald ist alles vorbereitet.« Er schlug auf seine Pistolentasche. »Diesmal zähle ich mit, darauf kannst du wetten! Zwei Ersatzmagazine habe ich außerdem mit.«

»Gut«, erwiderte Georg Zander. »Ich verlass mich auf

dich. Erwarte vollständige Wiedergutmachung, verstanden? Dass dir nicht wieder die Nerven durchgehen! Vollzugsmeldung telefonisch. Ich bringe Edelgard in der Zwischenzeit nach Rastede.«

In Rastede, vor den Toren Oldenburgs, bewohnten Hasko und Edelgard Zander ein Haus, vielmehr ein Palais, das Erhard ihnen besorgt hatte, aus jüdischem Besitz. Natürlich auf Georgs Veranlassung. Natürlich zum Spottpreis. Trotzdem hatte Erhard Köhler noch gut an dieser Transaktion verdient, denn an den Wänden des Palais hatten Bilder berühmter Meister gehangen, die keiner der Zanders jemals zu Gesicht bekommen hatte. Erhard hatte sie rechtzeitig gegen Ölschinken minderer Qualität, aber gleicher Größe ausgetauscht. Die meisten Originalbilder hatte Djamel für ihn verkauft, mit gutem Profit. Die restlichen waren sicher eingelagert in einem seiner Depots.

Verflucht, seine Depots! Warum hatte er nicht alles nach Groningen geschafft? Dann hätte wenigstens die Familie noch etwas davon. Wie aufs Stichwort brachte der verwundete Erich sich mit lautem Stöhnen in Erinnerung.

»Der eine röchelt noch«, kommentierte Hasko Zander. »Irgendwelche letzten Worte deinerseits?«

»Verschone mich«, knurrte sein Bruder Georg. »Ausgedient heißt ausgehustet. Sie sind beide nützlich gewesen, jeder auf seine Weise und zu seiner Zeit. Diese Zeit ist vorbei. So ist das eben mit Hilfsvölkern.«

»Das sagst du doch nur so«, stichelte Hasko. »Erhard war dein Hätschelkind, mit dem hast du mehr Zeit verbracht als mit mir. Und Erich, unser Knipser, war immer dein spezieller Kumpel. Hast sogar mit dem Duschen immer auf ihn gewartet.«

Erhard hörte Georg laut und keuchend atmen. Der haut

ihn um, dachte Erich, der haut seinen Bruder gleich um. Hier auf offener Straße, vor der versammelten Oldenburger Nazi-Mischpoche. Einschließlich Ehefrau und Geliebter in ein und derselben Person. Das wäre ihm selbst in seiner Lage eine Wohltat gewesen. Aber den Gefallen tat Georg Zander ihm nicht. »Warum sollte ich mit dir wohl Zeit verbringen, Hasko, du Ekelpaket«, fauchte er mit sorgsam gedämpfter Stimme. »Jetzt verpiss dich und sieh zu, dass du nicht schon wieder Mist baust. Ab dafür!«

Hasko Zander lachte gehässig. Er winkte einem kleinen Mann mit Schlägermütze, der sich in respektvoller Entfernung zur Verfügung gehalten hatte. Jetzt wieselte er herbei, klemmte sich hinters Steuer und warf den Motor an. Ein Gelernter, schätzte Erhard, vermutlich NSKK in Zivil. Er kannte einige, die ins Kraftfahrerkorps der Nazis eingetreten waren, weil sie sich davon eine sichere Position versprachen, ohne sich allzu sehr die Finger schmutzig zu machen. Der Kleine da vorne würde heute Nacht lernen, dass das nicht so einfach war.

Weil er sich die Finger mit meinem Blut schmutzig machen wird, führte Erhard den Gedanken zu Ende. Und mit dem von Erich. Wie weit war es nach Sandkrug? Keine 20 Kilometer, halbe Stunde. So lange hatten sie noch zu leben. Der Wagen ruckte an. Die Ladefläche begann zu schwanken. Erhard wurde gegen den Toten neben ihm gedrückt. Auch die Leiche auf seinen Beinen geriet in Bewegung. Der wechselnde Druck auf seine Füße sorgte dafür, dass die Fesseln schmerzhaft in seine Haut schnitten. Er winkelte seine Beine an, zog sie unter dem toten Jungen hervor. Sie waren mit einem groben Strick zusammengebunden, ziemlich nachlässig, wie es aussah. Der Knoten allerdings war doppelt.

Der Lastwagen durchquerte die nächtliche Innenstadt, die

erstaunlich belebt war. Trupps von Männern streunten herum, einige uniformiert, die meisten in Zivil, aber alle bewaffnet. War die SA plötzlich wiederauferstanden? 1934, nach dem angeblichen Röhm-Putsch, hatte Hitler seine Krawallbrüder in den Urlaub geschickt. Aus dem waren die Braunhemden bis heute nicht zurückgekehrt; man brauchte sie nicht mehr, der Staat war erbeutet mit allem Drum und Dran, da war eine eigene Schlägertruppe überflüssig. In dieser Nacht aber sah das anders aus. Terror war angesagt, und die SA war prompt zur Stelle, als wäre sie niemals weg gewesen. Überall zerschlagene Scheiben, teils von Schaufenstern; die Bürgersteige waren mit glitzernden Splittern und Scherben übersät. Türen waren eingeschlagen, vereinzelt flackerten kleine Brände auf. Menschen liefen schreiend umher, viele noch im Nachthemd. Frauen wurden an den Haaren aus Häusern gezerrt, Männer geprügelt, Kinder getreten. Plünderer huschten durch die Straßen, teils verstohlen, teils laut lachend und protzend, die Arme voller Beute. Anderswo wurden Menschen in Gruppen zusammengetrieben und unter Gebrüll und Schlägen in Richtung Pferdemarkt abgeführt. Menschen führten sich auf wie Bestien. Die in Jahrhunderten mühsam aufgetragene Schicht Kultur blätterte in kürzester Zeit von diesen Deutschen ab wie dünner, schadhafter Lack.

Der Lastwagen rumpelte über Theater- und Schlosswall, überquerte die Mühlenhunte und rollte über den Damm zur Cäcilienbrücke. Dahinter wurde es ruhiger, die Menschen und ihr Geschrei wurden weniger, die Nacht war hier dunkler. Erhard tastete nach den Seitenteilen, die die Ladefläche begrenzten. Sie waren aus hölzernen Planken – oben mit einer Metallkante verstärkt. Darauf hatte er gehofft.

Der Lastwagen bog nach rechts in die Cloppenburger Straße ein, es ging stadtauswärts, der Fahrer gab mehr Gas.

Erhard keilte sich zwischen den Planken und dem Toten ein, so gut es ging, hob seine Beine, nahm die Metallkante zwischen seine Fußknöchel und bewegte seine Füße vor und zurück. Die Kante schien ziemlich neu zu sein, hoffentlich war sie scharfkantig genug. Erich stöhnte wieder; das Rütteln des schneller fahrenden Wagens hatte ihn aus seiner Bewusstlosigkeit geweckt. »Erich! He, Erich!«, rief Erhard, gerade so laut, dass seine Worte nicht bis ins Führerhaus drangen. Das hoffte er wenigstens. »Erich, bleib wach! Bist du schwer verletzt? He, wie schlimm ist es?«

Erich stöhnte und keuchte. Sein Bruder hatte schon Angst, er würde wieder ohnmächtig werden, aber dann hörte er seine Stimme: »Fleischwunde. Tut weh wie Sau«, stieß Erich hervor. »Aber es blutet nicht mehr so doll. Keine große Ader verletzt.«

Gott sei Dank, dachte Erhard. Sein Bruder war hart im Nehmen. »Was ist mit deinen Fesseln?«, fragte er. »Hast du dein Messer noch?«

Erich antwortete nicht sofort. »Nee, ist weg«, sagte er nach einer Weile. »Was glaubst du wohl!« Er stöhnte wieder. »Fesseln sind stabil, Kälberstricke oder so was. Nicht sehr fest geknotet. Ich versuch mal …« Das Stöhnen wurde lauter, nur unterbrochen von leisen Flüchen.

Erhard Köhler konzentrierte sich auf seine Fußfesseln. Jedes Mal, wenn sich die Scheinwerfer eines anderen Fahrzeugs näherten, nahm er schnell seine Beine von der Seitenplanke. Tatsächlich erwies sich eines der entgegenkommenden Autos als Laster, dessen Ladefläche vollgepackt war mit grölenden Männern, einige in Uniform mit Hakenkreuzbinden. Fuhren die alle nach Oldenburg? War nach Brandstiftung und Plünderung noch mehr geplant?

Als der Lkw außer Sicht war, hievte Erhard seine Beine

wieder über die Metallkante der Planke. Gleich bei der ersten Berührung gaben die Fesseln nach, so unvermittelt, dass er leise aufschrie. Erichs Stöhnen brach ab. »Was ist?«, fragte sein verwundeter Bruder besorgt.

»Füße sind los«, gab Erhard zurück. »Achtung, ich komm zu dir rüber.«

Das Schwanken des dahinrumpelnden Lastwagens ausnutzend, warf Erhard sich über den Leichnam, der zwischen ihm und Erich lag. Für einen Augenblick war sein Gesicht nur wenige Zentimeter vom zerschlagenen Antlitz des Toten entfernt, dann beförderte ihn der Schwung einer Bodenwelle darüber hinweg. Erich knurrte wie ein Wolf, als er gegen ihn rollte. Der Verletzte musste große Schmerzen haben; seine Selbstbeherrschung fand Erhard bewundernswert. Er wälzte sich herum, bis seine Hände bei Erichs lagen und seine Finger den Knoten des Kälberstricks fanden. In weniger als einer Minute hatte er ihn gelöst. Weitere drei Minuten später waren die Brüder sämtliche Fesseln los.

Keine Minute zu früh. Der Wagen wurde langsamer, der Motor brüllte beim Herunterschalten auf, der Laster bog nach links ab. Baumreihen huschten bleich durch die Lichtkegel der Scheinwerfer. Verdammt! Haskos Worte klangen Erhard in den Ohren: »Wir bringen sie raus nach Sandkrug. Im Wald ist alles vorbereitet.« War das dieser Wald? Waren sie schon am Ziel? Aus dem Schwanken des Wagens wurde ein Stoßen und Bocken. Keine Straße mehr, sondern ein Wirtschaftsweg. Tief tauchten die Räder in Schlaglöcher. Stoßdämpfer ächzten, die Seitenplanken der Ladefläche klapperten in ihren Halterungen. Erich schrie auf; mindestens zwei weitere Stimmen brüllten Schmerz heraus. Sie waren nicht die Einzigen, die hier noch lebten, stellte Erhard fest. Was nun? Auch die anderen losbinden?

Die Hupe ertönte. Erhard richtete sich halb auf, riskierte einen Blick nach vorn. In einiger Entfernung standen Leute mit Taschenlampen. Schaufelstiele ragten in die Höhe. Ihr Empfangskomitee! Jetzt oder nie.

Erich hatte sich schon auf Hände und Knie hochgestemmt, hatte begriffen, was die Uhr geschlagen hatte. Erhard half ihm nach hinten, schob einen Leichnam aus dem Weg, beugte sich über die Heckplanke, löste die Haken rechts und links. Die Klappe klemmte, bewegte sich keinen Millimeter. Wuchtig trat er gegen die Metallkante. Das Ding löste sich abrupt, schwang nach unten, krachte gegen die Halterung. Das konnten Hasko und sein Fahrer gar nicht überhört haben! Erhard packte seinen Bruder, stieß ihn über die Kante, registrierte entsetzt, wie rasend schnell der Boden unter dem Wagen dahinsauste. War ihm das Tempo des Lasters gerade eben nicht noch so schneckenhaft vorgekommen? Erich prallte unten auf wie eine Stoffpuppe, sein Schmerzensschrei verstummte wie abgeschnitten. Schon war sein Körper in der Dunkelheit verschwunden. Erhard sprang nicht, er ließ einfach los. Sandboden, dachte er verzweifelt, Sand ist doch weich! War er nicht. Der Versuch, den Sturz mit den Armen abzufangen, scheiterte vollständig. Erhard fiel auf Gesicht und Brust, spürte, wie ihm die Luft aus den Lungen herausgepresst wurde, wie ihm der sandige Untergrund die Haut vom Fleisch schmirgelte. Seine angebrochene Nase knackte laut und sandte einen grellen Blitz durch sein Gehirn. Gnädige Ohnmacht? Bloß das nicht!

Die Bremsen des Lasters kreischten, eine Tür wurde aufgerissen. Hasko Zanders Gebrüll mischte sich mit den Rufen der Männer, die an der Grube gewartet hatten. Erhard sprang auf, taumelte, setzte sich in Bewegung, quälend langsam, mit schmerzenden Beinen und halb tauben Füßen. Der Verlauf des Weges ließ sich nur erahnen. Jedes Schlagloch brachte ihn aus dem Tritt. Wo war Erich? Hatte er sich schon zwischen die Bäume gerettet?

Ein Hindernis ließ Erhard straucheln. Diesmal fiel er auf die Hände. Im selben Augenblick krachten hinter ihm Schüsse, Kugeln pfiffen über ihn hinweg. Unter ihm ertönte ein Stöhnen – Erich, das Hindernis. Erhard packte seinen Bruder unter den Armen, riss ihn hoch, schleifte ihn mit sich, zur Seite, zu den Bäumen hin. Wieder fielen Schüsse. Erhard kämpfte den Impuls nieder, seinen Bruder einfach liegen zu lassen und zu rennen, so schnell er nur konnte. Niemals, nicht um diesen Preis! Trampelnde Schritte näherten sich, Lichtflecken von Taschenlampen tanzten über den Weg, auch dort, wo Erich soeben noch gelegen hatte. Endlich hatten die beiden den Waldsaum erreicht. Im Streulicht entdeckte Erhard eine Lücke im Unterholz, stellte seinen halbwachen Bruder auf die Füße, dirigierte ihn dorthin. Sie tauchten zwischen zwei Stämmen hindurch und warfen sich unter einen Busch. Erhard versuchte, sein lautes Keuchen zu unterdrücken. Erich stöhnte wieder. Erhard drückte ihn mit dem Gesicht in den weichen Waldboden. Schon waren die Verfolger heran. Lichtfinger zuckten über den Weg, die Waldränder, den Busch, ihr Versteck. Erhard hielt den Atem an, lauschte voller Verzweiflung. Wurden die Schritte langsamer? Blieben die Männer stehen? Hatten sie Spuren entdeckt, irgendein verräterisches Zeichen? Brachen sie durchs Gebüsch, streckten sie ihre Hände nach ihnen aus?

Nichts davon. Die Stiefel trampelten vorbei, die Rufe entfernten sich, wurden leiser. Erhard konnte Hasko Zanders Stimme erkennen, die sich ein ums andere Mal überschlug. Er wusste, was ihm blühte, wenn er Georg so unter die Augen trat. Er würde alles tun, um das zu vermeiden.

Erich regte sich, zappelte unter ihm, stieß ihn weg. »Willst du mich ersticken?«, keuchte er, aber als er Erhards Hand zu fassen bekam, drückte er sie dankbar. »Lass uns losgehen, Kleiner«, flüsterte der Ältere. »Die kommen wieder.«

Jeder Schritt war eine Qual. Erich stützte sich auf Erhards Schulter, vielmehr hängte er sich an ihn, den deutlich Größeren. Nach wenigen Minuten musste Erhard ihn praktisch tragen, so viel Kraft hatte ihn der Blutverlust gekostet. Mit jedem Schritt tiefer in den Wald hinein gewannen sie an Deckung. Die Verfolger hörten sie trotzdem noch eine ganze Weile, bis Erhard darauf kam, dass der Wirtschaftsweg, auf dem sie gekommen waren und der jetzt abgesucht wurde, in einem Bogen verlief. Von da an hielten sie sich weiter rechts, fort von dem Weg. Die Rufe und Schreie wurden endlich leiser und verklangen schließlich ganz. Schon der Gedanke an eine Rast ließ ihnen die Beine einknicken. Erich war mehr tot als lebendig; er litt vor allem an Durst, und Erhard sammelte Moos, das er aussaugen und kauen konnte. Waldfrüchte fand er keine, kein Wunder im November. Wenigstens ausruhen!

Nachdem das Entsetzen und die Todesangst nachgelassen hatten, nahm der Hunger mit jeder Minute zu. Wie spät mochte es sein? Es war nicht mehr vollkommen finster zwischen den Bäumen. Stammte das blassgraue Streulicht noch vom Mond oder schon vom beginnenden Sonnenaufgang? Erhard hatte jedes Zeitgefühl verloren. Aber schon bei ihrem Überfall auf Grotelüschen und seine Leute war es nach Mitternacht gewesen, und seither war eine Menge passiert. Sein ganzes Leben war auf den Kopf gestellt und zertrümmert worden, und nicht nur seins, bei Weitem nicht! Trotzdem drehte die Erde sich unbeirrt weiter. Vielleicht begann bereits der neue Tag, ohne dass sie etwas davon mitbekamen.

»Was hast du vor?«, fragte Erich, der seinen Bruder minutenlang schweigend beobachtet hatte. »Wenn du mich fragst: Wir brauchen einen Wagen. Bis zur Grenze und zu Fuß rüber nach Holland. Dann ein Telefon suchen und Djamel anrufen, der holt uns ab.«

»Mit dem Leichenwagen?« Erhard schüttelte den Kopf. »Du brauchst einen Arzt. Deine Wunde muss versorgt werden, sonst machst du es nicht mehr lange.« Er zeigte auf Erichs blutgetränktes Hemd: »Soll ich sie mir mal ansehen?«

»Bist du verrückt?« Erich drückte seinen Arm an den verletzten Oberkörper. »Ist gerade alles schön verklebt. Wenn du da rangehst, läuft sofort wieder das Blut. Und dann gute Nacht, Marie!«

»Wenn die Wunde nicht desinfiziert und verbunden wird, wird sie sich entzünden. Dann stirbst du an Wundbrand.«

»Kann sein. Aber wenigstens nicht sofort.«

Erhard ballte die Fäuste. Sein Bruder konnte so störrisch sein. Erichs Fluchtplan war ebenso simpel wie undurchführbar. In seinem Zustand würde er niemals so weit kommen. Aber wenn sie einen Arzt oder ein Krankenhaus aufsuchten, konnten sie sich auch gleich der Polizei stellen. Oder der SS. Dann hätten sie gar nicht erst vor ihrer geplanten Erschießung wegzulaufen brauchen.

Gerade als seine Gedanken zu Georg und Hasko Zander zurückkehrten, zu ihrem Verrat und doppelten Mordversuch, hörte er Schritte. Schwer und tastend. Stiefeltritte. Jemand näherte sich, langsam und vorsichtig. Suchend. Das musste einer ihrer Verfolger sein. Erich hatte das Geräusch ebenfalls gehört. Er schaute Erhard an, deutete mit dem Daumen über seine Schulter. Weglaufen? Dorthin, woher sie kamen? Zu zweit machten sie bestimmt zu viel Lärm. Der Verfolger war sehr leise und schon recht nah, er würde sie hören. »Versteck dich«, wisperte Erhard. Erich schüttelte den Kopf, deutete auf den zerwühlten Boden ihres Lagerplatzes. Erhard strich mit den Händen über den Boden, erreichte damit aber nur, dass Blätter raschelten und Steine gegeneinander klapperten. Verdammt, das würde sie verraten!

Plötzlich stand der Mann vor ihnen. Erhard sah zuerst die Stiefel, dann das Gewehr. Die Laufmündung zeigte nach unten. Der Mann trug Uniform; er starrte überrascht auf sie herab. Dann hob er sein Gewehr. Erhard sprang auf, erfüllt von Wut und Verzweiflung, die linke Hand voller Blätter. Mit der rechten schlug er zu. Der Stein darin traf den Mann ins linke Auge. Der Augapfel zerplatzte, die Überreste spritzten über die linke Wange. Der Mann begann zu schreien. Erhard brüllte, holte aus und schlug noch einmal zu. Und noch einmal. Der Mann fiel nach hinten, Erhard warf sich auf ihn, presste ihm seine Blätterhand auf den Mund und schlug mit der anderen wieder und wieder zu, solange, bis Erich ihm in den Arm fiel und ihm den Stein entwand. »Lass gut sein«, sagte er. »Ist bloß ein Förster.« Er hob den Hut des Erschlagenen auf und bedeckte damit dessen Gesicht. Erhard, keuchend vor Anstrengung, behielt den Anblick trotzdem vor Augen. Das Gesicht des Erschlagenen sah aus wie das des Toten auf der Ladefläche. Den hatten die Nazis auf dem Gewissen. Dieser hier ging auf seins. War das die Gleichheit, nach der er gestrebt hatte?

Sie durchsuchten den Toten, fanden eine Wasserflasche und ein Päckchen belegte Brote, eine Geldbörse und ein Schlüsselbund. Einer der Schlüssel trug das Symbol der Automarke Opel. Die Brüder schauten einander an. »Wir müssen nur seinen Spuren folgen«, sagte Erich leise. »Das kriegen wir hin.«

Sie teilten sich das Wasser und die Brote. Geld und Gewehr nahmen sie mit. Den Leichnam des toten Försters bedeckten sie mit Zweigen und Laub. Eigentlich sind wir ihm ein richtiges Grab schuldig, dachte Erhard. Leider kam das nicht in Frage.

Auch den Gedanken, trotz allem noch einmal nach Oldenburg zurückzukehren und seine Depots zu leeren, verwarf er endgültig. Er hatte einen Förster getötet, einen Beamten, das war wie der Mord an einem Polizisten. Damit war auch die geringe Hoffnung, sich im Falle einer Entdeckung den regulären deutschen Behörden stellen und um Schutz und faire Behandlung bitten zu können, dahin. Nach den Erlebnissen der letzten Nacht hatte er sowieso größte Zweifel, dass es zwischen deutschen Behörden und einer Mörderbande überhaupt einen Unterschied gab. Seine Depots jedenfalls waren sicher, der Inhalt war gut verwahrt. Irgendwann würde er kommen und seinen Schatz heben. Wann immer das auch sein würde.

14.

Heute

Stahnke war stocksauer. Schuld war die Zeitung. Das kam öfter vor – diesmal aber lag es nicht am Lokalteil. »SA-Lied bei Beamten entdeckt«, lautete die Überschrift. Wieder einmal betraf es Polizisten. Wie verblödet musste man sein, das verbotene Horst-Wessel-Lied nicht nur auf dem eigenen PC zu speichern, sondern es auch an Kollegen zu verschicken? Wie viel Schaden wollten solche Vollpfosten der Polizei noch zufügen? Und wie viele Irregeleitete würden behaupten, man dürfe solche Fälle nicht anzeigen, weil das unkameradschaftlich wäre. Das war Bandendenke, Gangsterlogik, Clanphilosophie. Aber das kapierten die nicht! An die 200 Mitarbeiter von Sicherheitsbehörden, so stand es im Text, stünden bereits unter Rechtsextremismus-Verdacht. In Nordrhein-Westfalen, nicht in Niedersachsen. Das aber tröstete den Ersten Hauptkommissar kaum. Zumal neben dieser Meldung zwei weitere standen: »Beamter postet Fotos von Weihnachtsbaum-Kugeln mit SS-Runen und ›Sieg Heil‹-Aufschrift, ein anderer Polizist posiert in Uniform mit Hitlergruß.« Und: »91-jährige Holocaust-Leugnerin aus Haft entlassen.« Prost Mahlzeit. Er knüllte die Zeitung zusammen und pfefferte sie in den Papierkorb.

»Treffer, versenkt!« Hauptkommissar Seifert stand in der Tür, mit spiegelnder Glatze, ausladendem Schnurrbart und blendender Laune. Stahnkes Stimmung sank auf einen neuen Tiefpunkt.

»Ich habe mal recherchiert.« Seifert setzte sich ohne Aufforderung. »Und telefoniert. Mit den Binnenschiffern.« Er hob fragend die Augenbrauen. »Du erinnerst dich?«

Für wie dement hält der mich denn, dachte Stahnke und stellte fest, dass es für seine Laune keine Untergrenze gab. Er antwortete nicht, sondern starrte Seifert nur finster an.

»War nicht uninteressant«, fuhr der ungerührt fort. »Die beiden Schiffe, die im fraglichen Zeitraum die Oldenburger Schleuse passiert haben, fahren beide unter niederländischer Flagge. Beide haben nach der Schleusung vor beziehungsweise hinter der Schleuse angelegt und einige Zeit dort verbracht. Der Aufwärtsfahrer, der Eigner der *Vrouwe Mechteld,* war angeblich einkaufen, mit seiner Frau. Bei *Famila.* Wir überprüfen das gerade.«

»Bei *Famila* in Wechloy? Ganz schön weit draußen«, stellte Stahnke fest. »Hatten die Fahrräder dabei? Oder Motorroller?«

»Ein Auto«, sagte Seifert. »Einen Pkw vom Typ Opel Astra. Zugelassen in Sneek, Niederlande. Amtliches Kennzeichen ist bekannt, wird auch gerade überprüft. Viele Binnenschiffer haben heutzutage ein Auto an Deck stehen, mit passendem Kran, weißt du? Liegt an den Fahr- und Schleusenzeiten. Diese Schiffe fahren von früh morgens bis spät abends, sonst rentieren sie sich nicht. Und wenn sie zwischendurch anlegen, dann meistens an irgendwelchen Schleusen, und die liegen vielfach irgendwo in der Walachei, wo man ohne Auto aufgeschmissen wäre. Da sind die Leute in Oldenburg sogar noch gut dran.«

»Weiß ich alles.« Stahnke wedelte ungeduldig mit der Hand. »Und was ist daran interessant? Dass die Frau des Skippers Mechteld heißt?«

Seifert grinste so breit, dass Stahnke seine Goldkronen blitzen sah. »Nee. Interessant ist der andere, der Abwärtsfahrer. Schiffsführer der *Herinnering* aus Groningen. Auch der hat nach der Schleusenpassage eine Pause eingelegt. Allerdings nicht an der Stadtseite, sondern gegenüber, an der Halbinsel.«

»An den Dalben?« Stahnke runzelte die Stirn. »Also direkt an der Landzunge neben dem Jachtanleger. Dort gibt es keine Möglichkeit, zu Fuß an Land zu kommen, wenn ich mich recht entsinne. Demnach hat er also kein Auto zum Einsatz gebracht?«

»Nicht sein Auto. Sondern sein Beiboot.«

»Aber wohl nicht zum Einkaufen?«

Seifert lachte. »Natürlich nicht. Zum Angeln.«

Stahnke lehnte sich zurück. »So gut möchte ich es auch mal haben. Während der Arbeitszeit eine Runde Würmer baden. Sagtest du nicht, in der maritimen Transportbranche stünden alle ständig unter Zeitdruck?«

»Das ist auch so. Die Uhr knechtet sie alle. Die Angestellten bekommen Druck von ihren Disponenten, die alles jederzeit kontrollieren; das ist im Zeitalter der Satellitennavigation und des Trackings bekanntlich kein Problem mehr. Und die Selbstständigen machen sich den Druck selbst, weil ihnen sonst die Kosten weglaufen. Hin und wieder einkaufen gehen muss sein, klar. Aber angeln? Das sollten wir uns erklären lassen.«

»Sehr richtig.« Stahnke stellte fest, dass seine Laune sich unbemerkt gebessert hatte. Was Seifert erzählte, hörte sich nach einer Spur an, und jede Spur war besser als keine. »Zu wann bestellen wir den Herrn denn mal ein?«

»Ist gar nicht nötig.« Seifert schaute auf seine Armbanduhr. »Er hat sich bei der Schleuse angemeldet. Passage aufwärts in einer halben Stunde. Da können wir mit ihm reden, ohne dass er wieder Zeit verliert.«

»Sehr gut.« Stahnke klopfte auf die Tischplatte: »Wer weiß, vielleicht fangen diesmal wir den dicken Fisch.« Dann fiel ihm noch etwas ein: »Ausreichend Deutsch wird er doch wohl können, der Fahrensmann, oder?«

Seifert lachte schallend. »Du wirst dich wundern.«

15.

Mai 1940

Erhard Köhler saß am Noorderhaven auf der Kaimauer und beobachtete den Schwimmer seiner Angel. So früh am Morgen war das Licht noch schwächlich und grau, kaum imstande, den Dunst über dem algengrünen Wasserspiegel aufzulösen. Die sonst so umtriebige Stadt Groningen döste noch schlaftrunken vor sich hin. Nur ein paar Enten waren auf dem Wasser unterwegs; selbst sie ließen sich treiben.

Erhard Köhler genoss die Frühe und die Ruhe. Das war ein neuer Wesenszug an ihm, der ihn selbst überraschte. Menschen waren immer sein Element gewesen, der Umgang mit ihnen seine Domäne, vor allem der geschäftliche. Die Abende konnten ihm nie lang genug sein, dafür hatte er morgens gerne länger geschlafen. All das war Vergangenheit und galt nicht mehr. Er war jetzt ein anderer Mensch.

Ein Mörder war er jetzt. In Deutschland wurde er immer noch steckbrieflich gesucht, zusammen mit seinem Bruder Erich. Natürlich ging das auf das Konto von Georg und Hasko Zander. Die beiden hatten sie angezeigt, kaum dass die Leiche des Försters gefunden worden war. Djamel ließ sich Zeitungen aus Deutschland schicken, da stand alles haarklein drin. »Zigeuner erschlagen deutschen Beamten!« Von den anderen Morden in dieser Nacht natürlich kein Wort. Jedenfalls nicht unter der Rubrik »Polizeibericht«. Einige verbrecherische Juden hätten den Volkszorn zu spüren bekommen und ihre gerechte Strafe erhalten, so drückten sich die Blätter aus. Nichts von der Exekution Manni Grotelüschens und seiner Bande. Nichts von Genickschüssen, von Körpern auf Lastwagen und Gruben im Wald. Und von SS-Männern, die die Spuren ihrer illegalen Geschäfte beseitigten.

Seit November vor anderthalb Jahren war alles anders. Nicht nur mit ihm, auch mit Deutschland. Die Maske des Kulturvolks war weg, die Fratze war für jeden sichtbar. Die Bestie rüttelte an ihren Ketten, fühlte sich stark genug. Polen hatte sie bereits verschlugen und sich die Überreste mit Russland geteilt, das hatte Erich ganz richtig vorausgesehen. Zum Zwei-Fronten-Kampf aber war es nicht gekommen. Zwar hatten England und Frankreich dem deutschen Reich den Krieg erklärt, aber passiert war seitdem nicht viel – bis auf paar Scharmützel am Westwall. »Sitzkrieg« nannten das die deutschen Zeitungen spöttisch. Vor den alliierten Siegern des Weltkriegs schien man keine Furcht mehr zu haben.

Hatte sich sein Schwimmer bewegt? Erhard hatte nicht aufgepasst. Die kleinen Wellen schienen jedoch von einer der Enten zu stammen. Falscher Alarm. Irgendwo brummte ein Motor. Nach einem Schiff klang es nicht, aber auch nicht wie ein Auto. Zu gleichmäßig, ohne das typische An- und Abschwellen beim Losfahren, Beschleunigen und Bremsen. Ein Flugzeug? Erich schaute hoch, konnte aber im Morgendunst nichts erkennen.

Fensterläden klapperten, Türen knarrten, Groningen begann zu erwachen. Kaffeegeruch stieg ihm in die Nase. Holländischer Kaffee war ein echter Gewinn. Nicht, dass hier welcher angebaut würde, aber hier wusste man damit umzugehen. Frisch geröstet, frisch gemahlen, darin lag das Geheimnis. Sie konnten sich die besten Sorten leisten, damit tröstete Erhard sich jeden Morgen, nach jeder albtraumzerrissenen Nacht, wenn lange vor Sonnenaufgang an Schlaf nicht mehr zu denken war. Nachts hielten die Riegel nicht, nachts öffnete sich die Tür in seinem Inneren. Die Geister, die ihn dann heimsuchten, hießen Schuld, Trauer und Scham. Solange er wach war, konnte sein Verstand die gefolterte Seele beschützen. Hatte er nicht alles für seine Familie getan? Gab es nicht genügend gute Gründe für Betrug, Verrat und Totschlag? Tagsüber hielt diese Argumentation. Nachts brachen die Dämme. Immer wieder erwachte er schreiend und schluchzend.

Nach seiner Flucht hatte er monatelang auf eine Chance gehofft, nach Oldenburg zurückzukehren, inkognito, mit falschem Pass und falscher Brille. Eine Nacht- und Nebelaktion aber würde nicht reichen; den Inhalt seiner Depots konnte er nicht in einer Aktentasche wegtragen. Er würde mehrmals fahren oder Helfer mitnehmen müssen. Und er würde Leute treffen, das war nicht zu vermeiden. Seine Depots lagen mitten in der Stadt. Das war gerade das Geniale daran.

Wieder stieg ihm etwas in die Nase. Kein Kaffeeduft diesmal, sondern Schnapsgeruch. Schnaps und Schweiß und Tabakrauch. Erhard drehte sich um und sah, was er befürchtet hatte. Den Mann, der schon viel zu nah hinter ihm stand, kannte er. Djamel hatte ihn mehr als einmal vermöbelt, Erich hatte ihn mit geübten Boxhieben in die Flucht geschlagen. Erhard hielt nichts von Schlägereien, war auch nicht gut darin. Wenn er gewusst hätte, dass dieser Kerl sich am Noorderhaven aufhielt, vielleicht sogar hier wohnte, hätte er sich einen anderen Angelplatz gesucht.

Der NSB-Mann grinste. »Na, du *Rotzak*!«, pöbelte er los, »du *lullige Klootzak*! Zigeunerbengel! Jetzt ist es bald aus mit dir, was?« Die Stimme des Mannes klang versoffen und rau, sogar frühmorgens, sein Ton aber war geradezu fröhlich. Irgendetwas stimmte hier nicht, dachte Erhard.

»Ja, aus mit dir, verstehst! Aus, alle!« Der Mann sprach Deutsch mit starkem Akzent; für ein Mitglied der niederländischen Nazipartei war Deutsch vermutlich Pflicht. Schließlich sahen sich die NSB-ler als Angehörige der germanischen Rasse. Herrenmenschen. Aus deutscher Sicht Arier zweiter Klasse, aber das behielt Erhard lieber für sich.

»Sie kommen! Sie kommen her!«, schwadronierte der Mann mit der aschblonden Tolle und dem Schmerbauch unterm schmierigen Hemd weiter. »Sie kommen und holen dich. Dann ist es aus.« Er machte eine Handbewegung, um sicherzugehen, dass der deutsche Zigeuner ihn verstand. Flache Hand unterm Kinn von links nach rechts.

Wieder waren Motoren zu hören, mehrere diesmal, hoch oben, aber nicht direkt über ihnen. Welche Richtung war das, Süden?

»Ich hab's aus dem Radio«, erzählte der Aschblonde weiter. »Heute ganz früh hat es angefangen. Die Deutschen kommen mit Stukas und Panzern. Haben schon Kommandos abgesetzt, mit großen Segelflugzeugen voller Soldaten, geschleppt von Bombern. Die landen hier auf den Überlandstraßen. Unglaublich schlau, diese Deutschen. Sieg Heil!«

Sein Arm zuckte hoch zum deutschen Gruß, Erhard zuckte zusammen. Er tastete nach seinem Fischmesser. Die Klinge war scharf wie eine Rasierklinge. Dann entschied er sich anders. Dieser Nazi-Friese war doch noch halb besoffen von gestern, beschwichtigte er sich selbst, hatte wohl beim Radiohören Genever nachgekippt, mit dem musste er doch …

Der Tritt kam überraschend und wuchtig; der Hitlergruß war nur ein Ablenkungsmanöver gewesen. Im nächsten Moment zappelte Erhard im Kanal, den Mund voller Wasser, Entengrütze und Algenschleim. Er spuckte, schlug mit den Armen um sich. Schwimmen hatte er nie gelernt. Sein Körper sank, sein Kopf tauchte unter.

Plötzlich war er in einer anderen Welt. Gedämpftes Licht, ein flirrendes Geräusch in seinen Ohren, dazu das Rauschen seines Blutes. Luftbläschen perlten aus seiner Kleidung, kitzelten über seine Haut nach oben. Grün war die alles beherrschende Farbe, hellgrün schimmerte das Wasser, dunkelgrün die dicht mit Algen bewachsenen, halb verwitterten Kaimauern. Grün, nicht braun, nicht schwarz. Auch nicht mehr das Rot von Blut.

Genauso unvermittelt, wie er gesunken war, tauchte er wieder auf, ohne eigenes Zutun, durchbrach die Wasseroberfläche, schnappte gierig nach Luft. Oben auf der Kaimauer stand immer noch der niederländische Nazi, pöbelnd und krakeelend und lachend. Er trat nach Erhards Angel, kickte sie ins Wasser, dann hob er Steine auf und warf sie nach ihm. Einer davon streifte ihn an den Haaren, gerade, als er ein weiteres Mal versank.

Erhard Köhler zappelte nicht mehr, hielt Arme und Beine ganz ruhig. Seine Atemluft blubberte in großen Blasen über sein Gesicht. Was wäre, wenn ich hier unten bliebe, dachte er. Wenn ich mich ganz auf den Grund sinken ließe. Wenn ich gar nicht mehr auftauchte. Dann wäre alles vorbei. All die Angst, die Albträume, die bösen Erinnerungen. Abgewaschen das Blut. Die Welt würde sich ohne mich weiterdrehen. Sie wäre vielleicht besser dran. Ich nicht auch? Der Gedanke hatte nichts Erschreckendes an sich. Seine Füße, seine Beine versanken in weichem Schlamm, kaum weniger flüssig als das Wasser, das ihn umgab, dabei erstaunlich kalt. Hier könnte ich bleiben, dachte er. Verwesen und vergehen, Teil des Kreislaufs werden. Noch einmal nützlich sein. Was für ein schöner Gedanke! Seine Lippen öffneten sich zu einem freudigen Ja.

Da war etwas Hartes unter seinen Schuhsohlen, etwas Kantiges, Backsteine vielleicht, von Algen überwachsen und glatt. Sein Schuh rutschte ab, sein Fuß verkantete sich. Erschrocken stieß er den Rest seiner Atemluft aus. Vor dem Vergehen kam das Ersticken. Wollte er das, so ganz ohne Kampf? Nach all den Kämpfen, die hinter ihm lagen? Georg Zanders Gesicht stand ihm plötzlich vor Augen, Hasko Zanders hämisches Grinsen. Die Gesichter der beiden flossen ineinander, waren plötzlich eins. Hohe Mützen und blanke Stiefel. Brennende Häuser und Genickschüsse. Jetzt kämpfte er doch, schlug mit den Armen, strampelte mit dem freien Bein, trat nach unten. Sein Fuß steckte fest, sein Schuh schien sich immer stärker zu verkeilen. Atemnot schnürte ihm den Brustkorb zusammen. Es war zu spät, zu spät! Hätte er doch früher zu kämpfen begonnen.

Dann waren da Hände, tastende Hände. Jemand packte ihn am Kragen, zerrte ihm beinahe das Hemd vom Leib. Sein Fuß löste sich aus dem eingeklemmten Schuh. Starke Bewegungen hinter seinem Körper. Auf einmal war alles wieder laut und hell. Köstliche Luft strömte in seine Lungen, er schnappte gierig danach. Nie wieder wollte er ohne sein. Zwei alte Männer zogen ihn in ein Boot, lachend und palavernd, Holländer, Erhard verstand kein Wort. Er lächelte mit aller Kraft, dankte dem jüngeren Mann, der nach ihm getaucht war, ließ sich an Land helfen. Dort stand der NSB-Mann immer noch, bedrängt von Anwohnern, die laut schimpften und gestikulierten. Erhard machte sich davon, quatschnass und mit einem nackten Fuß. Der Nazi schickte ihm giftige Blicke nach.

Die Straßen begannen, sich zu beleben. Einer der ersten Menschen, denen er begegnete, war Erich. »Was machst du denn für Sachen«, sagte er leise, nahm ihn in die Arme und drückte ihn liebevoll. »Weißt du nicht, was los ist? Wir müssen uns beeilen.« Er zog ihn mit sich.

Als sie in der Pottebakkersrijge angekommen waren, summte die ganze Stadt wie ein umgestürzter Bienenkorb. »Diesmal kommen sie über Holland«, sagte Djamel, der sie am schmutzig grünen Holztor empfing. »Die niederländische Regierung hat sich verrechnet. Wollte sich wieder für neutral erklären, wie damals im Weltkrieg. Dachten, die Deutschen würden das respektieren. Es hat sie aber niemand gefragt. Jetzt stehen sie dumm da.«

»Wenn überhaupt irgendwas verteidigt wird, dann bloß die Festung Holland«, ergänzte Erich. »Also die Gegend rund um Amsterdam und Den Haag. Uns hier oben überlassen sie kampflos den Nazis zum Fraß.«

»Es hilft also nichts«, verkündete Djamel. »Wir tauchen

ab.« Trotz allem fing er an zu lachen: »Erhard hat das gleich gewusst, war schon mal eine Runde vortauchen. Mensch, Junge, wenn du dich sehen könntest. Wie ein begossener Pudel.«

Erich warf ihm ein Handtuch zu, Djamel holte ihm trockene Sachen und Schuhe. »Seien wir froh, dass die meisten unserer Leute in Sicherheit sind«, sagte Erich. »Bis Südfrankreich sind die Deutschen damals nicht gekommen, das werden sie diesmal auch nicht schaffen. Wirst sehen, die rennen sich schon an der Maginot-Linie fest.«

Erhard schüttelte den Kopf. »Glaube ich nicht. Die wollen die Festungen umgehen. Warum sonst greifen sie Holland an? Die kommen hier oben durch mit ihren schnellen Panzern, und dann schneiden sie quer rein. Wie der Blitz.« Er bewegte seine rechte Hand, als zerschneide er etwas mit einer Sichel. Mit der linken hielt er seine Hose fest.

Erich lachte. »Du bist mir so ein Stratege! Feldmarschall Köhler zeigt, wo es langgeht.« Dann verfinsterte sich sein ohnehin dunkles Gesicht. »Was sollen wir unseren Leuten denn sagen, wohin sie gehen sollen? Irgendwo ist Europa auch mal zu Ende. Und unser Geld auch.« Er schaute Erhard in die Augen: »Dein Geld natürlich. Du weißt, wie dankbar wir dir alle sind.«

Erhard drehte sein Gesicht weg. Früher wäre er stolz gewesen, jetzt aber ertrug er solche Worte nicht mehr. Nicht seit der Nacht auf dem Laster und im Wald. Die zerschlagenen Augen folgten ihm überall hin. »Frag mich nicht«, antwortete er. »Ich weiß gar nichts.«

Wie immer hatte Djamel alles vorbereitet. Einen Koffer für jeden und je einen Rucksack mit Proviant. Sie gingen über den Hof, stiegen durch eine Lücke im Zaun aufs Nachbargrundstück, eine halbe Treppe hinab und durch einen Kohlenkeller. Im Schutz einer Mauer überquerten sie einen Hof und betraten ein Lagerhaus, in dem es durchdringend nach Ölfarbe roch, durch die Hintertür. Dieses Haus gehörte laut Grundbuch einer in Groningen eingetragenen Handelsgesellschaft, die auch das Geschäft mit Schiffsfarben sowie den kleinen Laden für Tapeten, Wandfarben und Dekorationsartikel im Vorderhaus betrieb. Die Gesellschafter, als deren Besitz all dies beurkundet war, waren allesamt Familienangehörige des Ladeninhabers. Dieser Mann, ein alteingesessener Groninger, fand jeden Monat eine großzügige Überweisung auf seinem Konto vor, auf die er ungern verzichten würde. Was er auch nicht musste, wenn er den detaillierten Anweisungen, die Djamel ihm erteilt hatte, Folge leistete.

Die drei Männer kletterten eine schmale Stiege hinauf bis ins Dachgeschoss. Die Stiege endete auf einem Treppenabsatz mit einem Wasserhahn über einem eisernen Ausguss. Eine der drei Türen führte auf einen ungenutzten Trockenboden. Hier gab es nur ein kleines Dachfenster und keinen zweiten Ausgang. Aber nur auf den ersten Blick. An einer Ecke der grob gemauerten hinteren Wand, dort, wo die Dachsparren bis zum Estrich reichten, hockte Djamel sich hin und steckte seine Finger zielsicher in zwei Lücken im Mörtel. Ein kleines Stück Mauerwerk ließ sich herausziehen. Das Loch war gerade groß genug, dass sie hindurchkriechen konnten, Djamel als Letzter und rückwärts, um die Lücke von innen zu verschließen. Ein paar Meter weit ging es durch eine enge Abseite, die zu einem kleinen Zimmer führte. Drei Matratzen mit Decken gab es, unter dem kleinen Fenster einen Tisch mit drei Stühlen, ein paar Kisten und zwei Eimer. Einer davon hatte einen Deckel. Erhard hob ihn an; der Eimer war leer, trotzdem rümpfte er die Nase. »Ich hätte nie gedacht, dass wir den wirklich mal benutzen müssten«, sagte er und schüttelte sich. »Was glaubt ihr, wie lange?«

Erich zuckte mit den Schultern. »Der letzte Krieg hat vier Jahre gedauert«, sagte er lakonisch.

16.

Heute

»Wer fährt?«, hatte Stahnke gefragt, und als Seifert erwidert hatte: »Ich«, da hatte er sich schon auf eine Tour mit dem Wasserschutzkreuzer gefreut. Stattdessen hatte Seifert ihn und Venema zu einem VW Passat älteren Baujahrs gelotst. Entsprechend missmutig guckte Stahnke während der Fahrt aus dem Fenster. Dabei ging es doch zum Achterdiek, einer der schönsten Gegenden Oldenburgs. Einer der teuersten sowieso. Ehrwürdige Villen standen hier neben architektonischen Waghalsigkeiten auf großzügig bemessenen Grundstücken mit teils grandiosem Baumbestand nah am Wasser. Wohnen konnte wirklich etwas sehr Feines sein, dachte Stahnke. Wenn man es sich denn leisten konnte.

Die *Herinnering* war bereits in die Schleusenkammer eingelaufen, das untere Tor hatte sich hinter dem ausladenden Heck mit der großen, pieksauberen rot-weiß-blauen Flagge geschlossen. Wasser strömte schäumend in den Schacht ein und hob das 1000-Tonnen-Schiff mitsamt seiner Containerladung langsam an. Sobald es das Niveau des Küstenkanals erreicht hatte, konnte das obere Tor geöffnet werden und das Schiff seine Fahrt Richtung Westen fortsetzen. Der Bau dieses Kanals war eine der Arbeitsbeschaffungsmaßnahmen der Nazis in den 30er-Jahren gewesen, erinnerte sich der Hauptkommissar. Nach der Wirtschaftskrise waren viele Menschen froh gewesen, sich für einen Hungerlohn kreuzlahm schuften zu dürfen. An den Stammtischen der alten wie der neuen Rechten aber rangierte dieser Kanal heute als eine von Hitlers Heldentaten gleich hinter den Autobahnen.

Während sich ein junger Decksmann um die Festmacher der *Herinnering* kümmerte, kletterten die drei Ermittler über eine der schlüpfrigen, algenbewachsenen eisernen Leitern der Schleuse an Bord. Der Schiffsführer, von Seifert vorgewarnt, erwartete sie im Steuerhaus. »Solch ein Rollkommando!«, begrüßte er sie. »Wen suchen Sie denn bei mir an Bord? Den Staatsfeind Nummer eins?«

Der Kapitän war ein mittelgroßer, kräftiger Mann Ende 50 mit rotem Gesicht, sonnengebräunten Armen und angegrauten Haaren. Er trug einen dunkelblauen Overall, Turnschuhe und statt einer Kapitänsmütze ein Baseball-Cap mit einem grün-weißen Emblem des FC Groningen. Er gab allen die Hand. Saubere Nägel, kräftiger Händedruck, registrierte Stahnke. »Sie sprechen sehr gut Deutsch«, stellte er fest.

»Sie aber auch«, erwiderte der Schiffsführer und lachte. »Klar, Sie sind ja auch Deutscher. Ebenso wie ich.«

»Und die Flagge am Heck?« Stahnke blieb geschäfts-
mäßig ruhig. Er hatte das deutliche Gefühl, Seifert in die
Falle getappt zu sein, und spürte dessen Blick. Er wollte
ihm keinen Stoff für Kantinenlästereien liefern.

»Das Schiff ist niederländisch, nicht ich«, erwiderte der
Kapitän. »Reederei *Koolbrand en Compagnie* mit Sitz in
Groningen. Ich bin dort angestellt. Mein Name ist Dek-
ker. Edmund Dekker.«

Stahnke stellte sich und seine Kollegen vor. »Dekker, das
ist doch ein niederländischer Nachname«, sagte er.

»Der Name ja. Aber ich bin Deutscher«, wiederholte der
Schiffsführer. »Venema ist auch niederländisch, nicht wahr?
Ich zeige Ihnen gerne meinen Ausweis. Hier.« Dekker hatte
seine Papiere griffbereit in einer Mappe beim Steuerstand.
»Mutter Holländerin, Vater Deutscher. So kam das zustande.«

Der Wasserstand in der Schleuse stieg zügig. Schon ragte
die Containerladung über die Kammermauern hinaus. Alte,
rostige Container und neue bunte, die meisten mit Firmen-
aufschriften. Auch ein weißer mit dem Logo der Reederei
Koolbrand war dabei.

»Gestern hatten Sie einen längeren Aufenthalt in Oldenburg«, begann Stahnke, während Venema noch die Pass-
daten abglich. »Mehrere Stunden. Was haben Sie in dieser
Zeit gemacht?«

Dekker schaute ihn amüsiert an. »Geangelt«, antwortete er. »Ganz legal. Mein Angelschein ist ebenfalls in der
Mappe. Möchten Sie auch wissen, ob ich etwas gefangen
habe? Da muss ich Sie enttäuschen. Kein Glück.«

»Hatten Sie es denn gar nicht eilig?«, fragte der Hauptkommissar. »In Ihrer Branche wird doch jede Minute
genutzt. Hatten Sie so viel Zeit bis zum Entladetermin?
Oder wollten Sie die Tide abwarten?«

Dekker schüttelte den Kopf. »Weder noch. Im Gegenteil, ich wurde in Bremerhaven dringend erwartet. Aber es ging nicht. Meine Maschine war überhitzt. Kühlwasserpumpe defekt. Neuer Impeller war fällig. Hatte sich schon angedeutet, ich habe das Ersatzteil telefonisch bestellt, direkt bei MTU. Lieferung per Kurier nach Oldenburg zur Schleuse, war auch angekündigt. Aber dann hatte der Kurierfahrer eine Panne und hing in Bremen fest. Ich habe Dirk hingeschickt, mit der Bahn, das Ding abholen. Hat ein paar Stunden gedauert.« Er breitete die Arme aus: »Ich habe das alte Teil ausgebaut und dann gewartet. Was sollte ich machen in der Zeit? Also habe ich geangelt.«

»Dirk ist Ihr Sohn?« Stahnke zeigte auf den jungen Decksmann, der den Festmacher gerade über den obersten Poller in der Schleusenwand warf. Das Hochschleusen war beendet, gleich würde sich das Kammertor vor der *Herinnering* öffnen.

»Nee, er ist bei der Reederei angestellt, genau wie ich«, erwiderte der Schiffsführer. »Dirk de Jong. Kommt von der Seefahrtschule, macht an Bord seine Praxisanteile. Diese Jungs kommen und gehen.« Er zeigte in Richtung Vorschiff: »Da vorne gibt es eine separate Kammer, dort wohnt Dirk. Ist ganz nett, mit Fernseher und WLAN. Man sieht sich nur bei der Arbeit und beim Essen. Meine Wohnung ist achtern, gleich hier unter uns.«

Das Schleusentor öffnete sich. Der Decksmann winkte, Dekker schaute Stahnke fragend an. »Vielen Dank«, sagte der. »Lassen Sie uns von Bord, dann können Sie los. Nur keine Zeit verlieren! Falls noch etwas ist, melden wir uns bei Ihnen.« Seifert und Venema gingen voraus. Das Aussteigen ging ohne Leiter; Schiff und Ladung ragten jetzt über die Schleusenkammer hinaus, vom Seitendeck an Land war es nur ein kleiner Sprung. In der Tür des Steuerhauses drehte sich Stahnke um. »Eine Frage hätte ich noch«, sagte er. »Der kaputte Impeller – haben Sie den aufbewahrt? Würde ich mir gerne ansehen. Nur interessehalber.«

Der Schiffsführer schaute von seinen Instrumenten hoch. »Nein, bedaure«, sagte er. »Das Ding habe ich schon entsorgt. In Bremerhaven, zusammen mit dem restlichen Müll. Wenn ich solche Sachen aufheben würde, wäre hier alles in kürzester Zeit vollgerümpelt.«

»Alles klar.« Stahnke tippte sich mit zwei Fingern an die Schläfe: »Gute Fahrt noch! Und immer genügend Wasser im Kühler!« Dann folgte er seinen Kollegen.

Sie standen noch kurz beisammen und beobachteten das Ablege- und Auslaufmanöver. Kapitän Dekker wirbelte das große Steuerrad herum, dass die Speichen flimmerten, und hantierte mit den Hebeln der Querruderanlage. Für die Ermittler hatte er keinen Blick mehr. Mit donnernder Maschine, fauchendem Abgasrohr im Schornstein und schäumendem Schraubenwasser nahm sein Schiff Fahrt auf. Decksmann Dirk de Jong stand auf dem Vorschiff und stülpte sich Kopfhörer über die Ohren.

»Alles mitgeschrieben?«, fragte Stahnke. »Dann mal los. Wir haben eine Menge zu überprüfen.«

Sein Handy klingelte; es war seine Kollegin Sibylle Wiemken. »Kommen Sie gleich ins Büro?«, fragte sie. »Mir ist etwas aufgefallen, das würde ich Ihnen gerne zeigen.«

»Wir sind unterwegs«, erwiderte der Hauptkommissar.

17.

Wenn die Kammertür hinter ihnen zufiel, übernahm sie das Kommando. Erhard hatte sich schon daran gewöhnt. Mehr als das, er fand diesen Rollentausch unglaublich erregend. Als ob Siemtje allein nicht schon ausgereicht hätte. Siemtje, das Mädchen seiner Träume.

Sie strahlte ihn an und kicherte. Wie immer sprach sie nicht viel, dirigierte ihn mit neckischen Gesten und diesem Kichern. Dabei konnte sie recht gut Deutsch, wie die meisten Niederländer. Man musste schließlich irgendwie klarkommen mit den Besatzern. War ihr die Sprache deswegen verhasst, war sie durch die Nazis besudelt? Ich müsste sie das mal fragen, dachte er. Aber wenn sie zusammen waren, sprachen sie beide nicht viel.

Kichernd schlug sie das Deckbett zurück, dann schmiegte sie sich in seine Arme und küsste ihn. Wie schmal und zart dieser Körper war, wie fest und doch samtweich ihre Haut! Ihre Lippen schmeckten nach Geleebonbons, und ihre vorwitzige Zungenspitze schickte Stromstöße durch seinen ganzen Körper. Sie war jung, so jung! So viel jünger als er, dabei war auch er nicht alt, 23 Jahre erst, aber er fühlte sich sehr viel älter. Was er in diesen Jahren erlebt hatte, reichte für mehr als ein Leben. Selten gelang es ihm, das zu verdrängen. Wenn, dann hier.

Als er Siemtje zum ersten Mal gesehen hatte, war sie noch ein Kind gewesen. Das Kind des Ladeninhabers von unten im Lagerhaus. Ihres Strohmanns, der als Eigentümer fungierte, der sie versorgte und dafür reichlich entschädigt wurde. Klaas de Vries war brummig, denkfaul und geldgierig. Genau die richtige Mischung, hatte Djamel gesagt. Djamel kannte sich aus mit Menschen. Das hatte Erhard auch von sich selbst einmal gedacht, aber seit Georg Zanders Verrat war er vorsichtig geworden. Trau keinem Menschen, dann wirst du auch nicht enttäuscht, lautete sein neues Motto. Aber das galt nicht für Siemtje.

Klaas' Tochter brachte ihnen Lebensmittel in ihr Versteck, Brot und Kohl vor allem, seltener Butter und Milch. Seit die Deutschen das Regiment hatten, war alles knapp geworden. Außer Schnaps, den brannte Klaas de Vries selbst. Manchmal schleppte Siemtje auch den Deckeleimer raus und brachte ihn leer und gesäubert zurück. Erhard war das vom ersten Mal an sehr peinlich gewesen, was zu tagelanger Verstopfung geführt hatte. Natürlich war das kein Dauerzustand. Nicht bei so viel Kohl. Also hatte Erhard sein schlechtes Gewissen beruhigt, indem er Siemtje wenigstens zur Hand gegangen war. Er trug ihr den Eimer bis zum Treppenabsatz und half ihr auch sonst beim Schleppen, soweit das ging. Dem scheuen dünnen Mädchen mit den braunen Haaren und den langen Wimpern war das unangenehm, aber manchmal schenkte sie ihm doch einen dankbaren Blick. Wie süß, hatte er gedacht. Bei »süß« war es nicht geblieben. Wieder hatte Erhard Schuldgefühle gehabt, bezichtigte sich selbst abartiger Gelüste. Bis er bemerkte, dass aus dem Mädchen eine Frau geworden war. Immer noch sehr jung und zart und klein, aber eindeutig eine Frau. Die Blicke, die sie ihm zuwarf, waren auch nicht mehr ausschließlich dankbar. So hatte sich dann eins ins andere gefügt.

Ihre Kammer lag im Nachbarhaus, das ebenfalls der Tarnfirma gehörte. Es gab einen Durchbruch im zweiten

Stock. Siemtje zeigte ihm den Weg, zeigte ihm auch, auf welchen Stufen man ganz innen gehen musste, weil sie sonst knarrten. Sie zeigte ihm ein geheimes Klopfzeichen, indem sie mit dem Finger auf seine Hand tippte; das war ihm durch und durch gegangen. Und sie zeigte auf die alte Küchenuhr, die im Versteck der drei Männer hing. 11 Uhr abends, wenn alle anderen schliefen.

Tatsächlich schliefen Erich und Djamel sehr viel. Beide waren es gewohnt, von morgens bis abends zu arbeiten, seit ihrer Jugend schon. War dann noch Kraft übrig, trieben sie Sport. Ansonsten wurde geschlafen. Im Versteck gab es nichts zu tun, außer man las Bücher, wie Erhard es tat. Für die anderen war das nichts. Sie schliefen, so lange es ging, aßen und tranken, benutzten den Deckeleimer, redeten belangloses Zeug, stritten sich über Nichtigkeiten aus einer anderen Zeit, bis einer von ihnen einlenkte, was zuverlässig geschah. Dann dösten sie die nächste Mahlzeit herbei. Abends tranken sie zügig, danach konnten sie es kaum erwarten, sich die Decken bis über den Kopf zu ziehen. Für Erhard war dies das sinnloseste Leben, das er sich vorstellen konnte. Der einzige Sinn bestand darin, dass das Leben eben weiterging. In manchen Momenten eine durch und durch fragwürdige Angelegenheit.

Hin und wieder kamen Nachrichten von draußen, niemals gute. Dann gab es viel zu reden und noch mehr zu grübeln. Erichs und Erhards Vater waren in Frankreich verhaftet und von den Nazis verschleppt worden, zusammen mit ihrer Schwester. Nach Sachsenhausen, wo es ein Konzentrationslager gab. Auch Djamels Eltern und Geschwister sollten inzwischen dort sein, ebenso wie seine Frau, die viel zu lange in Oldenburg geblieben war, um sich um Django zu kümmern, ihren Fußball spielenden Sohn. Mehrfach hatte Djamel sie beschworen, doch zu ihnen nach Groningen zu kommen, sich in Sicherheit zu bringen, aber sie hatte lange gezögert. Zu lange; der Vulkan war ausgebrochen, nun war es zu spät. Dass dessen mörderische Feuerflut sie auch in Groningen erreicht hätte, war kein Trost. Wo der kleine Django jetzt war, wusste keiner. Als seine Mutter abgeholt wurde, war sein Bett leer gewesen. Djamel, sein Vater, trank seitdem mehr als sonst und wälzte sich nachts trotzdem stets lange hin und her.

Siemtje zupfte an seinem Hemd, kichernd und mit blitzenden Augen. Erhard liebte ihre Augen, braun mit kleinen Goldtupfern darin. Er liebte alles an ihr. Eilig zog er sich das Hemd über den Kopf. Es roch säuerlich. Wäsche war ein Problem dort oben im Versteck. Sie konnten sich Wasser holen vom Hahn über dem Eisenbecken auf dem Treppenabsatz, aber sie mussten höllisch aufpassen, dabei nicht gesehen oder gehört zu werden. Auch Nazis benötigten Ölfarbe, das war ihnen schon in den ersten Wochen klar geworden, als Uniformierte im Lagerhaus ein und aus zu gehen begannen. Sie hätten sich besser für andere Waren entscheiden sollen. Aber welche Waren konnten kriegführende Nazis nicht gebrauchen?

Waschen ging also, aber trocknen konnten sie ihre Sachen nur auf dem Dachboden, und dort konnten sie bemerkt werden. Also wurde nur gewaschen, wenn es gar nicht anders ging, und wie oft das war, darüber hatten Djamel und Erich eine ganz andere Auffassung als er. Wenigstens sich selbst konnte er waschen, so oft er wollte, nachts und mit kaltem Wasser, aber immerhin. Blöd war nur, dass der Abfluss so laut gluckerte, da musste er immer vorsichtig sein.

Erhard stieg aus seiner Hose, Siemtje ließ ihr Kleid zu Boden fallen. Nackt standen sie da, streichelten einander zärtlich mit den Fingerspitzen, nahmen jede Berührung, jedes lustvolle Erschauern in sich auf, rückten einander ganz langsam näher, bis sich Haut an Haut presste und Mund an Mund. Erhard musste sich sehr beherrschen, damit es ihm nicht so erging wie beim ersten Mal. Frühzündung, wie hatte er sich geschämt. Sie aber hatte nur gekichert und sich an ihn geschmiegt. Seitdem war es ihm jedes Mal schöner vorgekommen.

Sie dirigierte ihn zum Bett, er setzte sich hin, liebkoste ihren Körper, ihre Brüste, die so klein waren, rund und spitz zugleich, weich und elastisch. Er küsste ihren Bauch, streichelte ihren Po, ihre Schenkel, berührte vorsichtig ihren wolligen Busch. Ihr schneller Atem sagte ihm, dass er auf der richtigen Fährte war. Dann drückte sie ihn nach hinten, drängte ihn zärtlich in die Mitte des schmalen Bettes, stieg über ihn. Ach, so wollte sie es heute. Ihm war es recht, sehr recht. Er lebte, er liebte, er war glücklich. Diese Momente zählten.

Stopp, dachte er, nur nicht zu glücklich werden. Nicht zu schnell jedenfalls. Er riss seinen Blick los von Siemtje, von ihrem wunderschönen Gesicht, von ihrem wundervollen Körper, schaute stattdessen zur Kammertür, die war alt und schrundig und schief, die Farbe blätterte ab, genau der richtige Anblick in diesem Moment, der noch dauern sollte, so lange, bis …

Die Tür platzte auf. Ein Gesicht erschien, hellrot und verquollen, mit einer schwarzen Uniformmütze auf dem aschblonden Haar. Ein hässliches, ein hasserfülltes Gesicht, dass noch hässlicher wurde, als es böse zu lachen begann. Der Geruch von Schnaps, Schweiß und Tabakrauch drang in den Raum. Erhard schrie vor Schreck, in derselben Sekunde, als Siemtje aufschrie vor Lust.

»Da sind sie!«, brüllte der NSB-Mann. »Wir haben sie, den dritten Zigeuner und seine *Moffengriet*! Schämst du dich nicht, Siemtje, du dreckige *Snol*! Mein Bruder wird dir den Arsch versohlen, du kleine *Slet*.« Er stampfte in die Kammer hinein, weitere Männer in seinem Kielwasser. Er glotzte das nackte Mädchen an; seine dicken Lippen bebten. »Oder ich mach' das gleich selbst«, grunzte er.

Zitternd sprang Siemtje aus dem Bett, raffte ihr Kleid auf, hielt es schützend vor sich. Erhard fühlte sich nackter als nackt, wie er lang ausgestreckt auf dem Bett lag, ohne eine Chance, an seine Klamotten zu kommen. Der NSB-Mann genoss den Anblick. Seine schwarze Uniform, die über dem Bauch spannte, sah aus wie eine billige Kopie der SS-Kluft von Georg und Hasko Zander, ebenso wie die Mütze, an der unter einem stilisierten Löwen kein Totenkopf prangte, sondern ein schwarz-rotes Dreieck. Hilfstruppe, dachte Erhard. Halten sich für Herrenmenschen, sind aber bloß ein Hilfsvolk. Zweite Klasse, geduldet, solange ihr nützlich seid. Wenn das vorbei war – dazu könnte er denen etwas erzählen. Aber das würden die ihm doch nicht glauben.

»Hoch mit dir, Zigeunersau!«, brüllte der NSB-Mann und trat mit Wucht gegen die Bettkante. »Zieh deine stinkenden Fetzen an! Und dann nichts wie ab nach Westerbork. Deine hässlichen Brüder sind schon dorthin unterwegs. Da sammeln die solche wie euch.« Er rückte ganz dicht an Erhard heran, so dicht, dass dem fast schlecht wurde von dem Geruch, und fügte hinzu: »Aber nicht, um euch zu behalten, verstanden? Von dort geht es weiter nach Osten. Und von da dann direkt in den Himmel! Puff!« Mit den Armen deutete er eine aufsteigende Wolke an. »Nicht als Engel. Als Rauch! Als Rauch!« Sein gehässiges Lachen brach jäh ab, als er sich die Hand an einem Dachbalken stieß. Wütend schlug er zuerst auf Erhard ein, dann auf Siemtje, die sich inzwischen angezogen hatte. »Und du wirst gleich hier dafür büßen, was du getan hast, du kleine *Slet*!«, fauchte er. »Du und deine verkommenen Eltern auch. Ich werde euch lehren, Untermenschen zu verstecken! Das wird euch was kosten. Hast du mich verstanden, du Schandfleck unserer Familie?«

»Ja, Onkel Henk«, flüsterte Siemtje, den Blick auf den Boden gerichtet.

»Los, komm jetzt! Schuhe brauchst du nicht.« Henk de Vries packte Erhard grob an der Schulter und zerrte ihn zur Tür. »Wie gut du ohne einen Schuh laufen kannst, wissen wir schon. Bestimmt kannst du das auch ohne alle beide.«

Die Kammer war so eng, dass sie sich nah an Siemtje vorbeidrücken mussten. Erhard hörte sie wispern: »Ik wacht op jou!« Dann schleuderte Henk ihn den anderen Männern zu wie einen alten Sack. Genauso grob packten sie ihn. Ihre Schläge und Tritte aber spürte er kaum. Er trug Siemtjes Worte mit sich wie einen Panzer.

18.

Heute

Als Stahnke sein Büro betrat, konnte er sich das Lachen kaum verkneifen, als er sah, wie Sibylle Wiemken sich mit einer Lupe über eine Akte beugte. Mit einer Lupe! Da fehlten nur noch Kappe und Pfeife zur Sherlock-Holmes-Imitation für den Kindergarten. Irgendwie passend, strahlte seine Kollegin doch sehr viel Mütterliches aus.

Oberkommissarin Wiemken schaute hoch und fixierte Stahnke durch ihr rundes Vergrößerungsglas, ein Auge grotesk verzerrt. Jetzt lachte er doch.

Sie lächelte nachsichtig. »Diese alten Kopien sind schwer zu entziffern«, erklärte sie. »Manchmal hilft vergrößern. Nicht immer.« Sie zeigte ihm die Vorderseite der Mappe.

»Zander? Ich dachte, wir hätten nichts von dem«, wunderte sich der Hauptkommissar. Dann schaute er genauer hin. »Ach, Hasko Zander. Der Vater unseres Opfers. Hatte Thorsten das nicht recherchiert?«

»Ursprünglich ja«, bestätigte die Oberkommissarin. »Ihm ging es vor allem um die Identifikation. Ich habe mir die Akte inzwischen etwas genauer angeschaut. Ziemlich interessant.«

»Interessant genug, um mich herzubeordern?«, fragte Stahnke. Als er Sibylle Wiemkens betroffenes Gesicht sah, bereute er seine Worte sofort. »Kleiner Scherz, ich war sowieso auf dem Weg hierher.« Minenfelder, dachte er und vermisste sein eingespieltes Leeraner Team mit Kramer und Ekinci. Die wussten immer gleich, welche seiner Worte auf die Goldwaage gehörten und welche sie ignorieren konnten. Im Zweifelsfall immer Letzteres.

»Hasko Zander war bei der SS«, referierte die Oberkommissarin. »Trotzdem wurde er nach dem Krieg als minderbelastet eingestuft, also in Gruppe drei, nur eins über Mitläufer. Und das als SS-Sturmbannführer. Totales Fehlurteil. Irgendwie muss er getrickst haben, alte Seilschaften, ist sonst nicht vorstellbar. 1957 wurde er noch einmal vor Gericht gestellt – und kam wiederum mit einer Bewährungsstrafe davon. Begründung: Er habe innerhalb seiner Organisation gegen verbrecherische Maßnahmen opponiert, sei deshalb gemaßregelt und anschließend bei Beförderungen mehrfach übergangen worden. Also quasi ›innerer Widerstand‹, wenn Sie verstehen, was ich meine. Und das als SS-Führungskader. Ist das zu fassen?«

Stahnke nickte. »Klar, wenn man die Umstände kennt. Der ganze deutsche Staatsapparat steckte damals voller ehemaliger Nazis. Viele Führungskader dabei, teilweise selbst hochbelastet. Eine Krähe hackt der anderen kein Auge aus.«

»Eine junge Demokratie, geführt und verwaltet von ihren erbitterten Feinden.« Sibylle Wiemken schüttelte den Kopf. »Ein Wunder, dass wir nicht längst wieder in einer Diktatur leben.«

»Von wegen Wunder«, widersprach Stahnke. »Das haben wir den Siegermächten zu verdanken, allen voran den Amis. Und natürlich der Studentenbewegung von 1968. ›Trau keinem über 30‹ – erinnern Sie sich noch? Dabei ging es keineswegs um das Lebensalter an sich, sondern darum, dass die Werte und Denkweisen einer ganzen Generation inklusive Nachwuchs von den Nazis geprägt worden waren. Und um die U-Boot-Nazis selbst natürlich.« Er verzog sein Gesicht zu einer abfälligen Miene: »Gemocht habe ich sie nie, die 68er, diese arroganten, großmäuligen Bürger-Revoluzzer. Aber in diesem Punkt lagen sie einfach richtig.«

»Eindeutig«, bekräftigte die Oberkommissarin Wiemken. »Wie belastet die Richter, die 1957 über Hasko Zander geurteilt haben, genau waren, weiß ich zwar nicht. Aber entweder haben sie sehr schlampig gearbeitet, oder die zuständigen Ermittler waren auf dem rechten Auge blind. Da ist manches unter den Tisch gefallen. Die Kolleginnen und Kollegen viele Jahre später waren gründlicher.« Sie klopfte mit ihrer Lupe auf den Aktendeckel: »Deshalb sind diese Unterlagen überhaupt hier drin. Wenn auch nur als schlechte Kopien.«

»Von welchem Jahr sprechen Sie?«, fragte Stahnke.

»1978«, antwortete Sibylle Wiemken. »Das ist das Jahr, in dem Hendrike de Vries starb.«

Jetzt war das Interesse des Hauptkommissars endgültig geweckt. »In dieser Sache wurde gegen Heino Zanders Vater ermittelt?«, fragte er.

Sibylle Wiemken schüttelte den Kopf. »Nein, wegen ganz anderer Delikte«, sagte sie. »Hausfriedensbruch, Sachbeschädigung, versuchter Einbruchsdiebstahl, Körperverletzung.«

»Verstehe ich nicht«, sagte Stahnke, und das sah man ihm an. »War Zander Senior zu dieser Zeit nicht der Besitzer einer profitablen Spedition? Er soll doch reich gewesen sein, so reich, dass sein Sohn Heino endlos auf seine Kosten studieren konnte. Oder war das alles nur Fassade? Ging es seinem Betrieb finanziell schlecht?«

»Sieht nicht so aus«, sagte die Oberkommissarin. »Tatsächlich hat Hasko Zander auch gar nichts gestohlen. Er ist lediglich in Häuser eingedrungen und hat sich darin zu schaffen gemacht. Mit großen zeitlichen Abständen übrigens, erstmalig 1956. Seine Handlungen machen aus heutiger Sicht einen obsessiven Eindruck. Dazu passt, dass er renitent wurde, als man ihn auf frischer Tat ertappte.«

»Wurde er verurteilt?«, fragte Stahnke.

»Ja, aber nur zu Geldstrafen. Mit Gerichten hat dieser Mann offenbar immer ein gutes Händchen gehabt«, kommentierte Sibylle Wiemken.

»Ein Händchen?« Stahnke hob seine Pranke und rieb Daumen und Zeigefinger aneinander. »Händchen mit etwas drin? Bakschisch?«

»Glaub' ich nicht. Wäre auch schiere Spekulation. Aber in diesem Kontext sind unsere Kollegen damals auf etwas anderes gestoßen.« Sie blätterte in der alten Akte ein paar Seiten zurück. »Während der Nazizeit, konkret 1939, hat es gegen NSDAP-Mitglied Zander ein Parteiordnungsverfahren gegeben, wegen versuchten Entzugs von Volks- und Parteivermögen.« Sie nahm wieder ihre Lupe zur Hand. »Hier steht's. Gegen Hasko Zander und seinen Bruder Georg. Der Vorwurf lautete auf getarnten An- und Verkauf von Besitztümern fremdrassiger Elemente, insbesondere von Immobilien sowie Kunst- und Wertgegenständen. Mit anderen Worten, die Zanders haben sich daran bereichert, den Besitz von Emigranten zu verhökern, weil diese offiziell so gut wie nichts mit ins Ausland nehmen durften. Deswegen gab es Ärger mit der Partei.«

»Weil die das Geld lieber in der Parteikasse gesehen hätte«, meinte Stahnke. »Oder in der Rüstungsfinanzierung. Soviel ich weiß, waren die Zanders seinerzeit nicht die einzigen Plünderer in Uniform. Wie ging das Verfahren denn aus?«

»Wie das Hornberger Schießen«, antwortete die Oberkommissarin. »Der Krieg kam dazwischen. Ermittlungen eingestellt, Bewährung an der Ostfront. In der Folgezeit jedoch wurde Hasko Zander tatsächlich nicht mehr befördert. Dieser Teil seiner Behauptungen stimmt.«

»Na, so eine Ungerechtigkeit!« Stahnke wurde sarkastisch. »Ein Wunder, dass Hasko Zander nach dem Krieg nicht als politisch Verfolgter anerkannt wurde.«

Sibylle Wiemken schmunzelte. »Täterpsychologie ist ein sehr interessantes Gebiet«, sagte sie. »Sie kennen den Spruch mit dem Splitter im Auge des anderen und dem Balken im eigenen? Wenn man anderen kleine Fehler verübelt und die eigenen Riesenböcke ignoriert? Genauso funktioniert das. Hasko Zander hat Verbrechen begangen, fühlte sich jedoch irgendwie ungerecht behandelt. Was wiederum dazu führte, dass er sich selbst vollkommen im Recht fühlte, neues Unrecht zu begehen.«

Stahnke schloss die Augen, rekapitulierte das Gehörte, öffnete die Augen wieder und schüttelte den Kopf. »Noch mal, bitte«, sagte er. »Diesmal im Klartext.«

»Drei der Immobilien, um die es in dem Verfahren 1939 ging, sind Gebäude in der Langen Straße, der Achternstraße und der Haarenstraße«, sagte Sibylle Wiemken. »Oldenburger Zentrum, hochpreisige Lagen. Und die Häuser, in die Hasko Zander zwischen 1956 und 1978 jeweils widerrechtlich eingedrungen ist, sind exakt diese Gebäude.«

»Danke.« Der Hauptkommissar nickte. »Zander fühlte sich also dazu berechtigt, weil er damals bei seinem illegalen Tun eine Ungerechtigkeit erlitten zu haben glaubte«, fasste er zusammen. »Das ist so irre, dass es stimmen könnte. Schade nur, dass uns das in unserem eigentlichen Fall keinen Schritt weiterhilft.«

Die Oberkommissarin hob ihre Lupe ans Auge und zwinkerte ihm zu. »Da bin ich mir gar nicht so sicher«, sagte sie.

19.

März 1943

Der Zug kam ruckelnd zum Stehen, die Rolltore flogen auf. Draußen standen SS-Leute mit Karabinern, in Reihe angetreten. Jemand schlug von außen an die hölzerne Wand der Viehwaggons. »Raus, raus, raus, raus!« Erhard rutschte aus, der Boden war voller Kot. Andere trampelten über ihn hinweg. »Raus, raus, raus, raus!« Er rappelte sich auf, stolperte über seine eigenen Holzpantinen, fiel ins Freie, metertief. Der Aufprall nahm ihm den Atem. Stiefeltritte und Schläge mit dem Gewehrkolben. »Schneller, schneller!« Antreten in Fünferreihen. Was für Elendsgestalten wir sind, dachte Erhard, ausgehungert und zerschlagen, menschliche Karikaturen. Kann es noch schlimmer werden?

Sie marschierten los, raus aus dem Bahnhof, den einzigen Weg entlang, der nicht mit Stacheldraht abgesperrt war. Links der Straße standen zerschossene Häuser. »Das ist Polen«, flüsterte einer. »Auschwitz, sagte ich doch!« Ein Kolbenhieb brachte ihn zu Fall. Der Trupp marschierte weiter.

Auschwitz, dachte Erhard. In Westerbork hatten sie das Wort nur hinter vorgehaltener Hand ausgesprochen. Dafür dauernd. Die SS-Leute hatten es bei jeder Gelegenheit gerufen, breit grinsend. Endstation Auschwitz. Anderswo arbeiteten sich Häftlinge zu Tode, verhungerten, starben an Krankheiten, gegen die es längst Tabletten gab. Man schrieb ihnen verlogene Totenscheine. Diese Mühe, hieß es, machte man sich in Auschwitz nicht.

Sie näherten sich einem Lagerzaun, hielten auf das Tor zu. Torbogen aus Schmiedeeisen. »Arbeit macht frei.« Lasst alle Zweifel, alle Hoffnung fahren, dachte Erhard. Oder? Immerhin gab es auch in dieser Hölle Baracken, in langen, ordentlich ausgerichteten Reihen, Behausungen, in denen Menschen lebten, auch wenn sie aussahen wie Pferdeställe. Häftlingskolonnen kamen ihnen entgegen. Vier Mann trugen zwei ausgemergelte Leichen, blutüberströmt, an Stangen gebunden, mit zusammengeschnürten Händen und Füßen. Wie erlegte Rehe. Der Trupp der Neuankömmlinge marschierte weiter, im Gleichschritt. Keiner gab einen Ton von sich. Als das Kommando »Halt!« ertönte und alles zum Stehen kam, wurde es totenstill.

Über eine Stunde standen sie so da, bewegungslos bis auf ihr flaches Atmen, umgeben von Wachen, die ihre Gewehre schussbereit am Schulterriemen trugen, Mündung nach vorn, Finger am Abzug. Erhard stand in der Kolonne ganz links, schutzlos den Blicken der SS-Männer und dem kalten Wind preisgegeben. Immer wieder wehten menschliche Laute herüber, gebrüllte Befehle und Schreie voller Schmerz und Entsetzen. Schneeflocken rieselten auf sie herab, schwarze Flocken, fettig und schwer. Erhard ahnte, was das war. Er wollte sie nicht sehen, wollte nicht einmal daran denken. Es spielte aber keine Rolle mehr, was er wollte. Einmal im Leben wird abgerechnet, dachte er. Das hier ist wohl die Quittung.

Nach schier endlosem Warten marschierten sie weiter, wieder heraus aus dem Lager. Was hatte das zu bedeuten? Zwei Reihen hinter ihm stellte einer diese Frage laut. Ein Schuss fiel. Keiner fragte mehr.

Es war später Nachmittag, als sie ihren Bestimmungsort erreichten. Ein weiteres Lager mit Reihen von Baracken, rechts vom Weg ein flacher Bunker mit Wachtposten. Keine Umzäunung, dafür jede Menge SS-Männer mit Maschinenpistolen rundum. Dies hier schien etwas Neues zu sein, noch im Entstehen begriffen. War das etwas Gutes? Erhard hätte gelacht, wenn er sich getraut hätte. Kein Glaube mehr an das Gute, nicht das kleinste Fünkchen. Alles Neue war auch bloß eine weitere Teufelei.

»In Zweierreihen angetreten!« Sie bildeten zwei Kolonnen, passierten nacheinander zwei grob aus Holz gezimmerte Schleusen. Dort standen auch Häftlinge, Köpfe geschoren, Blicke stumpf. Sie streiften ihnen die Ärmel hoch, tätowierten Nummern auf die Unterarme. Vier Ziffern mit einem Z davor. Der Schmerz erschien Erhard belanglos. Wer war er jetzt? Z 3030. Das war gut, diese Nummer vergaß man nicht so schnell. Sie wurden auf die Blöcke verteilt und dort auf die Baracken. Häftlinge mit grünen Winkeln empfingen sie, schubsten sie herum, tasteten sie nach Mitgebrachtem ab. Grün, das waren Berufsverbrecher. Die kleinen Könige der KZs, davon hatte er schon gehört. Bedrohliche Gestalten waren dabei, aber auch sie knochig und dürr. Erhard war noch gut beisammen. Er wartete auf den geeigneten Moment, um sich Respekt zu verschaffen. Das mochte er nicht, aber Erich hatte ihm gezeigt, wie es ging. Wenn er es richtig anfing, hatte er fürs Erste seine Ruhe.

»Erhard!« Ein Mann mit rasiertem Kopf drängte sich in sein Blickfeld, ein Mund verzog sich zu einem Lächeln. Zwischen kräftigen Schneidezähnen klaffte eine Lücke, dort, wo früher ein Goldzahn geglänzt hatte.

»Djamel!« Erhard fiel seinem Vetter in die Arme, die sich immer noch stark anfühlten, wenn auch nicht mehr so mächtig wie noch vor ein paar Wochen. Die Grünwinkel wichen zurück. »Du also auch.« Er schaute Djamel direkt in die Augen; hinter der verriegelten Tür in seinem Inneren rumorte es. »Was haben sie euch erzählt? War es meine Schuld?«

Sein Vetter nahm Erhards Gesicht in beide Hände. »Klaas de Vries hat uns verraten«, sagte er. »Er hat seinen Bruder Henk, den Nazi, auf uns angesetzt. Hatte keine Lust mehr, uns zu versorgen, obwohl wir ihm weiß Gott den Arsch dafür vergoldet haben. Wollte lieber das Haus auf eigene Rechnung verkaufen und sich zur Ruhe setzen. Deine Siemtje hat kein Wort verraten.« Er rubbelte Erhards Kopf zwischen seinen Pranken, dass dem die Ohren brannten. »Natürlich waren wir sauer, dass du dich immer rausgeschlichen hast. Das fanden wir unverantwortlich, du Karnickelbock.« Er lachte kumpelhaft und voller Verständnis. »Dabei waren Erich und ich auch mal jünger. Und geiler! Letzten Endes aber war es unser Fehler, der uns in diese Scheiße geritten hat. Nicht deiner. Klaas de Vries, das war der Griff in den Eimer.«

In der Baracke entstand Bewegung; alles strebte plötzlich auf einen bestimmten Punkt im hinteren Bereich zu wie Eisenspäne auf einen Magneten. Essen wurde ausgeteilt. Zwischen den dreistöckigen Bettgestellen staute es sich. Erhard sah rohe, schmutzige Planken, fauliges Stroh, dünne Laken voller Löcher. Der Anblick war erbärmlich, der Gestank noch viel schlimmer. Irgendwann bekam er einen verbeulten Blechnapf mit trübem, lauwarmem Wasser drin, in dem zerfetzte Kohlblätter und Kartoffelschalen schwammen. Dazu ein knüppelhartes Stück Brot. Es war grau; unmöglich zu sagen, woraus es bestand.

»Siehst du das da?« Einer der Grünwinkel zeigte aus dem Barackenfenster. Weit hinter, außerhalb des Wohnbereichs, standen lang gestreckte Gebäude mit Schornsteinen. »Das sind die Backöfen«, sagte der Grünwinkel. »Da kommt dieses Brot her!« Draußen fielen schwarze, fettige Schneeflocken. Erhard tauchte sein Brot in die Wassersuppe. An einer Seite war der Kanten verschimmelt. Angeekelt zuckte er zurück.

»Iss das bloß«, raunte Djamel ihm zu. »Hier muss noch viel gebaut werden, Umzäunung, Verwaltung, alles. Das wird ein eigenes Zigeunerlager, nur für uns. Gibt noch viel Arbeit in den nächsten Wochen und Monaten. Das ist unser Glück.« Er leckte seinen Napf aus. »Viele Arbeitskommandos, viele Einsätze. Noch brauchen sie uns. Halt dich ran! Du musst aber bei Kräften bleiben. Wenn du umkippst, ist es aus.«

Djamel konnte höchstens seit einigen Wochen hier sein, dachte Erhard. Aber er blickte schon voll durch. Erhard war froh, in dieser Schlangengrube nicht auf sich allein gestellt zu sein. »Was ist dann aus? Was passiert, wenn einer umkippt?«, fragte er.

Djamel antwortete nicht gleich. Das übernahm der vorwitzige Grünwinkel: »Dann kommst du in den Backofen!« Beifall heischend schaute er sich um. Niemand lachte.

»Was ist mit Erich?«, fragte er seinen Vetter leise. »Wie geht es ihm? Weißt du etwas?«

»In Westerbork ging es ihm noch gut«, flüsterte Djamel zurück. »Bisschen Kloppe gekriegt, das Übliche. Ging mir auch so.« Er zog die Oberlippe hoch und deutete auf seine Zahnlücke: »Sind scharf auf Gold, die Herrenmenschen. Erich hatte keins, da haben sie ihn aus Prinzip verdroschen. Aber er ist hart im Nahmen, du kennst ihn ja.« Sein Gesicht verfinsterte sich. »Eigentlich waren wir für denselben Transport vorgesehen. Haben uns dicht zusammen gehalten auf dem Bahnsteig, um auch bestimmt in denselben Wagen zu kommen. Aber dann haben sie Erich plötzlich rausgezogen. Zum Verhör, hieß es, Befehl von der SS. Ich wollte mit, aber da gab es Senge, ich konnte nichts machen und musste in den Waggon rein.«

»Verhör? Deutsche SS? Nicht der Groninger NSB?«, fragte Erhard. Angst presste seinen halbleeren Magen zusammen.

»Ja, Deutsche. Zwei SS-Offiziere, baumlange Kerle. Die warteten bei der Verwaltung auf ihn. Ich glaube, Erich kannte die sogar.«

»Das glaube ich auch«, flüsterte Erhard.

20.

Heute

»Alles in Ordnung, Olivia?«, fragte Marco. Olivia schrak zusammen. »Logo, alles im grünen Bereich. Wieso?« Mit einem Mausklick minimierte sie den Text, den sie gerade auf dem Bildschirm gehabt hatte. »Das hohe Haus in der Achternstraße«, eine Folge ihrer Serie über arisierte Häuser in Oldenburg.

»Du bist so still«, sagte Marco. »Liegt dir was auf der Seele? Ich meine, äh … die Leiche an deinem Steg …«

»Ob mir eine Leiche auf der Seele liegt? Na, du kannst Fragen stellen!« Sie gab sich aufgekratzter, als sie sich fühlte. Alles unter ihrem Panzer jedoch ging keinen etwas an. »Meine Leichen liegen natürlich im Keller, ordentlich nebeneinander, wie sich das gehört. Bis auf die in meinem *Closet* natürlich.« Sie sprach das englische Wort wie »Klosett« aus. Ob Marco die Andeutung trotzdem verstand?

Er tat es. »Wusste gar nicht, dass du auf Eminem stehst«, sagte er und zwinkerte ihr von der Seite zu. »Ist aber immer gut, mal reinen Tisch zu machen. *Cleaning out your closet* – immer raus mit der Leiche!«

Punkt für dich, Marco, dachte Olivia und gewährte ihm ein Lächeln. Dabei fiel ihr etwas ein. »Sag mal, Marco Rosenfeld – bist du eigentlich Jude?«

»Was, ich? Warum?« Schon wieder wurde ihr Redakteurskollege rot. Punktabzug für Hufflepuff, dachte Olivia, das ging verdammt schnell diesmal.

»Ja oder nein?« Sie stand auf und stellte sich zwischen ihn und die Bürotür. »Nun sag schon! Ist doch nicht schlimm. Kann man doch heutzutage ruhig zugeben. Ist wie schwul sein. Weißt du noch, Klaus Wowereit damals in sexy Berlin? ›Ja, ich bin schwul, und das ist auch gut so!‹ Genauso macht man das.«

»Wie kommst du denn auf schwul?« Marcos Gesicht erglühte wie eine Pufflaterne. »Bin ich natürlich nicht. Das weißt du doch, oder? Letztes Jahr, die Redaktionsparty, Marion?« Die Röte wurde immer intensiver.

Olivia musste sich bremsen. Wenn die Deckung ihres Gegenübers unten war und die Verteidigung geknackt, gab es für sie nur einen Impuls: nachstoßen! Dafür war sie gefürchtet. Das fand sie gut. Nett sein war etwas für Weicheier. Aber in diesem Fall brachte sie das nicht weiter. »Schwul sein war doch nur ein Beispiel«, wiegelte sie ab. »Meine Frage war ganz ernst gemeint – also die erste. Und sie hat einen Grund.« Sie griff nach der Computermaus, vergrößerte das Fenster mit ihrem Text wieder. »Hier, dieses Haus in der Achternstraße, das hat mal einer Familie Rosenfeld gehört. Die hat 1937 Oldenburg verlassen und ist in die USA ausgewandert. Hat alles verkaufen müssen, Silber und Porzellan und so, zum Schleuderpreis. Das Haus ging nach seiner sogenannten Arisierung durch mehrere Hände. Bisher hat kein Nachkomme der ursprünglichen Eigentümer Besitzansprüche angemeldet. Ich hatte überlegt, was dann wohl passieren würde. Da fiel mir dein Nachname auf. Daher meine Frage.«

»Du hast gefragt, ob ich Jude bin«, korrigierte Marco. »Nicht, ob ich dieses schöne Haus haben möchte.« Die Röte wich langsam aus seinen Wangen, er schien versöhnt zu sein. Ach Marco, dachte Olivia, du Spatz auf der Dachrinne. Dich zu erlegen, ist wirklich keine Herausforderung.

Sie setzte ihren Augenaufschlag ein. »Und? Möchtest du?«

Marco seufzte. »Der Witz an der Sache ist, dass ich tatsächlich mit den früheren Besitzern verwandt bin. Ephraim und Golda. Mein Urgroßvater war ein Vetter von Ephraim Rosenfeld. David hieß er, David Rosenfeld. Hat eine Schickse geheiratet, irgendwann zwischen den Weltkriegen. Zeugte meinen Großvater und starb. Mutter und Kind galten in der Familie als Gojim und wurden ignoriert. In der Erbfolge spielten sie sowieso keine Rolle.« Er breitete bedauernd seine langen Arme aus: »Du siehst, kein Anspruch auf teure Innenstadtimmobilien.«

»Knapp daneben.« Olivia schüttelte ihre Lockenmähne. »Aber bist du nun Jude oder nicht? Immerhin stammst du von einem ab.«

»Nein, bin ich nicht. Die jüdische Religion wird über die Mutter vererbt«, erklärte Marco.

»Matriarchalischer Ansatz, aha, sehr modern«, spottete Olivia. »Aber dass du das überhaupt über die Lippen bringst – Religion wird vererbt. Also echt mal. Wie kann ich denn erben, woran ich glaube und was ich denke.«

»Das stammt aus einer Zeit, als Gemeinschaft und Religion noch eins waren«, sagte Marco. »Allein machen sie dich ein, verstehst du? Zugehörigkeit war überlebenswichtig. Und dass die über die Mutter definiert wurde, liegt daran, dass man sich seiner eigenen Mutter eben sicher sein kann. Beim Vater ist das anders. Da kann ja jeder ...«

»... gekommen sein, verstehe.« Vergnügt sah Olivia zu, wie Marcos Röte wieder zunahm. »Aber noch mal zu deinem Großvater: Für die Nazis waren bekanntlich Religion und Rasse eins, soweit es die Juden betraf, und die unterschieden bei der Abstammung nicht zwischen Vater und Mutter. Für die ist dein Großvater also ein Halbjude gewesen. Wie hat deine Urgroßmutter es denn geschafft, ihren Sohn vor dem Holocaust zu schützen? Denn das hat sie offenbar, sonst stündest du nicht vor mir, du langes Elend. Ist sie ebenfalls ausgewandert?«

»Dazu war sie zu arm«, sagte Marco. »Sie hat gelogen. Damit hat sie ihr Kind gerettet.«

»Klingt spannend«, sagte Olivia. Sie witterte eine Story. »Details!«

»Nach dem Tod ihres Mannes hat meine Urgroßmutter ihre Ehe annullieren lassen. Ebenso die Abstammungsurkunde ihres Sohnes. Sie hat behauptet, der wahre Vater sei ihr damaliger Geliebter gewesen, ihr Sohn also die Frucht eines Seitensprungs.«

»Und dieser biologische Vater war ein Bio-Deutscher?«, vermutete Olivia.

Marco nickte. »Allerdings. Parteimitglied außerdem. Hat die Vaterschaft sogar schriftlich anerkannt. Als Gegenleistung hat meine Urgroßmutter ihn geheiratet.«

»Und sich 1945 direkt scheiden lassen?«

»Nicht nötig. Er ist 1944 gefallen.« Marco schwieg einige Sekunden lang, dann fügte er hinzu: »Aber sie hat den Namen Rosenfeld wieder angenommen. Auch für den Jungen. Verrückt, oder? Deswegen gibt es mich überhaupt und deswegen heiße ich so. Abstammung ist schon eine vertrackte Sache.«

»Da sagst du was«, murmelte Olivia. Eine Sorge beschlich sie. Was, wenn Marco mit der logischen Gegenfrage kam? Er hatte ihr sehr Persönliches anvertraut, er war ein Freund und Kollege, er durfte ebenfalls Auskunft erwarten. Die sie schlicht und einfach nicht geben konnte. Was sie nie besessen hatte, schmerzte trotzdem wie ein Verlust. Der Hass auf ihre Ersatzfamilie konnte das große Loch, das von ihrer Kindheit bis in die Gegenwart reichte, nicht füllen. Jedes Wort darüber schien ihr zu viel. Was sollte sie tun, lügen wie seine Urgroßmutter?

Sie schaute auf ihre Armbanduhr. »Mensch, schon wieder nach 18 Uhr. Genug für heute. Meine Seiten sind alle zu. Machst du den Schlussdienst?«

»Klar, ich schau dann auch auf deine Seiten nochmal drauf. Schönen Feierabend!« Grüßend hob Marco die Hand und verließ das Büro.

»Weggetreten, Fähnrich«, sagte sie leise, als er auf dem Flur war. Wie leicht der Junge zu manipulieren war. Fast musste sie sich schämen, das immer wieder auszunutzen. Aber eben nur fast.

Es war immer noch warm und trocken, die Wetterlage stabil, daher hatte sie das Rennrad genommen. Bewegung tat ihr gut, nicht nur figürlich. Äußerlich war mit ihr alles in Ordnung, das kontrollierte sie regelmäßig an den Blicken der Männer, die ihr entgegenkamen; einer legte sich beinahe mit dem Fahrrad lang, weil sein Blick sich zu ungeniert in ihrem Ausschnitt verfangen hatte. Das gefiel ihr. Die abweisenden Mienen vieler Frauen auch.

In ihrem Inneren sah das anders aus. Da war etwas in Bewegung geraten, das sie vor langer Zeit tief und für alle Zeiten begraben hatte, wie sie dachte. War wohl nichts. Es rumorte in der Familiengrube, das bereitete ihr Unbehagen. Dieses Foto hatte das ausgelöst, dieses eine Foto! Dämlich so was. Nichts als eine zufällige Ähnlichkeit. Wieso musste sie deswegen über ihre Herkunft nachdenken, über ihre Abstammung? Bisher war sie doch auch wunderbar ohne so was klargekommen.

Sie schlängelte sich durch Nebenstraßen, Parkanlagen und über die kleine Brücke bis zum Heiligengeistwall, huschte an der Ecke Staulinie zwischen den wartenden Buspassagieren hindurch, fuhr dann über die Poststraße zur Amalienstraße. Hier schaltete sie herunter und nahm Schwung für die lang gezogene Brückensteigung. Früher, ganz früher hatte hier ebenfalls eine Hubbrücke gestanden, das Gegenstück zur Cäcilienbrücke am anderen Ende des kanalisierten Hunteabschnitts, deren Tage ebenfalls gezählt waren. Auf dieser Seite floss der Verkehr bereits über hoch geschwungenen Stahlbeton. Oldenburg war eine Großstadt, das merkte man an Stellen wie dieser. Anderswo war die Stadt noch sehr idyllisch und grün und überschaubar. Hier im Zentrum lagen die Gegensätze dicht beisammen, rieben sich praktisch aneinander. Olivia mochte das sehr. Der Gedanke, dass ihre Heimatstadt weiterwuchs und ständig gierige Blicke auf Punkte geworfen wurden, deren wirtschaftliche Nutzung noch zu optimieren war, behagte ihr dagegen gar nicht.

Als sich die Steigung zum Scheitelpunkt der Brücke hin abflachte, trat sie umso kräftiger in die Pedale. Statt zu verschnaufen, nahm sie richtig Fahrt auf und schoss mit wehenden Haaren die Gefällestrecke hinab Richtung Osternburg, vorbei am alten *Alhambra*, der früheren Kultstätte der undogmatischen Spontis. *Alt Osternburg* stand immer noch an der weißen Wand – von wegen »Rote Burg«! Wer traf sich da heute wohl – Impfgegner? Olivia war es egal. Sie hatte sich einmal das Veranstaltungsangebot online angeschaut, war jedoch spätestens bei »No Future Yoga« bedient gewesen.

Ein entgegenkommender Radler rief ihr etwas zu, tippte sich an die Stirn. Was wollte der? Helme waren etwas fürs Motorradfahren! Oder passte dem nicht, dass sie auf der linken Seite fuhr? Dämlicher Spießer! Mit hohem Tempo bog sie nach links in die Stedinger Straße ein, klingelte ein Rudel Kinder aus dem Weg, ließ sich vom Fahrtmoment weitertragen. So machte es Spaß! Sie flog förmlich vorbei an der ehemaligen Glashütte. Jetzt hatte sie es nicht mehr weit bis nach Hause. Als sie in ihre Einfahrt einbog, sah sie eine junge Frau vor ihrer Haustür stehen, jung, blond und bildhübsch. Sie erkannte sie sofort, obwohl sie sie noch nie in ihrem Leben gesehen hatte. Nur eine andere Frau, die ihr stark ähnelte. Auf einem Foto.

»Ich würde gerne mit Ihnen reden«, sagte Manuela Schönborn.

Olivia hielt ihr die Tür auf.

21.

April 1943

Djamel schrumpfte. Die Muskelberge des einst würfelförmig gebauten Mannes schwanden von Tag zu Tag dahin, man konnte dabei zusehen. Sie alle bauten ab, die einen langsamer, die anderen schneller, registrierte Erhard. Es gab welche, die gingen schon eine Woche nach ihrer Ankunft durch den Ofen. Andere kämpften, hielten länger durch. Aber das System des Lagers war gegen sie. Die Dicken wurden dünn, die Breiten schmal, die Schwachen gingen zuerst zugrunde. Am Ende aber starben sie alle. Das war der Plan, und es war ein deutscher Plan, also funktionierte er auch.

Er selbst, und darüber wunderte sich Erhard am meisten, gehörte zu den Zähen. Er, der Schreibtischhengst, dessen Fußballertage lange zurücklagen, der nie dick gewesen war, aber doch weich und schwammig, wurde mit jedem Tag härter. Seine Beine wurden sehnig, seine dünnen Arme drahtig, sein Körper fest und biegsam wie eine gute Klinge. Wochenlang war er morgens ausgerückt, hatte Pfostenlöcher gegraben, Zäune gezogen, Wachttürme errichtet und neue Baracken gebaut, fast ohne Pause bis zum Abend, hatte mit den anderen um Wassersuppe und Schimmelbrot gerangelt und war todmüde auf sein stinkendes Bettgerüst gefallen, um einem weiteren Tag als Sklavenarbeiter entgegenzudämmern. Ein paar Stunden Traumlosigkeit waren der einzige Lohn, den er dafür empfing. Die verriegelte Tür tief in ihm drin war längst einer festgefügten Mauer gewichen, massiv und sicher wie seine fernen Depots, deren

Existenz ihm mit jedem Tag unwirklicher und sinnloser erschien. Wenn dann lange vor Tagesanbruch der Albdruck doch einsetzte, war er am Ende froh, sich erneut mit höllisch harter Arbeit betäuben zu können.

Immer wieder kamen Transporte in Auschwitz-Birkenau an, immer aufs Neue zogen weitere Bewohner in die Baracken ein, auch in ihre. Voller wurden sie dadurch nie; das System funktionierte. Dafür hatten die Leichentransporteure gut zu tun, die Tag für Tag ihre Karren beluden und zu den Backöfen schoben. Diese Arbeit war begehrt, denn sie war sicher. Und man musste nicht so schwer schleppen wie bei den Baukommandos, denn die Toten wogen nicht viel.

Das Lager hatte sich in den letzten Wochen stark verändert, innen wie außen. Klare Grenzen, hohe Zäune, Gräben, Stacheldraht. Todeszonen. Aus dem Lager mit Gefangenen war ein wirkliches Gefängnis geworden. Ein Todeslager, erbaut von seinen Insassen. Die sich damit ihr Weiterleben erkauft hatten – jedenfalls einige von ihnen, für einige Zeit. Die anderen hatten ihre wenigen Wochen oder Tage schon mit dem Leben bezahlt.

Zu den neu entstandenen Gebäuden gehörte auch eine Fahrbereitschaft. Zuerst gab es nur eine halb offene Remise mit Lastern, Mannschaftswagen, Geländefahrzeugen und Offizierskarossen. Dann war ein weiteres großes Gebäude hochgezogen worden, geschlossen und mit Zementboden. Eine richtige Werkstatt.

Als Erhard wieder einmal seinen abendlichen Blechnapf geleert hatte und an seinem Brotkanten kaute, flog die Barackentür auf. Zwei SS-Männer traten in den Raum, bezogen rechts und links der Tür Stellung, die Maschinenpistolen schussbereit. Im Türrahmen erschien die Silhouette eines

Offiziers, Beine leicht gespreizt, Hände in den Hüften, Ellbogen abgewinkelt. »Achtung!«, brüllte die Gestalt. »Herhören! Nummer 3030, ist der hier? Sofort herkommen!«

»Jawohl!«, brüllte Erhard zurück. Zögern wäre keine gute Idee gewesen. Er stellte den leeren Napf weg, steckte sein Brot in die Tasche und trabte zur Tür. Seine Holzschuhe polterten auf den Bodenplanken. Die anderen Gefangenen machten ihm Platz wie einem Leprakranken.

Vor der Silhouette baute er sich auf, Hacken zusammen, Hände an der Hosennaht, Kopf zurück, den Blick trotzdem gesenkt. So zu stehen, war eine Zumutung. Nicht so zu stehen, konnte den sofortigen Tod bedeuten.

»Erhard Köhler? Nummer Z 3030?« Der Offizier ließ sich die Tätowierung zeigen. »Los, mitkommen!« Er drehte sich um und ging voran. Erich folgte, die beiden Bewaffneten in seinem Rücken. Wohin ging es? Zu den Backöfen? Sein Herz schlug nicht schneller als sonst. Er hatte sich längst mit dem Gedanken vertraut gemacht, dass der Tag einmal kommen würde. Der Preis für jeden weiteren Tag Leben war sowieso sehr hoch. Einem schlechten Geschäft musste man nicht nachweinen.

Dann standen sie vor der Remise. Der Offizier zeigte auf die Werkstatt: »Los, rein da! Ich gebe euch eine Stunde.«

Einer der Bewacher stieß ihn gegen die Tür, die gleich darauf von innen geöffnet wurde. Erhard strauchelte und fiel nach vorne, landete in den Armen eines kleineren Mannes, der ihn auffing und aufrichtete. Und gleich darauf umarmte. »Du bist wirklich da!«, rief er. »War nur ein Schuss ins Blaue. Aber du bist wirklich da!«

»Erich!« Die Freude stieg langsam auf in Erhard, so langsam wie das Erkennen. Viel schneller folgte das Entsetzen. Sein Bruder war kaum zu erkennen, am ehesten noch an der Stimme. Stirn und Wangen waren voller Brandmale, beide Ohrmuscheln verstümmelt. Das linke Auge war trüb. Das rechte blickte ihn so liebevoll an wie immer. Oder? Ganz im Hintergrund dieses Blicks lauerte etwas, das Erhard noch nicht kannte. Erich schien nicht nur äußerlich verwundet zu sein. Als der Ältere die Umarmung löste, erkannte Erhard, dass seine linke Hand notdürftig verbunden war. Anscheinend waren die Finger nicht mehr vollzählig. Erhard spürte Zorn in sich aufwallen, eine Empfindung, die er sich lange Zeit untersagt hatte. »Wer hat das getan?«, fragte er mit bebender Stimme. »Welcher von den beiden?«

Erich schüttelte den Kopf. »Vergiss sie«, sagte er bestimmt. »Das war in einem anderen Leben. Hier, das ist jetzt unsere Hauptsorge. Vom Bahnhof haben sie mich gleich hergeschickt, weil sie wussten, dass ich früher viel gefahren bin.« Er klopfte auf die lange Motorhaube eines glänzenden Offizierswagens. »Will nicht anspringen. Ich habe behauptet, du kriegst das hin, damit sie dich suchen und holen. Falls du überhaupt noch lebst, habe ich gedacht. Und nun guck dich an!« Sein gesundes Auge funkelte, sein stolzes Lächeln überstrahlte alle Narben.

Hinten in der Werkstatt arbeiteten noch andere Gefangene an einem Lkw. Dort standen auch bewaffnete Wachen, die alle scharf im Auge behielten. Erhard musste an die Worte das Offiziers denken. Eine Stunde, das konnte knapp werden, es kam darauf an. »Setz dich rein und starte!«, rief er Erich zu und stemmte die Motorhaube hoch. Die Batterie war frisch geladen, der Anlasser zog kräftig durch. Auch an den Zündkerzen schien es nicht zu liegen. Der Motor wollte, aber er konnte nicht.

Erich schob seinen Kopf durch das Seitenfenster: »Lass uns nach dem Vergaser sehen«, schlug er vor.

»Benzin kriegt er«, wandte Erhard ein. »Riecht man auch. Es klingt eher so, als würde man einem die Luft abschnüren.« Er schnippte mit den Fingern. »Wie sind die Straßen draußen? Trocken und staubig?«

»Ist gar kein Ausdruck.« Erich hustete. »Ich bin fast umgekommen vor Durst. Zum Glück steht hier drinnen ein Fass mit Waschwasser. Man darf nur nicht empfindlich sein.«

Erhard war schon wieder in den Motorraum abgetaucht, demontierte den Luftfilter. Er hatte richtig vermutet, der Filter war völlig verdreckt. Warum hatte den keiner kontrolliert? Das war doch eine der grundlegenden Wartungstätigkeiten, kam gleich nach Tanken, Öl, Wasser und Reifendruck. Anscheinend konnte die SS vor allem brüllen und schießen. Vielleicht tat sich hier eine Chance für ihn auf. Und für Erich. »Starte noch mal«, forderte er seinen Bruder auf. Der Anlasser orgelte eine Weile, dann kam der Motor und brüllte los. Eine fette Qualwolke quoll aus dem Auspuff. Offenbar war die Maschine schon gründlich abgesoffen gewesen. Die anderen Gefangenen schimpften laut, die Wachen rissen die Türen auf. Erhard stemmte das große Tor hoch, um Frischluft hereinzulassen.

Draußen wurde ein weiterer Arbeitstrupp vorbeigetrieben, darunter Djamel, der in seinen groben, mit Stroh notdürftig ausgepolsterten Holzschuhen humpelte. Sein Gesicht war tränenüberströmt. »Ein Kindertransport ist angekommen«, rief er zu Erhard herüber. »Django ist dabei!« Die Quittung kam sofort, ein Kolbenstoß in den Rücken ließ ihn straucheln. Unter Schmerzenslauten humpelte er weiter.

»Kindertransport?« Erich war neben Erhard getreten, das zerstörte Gesicht voller Mitleid. »Was sollen Kinder denn im KZ? So was ist doch unmenschlich!«

Erich, mein Erich, dachte Erhard. Wie willst du denn hier überleben bei so viel Naivität! Und mit solch einem weichen Herzen. Da nützen dir auch deine harten Fäuste nichts. Du fühlst zu leicht, du musst dich schützen. Wenn du Mensch bleibst, bist du verloren. Bau dir auch eine Mauer!

Hinter ihnen tuckerte der Automotor im Leerlauf vor sich hin. Er bekam jetzt Luft, ihm ging es bestens. Von dem Offizier, der Erhard beauftragt hatte, war weit und breit nichts zu sehen. Die angesetzte Stunde war auch noch nicht um.

Draußen marschierte ein Trupp Neuzugänge heran. Jugendliche, aber auch viele Kinder, tatsächlich Kinder! Erhard versuchte, sich an Django zu erinnern. Sah er seinem Vater ähnlich? Als Kind hatte er ausgesehen wie alle anderen Kinder, jedenfalls in seinen Augen. Inzwischen musste er 14 Jahre alt sein. Mit 14 war man hier kein Kind mehr, durfte es nicht sein, wenn man länger als zwei Tage überleben wollte. Von den Knirpsen, die da herangeführt wurden, waren viele jünger. Eskortiert wurden sie von Frauen, allesamt stämmige Gestalten in schwarzen Uniformjacken und Röcken. Eine trug eine Peitsche. Und sie benutzte sie auch.

Ich habe Menschen getötet, dachte Erhard, zwei Männer mit eigener Hand. Andere habe ich sterben lassen. Jede Nacht büße ich dafür. Falls es doch eine Hölle gibt, werde ich ewig darin brennen, aber wenn irgendwo ein Funken Gerechtigkeit existiert, wird dieses Weib dort tief unter mir schmoren. Er versuchte, aus diesem Gedanken Trost zu saugen. Es wollte ihm nicht gelingen.

Einer der Jungen, der kleinste, trug einen Apfel in der Hand, so leuchtend rot, als stamme er aus einer anderen

Welt. Als der Kindertreck vor der nächsten Baracke Halt machen musste, bemerkte die Peitschenfrau den Apfel. Sie zerrte das Kind aus der Reihe und schlug ihm so hart ins Gesicht, dass es zu Boden stürzte. Den Apfel ließ es fallen. Die Peitschenfrau packte den Jungen an den Fußknöcheln, schleuderte ihn herum und schlug seinen Kopf gegen den Eckpfosten der Baracke. Der kleine Schädel zerbarst. Das Blut des Kindes färbte den Pfosten rot. Die Peitschenfrau ließ den toten Körper achtlos fallen. Den Apfel hob sie auf. Während sie überwachte, wie die lautlos weinenden Kinder auf die Baracken verteilt wurden, biss sie genüsslich in den Apfel hinein.

Erhard hatte seine neuen, schlanken Muskeln schon gespannt, als er Erichs Finger an seinem Oberarm spürte. »Nein«, flüsterte sein Bruder ihm zu. »Lass es, sonst stirbst du auch. Das willst du doch nicht! Bleib hier und rühr dich nicht.« Der Griff seiner gesunden Hand war immer noch fest. »Lass es, Erhard«, wiederholte er wie zu einem unruhigen Pferd. »Dein weiches Herz bringt dich sonst noch um.«

Zwei Wachposten stürmten auf sie zu, die Karabiner schussbereit vor dem Bauch. »Zurück! Das Tor zu! Sofort!«

»Jawoll!« Erich reckte sich als Erster hoch und griff zu, seiner verletzten Hand zum Trotz. »Siehst du!«, sagte der Blick, den er Erhard dabei zuwarf. Im nächsten Moment erstarrte Erich, sein Unterkiefer sackte herab. Schieres Entsetzen spiegelte sich auf seinem verwüsteten Gesicht wider. Erhard drehte sich um.

Georg und Hasko Zander wirkten wie aus dem Ei gepellt mit ihren makellosen Uniformen, den glänzenden Stiefeln und den straffen Mützenbezügen. So sahen sie immer aus, aber in dieser Umgebung wirkte das besonders absurd. Die beiden hochgewachsenen Männer führten eine kleine Frau zwischen sich, deren Kleidung nur noch aus Fetzen bestand, deren hübsches Gesicht schmutzig war, die dunklen Haare ein verfilztes Gewirr. Trotzdem strahlte sie Würde aus und bewegte sich anmutig, während sie sich im Griff der SS-Brüder wand. Erhard hatte das Gefühl, diese Frau schon einmal gesehen zu haben. Im Kino etwa? Einmal war er in Groningen im Kino gewesen, vor dem Überfall der Deutschen. Es gab einen französischen Film mit niederländischen Untertiteln. Verstanden hatte er nichts, aber eine bestimmte Schauspielerin hatte ihn fasziniert. War sie das?

»Sieh an, die Herren Köhler!«, schnarrte Georg Zander. »So schnell sieht man sich wieder, Erich. Und was dich betrifft, Erhard: Wir müssen uns dringend unterhalten.« Hasko lachte bösartig. Dann schrie er auf, weil ihm die Frau mit all ihrer Kraft auf den Fuß getreten hatte.

SS-Obersturmbannführer Zander gab den beiden Posten ein Zeichen. Sofort kamen sie herbeigespritzt. »Die beiden hier, ab in den Bunker!«, kommandierte er. Dann sah er seinen Bruder fragend an: »Obwohl – eigentlich brauchen wir nur den einen, oder?« Hasko nickte. Georg Zander wandte sich wieder den Posten zu: »Kleine Korrektur. Den hier in den Bunker, den anderen direkt liquidieren.« Mit einer nachlässigen Handbewegung wies er auf Erich.

Erneut spannte Erhard seine drahtigen Muskeln. Wenn er sich auf den einen der beiden Wachposten stürzte, konnte er ihm vielleicht das Gewehr aus den Händen reißen und damit den anderen erschießen. Dann musste er repetieren, ehe die Zanders ihre Lugers aus den Pistolentaschen gerissen hatten. Und schließlich waren da noch die anderen Wächter im Hintergrund der Werkstatt … Egal, dachte er, ein Schritt nach dem anderen. Er war bereit, auch zum Äußersten.

»Na wunderbar, er läuft ja wieder«, rief der SS-Offizier, der sie mit der Autoreparatur beauftragt hatte. Wie aus dem Nichts war er plötzlich zwischen den Köhlers und den Zander-Brüdern aufgetaucht. »Wie habt ihr das denn gemacht, Männer? Ach, ist völlig egal, was interessiert mich Technik. Ab jetzt arbeitet ihr jeden Tag hier in der Werkstatt, verstanden? Kümmert euch um alle Fahrzeuge, die haben es verdammt nötig. Aber vor allem um meine Karosse hier, kapiert?«

»Jawoll, Herr Hauptsturmführer!«, brüllte Erhard seine Erleichterung heraus. Er riss seine Knochen zusammen. Erich tat es ihm gleich. Hauptsturmführer, dachte Erhard, eins höher als Georg, das war knapp, aber es reichte. Der Offizier musste SS-Hauptsturmführer Hofmann sein, Franz Johann Hofmann, seit März Lagerleiter. Mochte anscheinend Autos und hatte keine Ahnung davon. Glück musste man haben.

»Und Sie, meine Herren?« Hofmann wandte sich den Zanders zu, die beide salutierten, ohne die Frau zwischen sich loszulassen. »Neuzugänge aus der Heimat, was? Und gleich mal an der Rampe selbst bedient? Leckerchen geschnappt? Sie führen sich gut ein, muss schon sagen.« Er baute sich drohend vor den beiden Männern auf. »Von meinen Mechanikern lassen Sie die Finger, verstanden? Liquidiert und peinlich verhört wird hier nur auf meinen Befehl hin. Lassen Sie sich das gesagt sein. Die Zigeunerin hier übergeben Sie den Wachen dort, sollen die mit ihr machen, was sie wollen. Sie beide, meine Herren, bewähren sich hier erst einmal, ehe Sie sich etwas zum Naschen stibitzen. Merken Sie sich das! Wegtreten!«

Erhard war sich darüber klar, dass er diesem Mann nicht um den Hals fallen durfte. Gedankt aber hätte er ihm am liebsten. Wieder hielt ihn ein Druck von Erichs

Hand davon ab. Der Hauptsturmführer stampfte hinaus, ohne seine neuen Mechaniker noch eines Blickes zu würdigen. Das taten dafür Georg und Hasko Zander, als sie dem Lagerleiter folgten. Die Blicke sagten, was die Köhlers schon wussten: Das letzte Wort war noch nicht gesprochen.

Die Wachen schnappten sich die Frau, zerrten sie in eine Ecke der Werkstatt, zerrissen ihre Kleidung vollständig. Als einer der Männer sie zu Boden drücken wollte, zog sie ihm die Pistole aus der Gürteltasche, lud mit geübtem Griff durch und schoss ihm aus nächster Nähe in den Kopf. Dann richtete sie die Waffe gegen sich selbst. Erhard schaute ihr in die Augen, während sie abdrückte, und sah hinter wütender Entschlossenheit weder Angst noch Entsetzen, sondern eine große innere Ruhe. So hatte er sich auch einmal gefühlt, erinnerte er sich, damals in Groningen, im grünen Licht der Gracht. Diese Ruhe erfasste ihn auch jetzt, während er mit ansah, wie mit dem Blut auch das Leben der jungen Frau verströmte. Ja, dachte er, so kann man es auch machen.

Erich zog ihn mit sich fort, ehe sich die anderen Wachen der unliebsamen Zeugen erinnerten.

22.

Heute

»Warten Sie schon lange?«, fragte Olivia. »Möchten Sie etwas trinken?«

»Noch nicht sehr lange.« Manuela Schönborn lächelte verlegen. »Könnte ich trotzdem zuerst Ihr Bad benutzen?«

»Na klar.« Olivia zeigte ihr die richtige Tür, dann nahm sie eine Flasche Ginger Ale und zwei Gläser und setzte sich auf die Terrasse. Schattenplatz mit Blick in den Flur und rüber zu Nachbar Schulte, der schon wieder in seiner offenen Garage werkelte und freundlich winkte. Olivia winkte zurück und signalisierte zugleich der Polizistin, die gerade aus dem Bad auftauchte, wo sie sich aufhielt. Hausherrin, dachte Olivia zufrieden, und Herrin der Lage. Die Rolle gefiel ihr. Als Gastgeberin hatte sie nicht viel Erfahrung.

Die Kommissarin nahm umständlich Platz, blieb mit durchgedrücktem Rücken sitzen, ohne sich anzulehnen. Sie wirkt unsicher, dachte Olivia, oder war das Verhörtaktik? Besser, sie war auf der Hut. Sie öffnete die Flasche und goss ein. Manuela Schönborn dankte und nahm einen Schluck. Drüben startete Albert Schulte eine seiner Einzylindermaschinen. Stumm lauschten sie dem Sound der Maschine.

Dann öffnete die Kommissarin ihre Handtasche und zog ein Päckchen Fotos heraus. Olivia atmete scharf ein; sie fühlte sich ertappt. »Wer hat Ihnen davon erzählt?«, fragte sie. Es klang aggressiver als beabsichtigt.

»Meine Kollegin«, antwortete Manuela Schönborn. »Inoffiziell. Genau wie mein Besuch bei Ihnen. Offiziell bin ich gar nicht hier.« Sie lächelte scheu. Wie reizend, dachte Olivia. So weckt sie alle Beschützerinstinkte und jeder Kerl wird zum Ritter. Ist also doch kein Blondinen-Klischee. Pfui Spinne.

»Was hat Ihre Kollegin denn erzählt?«, fragte sie.

»Dass Sie sich in dieser Frau wiedererkannt hätten«, erwiderte die Kommissarin. Sie fächerte die Fotos in der Hand auf wie einen Satz Spielkarten, zog eins heraus und legte es auf den Tisch wie einen Trumpf. Da ist es wieder, dachte Olivia zunächst. Es war aber ein anderes Bild aus derselben Serie. Hier befand sich Hendrike de Vries groß im Zentrum. Die Ähnlichkeit war schockierend.

Olivia beherrschte sich, obwohl ihr Herz heftig zu pochen begann. »Das ist aber ganz schön weit interpretiert«, widersprach sie. »Natürlich, die Frau gehört zum gleichen Typ wie ich. Gehörte vielmehr. Aber dass ich mich gleich in ihr wiedererkenne? Das ist übertrieben.«

»Bitte seien Sie mir nicht böse«, sagte Manuela Schönborn. »Ich habe mich über Sie erkundigt.«

Nicht böse sein! Olivia spürte die Wut schon in sich aufsteigen, brodelnd wie Lava. Was bildete diese Person sich ein? Wenn sie in den inneren Kreis eines Tigers trat, sagte sie dann auch: »Bitte nicht böse sein!«? Der Tiger würde ihr was husten! Und sie zerreißen.

»Kleine Recherche zur Person«, fuhr die Kommissarin fort. »Meine Hausaufgaben, sozusagen. Das machen Sie doch auch, ehe Sie jemanden interviewen, nicht wahr?«

Ob sie das auch machte! Natürlich machte sie das auch. Sie war doch kein Amateur. Was dachte sich diese … okay, diese Polizistin. Sollte das ein Anbiederungsversuch sein? Gleiche Methoden, gleich Ziele, quasi Schwestern? Olivia rief sich zur Ordnung. Diese Blondine war ebenso ein

Rechercheprofi wie sie, und sie hatte weitaus mehr Befugnisse. Außerdem hielt Manuela Schönborn sie genau im Auge, stellte Olivia fest. Dosierte ihre Informationen ganz bewusst und achtete stets auf den Erregungspegel ihres Gegenübers. He, wer war hier Herrin der Lage?

»Sie sind in einer Pflegefamilie aufgewachsen«, fuhr die Kommissarin fort. »Zu der haben Sie alle Kontakte abgebrochen. Sie haben sich aber auch nie offiziell erkundigt, wer Ihre wahren Eltern sind oder waren. Ihre biologischen Eltern. Richtig?«

»Das haben Sie doch nicht erst seit gestern rausgekriegt«, platzte Olivia heraus. »Ich weiß genau, wie schwer an solche Angaben heranzukommen ist. Spionieren Sie mir schon länger hinterher? Zum Teufel, warum?« Und wehe, die Frau erzählt mir jetzt, ich soll mich bloß nicht aufregen, regte Olivia sich innerlich auf. Dann kann die was erleben, dann kriegt sie ihre Brause äußerlich angewendet. Ihre Finger krümmten sich zu Krallen.

»Seit letztem Jahr«, erwiderte Manuela Schönborn. »Sie hatten damals diese Serie in der Zeitung über arisierte Häuser in Oldenburg. Zu jeder Folge gab es ein kleines Porträtfoto von Ihnen. Ich habe sofort die alten Fotos meiner Mutter herausgeholt und nachgeschaut. Die Ähnlichkeit mit Hendrike de Vries ist verblüffend.«

Verblüffend fand Olivia auch die Offenheit der jungen Kommissarin. »Hat man Ihnen Akteneinsicht gewährt?«, fragte sie heiser. »Mit welcher Begründung denn? Sie hatten doch überhaupt keine Berechtigung. Das nennt man Amtsmissbrauch, was Sie gemacht haben.«

»Ich habe niemandem damit geschadet«, sagte die Ermittlerin leise. »Die Verletzung Ihrer Privatsphäre tut mir leid. Von mir hat aber kein Mensch etwas darüber erfahren, und das soll auch so bleiben. Es ging mir nie darum, in Ihren Angelegenheiten herumzuschnüffeln. Mir ging es um meine eigene Familie.« Sie legte ein weiteres Foto auf den Tisch. Olivia kannte es schon. Heino Zander, der Tote in jüngeren Jahren, zusammen mit der tumb lächelnden blonden Frau. Manuela Schönborn war ihr wie aus dem Gesicht geschnitten.

»Ihre Mutter?«, fragte Olivia.

Die Kommissarin nickte. »Sie hatte eine Affäre mit Heino Zander. Als Studentin. Sie war verliebt, er war bloß geil. Hat sie gevögelt und dann weggeworfen wie ein gebrauchtes Kleenex. Daran ist sie zerbrochen. Innerlich.« Ihre Stimme hatte leicht zu beben begonnen. Kontrolliert und tief atmete sie ein und aus.

Olivia musterte sie prüfend. »Sie scheinen mir kein Produkt dieser unguten Beziehung zu sein. Sie sind deutlich zu jung.« Eher 15 als zehn Jahre zu jung, fügte sie in Gedanken hinzu. Ein Fünkchen Neid machte sich bemerkbar. Noch fühlte sie sich in der Lage, im Vergleich mit diesen halbreifen Dingern zu bestehen, auch wenn ihre glatte Haut mehr Pflege verlangte als früher und ihre nachlassende Haarfarbe ein *Renature*-Produkt. Aber dieses *Noch* war nicht mehr zu überhören, nicht einmal in Gedanken.

»Gott sei Dank«, stieß Manuela Schönborn hervor. Als sie Olivias Stutzen bemerkte, setzte sie rasch hinzu: »Dass das vom Alter her nicht hinkommen kann, meine ich. Vom Äußeren her nämlich schon; Heino Zander ist ebenfalls groß und blond, die Augenfarbe stimmt auch überein. Aber all diese Merkmale habe ich natürlich von meiner Mutter geerbt. Die beiden waren einander vom Typ her ähnlich.«

»Nicht von Ihrem wahren Vater?«, fragte Olivia. »Wie sah der denn aus? Ich meine, viele Leute haben bekanntlich ihr Beuteschema, da staunt man manchmal, wie ähnlich sich deren Partner sind.«

»Ganz anders«, erwiderte Manuela Schönborn, kramte in ihren Fotos und legte ein weiteres Bild auf den Tisch. »Brünett, eher mittelgroß. Er soll immer total lieb gewesen sein. Ich kann mich überhaupt nicht an ihn erinnern.« Unvermittelt füllten sich ihre Augen mit Tränen. »Meine Mutter hat oft erzählt, wie sehr er sie geliebt hat. Später dann auch mich. Dass er alles für uns getan hat, wozu er in der Lage war. Aber sie konnte das nicht erwidern, jedenfalls nicht in gleichem Maße. Er stand immer zwischen ihnen, verstehen sie? Er, Heino Zander. Sie ist nie wirklich über ihn hinweggekommen.«

Olivia schüttelte ungerührt den Kopf. »Nee, verstehe ich nicht. Schon aus Prinzip nicht! Ich denke, Zander hat sich wie der Arsch benommen, der er war. Hat Ihre Mutter wie Dreck behandelt. So einem trauere ich doch nicht nach. Der kriegt einen Tritt, und gut ist es.« Sie schwieg ein paar Sekunden lang, repetierte ihre Worte und Gedanken. Lag sie falsch, hatte sie irgendetwas nicht kapiert? »Oder meinen Sie die Zurückweisung?«, hakte sie nach. »Dass Ihre Mutter die nicht verwunden hat, dass ihr Selbstwertgefühl dadurch angeknackst war?«

Die Kommissarin nickte. »Zander hat sie geringschätzig behandelt; dafür hat sie sich selbst geringgeschätzt. Hat sich verachtet. Mein Vater hat sie geliebt. Wie denken Sie über eine Person, die jemand Minderwertiges liebt?«

Gar nicht, dachte Olivia, kann mir doch egal sein. Aber sie verstand. »Je mehr er sie liebte, desto verächtlicher fand sie ihn«, murmelte sie. »Und zwar deswegen, weil sie früher von einem anderen Mann wie Dreck behandelt worden ist. Wie kaputt ist das denn!« Sie erschrak, als ihr klar wurde, dass sie die Worte ausgesprochen hatte: »Sorry, damit wollte ich natürlich nichts gegen Ihre Mutter sagen.« Fast hätte sie sogar pervers statt kaputt gesagt.

»Alles gut.« Die Kommissarin winkte ab. »Sie haben ja recht. Total kaputt, meine Mutter und ihre Ehe. Schuld ist auf jeden Fall Heino Zander gewesen.« Sie fegte die ausgelegten Fotos zusammen und richtete sie aus. Das mit Hendrike de Vries lag jetzt oben. »Sein Verhalten gegenüber meiner Mutter soll typisch für ihn gewesen sein. Was sie durchmachen musste, war also kein Einzelfall.« Sie hob ab, ordnete die Bilderkarten neu. Jetzt lag ein Gruppenbild oben, eins mit Zander und der Brünetten. »Mit dieser Frau hier soll er genauso umgegangen sein. Hat sie ebenso benutzt und weggeworfen. Möglicherweise hat sie sich ebenfalls deswegen selbst umgebracht, wie meine Mutter, nur hat sie nicht so lange gewartet. Vielleicht war es auch anders.« Sie legte die Bilder weg, verschränkte ihre Hände, beugte sich vor, legte beide Zeigefinger an ihre Oberlippe. »Vielleicht ist Hendrike de Vries umgebracht worden.«

»Sie ertrank im Hafen. Mit einer Autofelge als Gewicht am Hals, so viel weiß ich«, sagte Olivia. »So wie besagter Heino Zander, dessen Leiche an meinem Steg hing. In seinem Fall war es Mord.« Zweifelnd verzog sie den Mund. »Es liegen aber fast 40 Jahre dazwischen. Haben Ihre Kollegen das seinerzeit nicht klären können?«

»Nicht abschließend«, sagte die Kommissarin. »Was wir allerdings sicher wissen, ist, dass Hendrike de Vries kurz vor ihrem Tod ein Kind zur Welt gebracht hat, über dessen Verbleib die Ermittler seinerzeit keine Erkenntnisse gewinnen konnten.«

Olivia erstarrte. Das Kind der Toten. Die Polizisten hatten davon gesprochen, bei ihrer Befragung. Sie hatte es gehört, aber gleich verdrängt. Das Foto dieser Frau, dieser Hendrike, war schockierend genug.

»Ich habe mich auch nach Ihrem Geburtsdatum erkundigt, Frau Dressel«, sagte Manuela Schönborn. »Es fällt genau in den in Frage kommenden Zeitraum.«

Ihre Mutter. Ihre Mutter hatte sie damals verstoßen, weggegeben. Weggeworfen. Sie hasste sie dafür, ohne sie zu kennen, hatte sie immer gehasst, ihr ganzes Leben lang, mehr noch als dieses dumme Pack von Pflegeeltern. Auch diesen Hass hatte sie verdrängt, weggedrückt, verstoßen, nachdem sie erwachsen geworden war. Aber er war immer noch da, immer noch zur Hand, jederzeit. Verflucht!

»Ich war ein Findelkind«, stieß sie hervor. »Vor irgendeiner Kirchentür hat man mich gefunden. Ausgerechnet.«

»Ich weiß«, sagte die Kommissarin nickend. »Ich habe es recherchiert. Es war die Dreifaltigkeitskirche. Hier in Oldenburg-Osternburg.«

»Ich sehe ihm nicht einmal ähnlich«, flüsterte sie. Ihre Kehle war wie zugeschnürt. Sie spürte, wie ihre Fassade bröckelte, wie ihr Panzer Risse bekam. Das war nichts im Vergleich zu dem Chaos in ihrem Inneren. Waren da plötzlich Eltern, nach all den Jahrzehnten? Vater und Mutter, alle beide tot, beide ertrunken, womöglich beide ermordet? War das vielleicht noch nicht einmal alles? »Dieser Frau sehe ich ähnlich, dieser Hendrike, das stimmt«, fuhr sie fort. »Aber diesem Heino Zander? Kein Stück.«

»So was kommt vor«, erwiderte Manuela Schönborn. »Manche Menschen sehen beiden Eltern ähnlich, manche ihrem Vater, andere nur ihrer Mutter. Das gibt es immer wieder. Von einem Elternteil alles, vom anderen fast nichts. Oft nur ein Detail.«

»Welches Detail? Ich bin weder sehr groß noch besonders schlank. Und schon gar nicht blond.«

»Nein«, bestätigte die Kommissarin. »Aber die Augen.«

Die Augen. Ihre Augen. Seine Augen. Ihr Blick, an der Leine entlang ins Huntewasser gerichtet. Die Spiegelung, die sie sah, die dann gar keine war. Sondern seine Augen unter Wasser. Seine Augen, ihre Augen.

»Ich gehe dann mal.« Manuela Schönborn wischte die Fotos zusammen und ließ sie in ihrer Handtasche verschwinden. »Wir sollten das Gespräch fortsetzen, aber nicht jetzt. Sie müssen das alles erst einmal verarbeiten. Danke für Ihre Zeit. Und für das Getränk natürlich. Ich finde allein hinaus.«

Als die Haustür hinter der Kommissarin zuklappte, verstummte auch der Motorradmotor, der auf dem Nachbargrundstück vor sich hin getuckert hatte. Olivia griff sich an die Brust; ihr Herz schlug noch. Gut.

Wenn die Frau auf dem Foto, die ertrunkene Hendrike de Vries, wirklich ihre Mutter war, dachte sie, und Heino Zander ihr Vater, wenn dieser Zander tatsächlich schuld war am Tod ihrer Mutter – und dann tot im Jachthafen hing, genau an ihrem Liegeplatz: Was bedeutete das für sie? Wozu machte sie das? Zur neuen Hauptverdächtigen in diesem Mordfall?

Sie erhob sich, sammelte Flasche und Gläser ein, trug alles zur Küche, ganz automatisch. Ihre Gedanken waren bei – ja, bei wem? Als sie an der Flurgarderobe vorbeikam, erschrak sie über ihr eigenes Spiegelbild. Seine Augen, ihr Gesicht! Und ihre Frisur. Aber Himmel, sah die zerzaust aus. Klar, ihr wilder Ritt auf dem Fahrrad hatte Spuren hinterlassen, und beim Heimkommen hatte der unerwartete Besuch all ihre Aufmerksamkeit beansprucht. Schnell brachte sie die Gläser weg und ging ins Badezimmer, um sich ordentlich zu kämmen. Den Blick in den Badspiegel gerichtet, griff sie nach ihrer Haarbürste.

Ihre Hand griff ins Leere. Die Bürste war zwar da, aber sie lag nicht an ihrem angestammten Platz. Wer außer ihr konnte sie benutzt haben? Olivia musterte die Borsten, suchte nach einem langen blonden Haar. Aber da war keins. Da war überhaupt kein Haar, kein einziges.

23.

August 1943

»Sonderrationen!« Erich war aus dem Häuschen. »Hier, Sonderrationen für uns. Erbsensuppe mit Speck. Guck mal, mit richtigem Speck!«

Sie verschlangen ihren Anteil, wo sie gerade standen, gaben sich gegenseitig Deckung, warfen Sicherungsblicke durch den Raum. Selbst hier in der Werkstatt waren sie vor Abgreifern nicht sicher. Alle, die hier arbeiten durften, konnten sich glücklich schätzen. Satt waren sie deswegen noch lange nicht.

Django fragte als Erster: »Wofür kriegen wir das?«
Umsonst gab es niemals etwas, das hatte er in seinem jungen Leben gelernt. Immer wurde eine Gegenleistung verlangt; meistens zahlte man mehr zurück, als man empfangen hatte. »Was sollen wir dafür tun?«

»Keine Ahnung.« Erich säuberte seinen Napf mit dem gekrümmten Zeigefinger, lutschte den Finger dann genüsslich ab. Wenige Minuten zuvor hatte er noch einen Ölfilter gewechselt. »Erst essen, dann fragen.« Er stupste Erhard an, der noch nicht fertig war: »Willst du das nicht mehr?«

»Ich habe etwas läuten hören.« Djamel kippte den Rest aus seinem Napf in den seines Sohnes; den letzten Brotkanten schob er sich selbst in den Mund. Die dicke Suppenpampe verströmte einen heimeligen Geruch, fand Erhard. Der Speck war voller Knorpel, aber wen kümmerte das? Ihre Mägen wurden sogar mit Sägemehl fertig. Natürliche Auslese, entweder das oder der Backofen.

»Was denn?« Django hatte in der Suppenspende ein dünnes Stück Speckschwarte entdeckt. Er saugte es ein wie eine Bandnudel. Für seine 14 Jahre war der Junge ziemlich klein geraten, fand Erhard, und die Würfel-Figur seines Vaters hatte er auch nicht geerbt. Schmal gebaut war er, und wären seine Wangen nicht so eingefallen gewesen, hätte er bestimmt hübsch ausgesehen. Ehe man ihn ins Zigeunerlager Auschwitz schickte, hatte Django mehrere Wochen im KZ Neuengamme bei Hamburg verbracht. Was ihm dort widerfahren war, konnte man nur mutmaßen. Django weigerte sich standhaft, davon zu erzählen.

»Fußball«, sagte Djamel mit vollem Mund. Erhard brauchte einen Moment, ehe er verstand. Beides hatte er lange nicht gehört – Sprechen mit vollem Mund ebenso wie das Wort Fußball.

»Was Fußball? Müssen wir welche nähen?«, fragte Erich. »Schon wieder was Neues. Aber egal, soll mir recht sein.« Er hob seine verheilte linke Hand, an der zwei Finger fehlten: »Dafür wird es wohl reichen. Zum Boxen reicht es schließlich auch.« Selbstzufrieden rollte er mit den mageren Schultern. Gestern erst hatte er gemeinsam mit Djamel ein paar Grünwinkeln eingebläut, die Finger von Django zu lassen. Erhard hatte mitbekommen, dass die sich dafür einen anderen Jungen geschnappt hatten. Niemand konnte alle retten, dachte er, schon gar nicht in einem Höllenloch wie diesem. Am Ende zählte wieder nur die Familie.

»Nee, nix nähen.« Djamel schüttelte den Kopf. »Fußball spielen sollen wir. Deswegen die Sonderration. Sonst halten wir keine 90 Minuten durch.«

Erich glaubte es nicht, das sah man überdeutlich. »Spinnst du? Wir sollen spielen? Gegen wen denn? Die Wachmannschaft? Dann schieße ich aber nicht aufs Tor, das sage ich dir. Die nieten mich doch sofort um, wenn ich nur in den Strafraum einlaufe.« Er schüttelte sich. »Strafraum, Todeszone. Das muss man sich mal klar machen.«

»Achtung!« Ein SS-Mann, eine Bohnenstange mit Bubigesicht, stand plötzlich vor ihnen. »Haltung annehmen, Mensch!«, schrie er, ohne jemanden dabei anzusehen. Erhard presste die Hände an die Hosennähte, Blechnapf links, Löffel rechts. Nur nicht den kleinen Rest verschütten! Wenn er diesem bleichen Bubi anderswo begegnet wäre, auf dem Schulhof oder abends auf einem Volksfest, hätte er ihm den mageren Arsch versohlt, dachte er. Falls er den überhaupt getroffen hätte, winzig wie der war. Jetzt war der Bubi die Vorhut der Lagerleitung und damit heilig. Was waren das nur für Zeiten?

»Na, guter Dinge, meine Herren Sportler?« Der SS-Hauptsturmführer rieb sich die Hände, so, wie sie es alle in antijüdischen Propagandafilmen gesehen hatten. »Ihr habt es sicher schon gehört, die Buschtrommeln funktionieren, habe ich recht? Ich habe eine Wette laufen gegen den Kommandanten vom Stammlager, wer in zwei Wochen die bessere Fußballmannschaft auf die Beine stellt. Keine Wachleute, nur Insassen. Und, Leute, was sagt ihr, das ist eure Chance. Ihr seid alle Spitzenspieler, habe ich mir sagen lassen. Stimmt doch, oder?«

»Jawoll, Herr Kommandant!«, brüllten sie im Chor, Erich am lautesten. Sein vernarbtes Gesicht leuchtete vor Begeisterung. Auch Djamel und sein Sohn brüllten mit. Der kleine Django hatte schon gespielt, das wusste Erhard, aber Djamel? Er wusste von keinem Ball, gegen den der schon getreten hätte. Auch er selbst war seit Jahren aus der Übung. Und das sollte in 14 Tagen aufgeholt werden?

»Heute Nachmittag ist erste Trainingseinheit«, verkündete der Kommandant. »Gespielt wird dort, wo das Gelände für den Krankenbau abgesteckt ist. Da ist es wenigstens eben. Der Krankenbau eilt nicht, zwei Wochen können wir damit warten, wir sind sowieso überbelegt, da schaden ein paar Abgänge mehr nicht. Pfosten und Torlatten könnt ihr euch von dem Bauholz nehmen. Training ab sofort jeden Nachmittag. Die restlichen Spieler lasse ich euch schicken; ich habe da ein paar Burschen aus Ostpreußen im Auge. Du bist Trainer!« Mit dem Zeigefinger deutete er auf Erhard. »Wir gewinnen, verstanden? Sonst könnt ihr aus euren Toren gleich einen Galgen zimmern.« Er machte auf dem Absatz kehrt und verließ die Werkstatt, seinen Bubi-Adjutanten im Schlepptau.

Sie lösten sich langsam aus ihrer Hab-Acht-Haltung. Erhard kontrollierte seinen Napf. Glück gehabt, der Suppenrest war noch drin. »Und jetzt?«, fragte er in die Runde. »Was machen wir jetzt? Wir gegen das Stammlager, das ist doch wohl ein Witz! Angeblich haben die dort die halbe polnische Nationalmannschaft einsitzen. Djamel, hast du uns das etwa eingebrockt? Mann, ich sehe uns schon baumeln.«

»Was regst du dich auf?« Djamel breitete seine Arme aus. »Das Spiel ist in zwei Wochen. Wer weiß, was dann ist? Wenigstens gehen wir in dieser Zeit nicht durch den Backofen. 14 Tage leben, bisschen mehr essen, das ist doch schon was.«

Oh ja, dachte Erhard, 14 Tage, das war etwas. Aber irgendjemand würde durch die Backöfen gehen in dieser Zeit, die Deutschen hatten ihre Quoten zu erfüllen. Wenn nicht sie, dann jemand anderes. Er schluckte den letzten Rest seiner kalten Suppe. Andere Gefangene hatten heute weniger zu essen bekommen als sowieso schon, das war klar. Oder gar nichts. Irgendwoher mussten ihre Rationen kommen – aus der SS-Kantine kamen sie sicher nicht. Und der Krankenbau? Wie viele von ihnen würden in den nächsten Tagen krank werden und sterben, weil es keinen Platz gab, wo sich jemand um sie kümmerte? Oder sie würden andere anstecken, die dann auch starben, weil man Kranke nicht isolieren konnte. Was immer sie hier gewannen, andere zahlten einen hohen Preis dafür. Höher als das, was sie an Gegenwert bekamen.

Erich aber war glücklich. »Mensch, ist das nicht toll?«, jubelte er. »Endlich wieder Fußball! Bin total eingerostet, aber Fußball ist wie Fahrrad fahren, das verlernt man nicht.« Unwillkürlich begann er, auf der Stelle zu dribbeln,

drehte sich dabei in den Hüften. Ein Hustenanfall beendete das kleine Schauspiel. Erich rieb sich die Tränen aus
den Augen, dann schaute er seinen jüngeren Bruder besorgt
an: »Du stellst mich doch auf, Erhard?«

»Todsicher, Erich«, erwiderte Erhard. Todernst. »Was
wären wir denn ohne dich?«

24.

Heute

Thorsten Venema klopfte, ehe er das Büro betrat. Wenigstens erwartet er nicht noch ein »Herein«, registrierte
Stahnke. Dann jedoch blieb der Oberkommissar neben
dem Schreibtisch seines Vorgesetzten stehen und wartete
auf die Aufforderung, sich zu setzen. Albernes Spielchen,
dachte Stahnke, ich sollte ihn stehen lassen, bis er schwarz
wird. Oder zu Verstand kommt. Das aber wäre ein böses
Spielchen gewesen, also machte er eine einladende Handbewegung.

»Dirk de Jong war tatsächlich in Bremen«, begann
Venema, während er umständlich Platz nahm. »Der Decks-

mann der *Herinnering*, Sie erinnern sich? Ich habe ihn telefonisch erreicht und seine Angaben vor Ort überprüft. Er ist mit dem Zug nach Bremen gefahren und hat das Ersatzteil abgeholt, das sein Schiffsführer für die Reparatur benötigte, diesen Impeller für die Kühlwasserpumpe. Das ist so eine Art Schaufelrad, das sich in einem Gehäuse dreht und …«

»Kenne ich«, unterbrach Stahnke ungeduldig und machte eine Drehbewegung mit der Hand. Wie ein Impeller ohne Gehäuse.

»De Jong hat das Teil bei einem Imbiss im Bahnhof abgeholt«, fuhr Venema fort. »Dort hat es der Kurierfahrer wohl deponiert, um nicht auf den Decksmann warten zu müssen. Er hatte sich schließlich um seinen defekten Wagen zu kümmern. Der Imbissmann bestätigt, dass er das Teil erhalten und gegen Vorlage einer schriftlichen Bestätigung des Kapitäns ausgehändigt hat. Offizielles Papier der Reederei, mit buntem Briefkopf, Logo und Flagge. So habe ich den Mann jedenfalls verstanden; viel Deutsch kann er leider nicht.« Venema blätterte in seinem Notizblock: »Und 50 Euro hat er bekommen. Das fand er auch überzeugend.«

»50 Euro? Nur dafür, ein Päckchen über den Tresen zu reichen? Das ist fürstlich«, fand Stahnke. »Wer zahlt denn das? Der Lieferant sicher nicht und der Kurierfahrer auch nicht. Der Kapitän selber? Oder reicht er die Quittung bei seiner Reederei ein?«

»Quittung?« Venema hatte sich darüber keinerlei Gedanken gemacht, das sah man ihm an. »Davon war nicht die Rede. Keine Ahnung, wie das geregelt wird. Ich fand 50 Euro nicht so viel …« Er stockte, fuhr dann kleinlaut fort: »Doch, eigentlich schon. Aber ob der Kapitän das zahlt oder die Reederei, ist sowieso Jacke wie Hose.«

»Wieso das? Also mir ist es nicht egal, ob ich zum Beispiel Dienstfahrten abrechnen kann oder nicht. Ob ich das Benzin bezahle oder mein Arbeitgeber, das ist ein entscheidender Unterschied.«

»Na klar, bei Ihnen schon«, bestätigte Venema. »Und bei mir auch. Aber uns gehört die Polizei auch nicht.«

Es dauerte einen Moment, bis Stahnkes hängender Unterkiefer hochklappte. »Die Reederei gehört Dekker?«, vergewisserte er sich. »Dekker ist sein eigener Reeder?«

»Ganz genau«, sagte Venema nickend. »Kein Wunder, dass der es sich leisten kann, stundenlang zu angeln. In seinem roten Gummiboot.«

»*Koolbrand en Compagnie*«, murmelte der Hauptkommissar vor sich hin. »Kein Wort von Dekker. Ist er also nicht der Gründer der Firma? Hat er vielleicht geerbt? Und wer ist sein Kompagnon?«

Venema kritzelte hastig in seinen Block. »Ich kümmere mich darum«, versprach er eifrig.

»Wie alt ist sein Schiff eigentlich?«, fragte Stahnke. »Die *Herinnering*? Machte mir einen modernen Eindruck.«

»Schon über 20 Jahre alt«, antwortete Venema. »Wurde aber letztes Jahr generalüberholt. Hat mir der Decksmann erzählt. Die Maschine wurde gleich ganz erneuert. Die alte hätte es wohl noch getan, meinte Dirk de Jong, aber mit der neuen hat das Schiff mehr Power und braucht bei Flussfahrten nicht mehr auf die Tide zu warten.«

»Kann man machen, wenn man genügend Geld hat«, kommentierte der Hauptkommissar. »Dann muss man sich auch nicht um Gewährleistungsansprüche kümmern.«

»Ich verstehe nicht ganz«, gestand Venema.

»Sehr einfach, wenn bei einer neuen Maschine schon nach einem Jahr die Wasserpumpe kaputt ist, fällt das doch bestimmt unter Garantie«, erklärte Stahnke. »Der Hersteller muss für kostenlosen Ersatz sorgen. Beziehungsweise entstandene Kosten zurückerstatten. Dafür kann er natürlich verlangen …«

»… dass man ihm das defekte Teil vorlegt.« Venema nickte. »Stimmt, Sie hatten danach gefragt. Der Kapitän hatte das alte Teil aber weggeschmissen. Jetzt kommt mir das auch merkwürdig vor.«

Besser spät als nie, dachte Stahnke, behielt das aber für sich.

Venema erhob sich. »Dann gehe ich mal nachbessern«, sagte er und verließ das Büro.

Stahnke schaute ihm nach. Mit seinen Gedanken war er ganz woanders.

25.

August 1943

»Ach du Scheiße«, flüsterte Django. »Hast du schon mal so viel SS auf einem Haufen gesehen?«

»Schnauze!«, wies sein Vater ihn zurecht. Speicheltröpfchen flogen durch die Lücke, die früher sein Goldzahn ausgefüllt hatte. »Augen geradeaus! Konzentrier dich aufs Spiel, verdammt noch mal. Spiel um dein Leben!«

»Achtung!«, rief Erhard Köhler laut. »Im Laufschritt – marsch!«

Seine Mannschaft setzte sich in Bewegung, in Kolonnenformation, wie sie es geübt hatten. Erich als Mannschaftskapitän vorneweg, dann der Torwart, ein baumlanger Kerl aus Danzig, der sich seinen Lebensunterhalt als Scheren- und Messerschleifer verdient hatte, ehe die Nazis ihn einkassierten. Er war zwei Köpfe größer als Erich Köhler. Dieser Anblick rief allgemeines Gelächter hervor. Erhard, der als Trainer neben seinem Bruder trabte, lief es kalt über den Rücken. Wenn Männer mit Männern über Männer lachten, klang es meistens roh. Wenn SS-Männer lachten, klang es immer bedrohlich.

Schwarze SS-Uniformen umgaben den Fußballplatz wie eine Mauer, die sich für die auflaufenden Mannschaften gerade so weit öffnete wie unbedingt nötig. Die Bewachung des Stammlagers wie von Birkenau musste auf ein Minimum reduziert worden sein; anscheinend wollten alle Wächter dem Spektakel beiwohnen, das die beiden Lagerleiter mit ihrer kindischen Wette vom Zaun gebrochen hatten. Die Todgeweihten gegeneinander! Das Leben erkämpfen konnte sich dabei keiner, höchstens ein wenig mehr Lebenszeit. Das war absurd, das stellte die Überlieferungen aus der Antike noch in den Schatten. Noch absurder jedoch fand Erhard den Gedanken, sich diesem grausamen Spiel zu verweigern. Einmal nicht nur ausgeliefert sein, einmal wenigstens kämpfen können, das war ein Wert an sich.

Endlich hatten sie den abgekreideten Platz erreicht. Erhard beorderte seine Mannschaft auf die abgesprochenen Positionen. Er selbst stellte sich links der Mittellinie auf, zusammen mit den wenigen Ersatzspielern, die man ihm zugebilligt hatte. Der kleine Django war darunter. Als ob der eine Chance gehabt hätte gegen erwachsene Gegner! Die Mannschaft aus dem Stammlager machte einen bärenstarken Eindruck. Ob sich wirklich polnische Nationalspieler darunter befanden? Behauptet wurde es, aber niemand wusste es genau. Jedenfalls niemand, den er fragen konnte. »Du weißt doch, wie es hier ist«, hatte Djamel noch vor ein paar Tagen achselzuckend gesagt. »Heute ist der eine beim Arbeitstrupp, morgen ein anderer. Namen sind Schall und Rauch – vor allem Rauch.« Er hatte Erhard den Ellbogen in die Seite gerammt: »Darum haben wir hier auch keine Namen, sondern nur Nummern.«

Ach, Djamel! Diese Art Humor war seine Überlebensstrategie. Er schaffte es sogar, Witze über die Rattenbisse zu machen, die er jeden Morgen in seinem Gesicht und an den Ohren fand. Erhard konnte darüber längst nicht mehr lachen. Der eine so, der andere so. Man würde sehen, wer am Ende recht behielt. Das war der, der dann noch da war.

Wenigstens konnte man die Mannschaften unterscheiden. Natürlich trugen alle ihre übliche KZ-Kluft, natürlich besaß niemand Fußballschuhe; wer bei der Arbeit Holzschuhe trug, hatte sich passende Treter bei Mitgefangenen geborgt, gegen Verpflegung, dafür gab es alles. Aber wenigstens hatten sie Jerseys in zwei unterschiedlichen Farben bekommen, verwaschen und abgetragen, vermutlich aus irgendwelchen Altbeständen, aber sie erfüllten ihren Zweck. Schon hob der Schiedsrichter seine Pfeife an den Mund. Die Menge brüllte auf, es ging los.

»Verflucht noch mal«, rief Erhard. Der Schiedsrichter war niemand anderer als Hasko Zander. Gerade blickte er zu ihm herüber und grinste hämisch. Hatte er ihn gehört?

Auf keinen Fall, dachte Erhard, sein Ausruf war im tosenden Lärm untergegangen. Haskos Häme war grundsätzlicher Natur.

Erich Köhler lief sofort nach vorne, wie er es gewohnt war; seine Mannschaft hatte Anstoß, der Ball sollte gleich in die Spitze gepasst werden, so die Anweisung des Trainers. Der Ball kam auch, sehr schön exakt gespielt von Bruno, einem Roma aus Elbing, dessen ostpreußischer Dialekt so fett und schwer war, dass die anderen Spieler ihn kaum verstanden, der den Ball aber so weich und zärtlich behandelte wie kein anderer. Der Ball kam – und fiel ins Leere. Erich war nicht zur Stelle, Erich lag weiter hinten auf dem Boden und krümmte sich vor Schmerz. Einer der Polen aus der Stammlager-Mannschaft, ein knochiger Hüne mit schwarzem Bartschatten, hatte ihn umgenietet, ohne dass der Ball auch nur in der Nähe gewesen wäre.

Das Gebrüll um Erhard herum war unbeschreiblich, denn hier standen die SS-Wächter von Birkenau. »Schiri!«, schrie einer direkt hinter ihm so laut, dass er um seine Trommelfelle fürchtete. Tatsächlich hob Schiedsrichter Hasko Zander den Arm – aber nur bis auf Schulterhöhe: »Weiterspielen!« Und Erich bekam sogar noch eine Ermahnung wegen Schauspielerei. Die Birkenauer tobten, die vom Stammlager feixten. Alles klar, dachte Erhard, wir spielen also gegen zwölf Mann.

Nachdem Djamel einen Freistoß gegen sich bekam, weil er im Zweikampf einen Gegenspieler mit der Schulter berührt hatte, war allen klar, was hier gespielt wurde. Die Birkenauer SS schimpfte und pöbelte immer lauter und ungehaltener, die Gegenseite machte sich einen Spaß daraus, sie immer weiter zu reizen. Erhard versuchte, seine Spieler zu beruhigen, drang bei dem Lärm aber nicht durch.

Die Mannschaft war völlig verunsichert, traute sich in keinen Zweikampf mehr hinein. Fast ungehindert drangen die Stammlager-Stürmer in den Birkenauer Strafraum ein, wieder und wieder. Der lange Scherenschleifer im Tor vollbrachte wahre Wunder, musste sich dann aber doch geschlagen geben. Ein scharfer Flachschuss saß zum 0:1. Hasko Zander pfiff und zeigte zum Mittelpunkt. Die eine Hälfte des Publikums jubelte, die andere tobte.

Jemand stieß Erhard in den Rücken. Er reagierte erst beim dritten Mal. Ach, Bubi, das Milchgesicht! Und dahinter der Lagerkommandant. »Mach was, Mensch!«, schrie der ihn an, ehe er Haltung annehmen konnte. »Wir gehen den Bach runter! Das geht gegen meine Ehre. Mach deinem Hühnerhaufen klar, dass er sich zusammenreißen soll, sonst könnt ihr was erleben.«

Erhard hörte, wie Hasko Zander das Spiel erneut anpfiff. Er stand mit dem Rücken zum Spielfeld; hinter dem Kommandanten und der brüllenden SS-Meute erhob sich der hohe Lagerzaun. Der elektrisch geladene Zaun des Zigeunerlagers. Dahinter lag die Todeszone. Jeder, der sich diesem Zaun auch nur näherte, lief Gefahr, ohne Warnung erschossen zu werden. Entsprechend weit entfernt drückten sich die Lagerinsassen herum, reckten die Hälse, kletterten an Barackenpfosten hoch und stiegen auf Kisten und Balken, um trotzdem etwas vom Geschehen auf dem Platz mitzubekommen. Viele von ihnen kannten Djamel und Erhard. Und fast alle kannten Erich.

»Schalten Sie den Strom aus!«, rief Erhard, einer plötzlichen Eingebung folgend. »Herr Lagerkommandant, lassen Sie den Strom vom Zaun abstellen! Und die Leute sollen ganz dicht rankommen. Keiner soll schießen. Wir brauchen auch einen zwölften Mann.«

»Einen zwölften Mann, ja? Dieser verfluchte Hasko Zander! Ich hätte es wissen müssen.« Wütend drohte er mit der Faust in Richtung Schiedsrichter. Dann drehte er ab und wühlte sich durch die Menge, seinen Adjutanten vor sich herschiebend.

Hasko Zander hatte die Geste des Hauptsturmbannführers mitbekommen. Und so hilflos sie auch für einen Lagerkommandanten war, sie reichte aus, um Zander einzuschüchtern. Von diesem Moment an pfiff er regelkonform. Allerdings dauerte es eine Weile, bis alle Spieler das mitbekamen, und so sah die Abwehr von Erhards Mannschaft auch bei der nächsten Attacke der Stammlager-Elf schlecht aus. Ein wieselflinker Spieler, noch kleiner als Erich, lief Slalom durch die übervorsichtige Deckung und traf aus kurzer Entfernung zum 0:2.

Erhard winkte seinen Bruder zu sich an die Seitenlinie. »Noch mal genauso wie zu Anfang«, zischte er ihm zu. »Pass auf, dass du nicht vor dem Strafraum gelegt wirst. Wenn du erst drin bist, sieh zu, dass es eindeutig aussieht. Hasko hat neuerdings die Hosen voll.«

Erich Köhler, dem die Erschöpfung bereits deutlich anzumerken war, verzog sein vernarbtes Gesicht zu einem jungenhaften Grinsen. Selbst sein trübes Auge schien zu funkeln. »Hast du den Kommandanten als Kastenteufel benutzt?«, keuchte er. »Der Tapferste war Hasko nie. Alles klar, ich tu einen rein.«

War das der Mut der Verzweiflung, fragte sich Erhard, als er sah, wie sein Bruder mit kraftlosen, schleppenden Schritten zurück zum Mittelkreis schlich. Die anderen warteten schon ungeduldig. Erich tippte den Ball an, Djamel spielte ihn zurück zu Bruno, der einen weichen Pass nach vorne schlug. Der Ball beschrieb einen eleganten Bogen und kam kurz vor der Strafraumgrenze auf dem Boden auf. Wo war Erich? Erich Köhler war zur Stelle. Gleich nach dem Wiederanpfiff hatte er zu einem Sprint angesetzt, so flink und behände, dass er alle überraschte. Mehrere Abwehrspieler traten beim Versuch, ihn zu stoppen, ins Leere, einer warf sich im verzweifelten Versuch, einen Freistoß zu schinden, weit hinter Erich auf den Boden. Hasko Zanders Pfeife aber blieb stumm.

Dafür wurde es plötzlich abseits des Spielfeldes laut. »Erich, Erich!«, tönte es im Chor aus vielen Kehlen. Im SS-Block der Birkenauer reckten viele die Hälse. Woher kam denn das? Es kam von hinter dem Lagerzaun. Waren dort innerhalb von Minuten sämtliche Insassen zusammengelaufen? Für Erhard sah es so. Eine kompakte Masse Mensch drängte sich an dem Drahtgeflecht, dem man sonst nicht zu nahe kommen durfte, das der Inbegriff war von Gefangenschaft, Hoffnungslosigkeit und Tod. Jetzt kletterten einige besonders Verwegene sogar an den Maschen hoch, hängten sich in die stachelbewehrten Drähte darüber, die Hände mit Lumpen geschützt. Einige hatten Frauen nach vorne gelassen oder trugen Kinder auf den Schultern. Und alle, alle riefen sie Erichs Namen. Er war beliebt im Lager wegen seiner freundlichen, unerschütterlichen Art. Wer ihn nicht bewunderte, der bedauerte ihn ob der erlittenen Folter. Und wer ihn vielleicht doch nicht kannte, der stimmte einfach in den Chor der anderen ein. »Erich, Erich!« Das klang mächtig, das klang wie ein Fanal.

Erich Köhler nahm den aufspringenden Ball mit dem Fuß aus der Luft an, drang mit ihm in den Strafraum ein, als sei das Leder an seinem Fuß festgeklebt, tanzte erst einen Verteidiger aus, dann einen zweiten. Eine Behinderung durch sein blindes Auge war ihm in keiner Sekunde anzumerken. Der Torwart machte sich breit, traute sich aber nicht von seiner Linie weg. Ein weiterer Abwehrspieler stürmte heran; es war der knochige Hüne mit dem schwarzen Bartschatten. Er holte aus und setzte zu einem Sensentritt an. Wenn Erich jetzt zu Fall kam, dachte Erhard, dann gab es Elfmeter, da kam Hasko Zander gar nicht drum herum. Genauso hatte er sich das vorgestellt. Erich aber sprang elegant über das ausgestreckte Bein seines Widersachers hinweg, nahm den Ball dabei mit, ließ ihn noch einmal aufspringen und traf ihn dann mit voller Wucht. Das Leder knallte unter die Latte und von dort ins Tor. Der Schlussmann der Stammlager-Elf stand da wie angewurzelt und schaute bewegungslos zu. Es stand 1:2.

Im Birkenauer SS-Block gab es kein Halten mehr. Etliche Männer rissen ihre Pistolen aus den Gürteltaschen ihrer Uniformen und begannen, wie wild in die Luft zu schießen; die Gegenseite war kurz davor, das Feuer zu erwidern. Nur mit Mühe konnten die beiden Lagerkommandanten ihre Leute zur Räson bringen. Schließlich pfiff Hasko Zander zur Halbzeit. Erhard fand es zu früh, aber er hatte keine Uhr, um das zu kontrollieren.

Erhards Spieler sammelten sich an der Seitenlinie, fielen erschöpft zu Boden, wo sie gerade standen. Irgendwer hatte ihnen einen Bottich mit Wasser und einer Schöpfkelle hingestellt, sodass sie wenigstens ihren Durst löschen konnten. Erich röchelte erbärmlich. Er hatte alles gegeben, war gerannt wie in alten Zeiten. Diese Zeiten aber waren lange vorbei. Erhard sah sofort, dass sein Bruder am Ende seiner Kräfte war.

»Wer geht rein?« Er schaute sich unter den Ersatzspielern um, aber alle schlugen die Augen nieder. Gute Läufer waren dabei, auch welche mit hartem Schuss, aber einen

Künstler wie Erich konnte Erhard unter ihnen nicht entdecken. Seine Mannschaft hatte zwar den Anschlusstreffer erzielt, aber noch war das Blatt nicht gewendet. Erichs Ersatzmann musste treffen. Keiner hatte den Mut, diese Verpflichtung auf sich zu nehmen.

Fast keiner. »Ich mach's«, sagte der kleine Django. Sofort begann er, sich warm zu machen, zu hüpfen, auf der Stelle zu dribbeln, sich dabei in den Hüften zu drehen. Jeder Zoll ein kleiner Erich Köhler.

Auf keinen Fall, dachte Erhard. Aber sein älterer Bruder hob die Hand, bedeutete ihm zu schweigen. »Lass es ihn versuchen«, keuchte er. »Ich habe ihn im Training gesehen. Er ist schnell. Und er hat das Herz.« Mit letzter Kraft drehte er sich zu Djamel um: »Wenn er nach vorne geht, deckst du ihn ab, verstanden? Wenn sie ihn abschießen wollen, gehst du dazwischen. Deine Knochen halten was aus.«

In Djamels Gesicht stand ein großes, klares Nein. Aber als er seinen Sohn strahlen sah, blieb er stumm. Das Leben hatte Django noch nicht viel geboten, und so, wie es aussah, würde auch nicht mehr viel kommen. Vielleicht war heute der Tag, der es wert war, gelebt zu werden. Erhard konnte sich gut in seinen Vetter hineinversetzen. Djamel erinnerte sich bestimmt an viele Tage seines Lebens, die einen Unterschied machten, zum Guten wie zum Bösen. Sein Sohn Django sollte es wenigstens versuchen können.

Die umstehenden Wachmänner hatten alles mitbekommen. »Du bringst wirklich den Zwerg?«, rief einer Erhard zu. »Ganz schön mutig! Aber er ist schnell, ich habe euer Training bewacht, erinnerst du dich? Könnte klappen, dass er trifft, wenn er es überlebt.« Er zeigte mit dem Finger auf Django: »Ich sag euren Leuten Bescheid, dass sie dich anfeuern sollen. Wie heißt du? Was sollen sie rufen?«

»Albert«, sagte Django. »Sie sollen mich Albert rufen.«

Hasko Zander drängte auf den Wiederbeginn, beide Mannschaften nahmen Aufstellung. Auch den Spielern aus dem Stammlager merkte man die Erschöpfung an; 14 Tage Sonderrationen machten monatelange Entbehrungen und KZ-Qualen nicht wett. Wohl auch deshalb beschränkte sich die gegnerische Elf zunächst auf die Defensive. Man lag in Führung, da konnte man abwarten, was sich die Birkenauer einfallen ließ.

Das war zunächst nicht viel. Erich Köhlers Ausscheiden schien die Mannschaft psychisch zu belasten. Auf ihn hatten sie gesetzt, mit ihm ihre Hoffnungen verknüpft. Jetzt sahen sie ihn an der Seitenlinie liegen, ausgepumpt und völlig fertig. Einige Spieler machten den Eindruck, als würden sie sich am liebsten dazulegen. Vor allem Scherenschleifer Bruno, der nur noch über den Platz schlich.

Von Django war nicht viel zu sehen. Wenn sich der Kleine dem Strafraum näherte, wurde er abgedrängt, wenn er dribbelte, reichte der Schulterstoß eines Verteidigers, um ihn regelgerecht zu Boden zu schleudern. Lange Bälle, die an ihn adressiert werden, blieben in der vielbeinigen Abwehr hängen. Die Zeit verstrich. Unter den Birkenau-Zuschauern machte sich Unruhe breit, während auf der Gegenseite die Siegesgewissheit wuchs. Inzwischen war Erich wieder auf den Beinen. Er stellte sich neben seinen Bruder und beobachtete das Geschehen auf dem Platz mit gerunzelter Stirn. Mit dem Lesen von Büchern hatte er es nicht so, das war bekannt, aber ein Spiel zu lesen, verstand er wie kaum ein Zweiter. Er gab Erhard einen Klaps auf den Hintern. »Du musst selber rein«, sagte er.

Erhard nickte; seit Minuten schon hatte er sich innerlich gegen diese Erkenntnis gesperrt. Seine Mannschaft brauchte frische Energie und neue Impulse. Einen, der Ideen in Pässe umsetzen konnte, und das mit Tempo. Einen mit schlanken, festen Muskeln und einem flinken Verstand. So einen hatte er unter den Auswechselspielern nicht zur Verfügung. Außer sich selbst.

»Dann machst du für mich den Trainer?«, vergewisserte er sich. Erich nickte. Erhard hob beide Hände und machte die Wechselgeste. Bruno schoss den Ball mit letzter Kraft ins Aus. Erhard winkte ihn zu sich, drückte ihm die Hand, klopfte ihm auf den gebeugten Rücken. Dann war er drin.

Seine Einwechslung schien einigen Spielern neue Kräfte zu verleihen – allerdings denen der gegnerischen Mannschaft. Schon bei der ersten Ballberührung wurde er in die Zange genommen, bekam einen schmerzhaften Tritt auf seinen ungeschützten Knöchel. Schiedsrichter Hasko Zanders zusammengequetschte Visage grinste ihn aus nächster Nähe an. Einen Freistoßpfiff gab es natürlich nicht.

Na warte, dachte Erhard. Und tat genau das: abwartend spielen, den Ball behaupten, das Mittelfeld unter Kontrolle bringen. Nach und nach wurde das Spiel der Birkenauer strukturierter. Sogar das Kurzpassspiel funktionierte wieder. Jetzt ist der Moment, dachte Erhard und hob fordernd den Arm. Das Leder kam zu ihm, Django war zur Stelle. Jetzt kam es darauf an. Kurzes Abspiel zu Django, Körpertäuschung, der Deckungsspieler taumelte ins Leere. Schon war das Leder zurück; Django kugelte durch den Staub, war aber sofort wieder auf den Füßen. Schnell spielte Erhard ihm den Ball in den Lauf, dann sprang er hoch, um einer mörderischen Sense auszuweichen. Da war die Strafraumgrenze, da war der Ball. Diesmal kam der Torhüter herausgestürzt, warf sich ihm mit ganzer Körperlänge flach in den Weg. Kurzes Abspiel nach links. Wo war Django?

Django war dort, wo er sein sollte, und schoss aus vollem Lauf. Die Kulisse explodierte. »Albert, Albert!«, brüllte das gesamte Zigeunerlager. Hatten sie das die ganze Zeit über schon getan? Die SS begann wieder aus allen Rohren zu schießen. Hasko Zander trabte an Erhard vorbei, das Gesicht wutverzerrt. Erhard sah die beiden Lagerkommandanten miteinander reden, kameradschaftlich, offenbar scherzend. Von der Seitenlinie signalisierte Erich etwas mit seiner vollständigen Hand – vier Finger, also noch vier Minuten. Django hüpfte auf ihn zu. »Das war Spitzenklasse!«, jubelte der Junge. »Tolle Vorarbeit von dir. Komm, das machen wir gleich noch mal.«

In Erhard kämpften Herz und Verstand einen kurzen, intensiven Kampf. Er nahm Django in den Arm und drückte ihn so fest, dass der Kleine erschrak. »Das machen wir nicht«, knurrte er ihn an. »Wir können so tun, aber nur, um die Abwehr zu entlasten. Wir spielen unseren Stiefel runter und halten das 2:2, verstanden? Ich will nicht erleben, was passiert, wenn hier eine der beiden Parteien verliert.«

Django sah aus, als hätte ihm jemand kaltes Wasser über den Kopf geschüttet. Fußball war wie ein Rausch, Erhard wusste das, aber ringsherum spielte sich das wahre Leben ab, und sie waren ein Teil davon. Die Drohung mit dem Galgen aus Fußballtoren hatte er nicht vergessen. Sie durfte nicht wahr werden, egal für welche Mannschaft. Die Spieler taten, was Erhard verlangte, und sie machten es gut. Statt sich einzuigeln, beantworteten sie das wütende Anrennen der gegnerischen Mannschaft mit gezielten Gegenstößen, ohne die eigene Abwehr zu entblößen. Ehe die Stammlager-Elf sich darauf eingestellt hatte, waren die letzten Minuten verstrichen, Hasko Zander pfiff ab. Die meisten Zuschauer waren mit dem Unentschieden zufrieden, vereinzelte Unmutsäußerungen gingen im Schlussapplaus unter. Die Spieler sammelten sich an der Außenlinie, klopften einander auf die Schultern, stützten sich mit den Händen auf die eigenen Knie oder sanken zu Boden. Niemand fiel ihnen um den Hals, keiner nahm sie in die Arme; die das wollten, standen hinterm Lagerzaun. Die SS-Leute diskutierten zwar das Endergebnis, verschwendeten aber keinen Gedanken an die Akteure. Die Stammlager-Mannschaft wurde umgehend abgeführt. Innerhalb weniger Minuten waren die Birkenauer unter sich, nur von den eigens abgestellten Bewachern umringt.

Ungewöhnlich viele Bewacher waren es, fiel Erhard auf. Und zwei auffallend hochgewachsene Männer gesellten sich dazu, ebenfalls schwarz uniformiert. Schiedsrichter Hasko Zander, bereits umgezogen, und sein Bruder Georg. Wo war der während des Spiels gewesen?

Vier der Wachmänner hielten Maschinenpistolen in den Händen, die anderen Karabiner. »Bringt sie zu ihren Baracken«, wies Georg Zander die Karabinerträger an. »Alle bis auf die drei hier.« Er deutete auf Djamel, Erich und Erhard. »Die drei Holländer kommen mit uns. Auf ein Wort, nicht wahr, ihr Plaudertaschen?« Er beugte sich vor und zischte Erhard ins Ohr: »Der Kommandant säuft bis morgen durch. Danach hat er euch vergessen. Diesmal wird er euch den Arsch sicher nicht retten.«

Der kleine Django wollte etwas rufen, wollte zu seinem Vater laufen, aber der lange Bruno hielt ihn fest, presste ihm seine Hand auf den Mund. Widerstandslos ließen die drei sich abführen. Erhard fror unter seinem kalten Schweiß. Er warf einen letzten Blick auf den Fußballplatz. Was für ein Tag, was für ein Erlebnis! So etwas machte den Unterschied aus zwischen Leben und Vegetieren. Was hier geschehen ist, kann uns keiner mehr nehmen, dachte er, egal, was jetzt kommt.

26.

Heute

»Und jetzt geht diese Kuh nicht einmal ans Telefon!« Genervt schob Olivia ihr Smartphone zurück in ihre Hosentasche. Albert Schulte eilte schon mit Weißweinflasche und Glas herbei. Ungeduldig wedelte Olivia mit der Hand, leerte ihr Glas, kaum, dass er es gefüllt hatte. »Ist das zu fassen, so was Übergriffiges«, beschwerte sie sich und schob dem Alten ihr Weinglas zu.

Sie hatte sich einfach Luft machen müssen. Aber Kommissarin Schönborn war nicht zu erreichen, Hauptkommissar Stahnke weilte angeblich außer Haus und mit dieser Zweitbesetzung Venema wollte sie sich nicht abgeben. Blieb ihr Nachbar Albert Schulte. Was lag näher?

»Sie hält dich also für die Tochter von Hendrike de Vries?«, wiederholte der alte Mann. »Aus einer Beziehung mit Heino Zander? Wie kommt sie darauf?« Er klang weniger empört als neugierig.

»Mein Aussehen.« Sie strich sich die Haare mit beiden Händen aus dem Gesicht. »Mein Geburtsdatum. Meine ungeklärte Herkunft. Der Tod von Hendrike de Vries, der entweder Selbstmord oder sogar Mord war. Ihrer Meinung nach passt alles zusammen. Meiner Meinung nach ist das völliger Blödsinn. An den Haaren herbeigezogen.« In Wahrheit glaubte Olivia sich kein Wort, aber sie wusste auch nicht, was sie wirklich glauben sollte. Chaos! Sie trank wieder, beherrschte sich aber und leerte das Glas nur zur Hälfte.

»Wenn das so ist«, sagte Albert Schulte, »dann warte doch einfach ab.«

»Abwarten? Was soll ich abwarten?« Schon das Wort war für sie eine Zumutung. Eine Olivia Dressel wartet nicht ab, die geht hin und packt zu. Ihre Hand zuckte zum Smartphone in ihrer Hosentasche. Aber wenn die Schönborn bisher nicht drangegangen war, würde sie das jetzt auch nicht tun.

»Das Ergebnis von diesem Gentest«, antwortete der Alte. »Wenn du recht hast, dann fällt der doch negativ aus, stimmt's? Dann ist das geklärt und alle wissen Bescheid. Dann kannst du der Polizeidame immer noch die Meinung geigen.«

»Du hast gut reden.« Olivia verzog ihr Gesicht. »Ist dir nicht klar, warum sie diesen Test machen lässt? Wenn Heino Zander tatsächlich mein Erzeuger ist, wenn er so oder so meine Mutter auf dem Gewissen hat, wenn er also dafür verantwortlich ist, dass ich solch eine beschissene Kindheit und Jugend hatte – dann bin ich doch die Mordverdächtige Nummer eins. Eindeutige Motivlage, und am Tatort war ich auch. Kapierst du das nicht?«

»Kapiere ich sehr gut«, erwiderte Albert Schulte ganz ruhig. »In dem Punkt gilt aber dasselbe. Wenn der Gentest negativ ist, bist du raus aus dem Schneider.«

Jetzt stürzte sie den Rest Wein doch hinunter und verschluckte sich dabei. »Und wenn er positiv ist?«, stieß sie hustend hervor. Tränen stiegen ihr in die Augen.

»Dann hältst du es also für möglich?«, fragte der Alte.

»Was? Dass ich den Kerl umgebracht habe? Spinnst du?«

»Mädel, beruhig dich mal«, tadelte Albert Schulte. »Natürlich bist du nicht die Mörderin. Aber bist du vielleicht die Tochter?«

»Ich weiß es doch nicht«, sagte sie leise. Und noch leiser: »Sorry.« Entschuldigungen gehörten nicht zu ihren Stärken. Sie hatte das seltene Gefühl, eben selbst übergriffig geworden zu sein. Der Alte meinte es doch nur gut. Wie war ihr Verhältnis zu Albert Schulte eigentlich zu definieren? Sie waren mehr als Nachbarn; sie teilten ein Hobby, die Liebe zu charaktervollen Motoren. Mit der Zeit hatte sich eine tiefe Vertrautheit zwischen ihnen entwickelt. Wie weit aber ging die – wie weit durfte sie gehen? Verwandt waren sie schließlich nicht. Schade, dachte sie, er hätte bestimmt einen guten Vater abgegeben. Oder einen Opa. Dieser Gedanke verwirrte sie noch viel mehr. Umständlich wischte sie sich die Augen.

»Du siehst ihr schon sehr ähnlich«, bemerkte der Alte. »Das sieht man schon auf dem Zeitungsfoto, obwohl es verpixelt ist. Aber wenn man Hendrike gekannt hat, ist das noch viel deutlicher.«

»Du hast sie gekannt?« Olivia erinnerte sich: »Ach ja, diese Unifeten, da hast du früh morgens abgerechnet und das Leergut geholt, und sie gehörte zu den letzten Nachtschwärmern.« Sie schaute dem alten Mann forschend in sein Lebkuchengesicht. »Wie war sie denn, dass du sagst, sie wäre mir ähnlich?«

»Auffallend hübsch«, sagte Albert Schulte, ohne ihrem Blick auszuweichen. »Sehr witzig außerdem. Und schlagfertig. Der Alkohol hat natürlich seinen Teil dazu beigetragen, Alkohol senkt die Hemmschwellen und lässt alles raus, aber wie auch immer, wo Hendrike war, wurde meistens gelacht.«

»Eine nett aussehende Ulknudel also.« Olivia verzog abfällig ihre Lippen. »So siehst du mich? Mann, das ist nicht einmal die Oberfläche.«

Der Alte grinste. »Richtig: ungeduldig hatte ich vergessen«, ergänzte er. »Die hörte auch oft nicht bis zum Ende zu, sondern grätschte rein, wenn sie eine Pointe witterte. Das ist effektvoll, aber man bremst sich auch selbst aus.«

Jetzt guckte Olivia betroffen; dieser Konter hatte gesessen. Sie fühlte sich durchschaut.

»Sie war eine starke Frau«, fuhr Albert Schulte fort. »Die 70er-Jahre waren eine gute Zeit für starke Frauen – jedenfalls in bestimmten Milieus, und die Oldenburger Uni war so ein Milieu. Aber Menschen sind oft ungleichzeitig. Das war sie auch.«

»Du redest, das kann ich hören, aber gleichzeitig verstehe ich kein Wort«, maulte Olivia. »Wie meinst du das mit ungleichzeitig?«

»Das Wort habe ich damals aufgeschnappt«, erläuterte der alte Mann. »Man könnte auch ungleichmäßig sagen. So sind die Dinge manchmal – schicke Häuser auf schwachen Fundamenten. Demokratische Gesellschaften mit lauter Menschen, die noch den Führer im Kopf haben. Oder den Kaiser. Lach nicht, früher war das so. Auch viele Menschen sind so gestrickt. Genies im Schach, aber nicht in der Lage, ihre Wäsche zu waschen oder sich was zu essen zu kochen. Überzeugte Sozialisten, die von Gleichheit schwärmen und zu Hause ihre Frauen schlagen. Inbrünstig betende Christen, die Kinder misshandeln oder missbrauchen. Oder eben selbstbewusste Frauen, die sich von veralteten Rollenbildern nicht lösen können.«

»Weiter Umweg über die Dörfer, Herr Spediteur«, erwiderte Olivia. »Das geht auch kürzer: Die schlausten Frauen fallen auf die krassesten Machotypen rein. Ist bekannt. Das meintest du doch, oder?«

Albert Schulte zuckte mit den Schultern. »Wenn du so willst – ja, das meine ich.« Er schenkte ihr nach. Selbst trank er nichts.

»Hendrike de Vries war als hübsch, gewitzt, sozial gut eingebunden, nach außen stark und emanzipiert«, fasste Olivia zusammen. »Innerlich aber sehr unsicher und überkommenen Rollenbildern verhaftet, weswegen sie auf den ebenfalls gut aussehenden, moralisch aber völlig deformierten und verkommenen Nazi-Spross Heino Zander hereinfiel. Sie wurde schwanger, er machte sie runter und ließ sie sitzen. Hendrike bekam das Kind, setzte es aus und brachte sich um.« Sie stürzte den kalten Wein hinunter. »Entschuldige mal, das war doch nicht die ganze Geschichte. Da fehlen ein paar Versatzstücke. So ergibt das keinen Sinn.«

»Vielleicht war es kein Selbstmord«, erinnerte Albert Schulte. »Vielleicht hat er sie umgebracht. Hinweise gab es immerhin.«

»Und warum? Was wäre das Motiv? Heino Zander hat sich aufgeführt wie eine Wildsau, das war anscheinend auch allgemein bekannt, konnte ihm aber egal sein, denn er war reich. Oder hätten seine Eltern ihn wegen eines unehelichen Kindes enterbt? Lebten die damals noch?«

»Ich glaube schon.« Albert Schulte vergrub für ein paar Sekunden sein Gesicht in den Händen. »Richtig«, sagte er, als er wieder hochschaute: »Sie starben 1978, im selben Jahr wie Hendrike. Bei einem Autounfall.«

Olivia starrte ihn entgeistert an: »Merkwürdiger Zufall. Und wieso weißt du so was?«

»Mein Archiv.« Er zeigte auf die Regale in seiner Schreibecke. »Habe ich dir doch erzählt. Der Fall hat Aufsehen erregt, deshalb habe ich die Artikel abgeheftet. Früher Wintereinbruch, Glatteis Ende Oktober, das kam überraschend. Ein Lkw konnte nicht bremsen und hat den Wagen der Eltern komplett zermalmt. Edelgard und Hasko Zander waren sofort tot. Der Lkw-Fahrer wurde aus dem Führerhaus geschleudert und konnte sich später an nichts erinnern.« Albert Schulte erhob sich und zog einen der Ordner aus dem Regal. Auf Anhieb fand er die richtige Seite. »Hier: ›Familie von Schwan erhebt schwere Vorwürfe gegen Polizei‹. Die wollten lange keine Ruhe geben. Trotzdem verlief die Sache im Sande. Es war ein tragischer Unfall, nicht mehr und nicht weniger.«

»Edelgard Zander war eine geborene von Schwan?« Olivia überkreuzte ihre Arme unter der Brust. »Das wird ja immer besser. War nicht einer aus dieser Sippschaft seinerzeit an Hitlers Ermächtigungsgesetz beteiligt? Und heute sitzt doch eine von denen für diese neue Nazipartei im Bundestag. Eine eklige Giftspritze.«

Albert Schulte nickte. »Schlimme Sippschaft. Unbelehrbarkeit ist bei denen bestimmt genetisch verankert.«

»Und von denen soll ich abstammen? Ich meine, falls ich wirklich die Tochter von Hendrike de Vries und Heino Zander sein sollte.« Sie schwenkte ihr leeres Glas: »Seit wann bekommt man bei dir eigentlich nichts mehr zu trinken?«

Der Alte holte eine neue Flasche aus dem Kühlschrank. »Denkweisen werden nicht vererbt«, sagte er und öffnete den Schraubverschluss. »Die werden durch Erziehung vermittelt. Oder einfach durch Vorbilder. Das fiele bei dir flach, du wurdest ja nicht von den braunen Schwänen aufgezogen. Oder von den Zanders.«

»Nee.« Sie riss das Glas an sich, ehe Albert Schulte mit dem Eingießen fertig war. »Ich wurde von stumpfsinnigen Idioten großgezogen. Teils verblödet, teils gewalttätig. Fies waren sie beide. Tolle Vorbilder! Darum bin ich so geworden, wie ich bin. Wolltest du das damit sagen?« Weißwein rann von ihrem Kinn, bildete Flecken auf ihrem T-Shirt; sie bemerkte es nicht. »Und wer ist schuld, dass ich so aufgewachsen bin? Meine ungleichzeitige Mutter und dieser dreckige Nazibengel von ihrem Beschäler. Eine Scheiße ist das!«

»Kleiner Tipp.« Der alte Mann zog die Weinflasche zu sich heran. »Wenn du wirklich Sorge hast, dass du des Mordes an Heino Zander verdächtigt werden könntest, dann rede nicht so. Jedenfalls nicht so laut. Und nicht vor anderen Leuten.«

Olivia starrte ihn an; sein Gesicht verschwamm vor ihren Augen. Sie erhob sich, musste sich am Tisch abstützen. »Hast recht«, murmelte sie, hob die Hand zum Gruß und wandte sich zum Gehen. »Genug für heute.« Schwankend ging sie hinüber zu ihrem eigenen Haus.

Albert Schulte schaute ihr nach. Er schraubte den Wein auf, trank direkt aus der Flasche. Blickte auf den Ordner, der immer noch aufgeschlagen vor ihm auf dem Tisch lag. Er zog einen Kugelschreiber aus der Brusttasche seines Oberhemds und kritzelte etwas auf den Rand des aufgeklebten Zeitungsausschnitts. Vier Ziffern, 3030. Er betrachtete die Zahl; seine Züge wurden hart. Dann strich er die Ziffern durch und übermalte sie, so lange, bis sie vollkommen unlesbar waren.

27.

August 1943

Die Bunkertür knallte hinter ihnen ins Schloss. Nackte Glühbirnen hüllten den niedrigen Raum in kaltes Licht. Es roch nach Kellermuff und Eisen. Mitten im Raum standen ein Bettgestell und ein großer Stuhl auf dem fleckigen Betonboden. Das Bett war aus Metall, ohne Matratze, ohne alles, nur Rahmen, Bügel, Sprungfedern und Querstreben. Der Stuhl sah aus wie von einem Zahnarzt, bis auf die Riemen. Hier endet es also, dachte Erhard. Sein Herzschlag hämmerte bis unter seine Schädeldecke. Dennoch gesellte sich zur Todesangst unverhofft die Neugier. Wie sie es wohl machen würden? Sein früherer Zahnarzt hatte ihm einmal einen Nerv angebohrt, da war er sofort ohnmächtig geworden. Vielleicht hatte er wieder solches Glück.

Der Raum war nicht groß und mit zehn Menschen schon überfüllt. Georg Zander schickte die Wachen wieder raus, befahl ihnen, draußen Posten zu beziehen. Was sollte passieren, die drei Gefangenen waren gefesselt, er und Hasko Zander waren wie üblich bewaffnet. Und auch die Frau trug eine Pistole bei sich. Edelgard Zander, geborene von Schwan. Sie trug die Uniform einer BdM-Führerin und sah genauso hartherzig, kaltblütig und menschenverachtend drein, wie Erich sie in Erinnerung hatte. Er hatte keine Vorstellung, was die Frau hier zu suchen hatte. Der Gedanke, ihr hilflos ausgeliefert zu sein, blockierte alle anderen. Als ob Georg und Hasko Zander nicht schlimm genug gewesen wären.

Hasko Zander packte ihn unterm Kinn, zwang ihn, ihm in die Augen zu sehen. »Na, wie fühlt sich das an?«, fragte er hasserfüllt. »Wenn man sieht, dass alles vergebens war? Dein Verrat, deine ganzen Betrügereien? Alles umsonst! Nichts ist dir geblieben als das nackte Leben. Deine ganze Existenz ein einziger Misserfolg! Wie ist es, wenn man das erkennt?«

»Keine Ahnung«, erwiderte Erhard. »Sag du's mir.« Wenn es schon passieren musste, konnte er es auch beschleunigen.

Er sah Haskos gefletschte Zähne, machte sich auf den Schlag gefasst, aber der kam von hinten und warf ihn nicht um, sondern knallte voll aufs Ohr. Es tat so weh, dass er einen Schrei nicht unterdrücken konnte. Edelgard von Schwan zupfte ihre Lederhandschuhe zurecht. »Lass dir nichts bieten von diesen Dreckszigeunern«, wies sie ihren Ehemann an. »Zeig ihnen gleich, wo ihr Platz ist!«

»Dem zeig ich schon, wo sein Platz ist«, schnauzte Hasko, der seine Frau ebenso böse anfunkelte wie Erhard. »Los, ausziehen! Und dann legst du dich dahin.« Er zeigte auf das Bettgestell. Erhard hatte es zunächst für rostig gehalten, aber die rostfarbenen Flecken waren offenbar Blut. Am Rahmen, auf dem Boden darunter, sogar oben an der Betondecke waren solche Flecken.

»Warte.« Georg Zander stoppte seinen Bruder mit erhobener Hand. »Das machen wir anders. Den guten Erhard heben wir uns noch auf. Machen wir doch da weiter, wo wir in Holland aufgehört haben.« Er zeigte auf Erich Köhler: »Hinsetzen, auf den Stuhl dort! Hände auf die Armlehnen.« Er trat hinter seinen früheren Mannschaftskameraden, bugsierte ihn auf den Sitz und schnallte ihn mit den Lederriemen fest. Hasko Zander zog seine Pistole und hielt Erhard in Schach. Seine Ehefrau zog ebenfalls ihre Waffe, irgendein kleineres Modell. Keine Chance, dachte Erhard und entspannte seine drahtigen Muskeln wieder.

»Erich, dass du nicht weißt, was wir wissen möchten, ist uns noch in Erinnerung«, sagte Georg Zander, während er auch Erichs Beine an den Zahnarztstuhl schnallte. »Davon haben wir uns in Westerbork überzeugt. Aber diesmal haben wir Erhard dabei, deinen lieben Bruder. Ihr liebt euch doch, nicht wahr? Wie Brüder das tun?« Er zwinkerte seinem eigenen Bruder zu. »Bei euch Zigeunern soll die familiäre Bindung doch besonders eng sein.«

Djamel warf Erhard verstörte Blicke zu; er begann zu begreifen. Erhard wusste es längst. Panik überflutete ihn bis in die Fingerspitzen. Hasko Zander war ein brutales Vieh, sein älterer Bruder Georg nicht minder – aber der war außerdem noch gerissen. Und vollkommen gewissenlos.

Georg Zander zog Erich die Schuhe aus; dessen nackte, dreckverkrustete Füße standen jetzt auf einem fest montierten Brett. Der SS-Obersturmbannführer ging zu einer Ecke des Bunkers, die Erhard bis dahin nicht beachtet hatte.

Allerhand Werkzeuge lagen dort herum, Metallteile, die anscheinend zu Autos gehörten, sogar zwei stählerne Felgen. Alles Dinge, die sie in der Werkstatt gut hätten gebrauchen können. Oder stammten sie sogar dorther? Georg bückte sich und hob eine der Felgen auf, fasste sie mit beiden Händen, trug sie hinüber zum Zahnarztstuhl. Jetzt, dachte Erhard, jetzt muss ich es ihm sagen. Mit Erich hat er mich. Was für ein Teufel! Gleich schaut er mich an, gleich fragt er. Dann muss ich. Unerträglich, aber unvermeidlich.

Ohne ein Wort ließ Georg Zander die Felge mit der Kante auf Erichs nackte Zehen heruntersausen.

Erichs Schrei füllte den ganzen Raum. Ohnmächtiger Schmerz erfüllte Erhards Brust. »Nein! Nein, nicht!« Das hatte er nicht kommen sehen, verdammt, das nicht. Erichs Hand, das war schlimm genug gewesen. Aber seine Füße, doch nicht seine Füße. Jeder wusste, dass Fußball für Erich das Größte im Leben war.

Georg Zander drehte sich um und grinste teuflisch. Er hob die Felge ein weiteres Mal hoch und schmetterte sie auf den anderen Fuß. Erich heulte wie ein Tier.

»*Bastard!*«, brüllte Djamel los. »*Idiotule! Ucigas!*« Er stürmte los wie ein Stier, blind vor Zorn, wollte sich auf Georg Zander werfen. Hasko schoss ihm von hinten in den Oberschenkel. Djamel fiel nach vorn, knallte mit dem Gesicht auf den Zementboden und blieb stöhnend liegen. Aus seinem Bein sickerte Blut. Noch mehr Flecken auf dem Fußboden, registrierte Erhard. Er selbst war wie gelähmt, unfähig, sich zu bewegen. Sein Geist zog sich von der Kommandobrücke in den Ausguck zurück. Er hatte gar nicht gewusst, dass sein Vetter so viele Schimpfwörter auf *Romanes* kannte. Jetzt lag Djamel ganz still, hatte wohl das Bewusstsein verloren. Erhard stellte fest, dass die

Rolle des kühlen Beobachters ihre Vorteile hatte. Aufpassen und abwarten, wie beim Fußball, manchmal war das das Mittel der Wahl. Er verachtete sich für diesen Gedanken, aber diese Verachtung steckte wie alles andere, das in seinem Leben zählte, hinter der dicken Mauer in seinem Inneren, und so spürte er sie kaum.

Erich stöhnte erbärmlich. Er bäumte sich in seinen Fesseln auf, riss an den Riemen, mit denen er festgeschnallt war. Seine Zehen sahen wie eine einzige blutige Masse aus. Trotzdem blieb ihm die Gnade einer Ohnmacht versagt.

Georg Zander lauschte kurz an der Bunkertür; keiner der Posten machte den Versuch hereinzukommen. Wenn sie den Schuss gehört hatten, hielten sie ihn wohl für einen Teil des Verhörs. Vielleicht verliefen diese Befragungen öfter so, dachte Erhard. Manches Mal hatte er Gefangene mit ähnlich schweren Verletzungen im Lager gesehen, aber nie für lange.

»Jetzt bist du dran.« Georg Zander baute sich vor Erhard auf. »Du weißt, was ich hören will. Sag mir, wo dein Depot ist. Sag uns, wo du dein Diebesgut versteckt hast.« Er setzte ein drohendes Grinsen auf: »Noch leben deine Leute.«

Erhards Verstand arbeitete auf Hochtouren. Die Alternativen waren klar, aber die Entscheidung fiel nicht leicht. Verriet er nichts, ging das Leiden der anderen weiter. Verriet er alles, gab es keinen Grund mehr, auch nur einen von ihnen am Leben zu lassen.

»Ich sag's dir«, stieß er hervor. »Aber Diebesgut ist es nicht. Das weißt du genau.«

Georg lachte auf. Wie beiläufig verpasste er ihm eine Ohrfeige. »Kein Diebesgut? Hört euch diesen kleinen Zigeunerscheißer an! Du hast Ware unterschlagen, du hast uns Geld vorenthalten, du hast ganze Häuser verhökert, ohne uns etwas davon zu sagen. Geschweige denn uns zu beteiligen. Du hast uns nach Strich und Faden belogen und betrogen. Du bist ein gemeiner Dieb, nichts anderes.«

»Bin ich nicht«, beharrte Erhard. »Mein Anteil war viel zu klein, von Anfang an, dabei habe ich die Hauptarbeit gemacht. Ich habe mir nur geholt, was mir zustand. Und die Geschäfte, die ich nebenbei gemacht habe, waren meine Geschäfte. Die gingen euch überhaupt nichts an.« Das war gewagt, das war dreist, und natürlich stimmte das auch nicht. Darum ging es ihm aber nicht. Der andere sollte begreifen, dass Erhard sich noch nicht aufgegeben hatte.

»Au!« Erneut gab es einen Schlag von hinten auf die Ohrmuschel. Diese Frau war ihrem SS-Ehemann ebenbürtig, keine Frage. Und sie hielt eine Pistole in ihrer Lederhandschuhfaust.

Georg Zander aber hob die Hand. »Was immer du redest, Erhard, du rettest nichts für dich«, sagte er. »Du steigerst nur unsere Erwartungen. Das Einzige, was du noch retten kannst, ist euer Leben.« Er schaute zu Erich, der endlich doch die Besinnung verloren hatte, und zu Djamel, der still in seinem Blut lag. »Du solltest dich allerdings beeilen, wenn die beiden nicht krepieren sollen«, ergänzte Georg. »Aber das tust du, nicht wahr? Familie ist für euch Zigeuner doch immer das Größte.«

»Es ist nicht ein Depot, es sind zwei«, sagte Erhard.

»Umso besser«, zischte Hasko. »Dann raus mit der Sprache!«

»Ich verrate euch eins«, fuhr Erhard fort. »Heute eins. Das zweite sage ich euch, wenn wir hier raus sind. Raus aus dem Lager.«

Die Frau lachte schrill. Georg Zander nickte seinem Bruder zu. Hasko Zander schoss noch einmal auf Djamel. Jetzt blutete der auch aus dem anderen Oberschenkel. Die Lache, in der er lag, breitete sich schneller aus.

»Eins«, wiederholte Erhard. Jetzt musste er hart bleiben, obwohl er innerlich bebte, obwohl alles in ihm aufschrie. Gib ihnen alles, rette die anderen! Aber diese Option existierte nicht. Hasko Zander richtete seine Pistole auf ihn. Er starrte in die Mündung, ohne zu blinzeln. Wenn man sich entschieden hat, geht das, dachte er. Wie damals die französische Schauspielerin.

»Wenn er zwei Depots zugibt«, sagte Georg Zander, »sind es mindestens drei. Sag uns zwei, dann machen wir den Handel.«

Erhard musste schlucken. Georg war so bösartig und verlogen, dass man ihn kaum belügen konnte. Das Angebot war verführerisch. Verlockend wie die meisten Fallen. »Es sind zwei«, beharrte Erhard dennoch. »Ich sage euch eins.«

»Du sagst mir eins«, sagte Georg Zander, »und wir lassen euch leben. Euch beide, Erich und dich. Hier. Rausholen werden wir euch, wenn sich eine Gelegenheit ergibt. Jetzt ist das unmöglich.«

»Und er?«, fragte Erhard und nickte in Djamels Richtung. Die Blutpfütze um ihn herum wurde immer größer.

Georg Zander zuckte mit den Schultern. »Zugabe, von mir aus. Keine Gewähr.« Ohne Vorwarnung sprang er auf Erhard zu, packte ihn an seinem Häftlingskittel und schüttelte ihn. »Du wirst sie mir alle sagen, verstanden? Alle Depots! Das gehört uns, was da drin ist, Hasko und mir, kapiert? Du hast schon mehr bekommen als dir zusteht, Zigeunerratte! Jahrelang habt ihr davon gelebt wie die Maden im Speck, du und deine verkackte Familie. Damit ist Schluss, endgültig, wir haben euch alle erwischt und eingesackt. Keiner mehr da, den du mit deinem Raubzeug durchfüttern müsstest. Gib es zurück! Los, sag mir, wo du das Zeug deponiert hast!«

»Ein Depot sage ich dir«, antwortete Erhard mit erstickter Stimme. Die Mauer zeigte plötzlich Risse, nicht wegen Georgs hartem Griff, sondern wegen der empfangenen Nachricht. Alle erwischt, keiner mehr da. Sagte Georg das nur so, oder waren seine Verwandten tatsächlich alle tot, sein Vater, seine Schwester und die anderen, umgekommen in Sachsenhausen? Vielleicht nicht, Georg Zander war auch solch eine Lüge zuzutrauen. Aber er schreckte eben auch vor der Wahrheit nicht zurück. Waren wirklich nur noch sie übrig, Erich und Djamel und er? Und der kleine Django?

»Nun spuck's endlich aus!«, brüllte Georg ihn an. Speicheltropfen flogen Erhard ins Gesicht. Er fühlte sie wie Säure auf seiner Haut.

Er nannte eine Adresse. Oldenburg, Achternstraße. »Keller, ganz rechts hinten, wo früher die Kohlen gelagert waren. Ist jetzt die Waschküche. Die äußere Wand ist doppelt. Sieht man nicht, hab' sie aus alten Backsteinen gemauert und geweißt. Dahinter.«

»Wie viel ist dahinter?«, fragte Hasko Zander gierig.

»Gemälde, Tafelsilber, Schmuck, Goldmünzen«, zählte Erhard auf. »Kein Bargeld. Aber insgesamt bestimmt so viel wert wie das Haus.« Er zuckte mit den Schultern. »Falls ihr es überhaupt verkaufen könnt, mitten im Krieg.« Er registrierte die Blicke, die Georg und Hasko sich zuwarfen. Schon lange gab es Gerüchte im Lager, der Krieg stünde nicht gut für die Deutschen, Russland sei ein zu großer Bissen, an dem würde sich das Reich verschlucken und ersticken. Planten die Zander-Brüder schon für die Zeit nach dem Dritten Reich? Brauchten sie dieses Depot, um mit dem Inhalt ihre Hälse zu retten?

Es klopfte an der Bunkertür. »Nachricht für Herrn Obersturmbannführer!«, rief eine der Wachen. »Der Herr Lagerkommandant möchte Sie sprechen.«

»Ich komme«, brüllte Georg Zander in Richtung Tür. Hasko und seine Frau steckten ihre Pistolen ein. »Wir sprechen uns noch«, fauchte Hasko Zander. »Ihr lauft uns schon nicht weg.«

»Die beiden da sowieso nicht.« Edelgard Zander zeigte auf Erich und Djamel und kreischte vor Lachen. Erich stöhnte und drehte seinen Kopf hin und her; anscheinend kam er gerade zu sich.

Georg Zander riss die Bunkertür auf. Ein Schwall frischer Luft drang in den niedrigen Raum, verdrängte den Gestank von Schweiß und Blut. Atmen können, dachte Erhard. Nur wieder frei atmen können!

Der Obersturmbannführer winkte die Wachen heran. »Abführen!«, befahl er und zeigte auf Erhard und Erich. »In ihre Baracken.«

»Und was ist mit dem?«, fragte einer der Wächter mit schwerfälligem Mecklenburger Akzent.

»Der da? Lohnt nicht.« Georg Zander zog seine Luger, lud sie durch und schoss Djamel mit beiläufig anmutender Routine in den Hinterkopf. »Ab damit in den Backofen«, wies er den Wachmann an. Sein eisiger Blick streifte Erhard, sein Mund verzog sich spöttisch und drohend, dann verließ er den Bunker, gefolgt von Bruder und Schwägerin.

Erhard begann zu weinen, zum ersten Mal seit langer Zeit. Seine Tränen strömten, als wäre ein Damm gebrochen. Er schluchzte laut vor Trauer um Djamel, seinen Vetter und treuen Gefährten, der ihm fast so ans Herz gewachsen war wie Erich. Fast ebenso sehr trauerte er um Erich, dem Georg Zander das Liebste genommen hatte, was er im

Leben hatte. Und er trauerte um die Bilanz seines Lebens. Der Weg der französischen Schauspielerin war plötzlich keine Alternative mehr. So durfte das alles nicht enden.

28.

Heute

»Können Sie mal gucken?«, fragte Sibylle Wiemken. »Ich glaube, ich habe hier etwas Interessantes entdeckt.« Die Oberkommissarin hantierte schon wieder mit ihrer Lupe herum. Diesmal hielt sie sie hoch wie ein Verkehrspolizist seine Kelle.

»Wo denn? In der alten Zeitung?« Stahnke erhob sich seufzend. »Ich habe schon Probleme, in der Zeitung von heute etwas Interessantes zu finden.« So ganz stimmte das nicht, musste er sich eingestehen, aber Presseschelte ging immer, da gab es meistens keinen Widerspruch.

»Genau. Hier.« Sie hielt die Ausgabe der *Regionalen Rundschau* vom Tag nach dem Leichenfund in der Hand. Die reißerische Berichterstattung mit den heimlich aufgenommenen Tatortfotos dieser verlogenen Journalistin überblätterte sie jedoch. Regionales, Wirtschaft, Lokalteil; wollte sie ihm etwas aus dem Sport zeigen? Oder womöglich eine Todesanzeige?

Dicht dran – es war das Foto der beschmierten Gedenkstätte in Völlen, das Olivia Dressel geschossen hatte, ehe sie in den geplanten vorgezogenen Feierabend gefahren war und nach einem kleinen Bootstrip die Leiche des offenkundig ermordeten Heino Zander gefunden hatte. So stellte sie wenigstens den Ablauf der Ereignisse dar. So weit ganz glaubwürdig. Aber konnte man ihr glauben, wenn sie so routiniert lügen konnte, wie er es selbst erlebt hatte?

Seine Kollegin breitete die Zeitung auf ihrem Schreibtisch aus, glättete sie und drückte ihm die Lupe in die Hand. »Da unten«, sagte sie. »Dort, wo der Strich ist.«

Welcher Strich? Der Täter hatte »Mörder« in großen Buchstaben auf die Gedenktafel gesprüht, mit einem Trennungsstrich nach der ersten Silbe. Aber den meinte die Oberkommissarin nicht. Ihr rot lackierter Fingernagel tippte auf die Unterstreichung, mit der der Täter seine Aussage bekräftigt hatte. Oder hatte diese Linie etwas anderes zu bedeuten? Stahnke bückte sich und nahm die Lupe zu Hilfe, auch wenn er sich albern dabei vorkam.

Der Strich war keine Unterstreichung, sondern eine Markierung. Ein Name, ein einzelner Name war damit hervorgehoben worden, einer, der weit unten stand, auf der Tafel wie im Alphabet. Nicht Johann Niemann, der KZ-Kommandant von Sobibor, den man nach Jahrzehnten aus den Reihen der Betrauerten entfernt hatte. Sondern Georg Zander.

»Georg Zander? Ist das der Vater unseres Toten?«, fragte Stahnke.

»Nein«, erwiderte Sibylle Wiemken. »Der hieß Hasko

mit Vornamen. Ist 1978 bei einem Autounfall ums Leben gekommen, zusammen mit seiner Frau. Georg war Heino Zanders Onkel. Der Bruder von Hasko.«

»Und der wird hier des Mordes bezichtigt? Wissen wir irgendwas darüber?«

»Dass er bei der SS war. An der Ostfront eingesetzt«, antwortete die Oberkommissarin. »Das macht seine Beteiligung an Morden mehr als wahrscheinlich.«

»Nein, ich meine, er ganz konkret?« Der tippte auf die kleine Infotafel, die seitlich mit im Bild war: »So wie dieser Niemann. Persönliche Schuld. Eigenhändige Taten.«

»In den alten Akten habe ich nichts gefunden«, sagte Sibylle Wiemken. »Georg Zander ist Anfang 1945 gestorben. Gefallen an der Ostfront beim Vormarsch der Russen. Dementsprechend ist er auch nie angeklagt worden.« Nachdenklich legte sie zwei Finger an ihre Unterlippe; ihre lackierten Nägel wirkten dort wie blutige Hasenzähne. »Vielleicht taucht sein Name im Kontext anderer Verhandlungen auf. Ich könnte eine entsprechende Nachforschung veranlassen.«

»Mit welcher Begründung?«, brummte Stahnke. »Als Täter kommt der tote Onkel nicht in Betracht; wir glauben nicht an Zombies, oder? Und als Mordmotiv? Jemand ertränkt den Neffen, weil der Onkel im Krieg einen Mord begangen hat? Oder mehrere Morde? Klingt ziemlich weit hergeholt.«

»Wir könnten mal beim DIZ fragen«, schlug die Oberkommissarin vor. »Ganz inoffiziell. Vielleicht haben die etwas in ihren Unterlagen. Oder sie können uns sonst wie weiterhelfen.«

»DIZ? Das an der Universität?«, fragte Stahnke verwundert. »Das hat doch eher mit Lehrerausbildung zu tun.«

»Was Sie meinen, ist das *Didaktische Zentrum* der Uni«, erklärte seine Kollegin. »Das wird auch DIZ abgekürzt. Ich meinte aber das DIZ in Papenburg. *Dokumentations- und Informationszentrum Emslandlager.* Das wurde übrigens von Mitarbeitern und Studenten der Uni Oldenburg gegründet. Vielmehr der Carl von Ossietzky-Universität. Dass die so heißt, hat damit zu tun, dass Ossietzky im KZ Esterwegen inhaftiert war. Wissen Sie doch bestimmt, der Friedensnobelpreisträger, der 1938 an den Folgen der Lagerhaft starb.«

»Weiß ich«, antwortete Stahnke leicht gereizt. Er wusste verdammt genau, dass er sich seinerzeit, als die Auseinandersetzung um die Namensgebung der Universität lief, öfter gefragt hatte, was denn an der Bezeichnung *Uni Oldenburg* auszusetzen sei. Heute war ihm das peinlich. Anders als der SPD, die seinerzeit in der Landesregierung die Namensgebung untersagt hatte und sich heute damit brüstete.

»Also, was machen wir?«, fragte Sibylle Wiemken, der die Denkpause ihres Vorgesetzten zu lange dauerte.

»Wir fragen nach«, entschied Stahnke. »Vielmehr, Sie machen das. Fahren Sie zum DIZ.«

»Zum DIZ?« Thorsten Venema stand in der Tür. »Zum DIZ in Papenburg? Da komme ich gerade her.«

29.

Januar 1945

Erhard Köhler schlief einen todesähnlichen Schlaf. Als er zu träumen begann, drehte sich alles um Hunger und Kälte, verstärkt durch das Bedauern, dass der Tod ihn auch in dieser Nacht nicht gefunden hatte. Im Traum verstand er, dass er träumte; dieses Wissen beendete den Traum, nicht aber das Bedauern. Er hasste den Gedanken, gleich aufstehen und sich bewegen zu müssen. Jede Bewegung tat ihm weh, in all seinen verkümmerten Muskeln und den Gelenken, in denen Knochen auf Knochen rieben, weil sein Körper nicht mehr über genügend Substanz verfügte, um das zu verhindern. Außerdem würde jede Bewegung das kleine bisschen Wärme vertreiben, das in den löchrigen Lumpen um ihn herum gespeichert war. Davor hatte er am meisten Angst. Dabei hatten diese Bewegungen bereits begonnen, und die Kälte biss immer grimmiger zu. Er schlug die Augen auf. Da war Albert, der kleine Kerl, vor Aufregung ganz hibbelig. Seit dem Fußballspiel nannten ihn alle nur noch so. Er war bis zu seiner Pritsche hochgeklettert, ganz nach oben, und rüttelte ihn aus dem Schlaf. »Es geht los!«, rief er ihm aus nächster Nähe ins Ohr. »Es geht los! Jetzt werden wir auch evakuiert.«

Verflucht, dachte Erhard, der Todesmarsch.

Gemunkelt wurde schon seit letztem Sommer davon. Die Front rückte immer näher an Auschwitz heran, die Russen waren endgültig auf dem Vormarsch, hatte alle

Belagerungsringe gesprengt und alle Kesselschlachten gewonnen. Jetzt trieben sie die Herrenmenschen vor sich her. Stalins Entscheidung, die russische Schwerindustrie zu Beginn des Krieges zu demontieren und hinter den Ural verlegen zu lassen, hatte die Aufrüstung der Sowjetarmee lange verzögert und Millionen Menschenleben gekostet. Jetzt aber zahlte sich diese Strategie aus. Stalins Truppen wurden mit jedem Tag stärker, Hitlers immer schwächer. Es fehlte an Material, an Treibstoff und an menschlichem Nachschub. Gewöhnlich boten Kriegsparteien in solchen Situationen einen Waffenstillstand an und baten um Verhandlungen.

Für Hitlerdeutschland kam das nicht in Betracht. Erhard musste sich nur in der Baracke umschauen, um zu sehen, warum nicht. Überall wurde jetzt geweckt; aus den Stellagen kroch das nackte Elend. Hohlwangige Gestalten mit Totenkopfaugen, Rippen, die man auf Entfernung zählen konnte, Kniegelenke, die dicker waren als die dazugehörigen Oberschenkel, ausladende Beckenschaufeln, Skelettfinger. Und das waren die Menschen, die sich noch bewegen konnten. Jeden Morgen blieben einige einfach liegen, weil ihr todesähnlicher Schlaf über Nacht ein Todesschlaf geworden war. Jeden Morgen wurden es mehr. Aber jeden Tag wurden die Reihen aufgefüllt. Dieses hier war das Stammlager; Erhard, Erich und Django, vielmehr Albert, waren schon vor Wochen aus Birkenau hierher verlegt worden. Das ganze Zigeunerlager musste inzwischen geräumt sein. Die Gefangenen wurden hier konzentriert.

Natürlich hatte die Angst grassiert, sie wären nur hier, um beschleunigt durch die Öfen zu gehen. Aber die arbeiteten sowieso schon Tag und Nacht durchgehend und auf Hochtouren. Roste überhitzten, Schornsteine barsten, dunkle Rauchwolken zogen über das Land, fettiger schwarzer Schnee fiel inzwischen die ganze Zeit. Der See, in den die Asche der unzähligen Toten gekippt wurde, hieß nur noch Silbersee, weil er bei Windstille so schimmerte. Die Tötungsindustrie war an ihre Kapazitätsgrenze gestoßen. Man würde mit dem Morden einfach nicht rechtzeitig fertig werden. Beweise würden bleiben, und das durfte nicht sein. Blieb nur eine Möglichkeit: evakuieren.

Erhard quälte sich aus der Koje, die er sich mit zwei anderen Gefangenen teilte. Einer war schon über die gegenüberliegende Kante geklettert, der andere rührte sich nicht. Erhard zog seinem toten Kojengenossen die zerlumpte Decke weg und warf sie Albert zu.

»Weißt du, wohin es gehen soll?«, fragte er den Jungen.

»Nach Gleiwitz«, antwortete Albert kieksend; seine Stimme hatte zu brechen begonnen. »Das ist ein Eisenbahnknotenpunkt. Das ist gut, da kommen wir in Waggons, dann müssen wir nicht mehr laufen.« Der Junge hatte den Verlust seines Vaters Djamel erstaunlich gut weggesteckt, verhielt sich die meiste Zeit ganz normal, zeigte keine Schwäche. Das war wichtig, denn Schwäche kam in Auschwitz gleich vor dem Tod. Nur hin und wieder ertappte Erhard ihn dabei, wie er lange und stumm auf ein und denselben Fleck stierte, und fragte sich, ob er in seinem Inneren ebenfalls eine Mauer errichtet hatte. Dahinter blicken zu wollen, kam ihm nicht in den Sinn.

»Aber bis dorthin laufen wir. Das sind 50 Kilometer.« Erhard zeigte auf das Fenster; draußen wehten Schneeflocken vorbei, gefährlich schräg. Kälte und Wind waren eine lebensgefährliche Kombination. Schnee konnte auch wärmen, aber nur, wenn genügend davon lag, dass man sich einbuddeln konnte. Noch lag nicht genug, und sie würden auch keine Chance bekommen, sich im Schnee einzugraben. Nicht in diesem Leben.

»Angetreten!« Die SS-Wachen brüllten und tobten noch lauter als sonst. Alle waren nervös. »Beeil dich«, raunte Erhard dem Jüngeren zu. »Da sitzen Zeigefinger locker! Hast du Erich schon gesehen?«

Albert schüttelte den Kopf. Gerade hatte er noch ausgesehen wie ein Schüler vor dem Schulausflug, jetzt trübten sich Miene und Blick. Schon den Marsch von Birkenau zum Stammlager hatte Erich Köhler nur mit Mühe und viel Hilfe geschafft. Auch, weil die Wachen noch nicht so nervös gewesen waren wie jetzt.

»Rechts um! Ohne Tritt marsch!« Diesmal gingen sie in drei Kolonnen. Viele schlurften, hatten nicht mehr die Kraft, richtig die Füße zu heben. Die Straßen waren schmal, bessere Karrenwege, bei Schneefall kaum zu erkennen. Die Fahrspuren waren hilfreich, aber immer, wenn ein Auto kam, mussten sie an die Seite springen, und wenn dort ein Graben war, hatten sie Pech gehabt. Die Autos fuhren schnell und hielten nie. Alle fuhren sie nach Westen.

»Nach Westen«, flüsterte Albert, jetzt wieder erwartungsvoll aufgeregt. »Stell dir vor, wenn wir wirklich nach Hause kommen. Unglaublich. Ich weiß gar nicht mehr, wie es dort aussieht.«

»Ich schon«, murmelte Erhard. An diese Möglichkeit verschwendete er keinen Gedanken. Was sollten die Nazis in Deutschland mit ihnen anfangen? Als unerwünschte Zeugen waren sie dort noch viel gefährlicher als hier. Auf gar keinen Fall würden sie dort ankommen. Man würde sich ihrer unterwegs entledigen, die Frage war nur, wann und wo. Vor ihnen fielen Schüsse. Kurz darauf schlurften sie an den ersten Toten vorbei. Beides, Schüsse und der

Anblick von Leichen, riss danach nicht mehr ab. An beides waren sie längst gewöhnt. Bald lösten sich die Marschkolonnen auf, jeder ging, humpelte, schlurfte oder schlich sein eigenes Tempo, Decken und andere Lumpen um den Kopf und den dürren Leib geschlungen. Überleben wurde zum Einzelkampf inmitten Hunderter, vielleicht Tausender anderer. Erhard wusste nicht, wie viele Baracken sie diesmal geleert hatten; es gab keine Möglichkeit, das festzustellen. Das interessierte ihn auch nicht. Nur die Frage, wo Erich war. Lag er noch in seiner Koje, wartete auf die nächste Evakuierung? Was für ein verlogener Begriff! Oder befand er sich irgendwo hinter ihnen, mit letzter Kraft auf seinen Klumpfüßen humpelnd? Hatte er schon den Anschluss verloren? Dann lag er bereits als Leiche am Wegesrand, von einem dünnen Leichentuch aus Schneeflocken bedeckt. In Erhards Sorge um seinen Bruder, die seinen eigenen Schmerz überlagerte, mischte sich Hass auf Georg Zander. Und das Gefühl eigener Schuld, denn ohne ihn wären Erichs Füße noch ganz.

»Erich!«, rief Albert. Erhard schreckte auf. Wie lange war er schon stumpf vor sich hin gestolpert, eingesponnen in den Kokon seiner Gedanken und Erinnerungen? Minuten oder Stunden, er konnte es nicht sagen. Nur, dass die schwankende Gestalt, die soeben vor ihnen aufgetaucht war, klein und dünn und unermüdlich kämpfend, ein flatterndes Tuch um Kopf und Hals geschlungen wie eine alte Bäuerin, dass diese Gestalt Erich war, sein Bruder, sein älterer Bruder, der seinetwegen die schlimmste Folter ertragen hatte, zweimal schon, der seinetwegen verstümmelt worden war, ohne ihm deshalb einen Vorwurf zu machen. Nicht einmal, als ein Mitgefangener, der im Weltkrieg einmal Sanitäter gewesen war, ihm die zerschmetterten Zehen amputiert hatte, ohne Betäubung, mit einem scharf gewetzten Buttermesser. Nicht einmal dann. »Ich weiß doch, du hast es für uns getan«, hatte Erich einmal zu ihm gesagt. Erhard hatte es das Herz zerrissen, weil das nur die halbe Wahrheit war.

Erich bemerkte sie, und tatsächlich, er lachte vor Freude. Sie legten ihm ihre Arme um den Rücken, schlüpften mit ihren Schultern unter seine ausgebreiteten Oberarme, als würden sie sich freundschaftlich umarmen. Zu dritt schleppten sie sich weiter. Immer öfter wurden sie von anderen Gefangenen passiert, die mit Peitschenhieben und Kolbenstößen vorwärtsgetrieben wurden. Bald würde das Ende der Kolonne sie erreicht haben. Auch von hinten hörten sie Schüsse; sie kamen näher. Hin und wieder grummelte es auch wie von einem entfernten Gewitter.

»Links halten! He, ihr Ratten, links halten! Versteht ihr kein Deutsch, Zigeunerpack?« Vor ihnen blockierte ein quergestellter Kübelwagen die Straße. Wehrmachtssoldaten mit Schäferhunden an Lederleinen dirigierten die Häftlinge in einen Weg, der wie eine Hofeinfahrt aussah. Wieso Wehrmacht? Sie hatten sich so an das Schwarz der SS gewöhnt, dass ihnen die feldgrauen Uniformen fremd vorkamen.

Sie stolperten den neuen Weg entlang, folgten der Biegung um eine Baumgruppe herum. Es dämmerte bereits, die Tage waren kurz. Vor ihnen schimmerte Licht. Es drang aus dem offenen Tor einer sehr großen Scheune. Dort hinein wurden sie gelotst. Das weitgehend leere Gebäude bot Windschutz und einen Hauch Wärme. Erhard roch den typischen Mief getragener Kleidung und alter Decken. War das ihr Rastplatz für die Nacht? Er konnte so viel Glück kaum fassen.

»Ihr da, rüber zur Seite! In Reihe aufstellen!« Hier drinnen kommandierte die SS, wie gewohnt. Auch hier gab es Schäferhunde, die an ihren Leinen rissen und wie rasend bellten. Überall lagen Haufen alter Klamotten. Keine Decken, kein Nachtlager. Das waren Uniformteile, verdreckt und zerschlissen, teils blutig und durchlöchert, wild durcheinandergeworfen. Nicht alles sah nach deutschen Uniformteilen aus. Waren das russische Sachen?

»Ausziehen!«, brüllte eine Stimme, untermalt von wütendem Hundegebell. »Klamotten runter! Auf den Haufen damit. Und dann zieht ihr das hier an. Los, los, los! Schlaft nicht ein, ihr Drecksäcke!«

»Hoffentlich ist das Zeug nicht voller Läuse.« Erich hatte schon angefangen, sich die gestreiften Lumpen von den mageren Gliedern zu reißen. »Guck mal, Wehrmachtssachen! Sogar eine Jacke ist dabei, die ist noch ganz.« Er drehte das feldgraue Stück um und musterte die Rückseite; sie war durchlöchert. »Na, irgendwas ist immer. Sieht nach Granatsplittern aus. Ganz verkrustet rundherum. Aber über dem Hemd macht das nichts.«

Auch Albert wühlte in den Uniformteilen herum wie auf einem Basar. Erhard zögerte plötzlich. Dass die Sachen allesamt von Gefallenen zu stammen schienen oder von Kriegsgefangenen, die in deutschen Lagern verhungert waren, störte ihn. Warme Sachen waren im polnischen Winter nie zu verachten, egal, in welchem Zustand sie waren. Aber warum gab die SS ihnen die? Normalerweise, das wussten sie, wurde Kleidung aus den Konzentrationslagern heraus und ins Reich geschafft, um dort an Bedürftige verteilt zu werden. Mit solchen Aktionen versuchten die Nazis, ihr ramponiertes Ansehen aufzupolieren. Was dazu nicht mehr taugte, wurde zu Filz oder Putzlappen verarbeitet. KZ-

Insassen bekamen nichts, die brauchten auch nichts. Die arbeiteten, bis sie tot umfielen, und das war der Sinn der Sache. Wieso war das hier anders?

Wieder hörte er das weit entfernte Grummeln. Artillerie, kombinierte er. War die Front schon so nah? Dann wurde es knapp für die Nazis, wenn sie noch alle Beweise ihrer Unmenschlichkeit, ihrer millionenfachen Blutschuld verschwinden lassen wollten. Vor allem die Beweise, die reden konnten. Ihre letzten Gefangenen, Tausende, die Reste von Millionen. Diejenigen, die mithelfen mussten, das Vernichtungswerk durchzuführen. Die daran bisher noch nicht zugrunde gegangen waren, weil sie ein wenig stärker waren, etwas länger durchhielten als die anderen. So wie Albert und Erich, wie er selbst. Wie sollte man die alle so schnell verschwinden lassen? Lassen, das war das Wort. Die meiste Arbeit bei ihrer eigenen Ermordung und Vernichtung hatten die Deutschen ihre Häftlinge selbst machen lassen. Jetzt kam der Feind. Ganz klar, der sollte für die Nazis den Rest erledigen.

Erhard hatte schon einen langen Wehrmachtsmantel in der Hand gehalten, blutverschmiert, aber ohne Löcher. Vermutlich Kopfschuss. Er legte ihn wieder weg und griff nach einer russischen Uniform, hielt sie sich demonstrativ vor den Bauch. Sofort kam einer der SS-Wächter auf ihn zu. »Nichts da, keine Russenkittel! Die Hose kannst du anziehen, aber nicht die Jacke. Nimm die deutsche da, die passt doch. Und selbst wenn nicht – anziehen!« Er richtete die Mündung seiner Schmeisser-MP auf Erhard, bis der die russische Uniform weggelegt und die deutsche übergestreift hatte.

Alles klar, dachte Erhard. Nicht nach Westen, armer Albert. Nach Osten, mitten hinein ins russische Feuer.

Unter die Ketten der sowjetischen Panzer. Futter für deren Kanonen. Nach der Schlacht würde man keine KZ-Insassen finden, nur tote deutsche Soldaten. Und tote russische. Viele der Häftlinge zogen sich russische Sachen an, ohne dass ein Bewacher sie daran hinderte. Irgendetwas war faul, dachte Erhard. Warum werden wir anders behandelt? Erich und Albert und ich?

»Los, weiter! Wer fertig ist, weiter! Vorwärts, oder wir machen euch Beine!« Sie wurden durch die Scheune hindurchgetrieben. Auch hinten gab es ein offenes Tor. Hier hörte man das Grummeln schon deutlicher. »Vorwärts, los! Schwingt die müden Knochen!«

Nach dem kurzen Aufenthalt beim Umkleiden tat jede Bewegung doppelt weh, fand Erich, die Erschöpfung war viel stärker spürbar als zuvor. Es war, als hätten sie auf einer Steigung gebremst und müssten erneut Anlauf nehmen. Rundherum wurde gestöhnt und geklagt; überall kamen die Peitschen zum Einsatz. Das würde noch zunehmen, wenn erst alle kapiert hatten, was ihnen bevorstand.

»Ihr da! Hier rüber! Los, hier entlang! Für euch geht es dort raus!« Zwei SS-Leute trieben sie zwischen alten Heuwagen und urtümlichen Ackergeräten hindurch zu einer Seitentür. Dass dort zwei SS-Offiziere auf sie warteten, überraschte Erhard schon nicht mehr. Natürlich waren es Georg und Hasko Zander.

Die SS-Männer trieben sie zu einem offenen Mannschaftswagen, vorne Räder, hinten Ketten, drei Sitzbänke mit je drei Plätzen. Solch einen Hybriden hatte Erhard noch nie zuvor gesehen. Auch Albert guckte eher interessiert als verängstigt. In seiner Zeit in der Werkstatt in Birkenau hatte er eine große Begeisterung für Fahrzeuge aller Art entwickelt, stellte Erhard zum wiederholten Male fest. Das hatte ihm manches leichter gemacht. Bis zu diesem Zeitpunkt.

Georg und Hasko Zander stiegen hinten ein, die beiden SS-Männer vorne. So hatten sie die drei Gefangenen zwischen sich; der Beifahrer konnte sie mit der MP von der Seite her in Schach halten, ohne dass seine Vorgesetzten Gefahr liefen, ins Feuer zu geraten. Natürlich waren auch die beiden Zanders bewaffnet, wie immer.

Der Wagen fuhr los. Natürlich in Richtung Osten. Das eigenwillige Fahrwerk war alles andere als komfortabel, aber es schluckte die Unebenheiten des Weges, der es kaum verdiente, so genannt zu werden.

»Auf ein Neues, Erhard«, sagte Georg. »Du schuldest uns noch eine Auskunft. Denk gerne noch ein bisschen nach, aber solange fahren wir weiter in dieser Richtung. Sobald ich weiß, was ich wissen will, drehen wir um.«

»Wir sitzen alle in diesem Wagen, Georg«, erwiderte Erhard. »Womit willst du uns drohen?«

Georg Zander, der hinten rechts saß, beugte sich vor. »Wenn ich drohe, sieht das anders aus, Erhard Köhler, du Maulheld«, knurrte er und stieß dessen Bruder Erich von hinten an. »Stimmt's, alter Torjäger? Du weißt, was ich meine.« Leise fügte er hinzu: »Umdrehen werden wir auf jeden Fall. Für euch geht es darum, ob ihr dann noch mit in diesem Wagen sitzt.«

Der Wagen rumpelte durch ein riesiges Schlagloch. Erich, der direkt hinter dem Beifahrer saß, bekam die MP-Mündung gegen die Stirn. Auf dem Mittelplatz hatte Erhard nichts, um sich festzuhalten, und rutschte gegen die Rückenlehne vor ihm. »Pass gefälligst auf!«, brüllte der Fahrer, der Mühe hatte, den Wagen in der Spur zu halten, zumal sich immer mehr Schneeflocken auf seiner Schutzbrille sammelten.

»Also los jetzt«, zischte Georg Zander. »Gib mir die andere Adresse.« Er zog seine Luger. »Jetzt sofort!«

»Wie sah es denn im Depot in der Achternstraße aus?«, fragte Erhard, als säßen sie gemütlich nebeneinander auf einer Parkbank beim Plausch. Er musste Zeit gewinnen, denn noch hatte er die Situation nicht durchschaut. »War alles in Ordnung im alten Kohlenkeller? Hoffentlich kein Wasserschaden oder so. Immerhin ist die Waschküche nebenan.«

Georg Zander zielte mit seiner Pistole auf Erich. »Sofort, habe ich gesagt!«, brüllte er Erhard an. »Die Adresse!«

Er war noch gar nicht da, kombinierte Erhard. Sein Gehirn arbeitete mit Höchstgeschwindigkeit. Er war noch gar nicht wieder in der Heimat, er spielt va banque! Ich kann ihm irgendeine Adresse sagen, ganz gleich, wie will er sie überprüfen? Aber ganz egal, was ich ihm sage, anschließend werden er und seine Leute uns erschießen. Das ist der Hauptzweck dieser Aktion. Sicherstellen, dass wir stumm sind, für alle Zeiten. Die Adresse wäre eine Zugabe. Was also sage ich ihm, wenn es so oder so aufs Erschießen hinausläuft?

Va banque spielen, dachte er, das kann ich auch. Was hatte er noch zu verlieren? Er wandte sich an Georgs Bruder. »Sag mal, Hasko, hast du eigentlich inzwischen gemerkt, dass Georg deine Frau fickt? Die ganze Zeit schon? Die beiden knutschen auch in aller Öffentlichkeit. Solltest du wissen. Sonst wissen das nämlich schon alle.«

Hasko Zander riss seine Augen auf, sein Unterkiefer klappte nach unten. Zum ersten Mal sieht sein Gesicht nicht zusammengequetscht aus, dachte Erhard. Dann ging alles rasend schnell.

Hasko Zander zog seine Pistole, um sie auf seinen Bruder zu richten. Georg Zander hatte seine Waffe bereits in der Hand und schoss Hasko mitten ins Gesicht. Der Treffer war nicht tödlich; Hasko brüllte und fuchtelte mit seiner Waffenhand. Erhard drückte Alberts Kopf herunter. Hasko drückte ab, der Schuss traf den Fahrer in den Hinterkopf. Der brach über dem Steuer zusammen, verriss es dabei nach rechts. Der Wagen brach aus der Spur und rumpelte durch den flachen Straßengraben. Der Beifahrer wurde mitsamt seiner MP hin und her geworfen. Erhard und Erich sahen gleichzeitig, wie sich sein Zeigefinger um den Abzug krümmte. Erich reagierte zuerst. Ehe Erhard es verhindern konnte, griff sein Bruder nach der Mündung der Schmeisser. Eine Geschossgarbe zerfetzte seine Brust. Erhard schrie entsetzt auf. Georg Zander schoss noch einmal auf Hasko, traf ihn aus nächster Nähe mitten in die Stirn. Dann richtete er seine Luger auf Erhard. Der hatte das geahnt und schlug sie ihm aus der Hand.

Der Wagen war währenddessen langsamer geworden. Trotzdem gab es einen gewaltigen Ruck, als er gegen eine Birke fuhr und zum Stehen kam. Das Geräusch des Motors erstarb. »Raus!«, schrie Erhard mit erstickter Stimme, half Albert zum Hinausspringen und stürzte selbst hinterher. Sie liefen um den Baum herum, brachten sich dahinter in Deckung. Jeden Moment musste die Maschinenpistole losbellen und ihnen einen Kugelhagel nachschicken.

Stattdessen jedoch fiel nur ein einziger Schuss. Georg Zander tötete den Beifahrer, der alles mit angesehen hatte, mit einer Kugel in den Hinterkopf. Dann beugte er sich über seinen erschossenen Bruder, öffnete seine Uniformjacke und zog sie ihm aus. Erhard sah, wie er Haskos Brieftasche öffnete, den Inhalt kontrollierte, alle Papiere durchblätterte. Anschließend tauschte er Haskos Jacke gegen seine eigene.

Erhard rüttelte Albert an der Schulter. »Los, weiter! Schnell!« Tränenblind lief er über ein schneebestäubtes Feld, stolperte durch gefrorene Furchen, Albert hinter sich her zerrend. Jeder Meter konnte entscheidend sein! Es dauerte aber länger als gedacht, bis Georg Zander den Wagen startete und zurücksetzte. Und anstatt ihre Verfolgung aufzunehmen, wendete er das Fahrzeug und trat den Rückweg an. Keuchend hielten die Fliehenden an, kauerten sich hin, kämpften gegen die Schwärze vor ihren Augen. Als sich das Motorgeräusch weit genug entfernt hatte, schlichen Erhard und Albert vorsichtig zum Tatort zurück. Sie fanden vier Leichen vor, darunter die von Erich und Hasko Zander, aber natürlich keine Waffe.

Erhard kniete sich neben seinen Bruder, küsste ihn und drückte ihm die Augen zu. Tränen fielen auf die geschlossenen Lider. »Mach's gut, Erich«, flüsterte Erhard. »Bitte verzeih mir.« Das war alles, was er herausbrachte.

Erneut waren weit entfernte Artilleriegeräusche zu hören. Dazu das Dröhnen schwerer Motoren, das langsam näherkam. Panzerketten klirrten.

»Was jetzt?«, fragte der kleine Albert.

Erhard hätte ihm gerne geantwortet. Aber so sehr er es auch versuchte, er konnte es nicht. Sein Gehirn fühlte sich taub an.

30.

»Sie haben mir geraten, mich ans PMO zu wenden«, berichtete Venema.

»Ist das ein Ableger der PLO?«, versuchte Stahnke zu scherzen. Ohne Erfolg.

»*Państwowe Muzeum Auschwitz-Birkenau*«, erläuterte der Oberkommissar. »Abkürzung PMO. Die forschen zum Thema Holocaust, aber auch zum *Porajmos* an den Sinti und Roma.« Mit Blick auf seinen Vorgesetzten fügte er hinzu: »So nennt man den Völkermord an den europäischen Sinti und Roma.«

»Also quasi das Gleiche in Braun«, sagte Stahnke und nickte. Venema guckte irritiert.

»Braun war die Farbe der Winkel, die Sinti und Roma im KZ an der Kleidung tragen mussten«, kam Sibylle Wiemken dem Hauptkommissar zuvor. Stahnke nickte anerkennend.

»Im Internet gibt es auch Listen mit KZ-Nummern«, fuhr Venema fort. »Aber dort sind vor allem Prominente aufgeführt. Künstler, Politiker, Sportler. Und auch Funktionshäftlinge. Das waren Gefangene, die das ganze Lager am Laufen gehalten haben. Ohne die hätten die Nazis ihre Mordquoten überhaupt nicht erfüllen können. Und diese Häftlinge wiederum haben sich dadurch unentbehrlich gemacht. So haben sie länger als andere überlebt.«

»Haben die Nazis wirklich jeden einzelnen Gefangenen erfasst und mit einer Nummer versehen? Was für ein Bürokratismus.« Sibylle Wiemken schüttelte sich.

»Teilweise«, korrigierte ihr jüngerer Kollege. »Als die Todesmaschine erst richtig lief, wurden viele Menschen direkt aus den Zügen in die Gaskammern geschickt. Da wurden keine Namen und persönlichen Daten registriert, da wurde nur noch gezählt. Und natürlich geplündert.« Venema schloss für einen Moment die Augen. »Es lohnt sich wirklich, mal zum DIZ zu gehen, um sich zu informieren«, sagte er dann. »Oder die Gedenkstätte Esterwegen zu besuchen. Da verliert man allerhand Illusionen über das Volk der Dichter und Denker.«

Richter und Henker, ergänzte Stahnke automatisch, verkniff sich aber diesen Kommentar. Früher einmal hatte er sich als Zyniker gefallen, hatte behauptet, sich längst jeglicher Illusion entledigt zu haben. Aber wenn man an nichts anderes mehr glaubte als an das Schlechte im Menschen, wurde das eigene Leben unerträglich. Irgendwann hatte er daher zum prinzipiellen Optimismus zurückgefunden. Gepaart mit prinzipieller Skepsis. Das funktionierte ganz gut, fand er.

»Hochgeistige Gespräche? Hier bin ich richtig.« Die Stimme schien aus unendlichen Weiten zu kommen, aber Doktor Mergner stand bereits in der Tür, einen dünnen Aktendeckel in der Hand. »In der deutschen Vergangenheit zu suchen, ist immer eine gute Idee. Dort findet man alles Mögliche. Wie in einem gut sortierten Leichenkeller.«

Stahnke nickte ihm zu. »Was bringen Sie uns mit aus der deutschen Gegenwart? Etwas Erhellendes, hoffe ich doch.«

Der Gerichtsmediziner trat näher, seine hagere Figur vom weißen Kittel umbauscht. Bei ihrer letzten Begegnung hatte dem Hauptkommissar dieses Detail gefehlt; jetzt war sein Weltbild wieder in Ordnung. »Wie man es nimmt«, erwiderte Doktor Mergner. »Kein neues Schlaglicht, höchstens ein Nachtleuchter mit einem Kerzchen. Aber wer weiß, vielleicht zeigt Ihnen beides den rechten Weg.«

Sibylle Wiemken kicherte; offenbar kannte sie den alten Werbespot für Abführmittel noch, in dem solch eine Leuchte eine zentrale Rolle spielte. Stahnke hoffte stark, dass sie sich nicht gerade ihn mit Nachtmütze auf dem Kopf beim Klogang vorstellte. Bei Venema konnte er sich dessen sicher sein, der guckte völlig verständnislos.

»Im Großen und Ganzen haben sich die Ersteindrücke bestätigt«, fuhr Doktor Mergner fort. »Unser Toter, von dem wir inzwischen wissen, dass er den Namen Heino Zander führte, ein Apartment am Alten Stadthafen bewohnt hat und 66 Jahre alt geworden ist, wurde gefoltert und starb durch Ertrinken. Fesselung und angehängtes Gewicht begründen die Annahme, dass dieser Ertrinkungstod absichtsvoll herbeigeführt wurde, also sprechen wir von Ertränken. Kleiner, aber feiner Unterschied.« Er schickte einen Dozentenblick in die Runde. »Neu ist, dass besagtes Gewicht, nämlich die Autofelge, die am Hals des Toten festgebunden war, eine doppelte Funktion hatte. Wir haben nämlich anhaftendes Blut gefunden. Dieses Blut stammt eindeutig vom Opfer.«

»Blut? Obwohl die Felge in fließendem Wasser hing?«, fragte Stahnke.

»Guter Einwand.« Doktor Mergner nickte anerkennend. »Das Blut wurde nicht abgewaschen, weil es bereits angetrocknet war. In Rostnarben eingesickert und verkrustet, an mehreren Stellen. Die Felge ist also mehrere Stunden vor dem Tod des Opfers mit dessen Blut in Berührung gekommen. Und zwar mit Nachdruck, denn es fanden sich auch Hautpartikel in den Anhaftungen.«

Wie konnten die an die Felge gekommen sein? Stahnke stellte sich das schwere Stahlteil bildlich vor. Auf jeden Fall musste man es mit beiden Händen anfassen, um es kontrolliert anheben zu können. Und dann … Er führte die Bewegung pantomimisch aus.

»Ganz genau«, lobte der Gerichtsmediziner erneut. »So muss es ausgesehen haben, als der Täter dem Opfer damit Finger und Zehen zerschmettert hat.«

Sibylle Wiemken schnappte erschrocken nach Luft, Thorsten Venema verzog schmerzlich seinen Mund. Stahnke fragte: »Fingerabdrücke?«

»Leider nein. Das Ding ist rostpockennarbig, auf dem Untergrund wäre es schwer gewesen, einen brauchbaren Abdruck zu sichern. Es war aber rein gar nichts zu finden. Also entweder gründlich gesäubert – oder Handschuhe benutzt.«

»Was für ein Fabrikat ist es denn?«, fragte Venema. »Kann man daraus irgendwelche Rückschlüsse ziehen?«

»VW Golf, über 20 Jahre alt, vermutlich vom Schrottplatz.« Doktor Mergner zuckte mit den schmalen Schultern. »In dieser Richtung kann ich Ihnen nicht weiterhelfen. Nur viel Erfolg wünschen.« Er setzte zum Abgang an, hob grüßend die Hand und entsann sich der Mappe, die er darin hielt. »Ach richtig, Ihre Gentests sind da. Alle beide. Ging ungewöhnlich schnell diesmal. Kollegin Schönborn wollte sie persönlich abholen, aber weil ich sowieso gerade auf dem Weg hierher war … Wer möchte?«

Die drei Ermittler schauten einander verwundert an. Stahnke griff als Erster zu. »Hat die Kollegin irgendetwas dazu gesagt? Für wen ist das, für welchen Fall?«

»Na, für Sie. Hier steht es doch«, erwiderte der Pathologe. »Im aktuellen Fall. Ohne Mord wäre es sicher nicht so schnell gegangen.« Er verließ das Büro und ließ die anderen ratlos zurück.

31.

»Komm zu mir.« Sie schlang ihre Arme um seinen Hals, zog ihn zu sich aufs Bett. Sie küssten sich lang und innig. Ihre Lippen sind immer noch so weich, dachte er, und ihre Zunge ist immer noch so vorwitzig. Er streichelte ihren Arm, ihre Brust, ihren hoch gewölbten Bauch. Etwas Festes bewegte sich dort, schmiegte sich in seine Handfläche.

»Ist das der Kopf?«, fragte er.

Sie lachte hell. »Eher der Popo.« Sie drängte sich ihm entgegen. »Komm zu mir!«

»Aber unser Kind.« Er küsste sie auf beide Wangen und löste sich behutsam von ihr. »Wir können doch nicht … fühl mal, es ist wach.«

»Hast du Angst, dass sie uns zuguckt?« Siemtje richtete sich auf die Ellbogen auf. »Oder dass du etwas kaputtmachst? Ihr Männer habt auch keine Ahnung. Wenn Frauen immer so zimperlich wären, würden wir zu gar nichts kommen. Und wenn ihr Männer die Kinder kriegen würdet, wäre die Menschheit sowieso längst ausgestorben.«

»Wenn Männer die Kinder bekämen, würden sie das Leben bestimmt höher schätzen.« Er blieb neben ihr liegen und streichelte weiter ihren Bauch, zärtlich und ehrfurchtsvoll. »Jedes einzelne Leben sollte unter einem besonderen Schutz stehen. Und jeder, der sich an solch einem Leben vergeht, der sollte …« Er verstummte. Der sollte was? Sein Leben verlieren? Da biss sich die Katze in den Schwanz.

»Du redest wie unser Pastor.« Sie strich ihm durchs Haar, legte ihren Kopf schief, zwinkerte ihn neckisch an. »Ich habe jetzt aber keine Lust auf eine Predigt. Ich habe Lust auf dich!«

»Am heiter hellen Vormittag? Aber Frau de Vries, was ist denn das für ein ungebührliches Benehmen!« Ihre Brust fühlte sich wundervoll an, größer als sonst. Sie trug eindeutig keinen Büstenhalter. Sein Körper reagierte heftig. Ihre Lippen öffneten sich. Er warf alle Bedenken über Bord.

Es klingelte an der Tür. Er schrak zusammen, sie klammerte sich an ihm fest. »Schhh«, machte sie. »Alles ist gut. Du bist in Sicherheit. Das ist bestimmt nur der Postbote. Nichts Schlimmes! Keiner kommt dich holen. Der will nur einen Schnaps und ein Pläuschchen. Wenn wir nicht aufmachen, geht der wieder.«

Es klingelte erneut. Kurz darauf klopfte es. »Mijnheer de Vries?«, rief eine tiefe Stimme.

»Es ist wirklich der Postbote«, flüsterte Siemtje und streichelte ihn beruhigend.

»Aber er geht nicht weg«, antwortete Erhard ebenso leise.

Wieder das Klopfen. »Aangetekend Schrijven voor U!«, rief der Postmann.

Erhard sprang vom Bett, kontrollierte seine Kleidung und eilte zur Tür. »Goedemorgen, Mijnheer Dijkstra!« Er zeichnete die Empfangsquittung ab; sein neuer Name ging ihm gut von der Hand. Der Postbote händigte ihm ein großes Couvert und die übrige Post aus und verabschiedete sich: »Tot ziens, Mijnheer de Vries!«

»Die Unterlagen für die Reederei?« Siemtje tauchte hinter ihm im Flur auf, beide Hände ins Kreuz gestemmt, den Babybauch vorgestreckt. »Das ist natürlich wichtiger.

Geschäfte gehen vor ehelichen Pflichten.« Sie versuchte ein ironisches Lächeln, das ihr völlig misslang.

»Gar nichts geht vor!« Er warf Briefe und Zeitungen auf die Flurkommode und streckte beide Arme nach ihr aus, aber sie drehte sich weg. Erhard sah, wie sie sich im Spiegel musterte. »Du bist noch genauso süß wie damals«, flüsterte er ihr ins Ohr. »Ich bin dir ewig dankbar, dass du auf mich gewartet hast.« Dann fiel ihm etwas ein: »Wieso eigentlich *sie*? Du hast vorhin *sie* gesagt. Wie kommst du darauf, dass es ein Mädchen wird?«

»Die Hebamme meint das. Frauen, die Jungs erwarten, sehen angeblich strahlender aus.« Sie zog eine Grimasse und streckte ihrem Spiegelbild die Zunge heraus. »Du behauptest, ich würde immer noch süß aussehen? Guck hier, Fältchen um die Augen. Anfassen wolltest du mich auch nicht mehr. Von wegen süß!«

Stimmungsschwankungen, dachte er, kommen vor in der Schwangerschaft. Frauen waren eben mysteriös. Dauernd erwarteten sie etwas von einem, als ob man Gedanken lesen könnte. Und wenn man zu lange brauchte, um etwas zu kapieren, war gleich Holland in Not! So wie jetzt gerade. Er hätte wohl etwas sagen sollen, aber was? Zu spät. Jetzt stampfte sie ärgerlich in Richtung Küche.

Er nahm das große Couvert und öffnete es. Die Firma war eingetragen worden, damit war es offiziell. *Koolbrand en Compagnie*! Eine kleine Reminiszenz an seinen richtigen Namen, zugleich eine hervorragende Tarnung. *Koolbrand* war eine Briefkastenfirma, genauer der Anfang einer verschachtelten Reihe von Briefkastenfirmen. Deren Ende war irgendwo in Surinam, bei einem Rechtsanwalt, der solche Dienste gegen Gebühr anbot. Erhard Köhler selbst verbarg sich hinter *en Compagnie*. Dort waren Siemtje de

Vries-Dekker und Paul Dekker als stille Teilhaber aufgeführt. Dekker war der Mädchenname von Siemtjes Mutter; den hatten sie damals im Krankenhaus als ihren Nachnamen eingetragen, weil die Eltern zum Zeitpunkt der Niederkunft noch nicht verheiratet waren. Später wurde de Vries-Dekker draus. Siemtje nannte sich stets nur de Vries, Paul war Erichs zweiter Vorname. Paul Dekker war ein prächtiger Deckname, fand er.

Er ging ebenfalls in die Küche, wo Siemtje Tee zubereitete, und setzte sich an den Tisch. Siemtje schaute ihm über die Schulter, musterte die Dokumente. »Was machen Sie in meiner Wohnung, Paul Dekker?«, flachste sie und kniff ihn in die Wange. »Aber warum musste der Firmensitz unbedingt Groningen sein? Warum nicht Leeuwarden? Hier wohnen wir doch jetzt.«

»Eben drum«, erwiderte Erhard. »Ich muss immer noch damit rechnen, dass man in Groningen nach mir sucht. Hier in Leeuwarden bin ich Erich de Vries. Als stiller Teilhaber unserer Groninger Reederei bin ich Paul Dekker. Und dass uns einer bis Surinam hinterherschnüffelt, will ich mal nicht hoffen.«

Siemtje schenkte Tee ein und setzte sich Erhard gegenüber. »Ich würde lieber in Deutschland wohnen«, maulte sie. »Weißt du, dass es hier ein paar Weiber gibt, die mich hinter meinem Rücken immer noch ›Moffengriet‹ nennen? Und das acht Jahre nach dem Krieg! Unsere Nachbarin hat es mir erzählt, heute früh beim Bäcker.« Sie lächelte. »Du hast wirklich brav Niederländisch gelernt, aber wenn du den Mund aufmachst, hört man immer noch den deutschen Akzent.«

»Wir können nicht nach Deutschland.« Erhard schüttelte bedauernd den Kopf. »Viel zu gefährlich für mich.«

»Aber dein Freund Albert ist doch auch zurück nach Oldenburg gegangen. Neulich war ich am Telefon, als er mal wieder anrief. Er fährt dort jetzt Lastwagen. Hat er von dir gelernt, sagt er.«

»Mit Albert ist das etwas anderes.« Er schüttelte den Kopf, aber die Bilder waren trotzdem sofort da. Die Bilder, der Schmerz und die Schuld. Der Panzer, der sie aufgesammelt hatte, damals nach Erichs Tod, nach Georg Zanders Brudermord bei Auschwitz. Die Besatzung hatte es eilig gehabt, sehr eilig, die Russen saßen ihnen im Nacken. Niemand hatte auf die herumliegenden Leichen geachtet, und um die verfluchte Scheune, wo die SS KZ-Häftlinge als Kanonenfutter verkleidete, hatten sie einen Bogen gemacht. Albert hatte sich als Hitlerjunge ausgegeben, der sich heimlich die Uniform seines an der Ostfront gefallenen Vaters angezogen hatte, um seinen Tod zu rächen. Das hatte den Panzerkommandanten so gerührt, dass er den Jungen am nächsten intakten Bahnhof in einen Lazarettzug Richtung Heimat geschmuggelt hatte. So war er auf Umwegen in Oldenburg gelandet, wo sich ein ehemaliger Frisia-Fußballer seiner angenommen hatte. Albert war wirklich in ein weiches Nest gefallen. So viel Glück hatte Erhard nicht gehabt. Aber am Ende war auch er der Hölle entronnen.

»Warum soll es denn für dich in Deutschland gefährlicher sein als für Albert?« Siemtje ließ nicht locker. »Dieser Georg Zander, der hinter dir her war, ist doch aus dem Krieg gar nicht zurückgekehrt. Was soll dir passieren?«

»Noch nicht zurückgekehrt«, verbesserte Erhard. »Noch nicht. Es werden immer noch viele Tausend Kriegsgefangene in Russland festgehalten. Wer weiß, vielleicht ist Georg einer davon. Bundeskanzler Adenauer bemüht sich um Gespräche mit den Sowjets, das stand in der Zeitung. Irgendwann hat er vielleicht Erfolg, und dann …«

»Und was dann? Falls der noch lebt, muss er sich schön still verhalten. Als ehemaliger SS-Offizier. Sonst stellen die den doch vor Gericht!«

»Glaubst du wirklich?« Erhard war skeptisch. Was er von niederländischen Binnenschiffern über die Verhältnisse in Deutschland gehört hatte, ließ eher vermuten, dass die alten Nazis längst wieder Seilschaften gebildet hatten, einander in Schutz nahmen und nach und nach einflussreiche Posten besetzten. An Schulen und Gerichten, an den Universitäten und bei der Polizei wimmelte es von ehemaligen Nazis, und alle hielten eisern fest an ihrer Herrenmenschen-Ideologie. Diejenigen, die allzu viel Blut an den Händen hatten, um in der Heimat eine neue Karriere zu starten, flohen nach Südamerika, bestens betreut und versorgt von eigenen Hilfsorganisationen. Das Ganze nannte sich »Rattenlinie« und funktionierte vorzüglich. Natürlich, ein paar von den ganz Großen und ganz Schlimmen hatte man vor Gericht gestellt und abgeurteilt. Aber das waren nur Feigenblätter.

Dass es für Erhard einen weiteren Grund gab, Oldenburg zu meiden, verriet er seiner Frau nicht. Manfred Grotelüschen, sein früherer Partner bei den illegalen Geschäften hinter dem Rücken der Zander-Brüder, der Zuhälter und Bandenchef, den er erschossen hatte, hatte Kinder. Die wussten, wer schuld war am Tod ihres Vaters und wie er aussah. Denen wollte er nicht über den Weg laufen, denn die würden kurzen Prozess mit ihm machen.

»Hier in den Niederlanden ist man vor Ex-Nazis auch nicht sicher«, sagte Siemtje. Sie hatte die Augenlider gesenkt und rührte so energisch in ihrer Tasse, dass der Tee überschwappte. »Sogar von den Fiesesten laufen ein paar noch herum, frech wie eh und je. Es ist nicht zum Aushalten!« Die letzten Worte stieß sie so laut aus wie einen Hilferuf.

Erhard schaute sie alarmiert an. »Was meinst du? Von wem redest du?« Er hatte eine Ahnung. »Onkel Henk?«

Siemtje nickte. Sie wurde rot; schämte sie sich? Weswegen? Ihr Gesichtsausdruck deutete eher auf Wut hin. »Er hat mich schlimm beschimpft, nachdem er uns erwischt hatte damals, und er hat mich auch geschlagen«, sagte sie stockend. »Sogar meine Mutter hat er geohrfeigt. Mein Vater hat ihn rausgeschmissen, aber Onkel Henk ist wiedergekommen, mit vier Mann! Sie haben Vater dermaßen zusammengeschlagen, dass er fünf Tage lang nicht arbeiten konnte. Das war schlimm.« Sie schluckte hart und laut. »Alle haben mir die Schuld dafür gegeben. Zur Strafe musste ich die dreckigsten und schwersten Arbeiten verrichten. Kohlen holen im Noorderhaven zum Beispiel.«

Erhard schlug wütend auf den Tisch. Er wusste, wer dort wohnte. »So eine Gemeinheit! War das Absicht?«

Siemtje schaute ihm in die Augen. »Wenn meine Eltern gewusst hätten, wozu Onkel Henk imstande ist, hätten sie mich bestimmt nicht dorthin geschickt.«

Seine Hände krallten sich ins Tischtuch. Die kleinen Teetassen fielen um, das Spitzendeckchen färbte sich braun. Es kümmerte ihn nicht. »Er hat … dir das angetan?« Erhard fühlte eine Hitze in sich aufsteigen, die er sich lange, viele Jahre lang verboten hatte. Rache ist ein Tier, das niemals satt wird, hatte er sich gesagt. Rache ist ein Rad, was immer weiterrollt und alles unter sich zermalmt. Stoppen kann man es nur durch Verzicht. Erhard hatte sich für Verzicht entschieden, um des lieben Friedens willen. Er hatte selbst mehr als genug Blut an den Händen.

Vergeben konnte er nicht, dazu fehlte ihm der Glaube an göttliche Gebote, an höheren Beistand. Wo war Gott gewesen all die dunklen Jahre lang? Chancen, sich zu offenbaren und zu beweisen, hätte er genügend gehabt. Warum sollte man einen Gott mit seinem Glauben und mit Gebeten füttern, der einem im entscheidenden Moment den Rücken zuwandte? Vertan, erledigt. Im Verzicht jedoch war Erhard geübt. Was ihm geblieben war, genügte ihm vollauf. Seine Depots, seinen Schatz brauchte er nicht zu seinem Glück. Er hatte Siemtje, bald hatten sie das Kind, er besaß aus seinen Groninger Liegenschaften genügend Kapital zur Gründung der Reederei. Wozu brauchte er Rache? Außerdem war Deutschland voller Mörder, voller Mitschuldiger. Wo hätte er anfangen sollen?

Dies hier jedoch war etwas anderes. Dies war persönlich, dies war Familie. In dieser Sache wäre Verzicht gleichbedeutend mit Verrat. »Wie lange ging das?«, fragte er heiser.

»Ein halbes Jahr«, antwortete seine Frau. »So ein brutales Schwein ist er, es hat so furchtbar wehgetan. Er hat mich abgefangen, wenn ich im Noorderhaven war. Nicht jedes Mal, nur hin und wieder. Wie es ihm gerade passte.« Eine Träne rollte über ihre zornesrote Wange. »Die Angst war aber jedes Mal da. Das war fast genauso schlimm.«

»Und jetzt?«, fragte Erhard.

»Als ich meine Eltern vor zwei Monaten in Groningen besucht habe, saß Henk kackfrech mit am Kaffeetisch«, berichtete Siemtje. »Hat blöde Witze gemacht über meinen Zustand. Vater hat mitgelacht! Ich musste raus und mich übergeben. Danach wollte ich gleich weg, aber Mutter hat mir zugeredet. Alte Wunden müssten verheilen, man müsste auch vergeben und vergessen können. Weil wir doch alle eine Familie sind!«

Familie, dachte Erhard. Familie ist das Größte. Und wo war seine? Schwarzer Schnee, verweht wie Rauch. Die Mörder hatten auch Familien. Eins dieser Schweine gehörte jetzt zu seiner. Seiner neuen Familie. Was wollte ihm das Schicksal eigentlich noch zumuten?

»Sie haben ihm erzählt, dass wir nach Leeuwarden gezogen sind«, sagte seine Frau. »Ich wette, demnächst steht er bei uns vor der Tür.«

Damit war es entschieden. Erhard stand auf, ging um den Tisch herum. Siemtje warf sich in seine Arme.

Am späten Nachmittag machte er sein Motorrad klar, eine Royal Enfield aus englischer Vorkriegsproduktion mit zuverlässigem Einzylindermotor. 65 Kilometer waren es bis Groningen; etwas mehr, wenn man einen Bogen um die Stadt Drachten machte. Am frühen Abend stellte er die Maschine am Groninger Bahnhof ab, zog sich seine Schiebermütze tief ins Gesicht, betrat die Halle und studierte die Abfahrtstafel. Er verließ den Bahnhof im Strom der Fahrgäste und ging zu Fuß zum Noorderhaven.

Er hatte Glück. Henk de Vries stand dort am Kai, mit zwei anderen Männern ins Gespräch vertieft, nicht weit von der Stelle, an der er Erhard seinerzeit ins Wasser gestoßen hatte. In der Dämmerung war nicht zu erkennen, ob seine aschblonden Haare inzwischen grau geworden waren. Sein Rücken aber war deutlich gekrümmt und sein Bauch noch dicker als früher.

Erhard drückte sich hinter einem Bauholzstapel herum und rauchte. Das hatte er im Krieg gelernt. Damals rauchte jeder, und zwar alles, was man kriegen konnte, es kam überhaupt nicht drauf an. Auf nichts. Sobald er wieder ein Leben besaß, hatte er aufgehört, von einem Tag auf den anderen. Rauchen war eine Frage der Situation. Dies hier war wieder einmal eine Rauch-Situation. Rauchen und denken. Nicht nachdenken, nur den Gedankenstrom fließen lassen. Das große Tor einen Spalt breit öffnen. Gegenwart und Vergangenheit schmolzen ineinander. Gesichter tauchten auf und vergingen zu Rauch. Vater, Mutter, der blutende Djamel, immer wieder Erich. Erich vernarbt und halbblind, Erich gefoltert und verkrüppelt, Erich, der sich in die Geschossgarbe warf, um ihn und Albert zu retten. Der pfiffige Albert an seinem großen Tag, den er als Django begonnen hatte. Und immer wieder Erich, lachend und Fußball spielend, aufbrausend und versöhnlich, Erich, berstend vor Lebensfreude. Bis in den Tod. Was würde Erich tun an seiner Stelle? Würde er das lange, qualvolle Sterben, den elenden Tod seines Bruders ungesühnt lassen? Würde auch er feige verzichten?

Erhard schüttelte den Kopf, um den Gedankenstrom zu unterbrechen, ehe der ihn mit sich riss. Hier ging es nicht um Erich, sondern um Siemtje. Oder um beide? Um beide und ihn selbst? Mehrmals wechselte er seinen Standort, weil das Gespräch am Kai kein Ende nehmen wollte; die drei Männer ließen eine Geneverflasche kreisen und wurden immer lauter und aggressiver. Endlich trennten sich die drei, wie es sich anhörte, im Streit. Bestimmt hatten das auch einige der Anwohner mitbekommen, dachte Erhard. Die würden sich später daran erinnern. Besser konnte es nicht laufen.

Erhard wusste, welchen Weg Henk de Vries nehmen würde. Er eilte voraus, nahm einen kleinen Umweg und erwartete ihn in einer schmalen, fensterlosen Gasse. Es hätte ihm nichts ausgemacht, ihn von hinten zu töten, aber dann trat er ihm doch offen in den Weg. Henk der Vries hatte glasige Augen, es dauerte einen Moment, bis Erhard sicher sein konnte, dass er ihn erkannt hatte. Dann zertrümmerte er ihm mit einem schnellen Hieb den Kehlkopf und trat ihm in die Klöten. Das tat er mit solcher Inbrunst, als hätte er Georg und Hasko Zander in einer Person vor sich. Röchelnd ging der große, schwere Mann in die Knie. Sollte er ihm noch etwas sagen? Das war er nicht wert. Erhard trat hinter ihn, packte ihn an den Haaren, riss seinen Kopf nach hinten und schlitzte ihm mit einem Fischmesser die Kehle auf, so geschickt, dass alles Blut von ihm wegspritzte. Nur sein Handschuh bekam etwas ab. Das hatte er vorausgesehen, hatte extra alte Arbeitshandschuhe angezogen, die er eine Straße weiter in einen Mülleimer warf. Das Messer flog in die Gracht. Als er beim Bahnhof sein Motorrad startete, achtete niemand auf ihn.

Während der Rückfahrt war er in einer seltsamen Hochstimmung. Immer wieder drehte er das Gas auf, ließ den Motor seiner Maschine aufbrüllen. Immer wieder rief er sich zur Ordnung. Rache war wie eine Droge, stellte er fest. Wie ein Rausch. Das hatte so gut getan! Aber Rache war auch ein Rad, das jeden überrollte. Er durfte nicht süchtig danach werden. Besser, er fand schnell auf den Pfad des Verzichts zurück.

Als er nach Hause kam, lag Siemtje schon im Bett. Sie hatte sich auf die Seite gerollt und wandte ihm den Rücken zu. Er drängte sich an sie, spürte ihre Wärme, roch ihren Duft, fühlte ihren Körper durch das dünne Nachthemd. Sie erwachte, murmelte seinen Namen, seufzte wohlig. Er drängte sich an sie, umschlang sie mit seinen Armen. Sie gurrte leise, als er ihr das Nachthemd nach oben schob, und sie stöhnte, als er in sie eindrang. Es war so wundervoll wie damals, als er sich heimlich aus dem Dachkammerversteck zu ihr geschlichen hatte. Als er kam, schrie auch Siemtje laut.

Sie schrie auch noch, als er längst fertig war. »Jetzt ist es so weit!«, keuchte sie. »Du hast das Kind geweckt.«

32.

Heute

»Das kann dich deine Karriere kosten, Kind«, sagte Sibylle Wiemken ebenso vorwurfs- wie mitleidsvoll. Mütterlich, fand Stahnke. Dabei war sie überhaupt nicht Mutter, war auch nie verheiratet gewesen. Machte sich hier ein Defizit bemerkbar?

»Bitte sprechen Sie mich nicht so an«, verlangte Manuela Schönborn aufbrausend. »Ich bin mir sehr wohl über die Tragweite meines Handelns im Klaren. Von wegen Kind!« Trotzig blickte sie zwischen ihren Vorgesetzten hin und her.

»Kind«, wiederholte Stahnke. »Genau darum geht es hier, nicht wahr? Wessen Kind Sie sind. Wer Ihr Vater ist, rein biologisch. Wenn Sie in dieser Hinsicht Zweifel hatten – gab es denn keinen anderen Weg, das festzustellen?«

»Dass der Ehemann meiner Mutter nicht mein biologischer Vater ist, weiß ich bereits«, erwiderte die junge Kommissarin.

»Daraus leiteten Sie die Berechtigung ab, sich illegal eine Gewebeprobe von einem Mordopfer zu besorgen? Und sich ebenso illegal ein DNA-Gutachten zu besorgen? Auf dem Dienstweg, noch dazu auf meinen Namen?«

Die Kommissarin behielt ihre trotzige Haltung bei, aber ihre Unterlippe begann zu beben. »Ich bitte dafür um Entschuldigung«, sagte sie leise. »Ich musste ja eintragen, wer die Ermittlung in dem Fall leitet. Na ja, es war natürlich nicht der Fall, um den es ging …«

»So kam dann eben eine Lüge zur anderen«, unterbrach Sibylle Wiemken streng.

»Die andere Probe hatte aber sehr wohl mit unserem Fall zu tun«, wehrte sich die junge Frau. »Die Frage, warum jemand die Leiche am Bootsliegeplatz der Journalistin Olivia Dressel platziert hat, stand von Anfang an im Raum. Es muss einen Bezug zu dieser Frau geben. Bei Durchsicht der Fotos meiner Mutter fiel mir die Ähnlichkeit zwischen Dressel und Siemtje de Vries auf, der Frau, die vor fast 40 Jahren hier in Oldenburg ertrank, nachdem sie ein Kind zur Welt gebracht hatte, und die eine Affäre mit Heino Zander hatte. Olivia Dressel könnte sehr wohl das Produkt dieser Affäre sein. Sie ist als Findelkind bei Pflegeeltern aufgewachsen. Wenn man davon ausgeht, dass ihr leiblicher Vater die Schuld am Tod ihrer leiblichen Mutter trägt, hätte man ein klares Motiv für den Mord an Heino Zander. Nämlich Rache.« Sie blickte herausfordernd in die Runde.

»Warum haben Sie nicht ganz offiziell einen Antrag auf Analyse einer DNA-Probe der Verdächtigen gestellt?«, fragte Stahnke.

Manuela Schönborn breitete ihre Arme aus. »Hätten Sie mir denn geglaubt?«, fragte sie leise.

»Wir sind hier nicht in der Kirche«, sagte der Hauptkommissar betont ruhig. »Hier wird nicht geglaubt, hier wird überzeugt. Nichts gegen Ihre Arbeitshypothese, die hat durchaus etwas für sich. Die hätte man abklopfen müssen, wie belastbar sie ist. Eine Idee überprüft man, die stellt man nicht auf einen Sockel und himmelt sie an. Wie gesagt, keine Kirche hier.«

»Frau Dressel hat den Fund der Leiche selbst gemeldet«, warf Sibylle Wiemken ein. »Und die Vermutung, die Platzierung könnte ein Hinweis auf einen Bezug zu ihrer Person sein, hat sie selbst ins Spiel gebracht.«

»Sie wäre nicht die erste Mörderin, die sich durch solche Hinweise selbst aus der Schusslinie nehmen will«, sagte die Kommissarin. »Die Art der Platzierung ergibt sich vielleicht aus den Umständen der Tat. Bisher sind wir davon ausgegangen, dass das Opfer zum Fundort hin transportiert worden ist – entweder als Leiche oder aber lebendig, wodurch der Fundort der Tatort wäre. Vielleicht jedoch war das Boot der Frau Dressel der eigentliche Tatort. Möglicherweise hat dort ein Treffen stattgefunden, das gab einen Streit, es kam zu den festgestellten Verletzungen und zum Mord. Statt die Leiche mühsam abzutransportieren, wurde sie am Steg drapiert. Eine passende Erklärung wurde gleich mitgeliefert. So wurde aus der Not eine Tugend gemacht.«

»Wenn ich einen Toten schon an Bord eines Bootes hätte, würde ich losfahren und die Leiche in der Weser entsorgen«, wandte Stahnke ein. »Oder auf See.«

»Dann wären Sie schon bei der Eisenbahnbrücke über die Hunte den Kollegen vom Wasserschutz in die Arme gelaufen«, erwiderte Sibylle Wiemken.

Stahnke schüttelte unwillig den Kopf. »Zufall! Aber gut, ein paar Ungereimtheiten nehmen wir in Kauf. Zum Beispiel das Vorhandensein einer Autofelge. Wo soll so was in einem Jachthafen plötzlich herkommen? Ich wüsste keine Erklärung. Egal, wie auch immer, wir gehen der Sache nach. Frau Dressels Boot muss erkennungsdienstlich untersucht werden, das geben wir gleich in Auftrag. Natürlich kann sie es inzwischen gereinigt haben, aber wenn es an Bord eine Bluttat gab, findet sich bestimmt etwas.«

»Und die Tests?«, fragte Manuela Schönborn und zeigte auf die dünne Mappe, die vor Stahnke auf dem Schreibtisch lag. »Wie sind sie denn nun ausgefallen? Positiv?« Sie zitterte vor Neugier.

Der Hauptkommissar ließ seine schwere Pranke auf die Mappe fallen. »Das Genmaterial, auf dem diese Tests basieren, wurde größtenteils illegal beschafft, daher können wir die Resultate offiziell sowieso nicht verwenden. Inoffiziell lautet meine Antwort: teils, teils.«

Manuela Schönborn saß da wie versteinert. Sibylle Wiemken nickte dem Hauptkommissar auffordernd zu.

»In Ihrem Fall«, sagte Stahnke endlich, »war das Testresultat negativ.«

33.

Mai 1956

Erhard Köhler schaute in den Spiegel und staunte. Neuer Anzug, neue Frisur – er sah aus wie ein neuer Mensch. Wie ein flotter, aber auch seriöser Mann Mitte 30. Einer, der nach Luzern passte. Und ins Hotel *Schweizerhof*. Hätte er diesen Anzug, diese Frisur schon heute Mittag getragen, dann hätte er sich in der Bank nicht derart fehl am Platz gefühlt. Trotz seines aufgebügelten grauen Sakkos und seiner auf Hochglanz gewienerten Sonntagsschuhe. Aber was waren solche kläglichen Bemühungen schon gegen echte Eleganz!

Solche Eleganz hatte der Schalterbeamte zur Schau gestellt, ganz unaufdringlich natürlich und ohne den Gast aus den Niederlanden mit dem deutschen Pass spüren zu lassen, wie schäbig er in diesem Hochglanzambiente wirkte. Da hob sich keine Augenbraue, da schüttelte niemand missbilligend den Kopf; das war die wahre Arroganz! Privatbankhaus *Ferdinand Fuchs*, Vermögensplanung mit Perspektive, solch ein Name, solch ein Slogan verpflichtete natürlich, dessen war man sich bewusst. Hier hatte man sich dem Geld verpflichtet, ohne Ansehen der Person des Besitzers. Deshalb hatten sich Georg und Hasko Zander seinerzeit auch für diese Bank entschieden. Einmal hatten sie Ehrhard mit hierhergeschleppt, zur Konteneröffnung. Fast wäre er vergangen vor Ehrfurcht seinerzeit. Das hatte ein wenig nachgelassen, als ihm klar wurde, dass die Leute hier ebenso geldgierig waren wie die Zanders und er. Mindestens. Eigentlich hatte er dieses Konto schon aufgegeben. Die Nummer hatte er zwar im Kopf, unauslöschlich eingeprägt wie die andere Zahl, die ihm die Nazis in den Arm hatten tätowieren lassen. Ausweisen jedoch musste er sich schon, und zwar mit seinem Ausweis von damals. Als Paul Dekker oder Ehrhard de Vries brauchte er hier nicht vorzusprechen. Und dieser Ausweis von damals war unwiederbringlich verloren. Hatte er gedacht.

Dann jedoch, nach der Geburt seiner Tochter Hendrike und angesichts Siemtjes erneuter Schwangerschaft, hatte er doch seine Fühler ausgestreckt. Nach Oldenburg, zu der einzigen vertrauenswürdigen Person, die er dort kannte. Zu Albert. Der hatte zugesagt, sich einmal umzuhören. Vier Wochen später hatte Erhard seinen alten Ausweis wieder in der Hand gehalten, zum ersten Mal seit der Reichspogromnacht, seinem knapp vermiedenen Tod und seiner eiligen Flucht nach Groningen.

Seinerzeit hatte die Polizei seine kleine Osternburger Wohnung durchsucht und seine Besitztümer beschlagnahmt. Während sein Geld, seine Wertsachen und schließlich sein gesamtes Eigentum im unersättlichen Schlund des deutschen Reiches landeten, das sich auf kostspielige Kriege vorbereitete, wurden seine Papiere archiviert. Schließlich galt er als dringend verdächtig im Mordfall Grotelüschen und Konsorten sowie im Fall des toten Försters von Sandkrug. Dieses Archiv überdauerte den Krieg, ebenso wie zahlreiche Handlanger und Mittäter der Nazis, nicht zuletzt bei der Polizei. Zu diesen gehörte der ehemalige Landser und Frisia-Fußballer, der sich nach dem Krieg um Albert Schulte gekümmert hatte und längst wieder Oberwachtmeister der Schutzpolizei war. Albert nahm Kontakt zu ihm auf und bat um einen Gefallen; der alte

Ausweis wurde als wert- und nutzlos eingestuft und wechselte den Besitzer.

Mit klopfendem Herzen hatte Erhard das Dokument bei der Schweizer Bank vorgelegt. Der Halbgott hinter dem Schalter hatte es geprüft und genickt: »Verbindlichsten Dank, Herr Köhler. Wenn ich dann noch Ihren aktuellen Ausweis sehen dürfte?«

Dass er für diesen Moment gewappnet war, hatte Erhard seinem ermordeten Vetter Djamel zu verdanken. Der hatte ihm einst Kontakte zu Dokumentenfälschern jeder Couleur vermittelt. Einige davon gab es immer noch, mindestens einer war nach wie vor aktiv und verstand sein Handwerk. Gleicher Name, gleiche Adresse, neues Foto. Ein freundliches Nicken, eine aufgehaltene Tür. Sesam öffnete sich. Das Konto wurde in US-Dollar geführt. Erhard löste es auf und ließ sich alles in D-Mark auszahlen. Die Mark war im Kommen, die deutsche Wirtschaft hatte Fahrt aufgenommen, die Deutschen produzierten wie verrückt. Vermutlich arbeiteten sie gegen die Frustration durch den verlorenen Zweiten Weltkrieg an. Erhard packte die Scheine in seine mitgebrachte Ledertasche. Mehr als eine Million. Genug, um seiner Reederei, die er mit den Erlösen aus den Groninger Immobilien und den Resten seines dortigen Depots gegründet hatte, ordentlich Rückenwind zu verleihen und seinen demnächst zwei Kindern einen guten Start ins Leben zu sichern. Außerdem für einen schicken Anzug und eine neue Frisur.

Vor der Verabschiedung hatte er den Bankbediensteten ganz vorsichtig auf die Konten der Zander-Brüder angesprochen. Natürlich war es nicht derselbe geschniegelte Herr, der sie seinerzeit empfangen hatte, er war deutlich jünger; trotzdem wusste er genau Bescheid. Mit der Verschwiegenheitspflicht nahm er es nicht so genau. »Diese Konten sind ebenfalls bereits aufgelöst«, plauderte er aus. »Der Herr Zander war vor wenigen Wochen erst hier.«

Erhard blieb das Herz stehen. »Georg Zander?«, presste er hervor.

»Nein, es war der Herr Hasko Zander«, sagte der Bankier. »Herr Georg Zander ist leider im Krieg gefallen. Sein Bruder war jedoch im Besitz einer entsprechenden handschriftlichen Vollmacht. Und seiner Papiere. Alles in bester Ordnung.« Dann komplimentierte er Erhard hinaus.

Der erledigte die Besorgungen, die er sich vorgenommen hatte, nahm ein Taxi zum Hotel, checkte ein und zog sich auf sein Zimmer zurück. Nach der langen Anreise mit dem Nachtzug von Amsterdam wollte er sich ausruhen, etwas Kraft sammeln für einen beschwingten Abend mit gutem Essen und ein paar teuren Drinks. Aber er konnte nicht abschalten. In seinem Kopf rotierten die Gedanken. Das Rad der Rache begann sich erneut zu drehen. Georg war am Leben! Im Januar hatten die Zeitungen die Rückkehr der angeblich letzten Kriegsgefangenen aus Russland gemeldet. War Georg darunter gewesen? Unter dem Namen seines Bruders? Denn Hasko war tot; Erhard erinnerte sich genau an sein zerschossenes Gesicht und den anschließenden Fangschuss. Und daran, dass Georg Zander seinem Bruder die Uniformjacke mit den Rangabzeichen und seine Papiere abgenommen hatte …

Erich hatte die Zander-Brüder jederzeit unterscheiden können; zum Verwechseln ähnlich sahen sie sich nicht. Größe, Figur und Haarfarbe stimmten zwar weitgehend überein, aber die Gesichter der beiden unterschieden sich. Georgs war ebenmäßig, Haskos wirkte immer leicht gequetscht. Andererseits, für einen flüchtigen Betrachter mochte dieser Unterschied nicht sehr deutlich sein, überlegte Erhard. Und was die Charaktere der beiden anging: Der Krieg veränderte die Menschen, das war bekannt. Manch einer kehrte nach Jahren zurück und wurde nicht einmal von der eigenen Frau erkannt.

Die Frau! Haskos Ehefrau, mit der Georg ein Verhältnis hatte. Sie war die entscheidende Instanz. Wenn sie einen Mann als den ihren erkannte, würde kein anderer zweifeln, solange eine weitgehende Ähnlichkeit vorhanden war. Sie musste eingeweiht gewesen sein. Oder war sie sogar die treibende Kraft? Auf jeden Fall sah Haskos Tötung durch den eigenen Bruder plötzlich ganz anders aus. Nämlich wie ein geplanter Mord, ausgeführt bei der ersten passenden Gelegenheit. Für die hatte Erhard gesorgt, ohne es zu ahnen, weil er seinen eigenen Hals retten wollte. Sein Gewissen belastete das kaum. Da gab es anderes, das schwerer wog.

Georg führte jetzt also das Leben seines Bruders, hatte dessen Rolle dauerhaft angenommen. Erhard versuchte sich vorzustellen, er würde vorgeben, Erich zu sein. Sofort füllten sich seine Augen mit Tränen. Unmöglich, bei aller Liebe. Aber bei den Brüdern Zander mochte das anders sein. Der Altersunterschied zwischen ihnen war viel geringer, ihre Fähigkeiten und Interessen waren sehr viel ähnlicher. Sie liebten sogar dieselbe Frau. Georg mit mehr Erfolg – so war es in den meisten Dingen gewesen, im Fußball, im Geschäft, bei der SS. Hasko war in allem das weniger bedeutende Abbild seines Bruders gewesen. Das zu kopieren sollte dem Fähigeren der Zanders nicht schwerfallen. Und niemand würde Verdacht schöpfen, wenn er es übertraf.

Erhard stand auf, wusch sich das Gesicht, ging hinaus in den lauen Abend, spazierte eine Weile am Seeufer, genoss das nächtliche Panorama und die Schönheit der vielen Lichter, die sich in der glatten Wasseroberfläche spiegelten. Er speiste teuer, ohne auf Details zu achten, nickte einfach ab, was der Ober ihm empfahl. Nach zwei edlen Cognacs wechselte er zu Bier, aber der Alkohol blieb ohne Wirkung; stocknüchtern kehrte Erhard in sein Zimmer zurück. Lange betrachtete er das Schattenspiel in den Stuckverzierungen seiner Zimmerdecke, ehe er in einen unruhigen Schlaf fiel.

Am nächsten Morgen nach dem Frühstück ließ er sich Kaffee und ein Telefon in die Hotellobby bringen. Die Auslandsverbindung war schnell hergestellt. Albert war sofort am Apparat. »Ich warte auf den Anruf meines Disponenten«, sagte er. »Schön, dich mal wieder zu hören. Alles in Ordnung, Erhard?«

»Ich bin in der Schweiz«, sagte Erhard. »Georg Zander war vor mir hier.«

»Kann ich mir denken«, erwiderte Albert. »Er ist seit Januar zurück in der Stadt. Als Hasko natürlich. Wohnt mit seiner Edelgard in einem Palais in Rastede. Würde mich nicht wundern, wenn das eins von euren ... Objekten wäre.«

»Bist du ihm begegnet?«, fragte Erhard. »Oder spionierst du ihn etwa aus? Mensch, Albert, sei bloß vorsichtig! Was ist, wenn er dich wiedererkennt? Du bist ein Risiko für ihn, könntest ihn entlarven. Er wird nicht untätig bleiben.«

»Ich auch nicht«, antwortete Albert. »Außerdem habe ich inzwischen kräftigen Bartwuchs, trage einen Schnäuzer und Koteletten. Nicht einmal du würdest mich erkennen. Georg Zander könnte an der Straße an mir vorbeilaufen, ohne mich auch nur zu bemerken. Die aus der Sippschaft von Schwan tragen die Nase alle dermaßen hoch, da passt er genau dazu.«

»Gut«, sagte Erhard. »Und was tun wir?«

»Was immer du willst«, erwiderte Albert. »Ich kann ihn ausbaldowern. Hast du dein Fischmesser noch?«

Erhard erschrak. Sein »Was meinst du damit?« kam eine volle Sekunde zu spät. Albert lachte. »Ich telefoniere hin und wieder mit Siemtje«, sagte er. »Deine Frau ist sehr nett. Manchmal wird sie nicht schlau aus dir, dann holt sie sich Rat bei mir. Schließlich kenne ich dich.«

Erhard erinnerte sich, dass seine Frau Albert gesprächsweise erwähnt hatte, trotzdem war er überrascht. »Wie gut kennst du sie?«, fragte er. »Und bist du dir sicher, dass du mich kennst?«

»Freundschaftlich«, versicherte Albert. »Und ja, ich kenne dich fast so gut wie mich selbst. Ich habe Siemtje geraten, mit dir über Onkel Henk zu sprechen, ganz offen. Sie traute sich nämlich nicht. Mach es, habe ich ihr gesagt. Und jetzt ist doch alles gut.«

»Jetzt ist alles gut«, wiederholte Erhard. In seinem Kopf drehte sich wieder das große Rad.

»Also, was machen wir?«, fragte Albert unternehmungslustig. »Am liebsten würde ich Georg selbst erledigen. Mich juckt es in den Fingern. Du weißt, warum.«

»Bitte nicht«, sagte Erhard. »Tu nichts Unüberlegtes, Albert, hörst du? Bring dich nicht in Gefahr. Warte lieber. Versprich es mir.«

Albert zögerte. »Na gut«, sagte er dann, »ich versprech's. Weil du es bist. Ich werde warten. Aber wie lange?«

»Ich denke darüber nach und melde mich«, sagte Erhard und legte auf.

Für die Heimreise hatte er ein Liegewagenabteil ganz für sich gebucht, 1. Klasse. Wieder starrte er stundenlang an die Decke, während unter ihm die Räder ratterten. Das große

Rad, dachte er, es wird uns allesamt zermalmen. Wenn wir es weiter vorwärtstreiben, liegen wir am Ende alle darunter. Aus Rache entsteht kein Recht, nur neues Unrecht und Leid. Wenn man nicht vergessen oder vergeben kann, muss man wenigstens verzichten. Sonst hört das nie auf. Sonst liegen wir alle darunter. Das muss ich auch Albert begreiflich machen.

Mit diesem Gedanken schlief er endlich ein.

34.

Heute

»Das ist das Haus«, sagte Venema.

Stahnke musterte das Gebäude, beginnend mit dem Erdgeschoss. Dann legte er langsam den Kopf in den Nacken. In der Oldenburger Fußgängerzone lohnte sich das. Unten dominierten große Schaufenster, aufdringliche Reklametafeln, aus der TV-Werbung sattsam bekannte Logos, Metall und Kunststoff. Ab dem ersten Stock aber zeigten sich die Häuser, wie sie wirklich waren. Schöne, teilweise prächtige Gebäude in Backstein oder Putz, verziert mit sorgfältig restauriertem Stuck und anderen Feinheiten handwerklicher Baukunst. Unten pfui, oben hui. Wer den Blick nicht hob, erkannte vor lauter genormten Filialen gesichtsloser Ketten überhaupt nicht, in welcher Stadt er sich überhaupt befand. Dabei hatte diese Innenstadt so viel Potenzial. Blöd, dass sie sich dermaßen für den Massenkonsum prostituieren musste.

Auch dieses Haus war oberhalb der Gürtellinie eines von der wunderschönen Sorte, teils Wohn-, teils Geschäftshaus. Dementsprechend gab es zwei Eingänge, zwei Türen aus Milchglas mit Stahlrahmen, umgeben von rissigen Kacheln in Pastelltönen. Die Ladentür besaß zudem ein rostiges Scherengitter. Der Inhaber schloss es gerade auf und schob es beiseite, obwohl es noch nicht einmal 8.30 Uhr und die Fußgängerzone noch verwaist war. Das aber würde nicht so bleiben, heute war Samstag und gutes Wetter, es würde wohl den üblichen Ansturm geben.

Der Ladeninhaber war auch der Hausbesitzer; Venema hatte ihn vorgewarnt und beruhigt. »Sie sind wegen eines Falles aus den 50er-Jahren hier?«, fragte der Mann verwundert. Seinem Ton nach hätte er auch fragen können, ob die Herren Beamten nichts Wichtigeres zu tun hätten. »Ich habe das Haus vor 17 Jahren gekauft«, erklärte er: »Der Vorbesitzer war verstorben, die Erben konnten sich nicht über die Nutzung einigen, wie das so geht. Ich denke also nicht, dass ich Ihnen mit sachdienlichen Hinweisen behilflich sein kann.«

»Schließen Sie uns den Keller auf«, entgegnete Venema. »Das ist sachdienliche Hilfe genug.«

»Aber unten lagert Eigentum meiner Mieter.« Der Hausbesitzer zögerte und hielt sein Schlüsselbund umklammert.

»Keine Sorge«, sagte Stahnke und streckte seine Hand aus: »Wir sind die Polizei.«

So hässlich die untere Fassade war, so geschmackvoll war das Treppenhaus. Viel Holz, gedrechselte Pfosten, kaum rechte Winkel. Ziemlich abgewohnt, fand Stahnke, aber auch das hatte seinen Reiz. Die Kellertreppe ächzte unter seinem Gewicht. Unten baumelten nackte Glühbirnen an dünnen, farbverkrusteten Drähten mit uralten Lüsterklemmen. Es war staubig, die Gänge waren zugestellt, die Lattenverschläge der Mieter vollgerümpelt. Bohrlöcher und abgeplatzte Stellen an Putz und Estrich ließen erkennen, dass die Zwischenwände mehrfach umgestellt worden waren.

»Laut Bericht der Kollegen von damals hat sich der Eindringling in der Waschküche zu schaffen gemacht«, sagte Venema. »Was hat man sich darunter eigentlich vorzustellen? Reihen von Waschmaschinen und Trocknern wie im Studentenwohnheim?«

»Wann haben Sie denn im Studentenwohnheim gewohnt?« Stahnke blähte schnuppernd seine Nüstern. Waschküchen müsste man riechen können, dachte er, aber hier roch es kein bisschen nach Lauge.

»Nee, nicht gewohnt.« Im trüben Licht das Kellers war nicht festzustellen, ob Venema rot wurde, aber er klang so. »Ich hatte mal eine Freundin am Johann-Justus-Weg. Wenn ich zu ihr ging, habe ich meine Dreckwäsche mitgenommen. Man konnte dort echt billig waschen.«

»Das wusste die junge Dame bestimmt zu schätzen.« Der Kellergang knickte ab; Stahnke tastete nach dem Lichtschalter, fand ihn, aber es blieb dunkel. Der Hauptkommissar tapste weiter, beide Arme vorgestreckt. Trotzdem schlug er sich das Knie an. »Aua, verdammt!« Sein Aufschrei hallte nach. Was war das, eine Glocke? Der Hauptkommissar ertastete eine runde, waagerechte Öffnung, einen rauen Rand außen, poliertes Metall auf der Innenseite. Die Größe konnte hinkommen. Er klopfte gegen den inneren Rand; es dröhnte kurz und misstönend. Okay, eine Glocke war das nicht. »Hast du mal Licht?«, fragte er seinen Kollegen. »Streichhölzer oder ein Feuerzeug?« Verspätet fiel ihm auf, dass er Venema aus Versehen geduzt hatte.

»Hier.« Strahlendes Licht flammte auf; Venema hielt sein Smartphone wie eine Taschenlampe in die Höhe. Ein großer, eingestaubter Kupferkessel blinkte matt und geheimnisvoll. »Wo sind wir denn hier gelandet?«, fragte der Oberkommissar. »Bei Asterix und Miraculix? Oder in einer Hexenküche?«

»Das da«, knurrte Stahnke, »ist ein Waschkessel, beheizbar mit Holz oder Kohle. So was hatte man früher, auch noch nach dem Krieg. Und seien Sie vorsichtig mit dem Wort Hexen! Seinerzeit wurden keine Hexen verbrannt, sondern missliebige Frauen ermordet. Wir wollen doch nicht die Sprache der Täter übernehmen.«

»Verzeihung«, sagte Venema. »Das hat meine damalige Freundin übrigens auch immer gesagt.«

Stahnke biss die Zähne zusammen. »Hier sind wir jedenfalls richtig. Früher Kohlenkeller, dann Waschküche, jetzt Rumpelkammer. Was kann der Herr Zander senior hier gesucht haben?«

Venema leuchtete den Raum ab; das Hilfsreichste, das er fand, war ein weiterer Lichtschalter, der tatsächlich funktionierte. Im Glühlampenlicht sah der Kellerraum nicht mehr geheimnisvoll aus, nur noch schäbig. Das unverputzte Mauerwerk war irgendwann einmal weiß getüncht worden, aber das war lange her. Auch in einer Nische ganz hinten gab es Spuren von Umbauarbeiten. Man hatte sich aber wenigstens die Mühe gemacht, die dabei beschädigten Stellen zu überstreichen.

Stahnke warf einen flüchtigen Blick auf die Mörtelreste und kleinen Dellen an Decke und Wänden. Und noch einen weiteren, weniger flüchtigen, denn ihm fiel etwas auf. Die Deckenspuren bildeten eine gerade Linie, vielleicht 30 Zentimeter von der hinteren Wand entfernt. Am Boden gab es eine genaue Entsprechung; senkrechte Linien an den Wänden vervollständigten das Bild. Ein Teil dieses Kellerraums war einmal abgeteilt gewesen. Ein sehr kleiner Teil, viel zu schmal und zu eng für einen normalen Lagerraum. Und nirgendwo ließen sich Spuren einer Tür entdecken.

Venema hatte Stahnkes Innehalten bemerkt, sein Blick war dem seines Vorgesetzten gefolgt. »Sieht aus wie ein Versteck«, stellte er fest. »Irgendetwas ist hier mal eingemauert gewesen – auf jeden Fall hat jemand alle Vorkehrungen dafür getroffen. Eine komplette Wand eingezogen und später wieder entfernt.«

Ganz offensichtlich, dachte Stahnke. Er war froh, dass nicht nur er die Sache so deutete.

»Aber was könnte das gewesen sein?«, stellte Venema die Frage in den Raum, die sich aufdrängte.

»Dieses Haus hat einmal Oldenburger Juden gehört«, sagte Stahnke. »Bis es arisiert wurde. Der Mann, der 1956 hier eingedrungen ist, war früher SS-Mann. Als er 22 Jahre später starb, hinterließ er ein großes Vermögen.« Der Hauptkommissar verschränkte seine Arme vor der Brust. »Ich glaube, ich ahne jetzt, woher dieser Reichtum kam.«

35.

September 1975

»Ich will aber studieren!« Hendrike stampfte wütend mit dem Fuß auf. »Du hast verlangt, dass ich meine Lehre abschließe, und das habe ich gemacht. Bankkauffrau, wie du gesagt hast. Das ist aber nichts für mich, das weiß ich inzwischen genau. Ich will studieren. Das kannst du mir nicht verbieten.«

Erhard lehnte sich in seinem Sessel zurück. Wie wunderschön seine Tochter war! Und so energisch! Er liebte sie abgöttisch. Es gab kaum einen Wunsch, den er ihr abschlagen konnte. Trotzdem schüttelte er den Kopf. »Henny, warum denn? Jahrelang studieren, nur um Lehrerin zu werden? Dann schlägst du dich nur mit anderer Leute missratenen Bälgern herum, kriegst Magengeschwüre und irgendwann einen Nervenzusammenbruch. So viel Geld zahlt dir niemand, dass sich das für dich lohnen würde. Wieso überhaupt soll das Bankgeschäft nichts für dich sein? Du hast doch deine Prüfung mit Auszeichnung bestanden.«

Hendrike verschränkte ihre Arme; ihre Wangen waren gerötet, ihr Mund wütend verkniffen, ihre braunen Locken standen wirr nach allen Seiten. Ein bisschen wie meine Mutter, dachte Erhard Köhler. Er konnte sich an seiner Ältesten nicht sattsehen. Erst recht nicht, als die plötzlich in lautes Lachen ausbrach. »Mensch, Papa, tu doch nicht so! Spiel doch nicht den geldverliebten Menschenhasser! Du kannst deine Gefühle noch so sehr unterdrücken, ich durchschaue dich trotzdem. Ich will etwas Gutes tun in meinem Leben, verstehst du? Etwas, das den Menschen nützt. Vielen Menschen, nicht nur einigen wenigen. Krankenschwester wäre auch so etwas, aber vom Krankenhausgeruch wird mir immer schlecht. Außerdem glaube ich, dass es mir Spaß machen wird, Kindern etwas beizubringen. Und dass ich Talent dazu habe.«

Erhard lächelte, wie verliebte Väter lächeln. Wie gut sie ihn kannte, wie gut er sie verstehen konnte. Und doch, beides nur bis zu einem gewissen Punkt. Er und Siemtje waren übereingekommen, gewisse Dinge aus der Vergangenheit ihren Kindern nicht zuzumuten. Was sie nicht wussten, darunter brauchten sie nicht zu leiden. Diesem Vorsatz waren beide treu geblieben. Und so tief schaute auch Hendrike nicht.

»Na also!« Hendrike sprang auf ihn zu und schlang ihm ihre Arme um den Hals. »Ich wusste doch, dass ich dich herumkriege. Mein lieber softer Papa!« Sie drückte ihm einen dicken Kuss auf die Wange.

»Wenn es unbedingt sein muss«, stöhnte er. »Wo willst du denn studieren? In Delft? Oder muss es Amsterdam sein?«

»Weder noch«, erwiderte seine Tochter. »Ich will in Oldenburg studieren. Da gibt es jetzt Deutsch als Fremdsprache. Abgekürzt DaF, wie diese niederländischen Autos mit den schrägen Heckscheiben, witzig, oder? Schade, dass die bald nicht mehr produziert werden.«

»Nein«, sagte Erich. Er schob Hendrike von sich weg. Ihre Arme rutschten schlaff von seinen Schultern, ihr Gesicht nahm einen ungläubigen Ausdruck an. »Geh von mir aus studieren. Aber nicht in Oldenburg«, bekräftigte er.

»Aber dort soll demnächst ein Studiengang Niederlandistik eingerichtet werden«, jammerte Hendrike. »Das wäre perfekt für mich. Mit dem Examen bekomme ich auf beiden Seiten der Grenze eine Stelle.«

»Bleib mal schön auf dieser Seite«, sagte Erhard und lächelte gezwungen: »Was willst du außerdem mit zwei Stellen, einer dort und einer hier?«

»Verarsch mich nicht«, schrie Hendrike wütend. »Was soll denn der Scheiß? Wie kannst du nur so gemein sein!« Wütend stapfte sie aus dem Zimmer. Die Tür knallte laut hinter ihr zu. Nicht zum ersten Mal; vom Türrahmen bis zur Decke hatte sich ein schmaler Riss gebildet, aus dem es jetzt staubte.

»Thema Nummer eins wieder?« Siemtje kam ins Bücherzimmer, vom Lärm angelockt. Sie schüttelte den Kopf. »Irgendwann musst du ihr reinen Wein einschenken. Wie soll sie dich auch verstehen, wenn du ihr die wahren Gründe nicht nennst? Sie glaubt, du würdest dich rein aus Prinzip durchsetzen wollen. Das kann sie natürlich nicht akzeptieren. Kennst doch ihren Dickkopf.« Sie streichelte seine Wange: »Woher hat sie den nur?«

»Woher sie den hat? Von dir natürlich!« Er schloss sie liebevoll in die Arme. »Wer hat sich denn damals in den Kopf gesetzt, jahrelang auf mich zu warten? Wer hat das dann tatsächlich gemacht, hä? Und wer hat das Bündel Knochen, das Monate nach dem Krieg bei dir abgegeben wurde, mühsam wieder zu einem Menschen hochgepäppelt? Ohne deinen Dickkopf wäre all das niemals passiert.« Er ließ seine Hände ihren Rücken herunterrutschten, dann trat er einen Schritt zurück. »Aber wenigstens du verstehst mich doch, oder? Wir können sie nicht nach Oldenburg lassen. Du weißt, wer sich da immer noch herumtreibt. Und wie man so hört, spielt er nicht gerade die kleinste Geige dort.«

»Wenigstens ich. Sehr schmeichelhaft.« Sie streckte ihm die Zunge heraus, neckisch wie vor 30 Jahren. Und mehr. Hätten sie inzwischen nicht Silberhochzeit feiern müssen? Für so was hatte Erhard einfach keinen Kopf.

»Warum ist Hendrike nicht mehr so wie Edmund?«, stöhnte er. »Der macht es richtig. Absolviert eine Kaufmannslehre, macht außerdem sein Schifferpatent. Damit kann er sich aussuchen, was er später in unserer Firma macht. Erben werden die beiden unsere Reederei sowieso, er und unsere Tochter, zu gleichen Teilen. Wenn sie halbwegs vernünftig wirtschaften, müssen sie sich um ihre Zukunft keine Sorgen machen; die Firma steht sehr gut da. Reedereibesitzer sein in Holland, was will man mehr? Das ist doch tausendmal besser, als in der Schule kleine Rotznasen zur Räson zu bringen.«

»Erhard, Erhard.« Siemtje schaute ihn tadelnd an. »Sag doch nicht immer Holland, wenn du die Niederlande meinst. Einige von unseren Landsleuten reagieren sauer darauf, das weißt du doch inzwischen. Ihr Deutsche seid doch auch nicht alle Bayern.«

»Wäre auch noch schöner. Aber natürlich hast du recht.« Erhard schnaufte tief durch. »Kannst du nicht mal mit Hendrike reden, so von Frau zu Frau? Vielleicht hört sie auf dich eher als auf mich.«

»Als ob ich das nicht schon tausendmal getan hätte.« Siemtje legte ihrem Mann die Hand auf den Unterarm. »Hör mal, es ist wirklich viel passiert in Deutschland in den letzten Jahrzehnten. Vor 20 Jahren konnte ich deine Vorbehalte gegen deine Landsleute sehr gut verstehen, nach allem, was du durchmachen musstest. Aber dann kam die Studentenbewegung, die 68er. Die haben wirklich hinter die Dinge geschaut und viele von den alten Nazis, die sich überall wieder häuslich eingerichtet hatten, aufgescheucht. Manche von denen wurden seitdem vor Gericht gestellt. Und es hat eine Menge Reformen gegeben, gerade an den Schulen und Universitäten. Ich finde, heute muss man keine Vorbehalte mehr haben gegen Deutschland und die Deutschen. Überleg doch mal, ob deine Sorge nicht etwas übertrieben ist.« Sie streichelte und drückte seinen Arm. »Ich weiß, woher deine Sorge kommt, nämlich aus deinem guten Herzen! Du liebst unsere Tochter genauso sehr wie ich. Du willst sie vor allem beschützen. Das will ich auch, glaub mir. Aber wir müssen ihr auch ihre Freiheit lassen, verstehst du? Irgendwann muss sie ihren eigenen Weg finden. Ich glaube, dieser Moment ist gekommen.«

Erhard senkte seinen Blick. Er nickte. Was sollte er sonst tun? Siemtje hatte in vielem Recht, in sehr vielem. Von ihrem Standpunkt aus war alles, was sie gesagt hatte, gut und gerecht. Um diesen Standpunkt zu ändern, hätte er ihr alles sagen müssen, auch das, was er bis jetzt für sich behalten hatte. Das konnte er ihr nicht antun. Sie war seine Frau, die Liebe seines Lebens, und was sie über sein Herz gesagt hatte, freute ihn über alle Maßen. Aber es beschämte ihn auch zutiefst. Denn das, was er ihr bis jetzt nicht verraten hatte, würde er auch in Zukunft für sich behalten. Von seinen Gründen war er überzeugt. Es war einfach besser so, für Siemtje wie für die anderen.

»Ist gut«, sagte er leise. »Sie soll ihren Willen haben.«

36.

Heute

Olivia begleitete die Oberkommissarin noch hinaus. Regungslos beobachtete sie, wie Sibylle Wiemken in ihren Kleinwagen stieg, grüßend winkte und davonfuhr. Danach stand Olivia eine volle Minute wie eingefroren in ihrer Haustür. Samstagmorgen kurz vor 9 Uhr und der Tag ist gelaufen, dachte sie. Dann schossen ihr Tränen in die Augen. Sie machte auf dem Absatz kehrt, schlug die Tür hinter sich zu und rannte ins Wohnzimmer. Dort warf sie sich bäuchlings auf die Couch, wie sie es als Teenager oft gemacht hatte, wenn ihre Pflegeeltern besonders eklig zu ihr gewesen waren. Dies hier war kein Vergleich, aber der einzige, der ihr einfiel.

Der Tote war ihr Vater! Heino Zander, 66 Jahre, Sohn eines SS-Manns, reicher Macho-Erbe und extrem respektlos gegenüber Frauen, hatte sie gezeugt. Vermutlich mit dieser Hendrike de Vries, aber das war noch nicht erwiesen. Der Augenschein reichte dafür nicht. Dabei sprach der eine überdeutliche Sprache. Olivia hatte ihre Pflegeeltern gehasst, solange sie denken konnte, und für familiäre Bindungen stets nur verächtliche Bemerkungen übriggehabt. Weil sie nämlich keine besaß. Saure Trauben! Immer, ihr Leben lang, hatte sie sich eine richtige Familie gewünscht, das war ihr klar geworden. Jetzt hatte sie eine. Eine Familie von Toten.

»Wir lassen gerade nach Familienangehörigen von Hendrike suchen«, hatte die Oberkommissarin erklärt. »Amtshilfeersuchen ist gestellt, die holländischen Kollegen werden sich bestimmt bald melden. Obwohl, jetzt ist erst mal Wochenende.« Richtig mütterlich hatte die Frau gewirkt, ein bisschen trutschig und bemüht, aber der gute Wille kam durch. Warum konnte man nicht mit so was verwandt sein? Olivia heulte hemmungslos.

Das Klopfen an der Terrassentür hörte sie trotzdem. »Hallo, alles klar hier? Olivia, geht es dir gut? Kann ich was helfen?« Der Alte von nebenan tapste über den Flur. »Ach, da bist du! Hinten war offen. Alles in Ordnung bei dir? Ich hörte etwas knallen, dachte schon, du wärst hingefallen.« Er grinste: »Von der Leiter oder so. Haushalt ist der gefährlichste Arbeitsplatz, das liest man immer wieder in deiner Zeitung.«

»Als ob ich Hausarbeit machen würde.« Sie richtete sich zum Sitzen auf und wischte sich das Gesicht mit den Handflächen ab. Dann sehe ich eben aus wie ein ertrunkener Waschbär, dachte sie trotzig, warum sollte ich irgendetwas verbergen. »Ich habe nur gerade erfahren, dass mein Vater tot ist. Als Leiche kannte ich ihn zwar schon, aber nicht als Vater. Super Sache, nicht wahr?« Sie zeigte auf einen ihrer leinenbezogenen Sessel: »Setz dich doch, wenn du so viel Elend erträgst.«

»Wie sich gezeigt hat, ertrage ich jede Menge Elend.« Albert Schulte ließ sich ächzend in den tiefen Sessel fallen. »Weniger sicher ist, ob ich aus diesem Ding jemals wieder rauskomme. Hast du irgendwo einen Flaschenzug?«

Gegen ihren Willen musste Olivia lachen. Der Alte schaffte es immer wieder, sie aufzuheitern. Und nicht nur das, er vermittelte ihr ein ungewohntes Gefühl von Vertrautheit. Fast schon Geborgenheit.

»Dann bleibst du eben da sitzen«, erwiderte sie. »Viel Platz nimmst du eh nicht weg, und mit deinem knubbeligen Lebkuchengesicht passt du gut zur Einrichtung.« Ups, dachte sie im selben Moment, das war wohl etwas dreist.

Aber der Alte schien nicht beleidigt zu sein, er lächelte sie nur nachsichtig an. Geradezu liebevoll. »Dann ist das also offiziell«, sagte er und nickte. »Eine bittere Gewissheit ist besser als eine ständige Ungewissheit, sage ich immer. Auch wenn sich das nicht gleich so anfühlt.«

Altbackenes Allgemeinplätzchen, dachte Olivia. Mehr hast du nicht zu bieten? »Tasse Tee dazu?«, fragte sie sarkastisch.

Albert Schulte schüttelte den Kopf. »Ich habe auch eine Info für dich«, sagte er. »Die Nummer auf dem Arm des Toten. Also deines Vaters. Z 3030. Ich weiß, wem sie gehört.«

»Ach, hast du es rausgekriegt?« Olivia war ganz Ohr. »Wo hast du das denn recherchiert?«

Der Alte ignorierte die Frage. »Es handelt sich um die Häftlingsnummer eines Oldenburger Romas. Er bekam sie in Auschwitz-Birkenau, im sogenannten Zigeunerlager, wie schon vermutet. Sein Name war Erhard Köhler.«

»Erhard Köhler.« Olivia ließ den Namen durch ihren Gedächtnisspeicher laufen, ohne dass ein Glöckchen klingelte. »Klingt sehr deutsch. Und bieder. Heißen Zigeuner nicht irgendwie exotisch? Schnuckenack zum Beispiel? Oder Django?«

Albert Schulte musterte sie ernst. Erst nach einigen Sekunden erwiderte er: »Django, ja, der Name kommt vor unter Sinti und Roma. Durchaus. In Deutschland aber geben die meisten ihren Kindern ganz bürgerliche Namen. Meistens mehrere zur Auswahl, traditionelle und bürgerliche, dann können die Leute später selbst entscheiden, wie sie angesprochen werden möchten. Und angesehen.«

»Ach ja? Wie hieß denn dieser Erhard Köhler mit Zwischennamen?«, fragte Olivia.

»Paul«, antwortete Albert. Er wartete Olivias hysterisch klingenden Lachanfall ab und fuhr fort: »Die Köhlers hingen genauso an ihren Wurzeln wie andere auch, aber sie waren wirklich darauf aus, sich hier einzugliedern. Fast schon zu sehr anzupassen. Gedankt hat man es ihnen nicht. So gut wie alle Familienmitglieder landeten am Ende im KZ. Einige von ihnen in Auschwitz.«

»Alle von den Nazis dort umgebracht?«, fragte Olivia. Sie spürte einen dicken Kloß im Hals.

»Nahezu«, sagte Albert Schulte. »Erhard Köhler, zum Beispiel, hat überlebt. Dabei haben die Nazis wirklich alles versucht, um ihn umzubringen. Anfang 1945 haben sie ihn sogar in eine Wehrmachtsuniform gesteckt, halb verhungert, wie er war, um ihn als Kanonenfutter gegen die anstürmenden Russen zu schicken. Hat aber auch nicht geklappt. Eine deutsche Panzerbesatzung hat ihn mitgenommen, und weil ihre Einheit ständig Verluste hatte, haben sie ihn behalten und als Fahrer eingesetzt. Fahren konnte der Erhard wie eine Eins! Später sind die dann alle zusammen über die Elbe, um sich den Amerikanern zu ergeben. Die haben Erhard monatelang ins Lager gesteckt, weil sie ihm nicht glauben wollten, dass er Auschwitz überlebt hat, KZ-Nummer hin oder her.«

»Aber letztlich kam er frei?«, fragte Olivia. »Spannende Geschichte. Wäre was für die nächste Gedenktagausgabe. Liegt der Mann hier in Oldenburg begraben?«

Albert Schulte zögerte erneut. »Er hat nach dem Zweiten Weltkrieg nie wieder in Oldenburg gewohnt«, antwortete er dann. »Ist in die Niederlande gezogen und hat dort geheiratet. Eine Frau, die er schon vor dem Krieg

kennengelernt hatte. Ich kannte sie auch. Siemtje, eine
ganz Nette.«

»Schade«, sagte Olivia. »Wäre eine schöne Lesege-
schichte geworden mit einem Oldenburger. Obwohl, hier
geboren ist er ja, also vielleicht ...« Sie stockte. Irgendwo
in ihrem flinken Verstand hatten gerade eins und eins zwei
ergeben. »Seine Frau hieß Siemtje? Wie weiter?«

»Siemtje de Vries«, antwortete Albert Schulte.

37.

Februar 1978

»Es ist Albert«, sagte Siemtje und hielt ihrem Mann den
Telefonhörer hin. Ihre Miene verhieß nichts Gutes. Erhard
war alarmiert.

»Da läuft etwas schief«, sagte Albert, ohne sich mit einer
Begrüßung aufzuhalten. »Ich fürchte, Hendrike ist schwanger. Ich habe sie direkt gefragt, da ist sie weggelaufen. Seitdem geht sie nicht mehr ans Telefon.«

»Du wolltest doch auf sie aufpassen!«, schnauzte Erhard
ihn an. »Wir haben ihr extra die kleine Oberwohnung in

Osternburg besorgt, damit sie nicht ständig in diesem Wohnheim rumhängt und du sie leichter im Auge behalten kannst.« Er deckte den Hörer mit der Hand ab und wandte sich an seine Frau: »Albert meint, Hendrike sei schwanger. Wie konnte denn das passieren?«

Siemtje war nicht nach Witzen zumute. »Sie nimmt doch die Pille, und zwar schon länger«, sagte sie. »Geht regelmäßig zur Frauenärztin zur Kontrolle. Unsere Henny weiß gut Bescheid. Aus Versehen wird die bestimmt nicht schwanger.«

»Also mit Absicht?« Erhard nahm die Hand von der Sprechmuschel. »Wer ist der Vater? Ist es etwas Dauerhaftes? Uns hat sie den Jungen noch nicht vorgestellt. Warum nicht? Ist das so ein Kiffer, für den sie sich schämt? Albert, sag endlich was!«

»Kein Kiffer.« Alberts Schlucken klang hart aus dem Hörer. »Einer von der Uni, ein Promotionsstudent aus reichem Elternhaus. Sie hat mir von ihm erzählt, es klang nicht übel. Bis ich ihn dann kürzlich frühmorgens nach einer Unifete gesehen habe. Ich dachte, es haut mir die Beine weg. Diese Ähnlichkeit!«

»Ähnlichkeit? Mit wem?« Erhard spürte, wie eine eiskalte Faust ihm den Magen zusammenquetschte.

»Mit Georg«, sagte Albert. »Der Typ heißt Heino. Heino Zander. Offiziell der Sohn von Hasko, aber du weißt ja.«

»Ich weiß«, bestätigte Erich. Vor seinen Augen drehte sich alles; ihm wurde übel. »Mit dem? Ausgerechnet?«

»Frag mich nicht. Der Kerl hat einen Ruf wie Sau. Selbstverliebter Schönling, schleimt sich ein bei den Frauen, und wenn er gehabt hat, was er wollte, kann der verdammt fies werden.« Albert seufzte. »Trotzdem fallen immer wieder junge Frauen auf den rein. Auch richtig kluge! Ich kann es nicht begreifen.«

»Der Sohn von Georg Zander. Mit unserer Hendrike.« Erhard schaute Siemtje an. Die starrte entsetzt zurück. »Und was machen wir jetzt?«, fragte er. »Soll ich ihn mir vorknöpfen?«

»Bist du verrückt?« Siemtje schüttelte entsetzt den Kopf. »Henny kriegt doch ein Kind von ihm. Wenn du nun … nein, bitte nicht! Das würde sie uns niemals verzeihen.«

»Ich glaube, sie ist inzwischen zu ihm gezogen«, warf Albert ein. »In ihrer Wohnung habe ich sie schon länger nicht mehr angetroffen, ich glaube, sie wohnt dort gar nicht mehr. Die Miete kommt von euch, stimmt's? Kein Wunder, dass der Vermieter sich nicht rührt. Leicht verdientes Geld.«

Siemtje hatte ihr Gesicht an das ihres Mannes gepresst und mitgehört. »Wenn sie bei ihm wohnt, dann wird vielleicht doch alles gut«, rief sie. »Männer können sich ändern, nicht wahr? Gerade unter dem Einfluss einer Frau. Vor allem, wenn sie verliebt sind.« Sie schaute Erhard an, als erwarte sie seine Zustimmung.

Erhard dachte nicht daran. »Wohl kaum, wenn dieser Heino wirklich solch ein Charakterschwein ist«, widersprach er. »Und das ist er sicher, wenn er nur halbwegs nach Vater und Mutter kommt. Georg, dieser Brudermörder. Und seine Frau, dieses eiskalte Herrenweib! Ich weiß wirklich nicht, wer schlimmer ist.« Er stutzte, weil ihm in diesem Moment etwas klar wurde: »Und mein Enkelkind soll auch deren Enkelkind sein? Die und ich sollen zur selben Familie gehören? Das ist absurd, das ist völlig verrückt.« Noch verrückter als Familienmitglied Henk de

Vries, schoss es ihm durch den Kopf. Dieses Problem hatte er wenigstens gelöst.

»In welcher Schwangerschaftswoche ist sie denn?«, fragte Siemtje, auf einen letzten Strohhalm hoffend.

»Fünfter Monat«, antwortete Albert. »Keine Chance mehr auf Abtreibung. Das käme Hendrike auch gar nicht in den Sinn. Sie ist so … sie hat sich total verändert, versteht ihr? In unserem letzten Gespräch hatte ich das Gefühl, dass ich gar nicht mehr zu ihr durchdringe.«

»Verflucht«, flüsterte Erhard. Siemtje kramte nach einem Taschentuch. Keiner von ihnen sah einen Ausweg. Das Schweigen wog wie Blei.

»Immerhin scheint das alles bisher eine Sache zwischen den jungen Leuten zu sein«, sagte Albert schließlich. »Ich glaube, Heino Zander hat nicht viel Kontakt zu seinen Eltern, außer dass er bei denen die Hand aufhält. Vielleicht kümmern sich die Alten gar nicht um die Beziehungen ihres Sohnes. Die haben genug um die Ohren mit Speditionsgeschäften und deutschnationaler Politik. Außerdem heißt Hendrike bekanntlich de Vries mit Nachnamen, genau wie du jetzt, Erhard. Solange er dich nicht zu Gesicht bekommt, brauchen wir nichts zu befürchten.«

»Erhard darf auf keinen Fall nach Oldenburg!« Siemtje riss ihrem Mann den Telefonhörer aus der Hand. »Ich mach' das, ich werde mich kümmern. Ich schreibe ihr einen Brief und bitte sie, dass sie mich anruft. Weißt du ihre jetzige Adresse? Ich frage, ob ich sie besuchen kommen darf. Kein Überfall, ich weiß ja, wie wichtig ihr ihre Selbstbestimmung ist. Hörst du, Albert? So machen wir das. Erhard hält sich zurück, dann wird schon nichts passieren. In Ordnung, Albert?«

»Wenn das für Erhard in Ordnung ist, dann auch für mich«, erwiderte Albert. »Bitte gib ihn mir noch mal.«

Lange starrte Erhard schweigend auf den Hörer in seiner Hand. Dann knurrte er: »Ja, von mir aus. In Ordnung.«

38.

Heute

»Wie viele Objekte?«, fragte Stahnke nach. Er glaubte, sich verhört zu haben.

»Mehr als 70 arisierte Objekte«, wiederholte Venema, dem es anscheinend nichts ausmachte, den Samstagvormittag zusammen mit seinem Chef im Büro zu verbringen. »Wohngebäude, Geschäftshäuser, Grundstücke. Alle im Oldenburger Stadtgebiet. Und das sind nur die, die sich vorher vollständig in jüdischem Besitz befunden haben. Dazu kommen noch Besitzanteile, die ebenso billig abgegeben werden mussten. Und natürlich die Firmen mit allem Drum und Dran. Die Verkäufer standen unter Druck, hatten es eilig, weil sie um ihr Leben fürchten mussten. Entsprechend gering waren die Erlöse, die sie erzielten. Ihre Not wurde schamlos ausgenutzt.«

»Ich dachte immer, es sei der nationalsozialistische Staat selbst gewesen, der sich an diesen Menschen bereichert hat«, sagte Stahnke. »Die Drangsalierung der Juden und der Angehörigen anderer Minderheiten war doch staatlich verordnet, nicht wahr? Die Leute wurden außer Landes getrieben und durften kaum etwas mitnehmen. Der Staat machte Druck und sammelte die Beute ein, um das eigene Volk mit kleinen Wohltaten bei Laune zu halten und zugleich die rasante Aufrüstung zu finanzieren.« Irgendwann hatte er zu diesem Thema in der Oberstufe mal einen Test geschrieben. Zwei minus, immerhin.

»Im Prinzip korrekt«, kommentierte Venema. »Richtig funktioniert hat die staatliche Kontrolle aber erst ab 1938, quasi ab der Reichspogromnacht am 9. November. Davor gab es eine Menge Wildwuchs. Viele Profiteure haben bei solchen Geschäften mitgemischt und sich schwer bereichert. Meistens schickten sie Strohmänner vor, die als Käufer auftraten und alles direkt weiterreichten. Das nannte man übrigens ›Tarnkäufe‹. Bewegliche Besitztümer wurden zu einem großen Teil ins Ausland geschmuggelt und dort verkauft.«

»Ins Ausland? Wo ist dann das Geld geblieben? Zurück ins Land geschmuggelt?«, fragte Stahnke.

»Überwiegend nicht.« Venema zeigte ein böses Grinsen, das völlig untypisch für ihn war. »Der Klassiker, Nummernkonten in der Schweiz. Jeder wusste davon, aber die Schweizer haben eisern an ihrem Bankgeheimnis festgehalten. Das grenzt an Hehlerei.«

»Grenzt ist gut.« Stahnke erinnerte sich genau an einen etwas poltrigen früheren deutschen Finanzminister, der einmal gesagt hatte, die Kavallerie müsse nicht immer ausreiten, manchmal reiche es, wenn die Indianer wüssten, dass sie da sei. Schweizer Politiker hatten das auf sich und die Politik ihres Landes in Sachen Schwarzgeld bezogen und sich fürchterlich darüber aufgeregt. Damit lagen sie völlig richtig. Wie schamlos sich dieses neutrale kleine Land inmitten Europas zum Komplizen von Verbrechern aller Art machte, war in den Augen des Hauptkommissars ein Unding. Auch die Nazis hatten davon profitiert. Und wie die aktuellen Geldflüsse aus der Schweiz in die Taschen rechtsradikaler Politikerinnen und Politiker zeigte, taten sie das bis heute.

»Interessant ist für mich, dass diese Leute dem Braten anscheinend selbst nicht getraut haben«, ergänzte Venema.

»Wer, die Schweizer?« Stahnke hatte den Faden verloren.

»Nein, die Nazis. Viele von denen haben ihre Beute im Ausland deponiert, und zwar von Anfang an, nicht erst, als absehbar war, dass der Krieg verloren ging. Haben nie wirklich geglaubt, dass ihr Drittes Reich 1.000 Jahre lang halten würde.«

»Weiter mitgemacht haben sie aber trotzdem«, sagte Stahnke. »Wohl oder übel, wegen des Blutes an ihren Händen. Aussteigen ging nicht. Dabei waren sie allzeit bereit zum Verrat, wenn sich die Chance bot, diese Halunken. Wer konnte, hat sich anschließend bei den Amis lieb Kind gemacht, so wie die Raketenentwickler von Peenemünde. Wussten Sie, dass bei der Entwicklung und beim Bau der V_2-Raketen mehr Menschen umgekommen sind als bei deren Einsatz? Zwangsarbeiter natürlich, KZ-Häftlinge und Kriegsgefangene. Nach denen hat später kein Hahn mehr gekräht.«

Stahnke schaute seinen jungen Kollegen an, weil der

nicht gleich antwortete, und registrierte dessen anerken-
nenden, leicht verwunderten Blick. Wofür hat der mich
denn gehalten, dachte er, für einen geschichtsvergessenen
Deutschtümler, der alles verdrängt hat, was der eigenen
nationalen Überheblichkeit abträglich sein könnte? Dieser
Beamtentypus mochte wohl gerade wieder im Kommen
sein, aber Stahnke zählte sich nicht dazu. Für ihn waren
Nestbeschmutzer immer noch die, die das Nest beschmutz-
ten, und nicht die, die auf den Schmutz hinwiesen. »Inwie-
weit war dieser Hasko Zander nun in solche krummen
Geschäfte involviert?«, fragte er. »Passen würde es, denn
vor allem ranghohe Nazis waren seinerzeit in der Position,
sich an den angehenden Emigranten zu bereichern. Aber
haben wir auch konkrete Beweise?«

»Auf jeden Fall Hinweise«, erwiderte Venema. »Das Parteiordnungsverfahren 1939 weist ihn eindeutig als jemanden aus, der solche Geschäfte gemacht hat. Ebenso wie
sein im Krieg gefallener Bruder Georg übrigens. Ein weiterer klarer Hinweis ist für mich die Tatsache, dass Hasko
Zander 1956, kurz nach seiner späten Heimkehr aus sow-
jetischer Kriegsgefangenschaft, sofort begonnen hat, ein
großes Speditionsunternehmen aufzubauen. Damals wurden erhebliche Summen investiert, das habe ich überprüft.
Allein der Fuhrpark hat viel Geld verschlungen. Bankdar-
lehen wurden ausschließlich für den Ankauf von Gewerbe-
flächen und den Bau von Lager- und Fahrzeughallen aufgenommen. Zander muss also über eigene Mittel verfügt
haben, und zwar nicht zu knapp.«

»Hat er nicht reich geheiratet?«, fragte Stahnke. »Edelgard von Schwan? Alter Oldenburger Adel, politisch tra-
ditionell Rechtsausleger. Vielleicht kamen die Gelder von
denen?«

»Unwahrscheinlich.« Venema schüttelte den Kopf. »Die hatten während des Krieges in den Protektoratsgebieten im Osten investiert – keine kluge Entscheidung. Ihre Liegenschaften in und um Oldenburg sind ihnen zwar geblieben, aber flüssig waren die 1956 eher nicht, jedenfalls nicht annähernd im erforderlichen Maße. Mittlerweile sind die von Schwans auch finanziell wieder obenauf, aber das liegt eher daran, dass Zander ihnen auf die Beine geholfen hat und nicht umgekehrt.«

»Verstehe.« Stahnke lehnte sich zurück und verschränkte die Hände hinter seinem Kopf. »Hasko Zander kommt verspätet aus dem Krieg zurück, holt seine gebunkerte Kohle aus der Schweiz und fängt sofort an, sich ins deutsche Wirtschaftswunder einzuklinken, um verlorene Zeit aufzuholen. So weit klar. Aber wie passen seine Einbruchsversuche da hinein? Warum treibt er sich illegal in anderer Leute Keller herum?«

»Weil er dort etwas suchte.« Venema massierte sich die Schläfen. »All die bewussten Objekte, sowohl die Häuser in der Langen Straße und der Achternstraße als auch die Immobilie in der Haarenstraße, waren früher im Besitz von Oldenburgern jüdischen Glaubens und wurden unter dubiosen Umständen arisiert, also weit unter Wert verkauft und mit viel Profit weitergereicht. In einem dieser Häuser könnte etwas versteckt gewesen sein; vielleicht sogar in allen dreien. In der Achternstraße haben wir entsprechende Spuren gefunden. In der Haarenstraße allerdings …«

»Das Versteck in der Achternstraße hat aber bestimmt nicht der Zander ausgeräumt«, unterbrach Stahnke. »Eine Mauer abzutragen, den Schutt zu entsorgen, die Spuren weitgehend zu verwischen, all das muss Zeit gekostet haben.

Vom Wegschaffen des Inhalts dieser Verstecke ganz zu schweigen. Nach den vorliegenden Informationen hatte Hasko Zander diese Zeit nicht. Er wurde jeweils zu schnell entdeckt und abgeführt.«

»Dann ist ihm also jemand zuvorgekommen«, schlussfolgerte Venema. »Durch Zufall? Oder weil er wusste, wo er suchen musste? Einer, der Bescheid wusste. Ein ehemaliger Partner vielleicht. Oder ein Mitwisser.«

»Ein ehemaliger Partner oder Mitwisser, der versteckte Beute verschwinden lässt.« Stahnkes dicker Zeigefinger deutete auf seinen jungen Kollegen. »Klingt nach einem Treffer. Ehemalige Vertraute geben die nachtragendsten Feinde ab. Vor allem, wenn einer den anderen verraten hat.«

»Oder beide sich gegenseitig«, ergänzte Venema. »In dieser Richtung sollten wir weiter bohren. Da kommt bestimmt noch mehr zutage.«

39.

Heute

»Erhard Köhler heiratete also eine Niederländerin namens Siemtje de Vries«, fasste Olivia zusammen. »Köhler nahm den Nachnamen seiner Frau an und hieß nun ebenfalls de Vries. Hatten sie Kinder?«

»Ja«, sagte Albert Schulte. »Es dauerte ein paar Jahre, aber dann stellte sich Nachwuchs ein. Erst ein Mädchen, dann ein Junge. Hendrike und Edmund de Vries.«

»Hendrike ging nach Oldenburg, um zu studieren, und lernte Heino Zander kennen«, sagte Olivia tonlos. »Sie verliebte sich in ihn, er wollte sie nur vögeln. Sie wurde schwanger, er beendete die Beziehung. Sie wollte das nicht akzeptieren, brach die Schwangerschaft nicht ab, bekam das Kind. Also mich.« Ihre Stimme klang heiser, sie räusperte sich. »Sie setzte mich aus und brachte sich um. Ertränkte sich in der Hunte, dort, wo sie breit und tief ist, nahe der alten Cäcilienbrücke. Aber warum? Ich verstehe das nicht. Hätte sie mich nicht behalten können, mich aufziehen, einen neuen Kerl finden? Es laufen doch mehr als genug frei herum. Bestimmt alle besser als dieser Scheiß-Heino.«

»Selbstmord ist nur die offizielle Version«, sagte Albert Schulte. »Es gab auch Anzeichen für Mord damals. Die Ermittler sind ihnen nur nicht konsequent genug gefolgt. Stell dir vor, deine Mutter hätte geahnt, wozu Heino Zander fähig ist. Sie hätte dich weggegeben, um dich zu schützen. Damit du nicht auch …«

»Das ergibt immer noch keinen Sinn«, rief Olivia laut und verzweifelt. »Sie waren nicht verheiratet, er konnte sich ohne Probleme von ihr trennen, er war reich, ein paar Alimente machten ihm nichts aus. Warum sollte er sie umbringen? Das wäre doch gar nicht nötig gewesen.« Hilflos und verwirrt schaute sie den alten Mann an. »Warum verstehe ich das nicht?«

»Weil du noch nicht alles weißt«, sagte Albert Schulte sanft. »So ergibt es wirklich noch keinen Sinn. Aber da war noch etwas anderes.«

40.

Juli 1978

Sie warteten, bis Edmund das Haus verlassen hatte, strahlend vor Stolz auf seine neue Kluft und seinen ersten Steuermannsposten. Er drehte sich noch mehrere Male zu ihnen um und winkte, als ob es auf große Fahrt über die Weltmeere ginge anstatt mit einem Binnenschiff zum Ijsselmeer. Als ihr Sohn außer Sicht war, straffte sich Siemtje. »Gut, dass er von all dem nichts weiß«, sagte sie. »Das soll auch so bleiben. Bitte sorg auch du dafür! Ich fahre jetzt los. Drück mir die Daumen.«

Erhard nahm sie fest in die Arme. »Ich wünsche dir alles Glück der Welt«, sagte er. »Nach dem, was Hendrike am Telefon erzählt hat, sieht es doch gar nicht so schlecht aus. Vielleicht biegt ihr zusammen noch alles hin.«

»Anscheinend hat er eingelenkt«, bestätigte seine Frau. »Wer weiß, vielleicht hat er doch Lust auf Familie. Er hat sogar ein Haus für sie alle gekauft. So ein kleines Baby wickelt jeden um den Finger. Ich bin schon ganz gespannt.«

»Wehe, wenn das auch wieder nur so eine Laune von ihm ist«, knurrte Erhard. »Ich verstehe immer noch nicht, wie unsere kluge Tochter sich mit solch einem blöden Windhund einlassen konnte. Wenn alles wieder gut ist, musst du ihr mal richtig den Kopf waschen.«

»Eins nach dem anderen.« Sie löste sich von ihm. »Darf ich erst einmal die eine Sache kitten, ehe wir neues Porzellan zerschlagen, ja? Manchmal ändern sich Menschen, auch wenn man gar nicht glaubt, dass das geht. Vielleicht haben wir Glück, und dieser Heino ist so einer.«

»Triffst du ihn auch?« Erhard klang alarmiert.

»Erst einmal nur Hendrike. Sie soll entscheiden, wie es weitergeht.« Sie nahm ihre Handtasche an sich. »Den Stadtplan von Oldenburg hast du in den Wagen gelegt?«

Er nickte. »Wenn du dich mit dem Kerl treffen willst, könnte ich dir noch die Luger dazulegen«, sagte er.

»Schluss mit den faulen Witzen.« Sie streichelte seinen Arm. »Ich melde mich heute Abend telefonisch. Vermutlich bleibe ich über Nacht.«

»Alles Gute, mein Schatz.«

Er schaute ihr nach, wie sie den schwarzen Mercedes rückwärts aus der Garage rangierte, ihn geschickt auf der Auffahrt wendete, ohne auch nur eine Rasenkante zu berühren, und flott davonfuhr. Wie winzig sie aussah in dem großen Wagen, wie dünn und zerbrechlich ihr winkender Arm! Aber sie war zäh und entschlossen, das wusste er, und eine gute Autofahrerin war sie außerdem. Er musste sich also keine Sorgen machen.

Den Rest des Vormittags verbrachte er in seiner kleinen Werkstatt, schraubte an seiner alten Royal Enfield herum, um sich abzulenken. Der großvolumige Einzylinder war längst ein Klassiker, ein Oldtimer sogar, funktionierte aber immer noch tadellos, solange er regelmäßig gewartet wurde. Erhard hatte vor, sich niemals von dieser Maschine zu trennen. Nicht zuletzt als Erinnerung, auch wenn er das, woran ihn das Motorrad erinnerte, sowieso niemals würde vergessen können.

Mittags schlenderte er in die Stadt und zog sich Pommes und Frikandel beim Automatenrestaurant am Marktplatz. Er war froh, dass sie sich entschlossen hatten, wieder nach Groningen zu ziehen. Längst war ausreichend Gras über alles gewachsen; wenn Georg Zander jemals in dieser Stadt nach ihm gesucht hatte, dann war das lange her. Er nannte sich jetzt Paul de Vries, war Miteigentümer einer gut laufenden Binnenschiffsreederei samt angeschlossener Spedition und Vater einer Tochter und eines Sohnes, der bereit war, in seine Fußstapfen zu treten. Nichts an ihm erinnerte mehr an den kleinen Zigeuner, der sich mit dem Teufel persönlich eingelassen hatte, weil er glaubte, der Löffel, mit dem er aus demselben Topf aß wie der Höllenfürst, sei lang genug, um sich nicht zu verbrennen. Verbrannt hatte er sich dann doch – aber er hatte sich nicht verbrennen lassen. Am Ende war er mit heiler Haut aus allem herausgekommen, mal abgesehen von der KZ-Nummer, die sie ihm hineingestochen hatten. Auch von der würde er sich niemals trennen, obwohl er wusste, dass das medizinisch möglich war. Gezeigt hatte er sie aber niemandem außer Siemtje, nicht einmal seinen Kindern.

Seine Kinder. Was wäre sein Leben ohne sie, ohne seine Familie? Kinder waren die Zukunft, mit Kindern ging das Leben weiter, Schritt für Schritt. Jetzt also auch mit Enkelkindern. Ein Mädchen war es, das wusste er schon. Er war so gespannt auf die Kleine! Mehr und mehr hellte sich seine Stimmung auf. Hoffnung, warum nicht?

Seinen Kaffee trank er zu Hause, frisch gemahlen, sorgfältig aufgebrüht. Wie das duftete! Dieser Kaffee war ihm stets wie der Inbegriff niederländischer Lebenskunst vorgekommen. Inzwischen wusste er, dass jeder solchen Kaffee machen konnte. Eine Frage des Wollens, wie so vieles. Das Telefon weckte ihn; er war in seinem Lieblingssessel eingeschlummert. Hastig griff er nach dem Hörer. »Hallo, ja? Siemtje, bist du das?«

Keine Antwort, nur ein Klappern, ein Rauschen im Hörer. »So, jetzt«, sagte eine Stimme im Hintergrund, kaum zu verstehen, aber Erhard gefror dennoch das Blut in den Adern. Dann ein lauter Schmerzensschrei. Erhard stand auf den Füßen, das Beistelltischchen flog durchs Zimmer, seine Kaffeetasse zerschellte auf dem Boden. »Siemtje!«, brüllte er in heller Panik. Sein Herz raste.

»Schnauze.« Jetzt war die Stimme ganz nah an seinem Ohr, kroch förmlich in ihn hinein. »Zuhören. Sag es mir jetzt, gleich hier am Telefon. Sofort! Oder deine Schlampe hat noch mehr Grund zum Schreien. Los!« Wieder schrie Siemtje laut auf. Im Hintergrund weinte ein Baby.

»Was willst du, Georg?«, fragte Erhard mit zugeschnürter Kehle. So sehr er es versuchte, er konnte das Zittern seiner Stimme nicht unterdrücken.

»Du stellst dich dumm? Wie du willst, deine Entscheidung«, erwiderte Georg Zander. »Du musst ja wissen, ob dir deine Holländerschlampe etwas wert ist oder nicht.« Wieder schien er jemandem ein Kommando zu geben. Ein knirschendes Geräusch war zu hören, wie von zerreißendem Stoff. Wieder schrie Siemtje auf, diesmal vor Entsetzen. »Weißt du noch, wie das war früher in Birkenau?«, fragte Georg Zander mit hohntriefender Stimme. »Das war unsere Art der Selektion. Die besten Stücke haben wir uns rausgesucht. Und nach Gebrauch entsorgt.« Sein Lachen schien direkt aus der Hölle zu kommen. »War gut geregelt damals. Aber glaub bloß nicht, dass das heute nicht mehr möglich wäre. Wir sind noch da! Willst du es drauf ankommen lassen?«

»Wo ist Hendrike?«, fragte Erhard. Er spürte, wie etwas mit ihm geschah. Die letzten Jahrzehnte fielen von ihm ab, sein neues Leben löste sich auf, seine Hoffnung verging, die Zeit spulte zurück wie ein abgelaufener Kinofilm. Die Mauer in seinem Inneren zerfiel zu Staub, die große Tür öffnete sich. Jetzt war er wieder Erhard Köhler, der kleine Zigeuner, Spielball der Herrenmenschen, völlig ausgeliefert, in jeder Sekunde seines Lebens vom Tod bedroht. Damals aber hatte er es geschafft, immer wieder Herr dieses Spiels zu werden. Also dann.

»Dein Balg liegt hier«, antwortete Georg Zander. Ein unterdrücktes Stöhnen war zu hören; war Hendrike das gewesen? Dann war sie geknebelt, bestimmt auch gefesselt. Vermutlich hatte er sie getreten. Kühl bleiben, dachte Erhard und meinte sich. Ganz kühl bleiben.

»Ich sage dir eine Adresse«, sagte er.

»Du sagst mir alles!«, zischte Georg Zander ins andere Telefon.

»Eine«, wiederholte Erich. »Es gibt zwei, außer der Achternstraße. Eine sage ich dir. Dann hole ich meine Leute. Danach kriegst du die zweite.«

»Du willst mich wieder drankriegen«, sagte Zander böse. »So wie beim ersten Mal. Verarschen willst du mich. Aber das gelingt dir kein zweites Mal.« Wieder war Siemtjes Schreien zu hören, diesmal anhaltend und immer verzweifelter. Jemand zerriss ihre Kleidung. Und hörte nicht damit auf.

»Wieso verarschen?« Erhard war ehrlich verblüfft. »Ich habe dir damals die Adresse gesagt. Hast du das Depot nicht gefunden?«

»Einen Scheiß habe ich«, zischte Georg Zander. »Leer war es. Gar nichts war da. Du hast dir das alles selbst unter den Nagel gerissen, gib es doch zu! Seitdem lebst du wieder wie die Made im Speck, wie ich erfahren habe. Und ich weiß jetzt auch, wo.«

»Ich war nicht dran an dem Depot nach dem Krieg«, versicherte Erhard. »Keinen Fuß habe ich mehr nach Oldenburg gesetzt. Wenn du so viel weißt, dann weißt du bestimmt auch das. Jemand anderes muss zufällig auf mein Depot gestoßen sein. Es sind immerhin viele Jahre vergangen, bis du aus Russland zurückgekommen bist.«

»Als ob das meine Schuld gewesen wäre.« Zander klang, als gerate er immer mehr in Rage. »Du bist der, der mich verraten hat. Du hast mich bestohlen, du hast mein Eigentum unterschlagen. Das will ich jetzt zurück, und zwar vollständig. Du wirst mir keine Bedingungen diktieren. Sag mir sofort alle Adressen! Die werde ich dann überprüfen. Und dann vielleicht, ganz vielleicht, gebe ich dir deine Weiber zurück.« Er lachte ein hässliches Lachen. »Mal sehen, in welchem Zustand, am Stück oder in Scheiben. Aber erstmal spuckst du alles aus!«

Erhard schloss die Augen, atmete tief ein und aus. »Eine Adresse«, sagte er dann. »Ich warte, bis du die überprüft hast. Dann übergibst du mir Siemtje und Hendrike. Und das Baby. Danach bekommst du die zweite.«

Er hatte erwartet, dass Georg toben würde, hatte mit weiteren Misshandlungen seiner Lieben, mit weiteren quälenden Schreien gerechnet. Stattdessen blieb es sekundenlang still. Dann hörte er Georg Zanders ruhige Stimme: »Gut. Ich höre.«

Erhard nannte ihm die Adresse in der Haarenstraße, beschrieb ihm das Haus in allen Einzelheiten. Auch seinen Umbau im Keller. Zander unterbrach ihn: »Ja, ich weiß Bescheid. Das wird jetzt einige Zeit dauern. Beweg dich nicht vom Telefon weg, verstanden?« Wieder dieses Lachen: »Du willst doch nicht, dass deine Siemtje sich erkältet.« Die Verbindung brach ab.

Erhard legte den Hörer weg, so zärtlich, wie er konnte. Er rieb sich mit beiden Händen das Gesicht. Dann griff er nach seiner Lederjacke und rannte los.

41.

Eigentlich wollten sie es gut sein lassen, wenigstens den Samstagnachmittag außerhalb der Polizeiinspektion am Friedhofsweg verbringen. Thorsten Venema checkte nur noch schnell die neuen Mails auf seinem Laptop. »Oh, schau an!«, rief er plötzlich.

»Was gibt's noch?«, fragte Stahnke unwirsch. Der Gedanke an Feierabend füllte sein Denken völlig aus.

»Post aus Polen«, antwortete Venema. »Vom Museum Auschwitz-Birkenau. Da hatte ich doch angefragt wegen der Häftlingsnummer, die Heino Zander auf dem Arm trug. Z 3030. Hier ist die Antwort.« Er schaute zu Stahnke und erkannte schnell, dass eine dramatische Pause unangebracht war. »Sie gehört zu einem Oldenburger Roma namens Erhard Köhler.«

»Erhard Köhler.« Stahnke horchte in sich hinein. Rief dieser Name irgendein Echo hervor? Nein, da hatte er sich wohl getäuscht. »Sonst noch Informationen? Von wann bis wann ist Köhler im KZ gewesen?«

»Von März 1943 bis Januar 1945«, las Venema vor. »Hat im Zigeunerlager Auschwitz-Birkenau in der Werkstatt gearbeitet. Fuhrpark gewartet, aha, er kannte sich also mit Autos aus.« Der Oberkommissar schaute vom Bildschirm hoch: »Sonst hätte er auch niemals so lange durchgehalten. Nur Funktionshäftlinge blieben in Auschwitz längere Zeit am Leben. Autos, das wäre doch ein Anknüpfungspunkt.«

»Autos? Weil Zanders Vater eine Spedition aufgebaut hat?« Der Hauptkommissar zuckte mit den Schultern. »Okay. Aber Autos sind ein weites Feld, vor allem in Deutschland.«

»An die Spedition hatte ich gar nicht gedacht«, sagte Venema.

»Sondern?«

»An die Felge.« Der junge Ermittler schaute hoch; ihre Blicke begegneten sich.

»Moin zusammen!« Seiferts spiegelblanke Glatze tauchte im Türrahmen auf. »Na, Kollegen, Überstunden kloppen am Wochenende?« Er schaute von einem zum anderen: »Oder störe ich gerade eine Schweigeminute? Sagt es ruhig, wenn ihr gerade meditiert, dann gehe ich und komme nächste Woche wieder.«

»Untersteh dich!« Wider Willen musste Stahnke grinsen. »Raus mit der Sprache, womit haben wir deine ehrenrührige Anwesenheit verdient?«

»Wollte nur Bescheid sagen, dass Herr Dekker mal wieder in der Stadt ist«, sagte der Wasserschutzpolizist. »Seine *Herinnering* passiert in einer Stunde erneut die Oldenburger Schleuse. Ihr wolltet ihm doch noch ein paar Fragen stellen, wenn ich mich recht entsinne. Warum er nicht verraten hat, dass er selbst der Besitzer der Reederei ist, für die er fährt. Mister *Koolbrand* persönlich, sozusagen.«

»*Koolbrand*?« Wieder dieses Echo. Stahnke konnte es immer noch nicht einordnen.

»Was ist das denn!«, tönte Venema von seinem Laptop her. Er hatte die Unterbrechung genutzt, um den Rest der Mail aus Polen durchzulesen. »Hier steht, Erhard Köhler hätte an einem Fußballspiel der Birkenauer gegen eine Stammlager-Mannschaft teilgenommen. Als Trainer und

Spieler. Ist das zu fassen, Fußball in Auschwitz? Ich glaub's nicht.«

»Köhler?« Seifert wurde aufmerksam. »Nicht vielleicht Erich Köhler? Der war mal ein berühmter Torjäger bei Frisia Oldenburg, noch vor dem Krieg. Damals, als wir die legendären Spiele gegen St. Pauli und solche namhaften Mannschaften hatten.« Er tippte sich mit zwei Fingern an eine imaginäre Mütze: »Erwähnte ich schon, dass ich ein alter Frisianer bin? Nein? Ich sage euch, bei uns wird noch richtig Fußball gespielt.«

»Nein, nicht Erich«, sagte Thorsten Venema. »Hier steht Erhard. Erhard Köhler, Häftling Z 3030.«

»Moment mal«, unterbrach Stahnke. »Was heißt *Koolbrand* auf Deutsch? Wisst ihr das?«

Seifert zuckte mit den Schultern, aber Venema antwortete: »*Koolbrand* heißt so viel wie Holzkohle. Kann auch für den Prozess der Holzkohleherstellung stehen. Oder auch für den, der das tut. Dann hieße das ...«

»Köhler«, vollendete Stahnke den Satz.

42.

Juli 1978

Die Royal Enfield brummte über den Asphalt wie eine wütende Hornisse. Wo immer es ging, ließ Erhard sie aufbrüllen wie einen zornigen Tiger. Trotz des lauen Sommerwetters fuhr ihm der Fahrtwind in die Jackenärmel und Hosenbeine, und jeder Buckel im Straßenbelag ließ ihn deutlich wissen, dass er beinahe 60 Jahre alt war. All das störte ihn aber nicht, im Gegenteil, es hielt ihn wach. So wach wie damals, als sein Leben häufig von Entscheidungen abhing, die er im Bruchteil einer Sekunde fällen musste. Sein Leben und das der anderen.

Erich war tot. Djamel war tot. Seine Eltern, seine Schwester und so viele andere auch. Durfte er sich auf sein Urteilsvermögen etwas einbilden? Er schüttelte den Kopf, so stark, dass sein Helm verrutschte und seine Maschine zu schlingern begann. Heulende Hupen riefen ihn zur Ordnung. Keine akademischen Fragen jetzt. Es ging um seine neue, seine eigene Familie. Es ging um alles. Familie war alles.

Natürlich war er vorbereitet. Er kannte die Adresse dieses Strolchs, dieses Heino Zander. Gleich nach Alberts Anruf hatte er sich die bei der Auskunft besorgt. Die von Edelgard und Hasko-Georg Zander kannte er längst. Wenn er sie nicht bei Heino Zander fand, dann im Familiensitz oder in der Firma. Die befand sich draußen in Oldenburg-Etzhorn, das wusste Erhard natürlich ebenfalls.

Die Luger war auch so eine Vorsichtsmaßnahme. Ein osteuropäischer Schiffsführer hatte sie ihm vor Jahren angeboten, mit dem typischen geil-debilen Gesichtsausdruck, den manche Kerle automatisch bekamen, wenn es um Nazis und ihren Krempel ging. »Hier, kannst du gebrauchen, wenn du mal wieder Bargeld zur Bank bringst. Todsicheres Ding, deutsche Wertarbeit. Frag mal die Juden danach!« Dazu dieses falsche Grinsen rund ums Maul voller Pferdezähne. Und ein undefinierbares Glitzern in den Augen. Das große Bedauern der Spätgeborenen? Warum glaubte eigentlich jeder hergelaufene Spinner, er wäre damals beim großen Raubzug der Übermenschen ein Kandidat für die Herrenseite gewesen? Wie auch immer, Erich hatte das Ding gekauft, der Preis war in Ordnung gewesen, und es gab reichlich Munition dazu. Schießen tat die Luger tadellos; er war mal bei Sturm ans Louwersmeer gefahren und hatte probeweise auf Möwen geschossen. Gut, dass Siemtje nie davon erfahren hatte. Treffen war sowieso kein Problem, damals bei Grotelüschen nicht und bei fliegenden Möwen auch nicht. Erhard war der Sohn eines Schießbudenbesitzers, er hatte es drauf.

Kurz hinter der Grenze fuhr er auf einen Rastplatz und wechselte unauffällig sein Nummernschild aus. Auch so eine vorbereitete Vorsichtsmaßnahme. WST für Westerstede, ausgerechnet. In Oldenburg stand das für »Wieder so'n Töffel«. Dafür sah man es häufig, darauf kam es an. Er nahm die Abfahrt Oldenburg-Haarentor und tuckerte durch dichten Wochenendverkehr über die Ofenerstraße in Richtung Zentrum. Jede Menge Motorradfahrer waren unterwegs, er kam aus dem Grüßen gar nicht heraus. Endlich hatte er die Friedenskirche erreicht, bog links ab und fuhr die Peterstraße entlang zum Pferdemarkt, passierte die Stelle, wo einst die Synagoge gestanden und gebrannt hatte, wo Erich und er auf der Ladefläche eines Lasters gelegen und ihren sicheren Tod vor Augen gehabt hatten. Auch damals waren sie davongekommen. Erhard biss die Zähne zusammen. Seine Hände verkrampften sich, seine Maschine machte einen kleinen Satz. Er unterquerte die Eisenbahnstrecke, bog nach links ab, fuhr in die Ziegelhofstraße, erreichte die Saarstraße. Hier musste es gleich sein. Unauffällig bleiben, dachte er, am besten langsam vorbeifahren, kurz die Lage peilen, dann das Motorrad außer Sicht abstellen und zu Fuß zurück. Da stand schon ihr Mercedes, mit dem Siemtje gefahren war, unverkennbar mit seinem gelben Nummernschild. Und daneben stand Albert. Er signalisierte ihm, rechts ranzufahren und anzuhalten. Irgendetwas war passiert.

»Geh nicht rein«, sagte Albert. »Tu dir das nicht an.« Erhard warf ihm seinen Helm zu und stürmte über die Straße. Ein Taxi bremste mit quietschenden Reifen, der Fahrer fluchte auf Türkisch.

Das Haus war von außen schlicht, aber groß – zwei Vollgeschosse plus Walmdach mit weiteren Wohnräumen. Eingang und Treppenhaus lagen seitlich, die Tür stand offen. Erhard flog die Stufen zur Haustür hoch. Unter der Lederjacke hielt er seine Luger umklammert.

Die Räume der unteren Wohnung waren groß und hoch, wirkten dennoch überladen. Wer hier eingerichtet hatte, besaß Geld, aber keinen Geschmack. Erhard stürmte durch alle Zimmer, ohne jemanden anzutreffen. Dann bemerkte er den Geruch. Es roch metallisch. Wie damals im Bunker. In dem kleinen Zimmer ganz hinten links stand ein Bett. Darauf lag ein Körper, verhüllt mit einer alten Wolldecke. Siemtjes nackte Füße ragten unten heraus. Erhard schrie auf, er brüllte wie ein Stier, riss seine Luger heraus, zielte wild und wuterfüllt nach allen Seiten. Aber es war niemand da.

Die Pistole entglitt ihm. Er fiel neben dem Bett auf die Knie, zog die Decke ein Stück herunter. Siemtje war so schön, ganz weiß und schön, überirdisch wie ein Engel. Erhard schrie und schluchzte hemmungslos.

Als er die Wolldecke ganz herunterziehen wollte, stand Albert neben ihm und hielt seine Handgelenke fest. »Erspar dir das«, sagte er leise, aber bestimmt. »Behalte sie so in Erinnerung. Du änderst nichts mehr.«

Erhard blickte auf, die Augen von Tränen verschleiert. Eine Tonnenlast drückte ihn zu Boden. Er hatte sich verrechnet, hatte versagt. Wieder einmal. Das Resultat seiner Entscheidungen, die Bilanz seines Lebens. Haskos höhnische Stimme hallte in seinem Kopf wider. »Aber warum?«, fragte er mit brechender Stimme. »Warum? Ich habe doch … ich habe Georg doch …«

»Welche Adresse hast du ihm gegeben?«, fragte Albert.

»Die in der Haarenstraße«, antwortete Erhard.

»Verflucht«, sagte Albert. »Das Haus wurde abgerissen. Vor einigen Jahren schon.«

Erhard erhob sich mühsam. »Das wusstest du?«, fragte er.

»Sicher«, erwiderte Albert. »Ich hätte es dir gesagt, aber ich wusste nicht, um welches Haus es ging. Es tut mir leid, Erhard. Glaub mir, es tut mir so leid.«

Erhard schaute sich um, als realisierte er zum ersten Mal, wo er sich befand. »Hendrike?«, fragte er. »Wo ist Hendrike? Was haben sie mit meiner Tochter gemacht?«

»Mitgenommen«, sagte Albert. »Sie haben sie ins Auto gesteckt, hinten auf der Auffahrt, gefesselt und geknebelt. Ich habe sie beobachtet, konnte aber nichts machen, beide waren bewaffnet. Sie haben sich unterhalten; ein paar Fetzen konnte ich verstehen. Sie haben wohl bei dir angerufen, und als keiner ranging, rechneten sie damit, dass du unterwegs bist. Hierher. Ich glaube, sie haben Schiss vor dir.«

»Schiss, sagst du?« Erhard bückte sich, hob seine Pistole auf und steckte sie ein. Er spürte, wie sich der Zorn in ihm ausbreitete, und ließ es geschehen. »Die haben ja keine Ahnung«, sagte er, rieb sich über die Augen und schüttelte sich. »Wo sind sie hin? Weißt du das?«

»Kriege ich raus«, sagte Albert. »Erst mal hole ich das Auto. Wir bringen Siemtje hier weg. Und das Baby.«

»Das Baby?« Erhard hatte nicht geglaubt, dass sich der Horror, den er durchlebte, noch steigern ließ. »Das Kind? Haben sie es auch …«

»Nein, es liegt oben im Bettchen und schläft«, sagte Albert. »Ich hole es, wir nehmen es mit. Ich kenne Leute, die sich darum kümmern können. In Ordnung?«

Erhard nickte nur. In Ordnung, ja, einstweilen. Weiterdenken konnte er nicht.

Wie sich herausstellte, besaß Albert einen Ford Kombi, der so groß war wie ein Leichenwagen. Er rangierte ihn auf die sichtgeschützte Einfahrt, klappte die Rückbank um und bettete Siemtjes Körper sorgsam auf die Ladefläche. »Dein Motorrad hole ich später«, versprach er Erhard. Dann ging er das Kind holen.

Sie fuhren nach Drielake, überquerten dabei die Hunte, die durch die Stadt verlief wie ein schiffbarer Kanal, mit Spundwänden eingefriedet. Links lag der Hafen, rechts die Erweiterung vor der Schleuse, wo auch die Steganlage des Jachtklubs war. Ein Binnenschiff schob sich langsam durch die Engstelle. Erhard hielt das immer noch schlafende Baby; er musste an Edmund denken. »Albert«, sagte er, »wie auch immer das hier ausgeht, Edmund darf nichts davon erfahren, hörst du? Schlimm genug, dass Hendrike in all das hineingezogen worden ist. Edmund soll davon nicht belastet werden. Ich werde ihm sagen, seine Mutter sei bei einem Unfall gestorben. Und falls ich auch draufgehe, sagst du ihm das, verstanden? Tödlicher Autounfall, zusammen.« Leise fügte er hinzu: »Das wäre sowieso das Beste gewesen.«

»Sag so was nicht«, widersprach Albert. »Das Leben ist unser wertvollster Besitz. Immer.«

»Besitz!« Erhard schnaubte verächtlich. »Glaub mir, Besitz kann dir am Hals hängen wie ein Mühlstein. Oder ein Wagenrad! Zieht dich nur runter. Man sollte sich davon befreien.« Albert antwortete nicht.

Sie legten Siemtjes Leiche in Alberts Wohnzimmer auf die Couch. Als Albert mit dem Kind verschwunden war, zog Erhard die Decke von Siemtjes Gesicht und küsste sie ein letztes Mal. Dann entblößte er ihren Körper ganz. »Ihr Teufel«, stieß er hervor, als er sah, wie sie sie zugerichtet hatten. »Ihr verfluchten Teufel!« Er legte sich neben der Couch auf den Boden und rührte sich nicht mehr, bis die Dämmerung einsetzte.

Als es dunkel war, kehrte Albert ohne das Baby zurück. »Ich weiß es jetzt«, sagte er. »Sie sind auf seinem Motorboot. Nur Hendrike und Heino. Keine Ahnung, wo Georg und seine Nazisse stecken.«

»Also los«, sagte Erhard und erhob sich.

Der lange Schwimmsteg des Oldenburger Jachtklubs befand sich im Sommermodus; viele Bootseigner waren um diese Zeit unterwegs, auswärtige Gastlieger füllten einen Teil der Lücken. Daher fielen die beiden Männer, die am späten Abend ruhig und zielstrebig den Steg entlanggingen, nicht weiter auf. Im Klubhaus wurde irgendetwas gefeiert, aber Zanders Jacht lag am Ende des Steges, außerhalb des

Blickfeldes. Wasserseitig erhob sich eine dunkle Wand aus Stahl; ein Binnenschiff hatte für die Nacht an den Dalben festgemacht und blockierte den Blick auf die Wasserfläche und zum jenseitigen Ufer. An Bord regte sich nichts.

Die Motorjacht der Zanders war riesig, ein schwimmendes Haus aus weiß lackiertem Schiffbaustahl, sehr hochbordig und mit einem Deckshaus gekrönt, in dem bestimmt ein Dutzend Leute feiern konnte, wenn nicht mehr. Fehlende Eleganz wurde durch schiere Größe ausgeglichen. Ein schnittiges kleines Beiboot mit großem Außenbordmotor lag längsseits. Nirgendwo stand geschrieben, dass diese Jacht einer schwerreichen Familie gehörte, aber das war auch nicht nötig. Die Relingspforte stand einladend offen. Erhard schüttelte stumm den Kopf und bedeutete Albert, vorne über die Bugreling zu klettern. Er selbst hangelte sich über einen Kugelfender zur Badeplattform der Jacht und stieg leise die Badetreppe hoch. Tatsächlich eine Treppe, keine Leiter, dachte er, unglaublich! Und das Schiff hat solch eine Masse, dass es sich kaum bewegt, wenn es geentert wird.

Geduckt schlich er sich um die Achterkajüte herum, auf der Wasserseite, um nicht zufällig vom Steg oder vom Ufer aus beobachtet zu werden. Von vorne näherte sich Albert. Sein Zugang war der ungleich schwierigere gewesen; anscheinend war er körperlich bestens in Schuss.

Die Schiebetür zum Deckssalon stand offen. Erhard pirschte sich auf allen vieren heran, lugte vorsichtig um die Ecke. War Hendrike irgendwo zu sehen?

Er schaute direkt in die Mündung einer Pistole. Dahinter tauchte ein Gesicht auf, das ihm grausam bekannt vorkam, auch wenn es nicht Georg gehörte, sondern dessen Sohn. Eine Hand packte Erhard am Kragen, zog ihn kraftvoll in das Deckshaus hinein und schleuderte ihn zu Boden. »Da bist du ja«, fauchte der junge Mann; er sah nicht nur aus wie sein Vater, er klang auch so. »Letzte Chance, du Ratte. Die Quittung für deine Lüge hast du bekommen; sag uns die andere Adresse, sonst bekommst du die nächste Lektion.«

Ich habe nicht gelogen, dachte Erhard, aber es war klar, dass hier jeder Einwand sinnlos war. Sein Blick fiel auf Hendrike, seine Tochter, ihre Tochter. Auch sie lag auf dem Boden, an Händen und Füßen gefesselt, mit einem Knebel im Mund. Um ihren Hals war ein Stück Festmacher geknotet. Daran hing eine rostige Autofelge.

Heino Zander griff nach einem Handfunkgerät, das auf dem Steuerstand lag, gleich neben der fest installierten Seefunkanlage. Deren fest eingestellte Kanäle konnte jeder abhören, daher das Walkie-Talkie. »Hecht für Hai«, sprach Zander ins Mikrofon. »Kohle ist im Schacht.«

Im Hörer krachte es. »Hai für Hecht«, ertönte eine weibliche Stimme. »Hai wartet.«

»Theaterwall«, stieß Erhard hervor und fügte die Hausnummer hinzu. »Unter der Kellertreppe. Doppelte Wand.«

Heino Zander drückte die Sprechtaste und wiederholte die Worte. Erhard schaute unauffällig zur Seitentür. Wo blieb Albert? Der Entführer war abgelenkt. Wenn er sich jetzt von hinten auf ihn stürzte …

»Hai verstanden«, quäkte Edelgards Stimme aus dem Hörer. »Hecht bleibt in Bereitschaft.«

»Lass jetzt meine Tochter frei«, verlangte Erhard. »Ihr habt bekommen, was ihr wolltet. Jetzt die Gegenleistung.«

Heino Zander lachte höhnisch. »Abwarten«, sagte er. »Erst einmal gucken, ob das nicht auch wieder so ein Windei war. Liegen bleiben und Schnauze halten.«

An Bord wurde es still, so still, dass man das Johlen der

Feiernden im Klubhaus hören konnte; anscheinend hatten sie dort die Terrassentüren geöffnet. Draußen auf dem Seitendeck erkannte Erhard eine Bewegung. Albert schlich sich endlich heran, er hielt etwas in der Hand, anscheinend ein Paddel. Erhard hatte seine Mimik unter Kontrolle. Bloß nichts anmerken lassen! Sobald Albert den Fiesling niedergeschlagen hatte, konnte er seine Tochter losbinden. Und dann schleunigst weg hier.

Albert machte einen vorsichtigen Schritt über das Süllbord in den Salon hinein und hob das Paddel zum Schlag. Es spiegelte sich in einer der Seitenscheiben. Heino Zander sah die Bewegung, wirbelte herum und schlug Albert den Griff seiner Pistole an die Schläfe. Der kleine Mann brach lautlos zusammen.

»Ihr Gangster! Ihr miesen Ratten!«, fluchte Heino Zander. Die Mündung seiner Pistole zuckte zurück zu Erhard Köhler, sein Zeigefinger krampfte sich um den Abzug. »Vater hat mich gewarnt, dass euch Zigeunern der Verrat im Blut liegt, dass ihr nicht damit aufhören würdet, egal, was es kostet. Wie recht er hatte! Was für ein mieses Pack ihr seid! Um euch ist es wirklich nicht schade.« Er versetzte dem bewusstlosen Albert einen Tritt, ohne Erich aus den Augen zu lassen.

Das Funkgerät meldete sich knisternd und krachend. »Hai an Hecht.« Diesmal war es Georg Zanders Stimme. »Alles klar, Haus im Blick. Stand sowieso auf meiner Liste. Das genügt mir.« Es knackte noch einmal, als die Sprechtaste erneut betätigt wurde: »Ach ja, euer komischer Code. Also schön, Hai an Hecht, Köder ausbringen. Jetzt! Verstanden?«

»Verstanden«, bestätigte Heino Zander, legte das Gerät weg und drehte sich zu Erhard um. Der sprang ihn im selben Moment an wie ein Panther, rammte ihm seinen Schädel gegen den Brustkorb und schlug ihm die Pistole aus der Hand. Die Waffe polterte den Niedergang hinunter in die Kajüte. Erhard hatte genug gehört. Georg Zander hatte niemals vorgehabt, eine seiner Geiseln zu verschonen, ebenso wenig Erhard selbst. Natürlich wollte er ihn bei seiner Suche nach den verschollenen Depots benutzen, soweit das eben ging. Vor allem jedoch wollte er Mitwisser beseitigen, alle, die womöglich verraten konnten, wer er wirklich war. Auch die, von denen er das nur annahm. Bei Georg Zanders Verbrechensregister kam es auf einen Mord mehr oder weniger nicht an. Er hatte niemals vorgehabt, Hendrike zu verschonen.

Heino Zander taumelte unter Georgs Ansturm, knallte rücklings gegen das Steuerrad, stöhnte auf vor Schmerz. Erhard trat einen halben Schritt zurück, holte aus zu einem Hieb gegen Zanders Kopf. Der jedoch war schneller als erwartet. Und auch stärker. Er traf Erhard mit einem Körperhaken, sodass der einknickte, stieß ihn zur Seite, hob seinen Fuß und trat mit aller Kraft zu. Erhard wurde in den Niedergang geschleudert, stieß sich den Kopf hart an der Dachkante, stürzte die Treppe hinab und knallte unten auf die Bodenbretter. Sekundenlang war er benommen, danach fühlte er sich wie gelähmt. Entscheidende Sekunden lang war er zu keiner Bewegung in der Lage. Hilflos musste er mit ansehen, wie Heino Zander Hendrike vom Boden hochriss, ihr Fesseln und Knebel löste und sie trotz aller Gegenwehr über die Reling ins Wasser stieß. Ihr Schrei wurde ebenso vom aufbrandenden Geschrei der Feiernden beim Klubhaus verschluckt wie das laute Klatschen, als ihr Körper den Wasserspiegel durchbrach. Die schwere Felge an ihrem Hals zog sie augenblicklich unter Wasser.

Ächzend stemmte Erhard sich vom Boden hoch, quälte sich wie in Zeitlupe die Treppenstufen hinauf, rutschte ab, fiel aufs Gesicht, schrie und versuchte es erneut. Es fühlte sich an wie ein Albtraum, aus dem es kein Erwachen gab. Oben an Deck machte Heino Zander die Leinen des Beiboots los und sprang hinein. Der Außenborder sprang an, das Boot schoss davon, ehe Erhard auch nur den Deckssalon erreicht hatte. Auf allen vieren kroch er zur Reling, warf sich zwischen den Metallpfosten hindurch über Bord, tauchte ins brackige Wasser, die Augen aufgerissen, die Arme suchend ausgebreitet. Er musste sie finden, er musste Hendrike retten, ehe es zu spät war! Die Ebbe hatte eingesetzt, es herrschte eine starke Strömung; ehe er es sich versah, war er meterweit abgetrieben. Keuchend schwamm er wieder heran, versuchte es erneut. Wieder und wieder, mit schwindenden Kräften. Nichts war zu sehen, niemand zu ertasten, so oft er es auch versuchte. Das trübe Wasser in seinen Augen, das laute Sirren und Rauschen in seinen Ohren, das dröhnende Pochen seines Pulsschlags, der Schmerz in seiner Lunge – alles erinnerte an jenen Morgen in Groningen, als die Deutschen kamen und er in der Gracht landete. Der Gedanke, der damals in ihm aufgekeimt war, meldete sich wieder. War das Leben wirklich alles? Unter allen Umständen? Warum noch kämpfen, wenn die Niederlage unausweichlich war?

Vielleicht wäre er nicht wieder aufgetaucht, wenn nicht irgendwann plötzlich Albert neben ihm gewesen wäre. Er packte ihn am Kragen, riss ihn in die Höhe, hinderte ihn daran, noch einmal abzutauchen. »Es ist vorbei«, sagte er eindringlich. »Die Strömung ist zu stark, du findest sie nicht mehr, sie ist schon weit weg.« Die Worte tönten aus nächster Nähe in seinem Ohr, dröhnten in seinem Kopf.

»Sie ist schon weit weg.« Albert hielt seinen Kopf im Rettungsgriff. Erhard hatte nicht mehr die Kraft, um sich zu sträuben.

»Komm jetzt«, drängelte Albert und nahm Kurs aufs Ufer. »Die Besuffskis vom Klubhaus haben etwas mitgekriegt, dahinten kommen sie schon. Wir müssen weg.« Widerstandslos ließ Erhard sich mitziehen. Als sie die Uferböschung erreicht hatten, zog er sich mit letzter Kraft am langen Gras in die Höhe. »Wir gehen zurück zu Siemtje«, hörte er Albert sagen. »Das sind wir ihr schuldig. Danach sehen wir weiter.«

Erhard keuchte und nickte stumm.

43.

Als sie die Schleuse erreichten, lag die *Herinnering* schon drin. Nur anders herum. Mitsamt ihrer Containerladung sackte sie langsam im Schacht der Schleusenkammer nach unten, dem sinkenden Wasserstand folgend. Decksmann Dirk de Jong kümmerte sich darum, die Leinen nachzustecken, damit sich das Schiff nicht an den Schleusenpollern aufhängte. Im Steuerhaus war niemand zu sehen.

»Wo ist denn Ihr Kapitän?«, fragte Stahnke, als er die glitschige Leiter hinab an Bord kletterte, gefolgt von Venema und Seifert.

De Jong zuckte mit den Schultern. »Zieht sich wohl gerade um«, sagte er und musterte seine Festmacher. »Unten, in seiner Kajüte. Kommt aber bestimmt gleich wieder hoch, die Schleusung dauert nur noch ein paar Minuten.«

Stahnke schaute seine Kollegen an. »Gehen Sie mal runter und fragen Sie Herrn Dekker, ob er ein paar Minuten Zeit für uns hat«, wies er Venema an. Zu Seifert sagte er: »Du bleibst an Deck, falls der Herr de Jong beim Manöver Hilfe braucht. Bist ja quasi vom Fach.« Die hochgezogenen Augenbrauen des Glatzenträgers ignorierte er.

Der Hauptkommissar selbst schaute sich nach dem Maschinenraum um. Der war nicht schwer zu finden; die Maschine befand sich achtern, und das stählerne Schott, das dorthin führte, stand offen. Auch im Leerlauf produzierte der schwere Schiffsmotor eine Menge Lärm und noch mehr warme Luft, die sich Stahnke entgegenstemmte wie eine weiche Wand. Offenbar wollte Dekker seine Kühlungsanlage nicht erneut überlasten und nutzte daher jede Gelegenheit, etwas Hitze aus dem Motorraum abzuleiten. Hinter dem Schott befand sich eine Art Treppenabsatz aus Stahlgitterplatten. Ein steiler Niedergang mit blank gewienerten Handläufen führte hinunter zur Maschine. Stahnke wusste, dass es sich für echte Seeleute gehörte, sich auf beide Hände gestützt an den glatten Geländern nach unten rutschen zu lassen, ohne die Füße auf die Stufen zu setzen. Das ging schneller und war zünftig; wer das nicht tat, wies sich als Landratte aus. Sollte er es riskieren? Die Arme dazu hatte er, aber auch die Technik? Ein Seitenblick hielt ihn davon ab. Rechts und links vom Treppenabsatz befanden sich tiefe Nischen zwischen den Spanten des Rumpfes und den inneren Trennwänden; man hatte Regalböden hineingeschweißt, um den Platz als Ablage zu nutzen. Auf der einen Seite standen verschiedene Werkzeugkästen parat, vermutlich mit unterschiedlich sortiertem Inhalt, je nach Einsatzzweck; aufgemalte Nummern deuteten darauf hin. Auf der anderen Seite sah es weniger ordentlich aus. Hier wurden anscheinend Schrauben, Dichtungen und andere Ersatzteile aufbewahrt, auch gebrauchtes Zeug, das man vielleicht noch einmal verwenden konnte. Einige dieser Dinge steckten in schmutzigen, abgegriffenen Schachteln. Mitten dazwischen lag ein weißer, fabrikneuer Karton. Stahnke las die Aufschrift und nickte. Genauso hatte er sich das vorgestellt.

Er stieg hoch zum Steuerstand, wo er gleichzeitig mit Venema und Dekker eintraf. Der Schiffsführer hatte in der Tat ein frisches Hemd an und knöpfte gerade noch seinen Kragen zu. Langärmelig und hochgeschlossen, registrierte Stahnke, nicht gerade dem Wetter angemessen. Musste der Kapitän sich eigentlich selbst um seine Wäsche kümmern? Der Decksmann sah nicht so aus, als fühlte er sich für Hausarbeit zuständig.

»Herr Hauptkommissar.« Dekker nickte ihm zu. »Kann ich noch etwas für Sie tun?«

»Wir haben noch Fragen, Herr Kapitän«, sagte Stahnke. »Oder möchten Sie lieber als Reeder angesprochen werden, Herr Dekker?«

»An Bord bin ich natürlich der Kapitän«, erwiderte Dekker ungerührt. »Außerdem habe ich mir diese Dienstbezeichnung selbst verdient, daher steht sie für mich höher im Kurs. Reeder bin ich durch Erbschaft geworden.«

»Warum haben Sie uns das nicht gleich gesagt, dass Sie Angestellter einer Reederei sind, die Ihnen selbst gehört?«, fragte Venema.

»Warum sollte ich?« Dekker zuckte mit den kräftigen Schultern; sie wirkten massiger als einige Tage zuvor. »Sie haben mich das letztens nicht gefragt. Tut doch auch nichts zur Sache, oder?«

»Ich finde schon«, widersprach Venema. »Wir sprachen über den Zeitdruck in der Branche, und da …«

Mit einer Handbewegung brachte Stahnke ihn zum Schweigen. »Sie haben die Reederei also geerbt«, wiederholte er Dekkers Worte. »Von Ihren Eltern, nehme ich an? Trug die Firma damals auch schon ihren jetzigen Namen?«

»*Koolbrand en Compagnie*, jawohl«, bestätigte der Schiffsführer und stemmte seine Arme in die Seiten. »Warum fragen Sie?«

Stahnke öffnete den Mund und holte Luft, aber der junge Decksmann kam ihm zuvor. »Hey! Tor geht auf!«

»Klar zum Auslaufen!«, rief Dekker zurück. »Tut mir leid, meine Herren«, sagte er, an die Kriminalbeamten gerichtet, »Sie müssen jetzt leider von Bord. Sonst fahren Sie mit.« Er lachte: »Oder Sie müssen schwimmen.«

»Wir fahren mit, mein Kollege hier und ich«, erwiderte Stahnke, ohne den Kapitän aus seinem Blick zu entlassen. »Seifert, Sie gehen an Land und rufen Ihre Kollegen vom Wasserschutz. Die können uns von Bord holen, wenn wir mit allem durch sind.«

Seiferts Augenbrauen waren schon wieder auf Klettertour, aber er nickte nur und stieg die schmierige Schleusenleiter empor.

Dekker nickte ebenfalls, dann legte er den Hebel der Motorsteuerung auf langsame Fahrt voraus. Der Decksmann holte die letzte Leine ein, das Schraubenwasser schäumte hinter dem Heck hoch auf, das Binnenschiff setzte sich in Bewegung, mitsamt seiner Containerladung und seinen unverhofften Passagieren. Fasziniert beobachtete Stahnke, wie Dekker immer wieder das große Steuerrad herumwirbeln ließ, sodass die Speichen vor den Augen zu einem psychedelischen Flirren verschwammen, um kleinste Kursabweichungen zu korrigieren, die der Laie überhaupt nicht erkennen konnte. Es war immer schön, Leuten zuzuschauen, die beherrschten, was sie taten, fand der Hauptkommissar. Besonders, wenn Schiffe dabei im Spiel waren.

Die *Herinnering* schob sich aus dem Schleusenbecken heraus und durchquerte den weiten, abgespundeten Hunteabschnitt. Links erstreckte sich die Innenstadt, rechts war der hinterste Teil der Steganlage des Oldenburger Jachthafens zu erkennen. An den Dalben des Warteplatzes lag niemand, sonst wäre dieser Blick blockiert gewesen. Voraus lag die alte Cäcilienbrücke; die sehenswerte Hubkonstruktion hatte sich bereits zu heben begonnen. Freie Fahrt also in Richtung Weser. Aber wie schmal die Brückendurchfahrt von hier aus wirkte! Es schien unmöglich, dieses riesige Schiff mit seiner klotzigen Ladung durch das Nadelöhr dort vorne zu zwängen. Auch wenn man genau wusste, dass das jeden Tag vielfach getan wurde und dass dabei immer jede Menge Platz an beiden Seiten blieb.

Stahnke stand an der Steuerbordseite und peilte an den Containern vorbei nach vorne, versuchte zu erkennen, auf welche Schiffsbewegung hin der Kapitän welche Ruderbewegung ausführte. Der Container direkt vor ihm war weiß, trug das Logo der *Koolbrand*-Reederei und sah sehr neu aus. Hatte der nicht letztes Mal auch schon dort gestanden? Aber vermutlich besaß die Reederei mehr als einen Container. Einer allein ergab überhaupt keinen Sinn.

Wie an einer unsichtbaren Schnur gezogen, tauchte die *Herinnering* unter der Brücke hindurch in den Stadtkanal ein. Sofort veränderte sich die Geräuschkulisse; die nahen Spundwände schlugen ihm das Poltern der Maschine, das Mahlen der Schraube und das Rauschen der Bugwellen förmlich um die Ohren. Schon hatte sie die neuere Amalienbrücke erreicht; die geschwungene Spannbetonbrücke erhob sich hoch über ihren Köpfen. Links voraus war der Stadthafen mit seinen Jachtanlegern und den vielen Neubauten drum herum. Wohnen am Wasser war angesagt und deshalb sehr teuer geworden. Jahrzehntelang hatte dieser Immobilienschatz nahezu ungenutzt herumgelegen. Inzwischen hatte man ihn gehoben. Das war nur logisch, musste Stahnke anerkennen. Glücklich war er darüber nicht.

Sobald sich das Fahrwasser verbreitete, wirbelte Dekker erneut das große Steuerrad herum, diesmal bis zum Anschlag. Das Heck des langen Binnenschiffs scherte weit nach Backbord aus, um den Bug nach Steuerbord zu drücken. Solch eine Rechtskurve von geschätzten 80 Grad war eine Herausforderung für jeden Schiffsführer. Edmund Dekker meisterte sie souverän.

Jetzt steuerte er die Eisenbahnbrücke an, sprach dabei Unverständliches ins Funkgerät. Eine der beiden roten Leuchten an der Brücke wechselte zu grün; man erwartete sie also, gleich würde sich die Brücke heben. Dekker konnte Kurs und Geschwindigkeit beibehalten.

Dieser weiße Container, dachte Stahnke. Er sah nicht nur neu aus, sondern brandneu. Kein Rost, keine Schramme war an seinen glatten Flanken zu erkennen. Die anderen Container wirkten dagegen wie alte Bauklötze aus der

Grabbelkiste eines stark frequentierten Riesenkindergartens. Klar, jeder Container war erst einmal neu, wenn er aus der Fabrik kam. Aber dieser Behälter dort fiel aus dem Rahmen. Die Verriegelung sah aus, als sei sie aus Edelstahl. Das große Vorhängeschloss aus Messing blitzte in der Sonne.

»Herr Dekker«, sprach der Hauptkommissar den Schiffsführer an. »Dürfte ich mir diesen Container dort einmal etwas näher anschauen?«

»Aber natürlich«, sagte Dekker. »Welchen meinen Sie?«

»Den hier vorne.« Stahnke zeigte auf den weißen Behälter mit dem *Koolbrand*-Logo.

Die Eisenbahn-Klappbrücke begann, sich zu heben. »Ich kann gerade nicht gucken«, sagte Dekker. »Habe hier zu tun, verstehen Sie? Seemannschaft geht vor.«

»Selbstverständlich«, beschwichtigte der Hauptkommissar. »Machen Sie nur Ihr Manöver. Das andere hat Zeit. Sie laufen mir ja nicht weg.«

Der Seitenblick, den Dekker ihm zuwarf, war schwer zu deuten. Trotzdem wusste Stahnke, was zu tun war. Er verließ das Steuerhaus und wandte sich dem offen stehenden Stahlschott zum Maschinenraum zu. Auf dem Weg dorthin winkte er Venema zu sich. »Hören Sie gut zu«, sagte er. »Sie machen jetzt Folgendes.« Er erklärte es ihm. Venema machte große Augen. Dann nickte er.

44.

Oktober 1978

Er betrat sein Haus nur noch nachmittags. Das hatte verschiedene Gründe. Einer davon war das leere Grab im Garten. Er mied es, fühlte sich jedes Mal schlecht, wenn er es anschaute. Nicht etwa seine Trauer quälte ihn – die trug er immer mit sich, in seinem Herzen, sie war alles, was ihm von seiner geliebten Siemtje geblieben war. Keine verriegelte Tür, keine Mauer mehr, überhaupt kein Selbstschutz. Diesen Schmerz wollte er auskosten bis zum Letzten. Was ihn wirklich quälte, war seine Lüge. Sein Verrat an Edmund.

Als er aus dem Küchenfenster in den Garten schaute, sah er Edmund vor dem kleinen Apfelbäumchen knien, das sie dort gemeinsam gepflanzt hatten, umringt von faustgroßen Kieselsteinen in den verschiedensten Farben. Der größte trug eine Plakette mit Siemtjes Namen. Genau dort hatten sie zusammen die Urne in der Erde versenkt. Für Edmund war es die Urne mit der Asche seiner Mutter, die man kremiert hatte, ohne die Angehörigen vorher noch einmal an den offenen Sarg zu bitten, weil die Leiche nach dem schrecklichen Autounfall, bei dem Siemtje zu Tode kam, zu sehr entstellt war. Das war die Lügengeschichte, die Erhard seinem Sohn erzählt hatte. In Deutschland wäre sie sofort aufgeflogen, aber hier in den Niederlanden war es erlaubt, die Asche einer Verstorbenen selbst vom Krematorium abzuholen. Tatsächlich aber hatte er dort nur die leere Urne gekauft.

Er ging hinaus in den Garten und kniete sich neben seinen Sohn. Edmund hatte wieder geweint. Erhard legte seinen Arm um seine Schultern, staunte erneut, wie stark und fest sie sich anfühlten. Die Feuchtigkeit des Bodens durchdrang seine Hosenbeine. »Es ist kalt«, sagte er leise. »Komm, lass uns Kaffee trinken.«

Während Erhard in seine Tasse pustete, fragte sein Sohn: »Gibt es etwas Neues wegen Hendrike?«

Erhard schüttelte den Kopf, ohne seinen Blick zu heben. »Nichts. Sie ist und bleibt verschwunden. Wir müssen mit allem rechnen.« Wieder so eine Lüge, die ihm den Magen umdrehte. Er stellte seine Tasse hin. Am liebsten hätte er sich Whisky in seinen Kaffee gegossen, dabei hatte er eigentlich überhaupt keinen Hang zum Alkohol. Ein Glück, dachte er, sonst wäre ich jetzt wohl Tag und Nacht betrunken.

»Mama deutete an, Henny wäre unglücklich verliebt gewesen«, sagte Edmund. »Vielleicht deswegen. Hals über Kopf weggelaufen, das Land verlassen, nach Afrika oder Südamerika. Vielleicht arbeitet sie bei einem dieser internationalen Hilfsprojekte. Könnte doch sein.«

Der flehende Blick seines Sohnes schmerzte ihn. Erhard nickte gegen seinen Willen. »Sicher, könnte sein, warum nicht. Hendrike hat sich immer gerne für andere Menschen eingesetzt.« Verstohlen wischte er eine Träne weg. Lügen blieben niemals allein, immer führte eine zur anderen, und am Ende war man in ihrem Gespinst gefangen wie eine Fliege im Spinnennetz.

»Papa, warum vertraust du mir nicht?«, fragte Edmund.

»Aber sicher vertraue ich dir«, beteuerte Erhard. »Vollkommen vertraue ich dir. Du bist doch mein Sohn.«

»Dann sag mir auch die Wahrheit«, verlangte Edmund.

»Die ganze Wahrheit. Über Mama, über Hendrike. Und was es sonst noch zu sagen gibt.«

»Ich sage dir immer alles«, log Erhard. Innerlich wand er sich, dass es weh tat, und verachtete sich mehr als jemals zuvor. »Alles, was es zu sagen gibt. Alles, was für dich wichtig ist.« Er spürte, wie seine Widerstandskraft nachließ. Wie soll das noch werden, dachte er. Wie viele Lügen kann er noch verkraften? Und wie viele ich? Er möchte, dass ich ihm vertraue, und das will ich auch – aber habe ich denn sein Vertrauen verdient? Habe ich es nicht längst verspielt? Die Wahrheit drängte ans Licht. »Edmund«, sagte er.

Das Telefonklingeln unterbrach ihn. Er schaute auf die Wanduhr. »Oh, da muss ich rangehen.«

»Geh nur«, sagte Edmund. »Mach, wie du meinst.« Es klang resigniert.

Das Telefon stand im Flur. Es war Albert, wie verabredet. »Lass dir endlich einen Anschluss legen in deiner neuen Behausung«, sagte er. »Ist doch viel zu umständlich, ständig nach Zeitplan anzurufen.«

»Nichts da.« Erhard hatte nicht vor, sich in seinem Unterschlupf, einem Häuschen am Kanal nahe Paterswolde, womöglich aufspüren zu lassen. Einem Georg Zander war alles zuzutrauen. »Was gibt's? Neues von Heino?«

»Der ist außer Landes«, berichtete Albert. »Hat sich nach Südamerika abgesetzt. Mit großer Wahrscheinlichkeit nach Argentinien.«

»Sag bloß, die Rattenlinie gibt es noch«, staunte Erhard. Zu Tausenden hatten sich hochbelastete Nazis nach dem Krieg auf diesem Wege der Strafverfolgung entzogen – mit Hilfe einflussreicher und zahlungskräftiger Unterstützer. »Kennst du da jemanden? Kommen wir irgendwie an das Schwein ran?«

»Leider nein«, erwiderte Albert. »Die einstige Flucht-hilfeorganisation der Nazis ist nicht mehr aktiv. Heinos Abgang war wohl eine private Aktion seiner Eltern, mit eigenem Geld und eigenen Kontakten. Die wollten ihren Goldjungen unbedingt aus der Schusslinie halten, nachdem er es nicht geschafft hatte, dich auszuschalten. Gute Aktion, wie du ihn entwaffnet hast! Meine Anwesenheit auf dem Schiff hat alle überrascht. Ein Faktor, mit dem sie nicht gerechnet haben, sowas mögen solche Leute nicht. Zum Glück haben sie keine Ahnung, wer ich bin.« Er seufzte. »Aber was Argentinien angeht, wüsste ich wirklich nicht, wie ich an Informationen kommen sollte.«

»Verflucht.« Der Schmerz über den grausamen Tod sei-ner Tochter war so frisch, dass Erhard sich diesem Ver-lust kaum wirklich zu stellen wagte. Der Gedanke, der Mord könnte ungesühnt bleiben, verstärkte den Schmerz noch. Schnell wechselte er das Thema: »Und sonst? Wes-halb rufst du an?«

»Weil die Ratten ihren Bau verlassen«, verkündete Albert. »Heute Abend. Das ist die Gelegenheit.«

»Sag bloß! Woher hast du das?« Seit den Morden an Siemtje und Hendrike hatten sich Georg und Edelgard Zan-der in ihrem Palais in Rastede förmlich verschanzt. Albert hatte sie beobachtet, wann immer es ihm möglich war, und Erhard zu festgesetzten Zeiten Bericht erstattet. Die Zan-ders schienen etwas zu erwarten, etwas, dem sie sich nicht außerhalb ihres Hauses aussetzen wollten. Eine Rache-aktion Erhard Köhlers vermutlich. Glaubten sie, er ver-füge über Unterstützer, die er zusammentrommeln und in Marsch setzen konnte? Eine bewaffnete Zigeunerarmee etwa? Schön wär's, dachte Erhard, aber zu viel der Ehre. Die Sinti und Roma, die es in Deutschland noch oder wieder gab, waren in Familien und Clans organisiert; einen Dachverband gab es wohl, aber der diente vor allem der Repräsentation. Statt schlagkräftiger Einheit gab es viel Zwist untereinander, Rivalitäten und schwelende alte Konflikte. Das ging sogar so weit, dass verfeindete Familien gegenseitig ihre Begräbnisse sabotierten. Erst neulich war wieder ein angeschnittenes Seil gerissen und ein Sarg unkontrolliert in die Grube gestürzt. Solche Vorfälle warfen jedes Bemühen um Anerkennung und Integration natürlich um Jahre zurück. Erhard hatte sich nie viel um solche Sachen gekümmert, immer nur um seine eigene Familie. War das ein Fehler gewesen?

»Woher ich das habe? Aus der Zeitung.« Albert lachte. »In der Wesermarsch feiert heute ein ganz verbohrter Nazi seinen runden Geburtstag, irgend so ein Ritterkreuzträger und Holocaustleugner. Hat groß verkündet, wen er alles einladen will auf seinen großen Gutshof, alte Kameraden und so. Natürlich hat die DKP sofort eine Gegendemo angekündigt. Andere linke Gruppen wollen ebenfalls kommen, darunter auch welche, die nicht so zahm sind wie die Moskautreuen. Die Bereitschaftspolizei Oldenburg ist alarmiert, das weiß ich von meinem alten Frisia-Kumpel. Die werden den Gutshof in eine Festung verwandeln. Ein paar Muskelpakete von der BePo sind scharf darauf, den Linken die Schädel zu polieren. Presse wird in Scharen kommen, sogar Fernsehen.«

»Und was sollen wir dann dort?« Erhard war enttäuscht. »Bei so viel Publikum können wir doch gar nichts machen. Das wäre wie auf dem Präsentierteller. Kein Härchen könnten wir dem Mörderpack krümmen, selbst wenn die wirklich kommen würden. Keine Chance.«

»Siehste? Und genau deshalb werden die auch wirklich dorthin kommen«, sagte Albert triumphierend. »Weil sie sich nämlich vor uns sicher fühlen. Natürlich schnappen wir sie uns nicht dort. Das wäre wirklich Quatsch. Sondern vorher. Unterwegs, auf der Straße.«

»Auf der Straße?« Erhard versuchte, sich die Strecke von Oldenburg zur Wesermarsch vorzustellen. Vielmehr von Rastede, aber das kam aufs Gleiche heraus. Da gab es im Straßenverlauf in der Tat ein paar verwinkelte Abschnitte. »Werden die keine Eskorte dabeihaben?«, fragte er. »Keine Leibwächter?«

»Mit Sicherheit«, antwortete Albert. »Alles einkalkuliert. Wir beide verstehen doch etwas vom Autofahren, oder?«

Wenig später startete Erhard seinen Peugeot. Der schwarze Mercedes war verkauft, er hatte den Anblick nicht mehr ertragen können, und sein Motorrad stand bei Albert in Oldenburg. Für die Aktion heute Abend hätte es sowieso nicht getaugt. Niemand, der bei Verstand war, ging mit einem Motorrad gegen Autos vor. Das klappte nur in Filmen.

Albert erwartete ihn auf einem Rastplatz kurz vor Oldenburg, wie abgesprochen. Erhard stieg in seinen VW Passat um, dunkel lackiert, groß genug und trotzdem unauffällig. Albert fuhr nach Donnerschwee; auf dem Hof einer kleinen Spedition hielt er an. »Du fährst vor«, wies er Erhard an und beschrieb ihm genau die Stelle, wo er warten sollte. »Georg Zander fährt einen Jaguar mit gelben Scheinwerfern«, schärfte er ihm ein. »Wenn du solch einen Wagen siehst, dem ein anderer dicht folgt, dann ist er das. Warte trotzdem, bis ich so weit bin. Kein Frühstart, hörst du?«

Erhard hielt ihm sein Handgelenk hin, Adern nach oben. »Möchtest du meinen Puls fühlen?«, fragte er. »Ich bin so ruhig wie ein Stein. Und genauso kalt.« Er ließ sich die

Schlüssel geben, stellte den Fahrersitz auf seine Größe ein, startete den Motor und fuhr los.

Er postierte sich an einer Einmündung der Bundesstraße 211 zwischen Oldenburg und Brake, hinter einer lang gezogenen Kurve. Oldenbrok hieß die Gegend, die Bundesstraße führte hier den Namen Mittelorter Straße. Außer Weidezäunen und Entwässerungsgräben gab es nichts zu sehen. Die wenigen Häuser ringsum waren weit genug entfernt und lagen in tiefer Dunkelheit. Der alte Ritterkreuzträger hatte zu später Stunde eingeladen, vermutlich mit Fackeln, Marschmusik und allem Klimbim, dachte Erhard. Gegendemonstranten, Presse und Polizei waren vermutlich längst vor Ort. Das würde eine Menge Überstunden geben für die BePo. Aber der deutsche Steuerzahler hatte es ja.

Erhard hatte seine Entscheidung getroffen. Lange genug hatte er gegrübelt, oft genug alles durchgespielt, jedes Mal war er zum selben Resultat gelangt. Kein Verzicht mehr. Rache mochte zu nichts Gutem führen, aber sein früherer Entschluss, keine Rache zu üben, hatte alles nur noch schlimmer gemacht. Verrat verjährte nicht, und Verräter, die man davonkommen ließ, fühlten sich dadurch nur bestätigt und angespornt. Zum zweiten Mal hatte ihn das seine Familie gekostet. Es war an der Zeit, den Spieß umzudrehen.

Seine Geduld wurde auf eine harte Probe gestellt. Einmal glaubte er, es sei so weit, als er ein paar gelb schimmernde Scheinwerfer entdeckte und zwei weiß strahlende Lichter direkt dahinter. Er startete seinen Motor und legte den ersten Gang ein. Aber dann waren es doch nur ein alter VW-Käfer mit Sechs-Volt-Anlage und ein ungeduldiger Drängler. Ärgerlich knurrend drehte Erhard den Zündschlüssel zurück. Ganz so kühl, wie behauptet, war er doch nicht.

Als endlich die richtigen gelben Scheinwerfer auftauchten, erkannte er sofort, dass kein Irrtum möglich war. Hinter dem Jaguar folgte ein BMW in derart geringem Abstand, wie es nur Profis beherrschten. Edelgard und Georg Zander samt Eskorte. Erhard startete den Passat und war gespannt, was nun passieren würde.

Schräg gegenüber blendeten zwei grelle Scheinwerfer auf. Der Lkw, zu dem sie gehörten, kam aus einer Seitenstraße und fuhr bereits mit hoher Geschwindigkeit. Er schleuderte kurz, als er über die Berme abkürzte, und machte einen kuriosen Satz, dann war er auf der Bundesstraße. Einen Augenblick lang glaubte Erhard, der Laster würde den Jaguar rammen. Albert hatte sein Tempo jedoch exakt berechnet. Er räumte den BMW mit der Schutzmannschaft ab und drückte ihn mit seiner Stoßstange in den Straßengraben.

Erhard fand das so faszinierend, dass er seinen eigenen Einsatz beinahe verpasst hätte. Schnell gab er Gas und ließ die Kupplung kommen. Eigentlich hätte er den Jaguar blockieren und dadurch stoppen wollen, aber dafür war es zu spät. Im letzten Moment erwischte der Passat ihn noch am hinteren Kotflügel. Der Impuls reichte aus, um den schweren Wagen herumschleudern zu lassen wie einen Kinderkreisel. Nach mehreren Drehungen kam er entgegen der Fahrtrichtung zum Stehen, mitten auf der Straße.

Als Georg Zander die Fahrertür aufstieß, stand Erhard schon da und hielt ihm die Mündung seiner Luger ins Gesicht. »Hier kommt die Quittung«, sagte er und krümmte seinen Zeigefinger. Nur nicht viele Worte machen. Auslöschen und abhaken.

Ein harter Schlag traf ihn in den Magen. Ein zweiter gleich darauf in die Brust. Edelgard Zander hatte schneller reagiert als ihr Mann, hatte ihre eigene Waffe gezogen und vom Beifahrersitz aus geschossen. Erhard taumelte zurück und fiel auf den Rücken. Er spürte, wie alle Kraft aus seinem Körper strömte. Die Luger entglitt seiner Hand. Nein, dachte er, das ist nicht richtig. Das darf so nicht enden. Für mich ja, von mir aus. Aber nicht so, nicht für die!

»Jetzt hilf mir schon!«, keifte Edelgard von Schwan drinnen im Wagen. »Mein bescheuerter Gurt hat sich verklemmt. Los, drück mal hier!«

Erhard sah, dass Georg sich zu seiner Frau hinüberbeugte. Er sah das, weil der Jaguar plötzlich hell ausgeleuchtet war, angestrahlt von zwei grellen Lichtkegeln. Ein schwerer Dieselmotor brüllte wie ein Rudel Löwen. Alberts Lastwagen rauschte heran, traf den Jaguar frontal, zerschmetterte seinen Kühler, zerdrückte die Motorhaube, überrollte die Fahrerkabine und zerquetschte alles, was sich darin befand, in einem wilden Schauer umherstiebender Glassplitter. Die Massenträgheit beförderte alles aus Erhards schrumpfendem Blickfeld. Die ausbrechenden Hinterräder des Lasters verfehlten ihn knapp.

Er sah noch, wie Albert einen offenbar ohnmächtigen Mann aus dem Führerhaus des Lastwagens schleifte und am Straßenrand ablegte; das war wohl der reguläre Fahrer der Spedition, dachte Erhard noch, dann schwanden ihm die Sinne.

Als er wieder zu sich kam, lag er auf dem Beifahrersitz des Passats, dessen Rückenlehne heruntergeklappt war. Albert lenkte mit links, mit der anderen Hand drückte er die von Erhard. »Dieses Kapitel ist beendet«, sagte er, als er bemerkte, dass Erhard wieder aufnahmefähig war. »Die beiden sind Geschichte. Den Leibwächtern geht es gut, sind im Auto eingeklemmt, aber außer Gefahr. Der Lkw-Fahrer wird sich an nichts erinnern. Wir haben vorher zusammen einen Magenbitter getrunken, in seinem waren K.o.-Tropfen. Vermutlich wird er glauben, seine Fuhre wäre ihm auf Blitzeis ausgebrochen.«

Seine Worte flossen an Erhard vorbei wie das warme Wasser eines tropischen Flusses. Er dachte an Georg und Edelgard Zander und war zufrieden. Er dachte an Siemtje und Hendrike, an Erich und Djamel, seinen Vater und seine Mutter, seine Schwester und an den schwarzen Schnee. Seine tiefe Traurigkeit wurde von unendlicher Zuneigung verdrängt. So fühlte sich Liebe an, Liebe ohne Angst und ohne Scham, vorbehaltlos und ehrlich. Nicht das Leben war alles, stellte er fest. Die Liebe war es. Er war glücklich. Mehr als das, er fühlte sich euphorisch.

»Ich fahre dich zu einem Arzt«, sagte Albert, der sorgenvoll herüberschaute. »Du hast viel Blut verloren.«

»Ja«, sagte Erhard und strahlte. »Ja, Blut verloren. Egal. Das brauche ich jetzt nicht mehr.« Sein Kopf fiel auf die Seite; es war die richtige, so konnte er Albert weiterhin sehen. »Begrabe mich neben Siemtje«, flüsterte er. »Sag Edmund, ich wäre Hendrike suchen, aber du wüsstest nicht, wo. Sag ihm, er soll sich um die Firma kümmern. Und dass ich ihn liebe. Versprichst du mir das?«

Albert stöhnte. »Der Arzt ist ziemlich gut«, sagte er in beschwörendem Ton. »Gut und verschwiegen.«

»Das ist schön«, sagte Erhard und lächelte Albert an. »Jetzt versprich es mir.«

Alberts Antwort verschwamm in einer Wolke aus Glücksgefühl. Dann löste sich alles auf.

45.

Die Eisenbahnklappbrücke hatten sie längst hinter sich, auch das Gewerbegebiet des Osthafens und die Autobahnbrücke. Die *Herinnering* rauschte in flotter Fahrt zwischen den saftig grünen Huntedeichen entlang, die mit flockigen Schafen gesprenkelt waren. Sportboote kamen dem Binnenschiff entgegen, andere folgten ihm in gebührendem Abstand. Ein Samstagnachmittagidyll, auch wenn dies längst keine Natur mehr war, sondern eine von menschlichen Eingriffen geprägte Kulturlandschaft. Immerhin naturnah, fand der Hauptkommissar, der erneut den Platz auf der Steuerbordseite der Brücke eingenommen hatte. Venema hatte draußen Posten bezogen. Das Rauschen der Bugwelle kam Stahnke ungewöhnlich laut vor. »Sind wir nicht zu schnell?«, fragte er den Schiffführer.

»Das kommt Ihnen nur so vor«, antwortete Dekker. »Die Ebbe zieht uns mit, dadurch haben wir mehr Fahrt über Grund, aber nicht durchs Wasser.«

Fahrt über Grund verstärkt nicht die Bugwelle, dachte Stahnke. Warum schwindelst du mich an? Aus Gewohnheit? »Erzählen Sie mir von Ihrem Vater«, forderte er den Kapitän auf.

»Mein Vater?« Dekker schaute zu Stahnke herüber, der ihm weiterhin seine linke Schulter zuwandte. »Wieso interessieren Sie sich für meinen Vater?«

»Nun, er hat Ihnen die Reederei vererbt, nicht wahr? Die er selbst gegründet hat, zusammen mit seiner Frau, Ihrer

Mutter. Keine weiteren Kompagnons, wie der Name sugge-
riert. Wir haben die niederländischen Kollegen gebeten, im
Handelsregister nachzuschauen. Und noch so einiges mehr.«

Dekker zuckte mit den Schultern. »Und? Keine Ahnung,
ich kenne die Zusammenhänge nicht. Irgendeinen Sinn wird
diese Konstruktion schon haben. Vermutlich ein Tipp des
Steuerberaters. Sie wissen schon, der ewige Krieg mit dem
Finanzamt.«

»Ihr Vater hat der Reederei den Namen *Koolbrand* gegeben«, sagte Stahnke. »Warum? Weil sein richtiger Name
vielleicht Köhler war? Erhard Köhler?«

»Mein Vater hieß Paul Dekker«, sagte der Kapitän. Er
blickte stur geradeaus.

»Ihre Mutter hieß Siemtje de Vries«, sagte Stahnke.
»Eigentlich Siemtje de Vries-Dekker, weil sie bei Ihrer
Geburt zunächst den Mädchennamen ihrer Mutter erhalten
hatte. Ihr Vater hat diesen Namen bei der Heirat übernom-
men. Paul war schon immer sein Zwischenname. Erhard
Paul Köhler. *Koolbrand.*«

Dekkers Gesicht hatte sich gerötet. Schweiß perlte über
seine Stirn. »Mein Vater war Deutscher. Ein deutscher
Roma, also in Deutschland ein Außenseiter. Die Deutschen haben ihm im Krieg Schlimmes angetan. Und nach
dem Krieg waren Deutsche in den Niederlanden sehr unbe-
liebt. Kein Wunder, dass er einen anderen Namen geführt
hat, als er die Chance dazu bekam, oder?«

»Verständlich, zweifellos«, stimmte Stahnke zu. »Ebenso,
dass er seinen Geburtsnamen im Namen seiner Firma ver-
ewigt hat. Aber wo hatte er das Geld her, um diese Firma
zu gründen? Von Anfang an war sehr viel Eigenkapital da,
in den 5oer-Jahren wurde noch einmal aufgestockt. Ist alles
dokumentiert. Woher kam dieses Kapital?«

Dekker antwortete nicht. Damit hatte Stahnke auch nicht gerechnet. »Ihr Vater wurden von den Nazis ins KZ gesteckt«, referierte er weiter, was die Ermittlungen seiner Kollegen beiderseits der deutschen Grenzen ergeben hatten. »Auschwitz-Birkenau, Zigeunerlager. Er bekam die Nummer Z 3030. Dieselbe Nummer fanden wir auf dem Unterarm des kürzlich ermordeten Heino Zander, Sohn von Hasko Zander. Besagter Hasko Zander war während der Nazizeit SS-Offizier, ebenso wie sein Bruder Georg. Beide wurden seinerzeit des illegalen Handels mit arisierten Gütern bezichtigt – das heißt, sie haben sich am Besitz emigrierter deutscher Juden bereichert. Die KZ-Nummer dokumentiert eine Verbindung zwischen den Zander-Brüdern und Ihrem Vater. Stammte das Gründungskapital Ihrer Reederei aus diesen ebenso illegalen wie verwerflichen Geschäften? Und hatten Sie als Nachkomme von Erhard Köhler einen Grund, den Mitgliedern der Familie Zander nach dem Leben zu trachten? Auch noch in der zweiten Generation?«

Dekkers Gesicht war inzwischen knallrot. Er wischte sich den Schweiß aus den Augen. Dann lachte er laut. »Ich schaue mir regelmäßig den *Tatort* im Fernsehen an«, rief er. »Früher auch *Derrick* und *Der Dicke*. Aber so fantasievoll wie Sie habe ich die TV-Leute nie ermitteln sehen. Nie! Sie sollten mal etwas für die schreiben, das wird ein Riesenhit.«

Stahnke zog das Päckchen unter seinem rechten Arm hervor, das er die ganze Zeit außer Sicht gehalten hatte, wandte sich dem Kapitän zu und legte es auf die polierte Holzfläche des Steuerstandes. »Dies hier ist ein fabrikneuer Impeller für eine Kühlwasserpumpe«, sagte er. »Den haben Sie beim Hersteller Ihrer Schiffsmaschine bestellt – aber nicht, um ihn einzubauen, sondern um Ihren Decksmann für einige Stunden vom Schiff herunterzubekommen.« Er nickte zu Dirk de Jong hinüber, der ganz vorne auf dem Steuerbord-Seitendeck stand, sichtlich gelangweilt, seinen Kopfhörer über den Ohren. »Von wegen, der Kurier hätte eine Panne gehabt. Sie haben das Ding gleich nach Bremen liefern lassen, zu dem Imbissmann, den Sie dafür bezahlt haben, das Päckchen in Empfang zu nehmen und weiterzureichen. Mein Kollege hat das überprüft. Sie haben die Zeit genutzt, um mit Ihrem Beiboot zu dem neuen Appartementhaus direkt am Stadthafen zu fahren, wo Heino Zander seit einigen Monaten eine Wohnung besaß, ihn zu überwältigen, auf Ihr Schiff zu schaffen, zu foltern und anschließend zu ertränken.«

Dekker schaute den Hauptkommissar belustigt an. »Mit dem Schlauchboot? Einen Mann entführen und ihn mit dem Schlauchboot quer durch die Stadt schippern? Vor aller Augen? Kommt Ihnen das nicht selbst völlig unglaubwürdig vor?«

Da hatte Dekker nicht unrecht, musste Stahnke sich eingestehen. In diesem Punkt hatte seine Tathergangsvermutung eine Schwachstelle. Aber der Rest passte perfekt. Und sein Verdächtiger zeigte bereits Wirkung, wurde unruhig und schwitzte. »Dann sagen Sie mir doch, wie es wirklich war«, schlug er Dekker vor.

Der ging nicht darauf ein. »Gefoltert! Wo soll ich den Mann denn gefoltert haben?«, fragte der Schiffsführer kopfschüttelnd. »In meiner Wohnung da unten? Oder vorne in Dirks Kammer? Sie haben das Schiff doch noch nicht einmal auf Spuren untersucht! Wie können Sie so was behaupten ohne jeden Beweis?«

Das war das Stichwort. Stahnke gab Venema einen Wink. Der nickte und ging zu dem weißen Container hinüber, dem brandneuen Stahlbehälter mit dem Logo der *Kool-brand*-Reederei drauf. Dort angekommen, zog er einen langen Meißel aus schiffseigenen Beständen hervor, den er unter seiner Jacke verborgen hatte, und als Stahnke noch einmal nickte, schob er den Meißel durch den Bügel des Vorhängeschlosses.

»He!«, rief Dekker. »Was fällt dem Kerl ein! Finger weg!« Aber Venema hatte den Meißel bereits gedreht, mit geübtem Schwung. Der Bügel brach auf, das Messingschloss spritzte förmlich weg und flog über Bord. Venema öffnete die Verriegelung und zog die Tür des Containers auf.

Drinnen sah es aus wie in einer Werkstatt. Und wie beim Zahnarzt. Werkzeuge und Eisenteile lagen herum, ganz vorne eine rostige Autofelge mit einem Strick dran. Im Hintergrund stand ein altertümlicher Zahnarztstuhl. Der Boden war voller dunkler Flecken, und wenn man genau hinschaute, bemerkte man auch an der Decke und an den Wänden welche.

»Dort also«, konstatierte Stahnke. »Sehr praktisch, ein eigenes mobiles Folterstudio immer dabei. Und so gut versteckt wie ein Baum im Wald. Danke auch noch für den Hinweis auf die Spurensicherung!« Der Hauptkommissar setzte eine offiziellere Miene auf: »Edmund Dekker, ich nehme Sie vorläufig fest wegen Mordverdachts in Tateinheit mit anderen gesetzeswidrigen Handlungen. Sie haben das Recht …« Er griff nach seinen Handschellen. Und bemerkte, dass er vor einem technischen Problem stand. Denn sein Tatverdächtiger stand am Steuerruder eines in flotter Fahrt befindlichen 1000-Tonnen-Schiffes. Keine Chance, ihn einfach so abzuführen.

Dieser Tatverdächtige schnappte nach Luft. Steckte sich zwei Finger in den Hemdkragen und zerrte, als schnürte ihm etwas den Atem ab. Dann fasste sich Dekker an die Herzgegend, taumelte zurück, weg vom Steuerruder. »Mir ist nicht gut«, stammelte er. »Irgendwas in meiner Brust … und mein Arm …« Mit der rechten Hand umklammerte er seinen linken Bizeps.

Das fehlte noch, dachte Stahnke, Herzattacke vor Aufregung und kein Arzt weit und breit. Der Klassiker! »Reißen Sie sich zusammen, Mensch!«, schnauzte er den Schiffsführer an. »Was sind Sie denn, ein Mann oder eine Memme! Zurück ans Ruder, aber schnell!« Mit einem Seitenblick stellte der Hauptkommissar fest, dass die *Herinnering* bereits ein wenig vom Kurs abgekommen war. Der Bug begann, nach Backbord zu schwenken, und wenn er sich nicht irrte, nahm die Abweichung von Sekunde zu Sekunde zu.

»Luft! Ich brauche Luft!« Dekker stürzte durch die Backbordtür des Steuerhauses ins Freie, stemmte seine Hände auf die Reling, holte tief Atem. »Sie müssen das Steuer übernehmen!«, rief er Stahnke zu. »Los, gehen Sie ans Ruder, bevor ein Unglück passiert! Sie können das doch.«

Unversehens fühlte der Hauptkommissar den glatten äußeren Ring des großen Steuerrades in seinen Händen. Der Bug des Schiffes hielt inzwischen eindeutig auf die steinbewehrte Böschung des linken Flussufers zu. Die Schafe am sanft geneigten Deich grasten unbeeindruckt weiter. Oberkommissar Venema dagegen schaute bereits beunruhigt drein, und Stahnkes Puls schnellte in die Höhe. Er drehte das Rad etwas nach rechts. Nichts passierte. Er versuchte es mit einer ganzen Drehung. Keine Reaktion. Verdammt, wie schwerfällig waren denn 1.000 Tonnen! Er entsann sich des Flirrens der Radspeichen, das er noch vor wenigen Minuten so fasziniert beobachtet hatte. Also dann! Diesmal drehte er das Rad mit Schwung, weiter und immer weiter. Ob die Speichen flirrten, konnte er nicht erkennen, da sein Blick stur geradeaus gerichtet war. Aber das Schiff reagierte endlich. Langsam schwenkte der Bug zurück zur Flussmitte.

Und von dort gleich weiter nach rechts. Immer weiter nach rechts, und zwar zügig. Stahnke musste Gegenruder geben, um dem Drehimpuls zu begegnen. Er wirbelte das Rad herum, so schnell er konnte. Jetzt bildeten sich auch auf seiner Stirn Schweißtropfen. Der Rumpf der *Herinnering* näherte sich bedrohlich dem Deichvorland auf der rechten Seite. Schafe wären bestimmt vor Angst in alle Himmelsrichtungen gestoben, aber an dieser Stelle grasten keine.

Es wurde knapp, ging aber gerade noch gut. Stahnke konnte sehen, wie sich die Bugwelle schäumend am Steuerbordufer brach, so nahe war das Schiff herangerückt. Ein paar Meter näher, und es wäre auf Grund gelaufen, dessen war Stahnke sich sicher. Schon pendelte der Bug wieder zur anderen Seite. Diesmal gab der Hauptkommissar früher Gegenruder, wenn auch immer noch nicht rechtzeitig. Das schaumige Kielwasser des von ihm gesteuerten Schiffes ähnelte einer betrunkenen Seeschlange.

Wo war eigentlich der Decksmann? Stahnke konnte ihn nirgends entdecken. Machte er in seiner Kammer ein Nickerchen? Liebend gern hätte der Hauptkommissar ihm das Ruder in die Hand gedrückt. Dann hätte er sich endlich um den unpässlichen Kapitän kümmern können. Wo war der überhaupt?

Dort war er, an Deck, bei dem offenen Container. Zügig lief er auf Venema zu, der ihn mit ausgebreiteten Armen stoppen wollte. Dekkers Schwinger kam aus dem Nichts und schickte Venema unsanft auf das stählerne Deck. Verdammt, wieso war der Mann plötzlich wieder so fit? Schauspieler, dachte Stahnke, du mit deinem Fußballer-Cap! Hast du das beim FC Groningen gelernt? Und was hast du jetzt vor?

Dekker stürmte in den Container hinein, packte das Seil, an dem die Autofelge hing, und schlang es sich um den Hals. »Jetzt schließt sich der Kreis«, rief er Stahnke zu und hob die stählerne Felge mit beiden Händen über seinen Kopf, während er sich Schritt für Schritt der Reling näherte. »Der Mörder meiner Schwester ist gerichtet! Mein Teil ist getan. Jetzt sollen andere übernehmen.« Mit diesen Worten stürzte er sich über Bord.

Mit offenem Mund musste Stahnke mit ansehen, wie Edmund Dekker im aufgewühlten Wasser der rasch fließenden Hunte versank. Erschreckend schnell zog das Schiff an der Stelle vorbei, an der er untergegangen war; als Stahnke sich suchend umschaute, sah er nur noch aufgewühltes Kielwasser. Weiter hinten waren Sportboote unterwegs, viel zu weit weg, um eingreifen zu können. Und auch die *Herinnering* entfernte sich immer weiter von der Untergangsstelle, mitleidlos und unaufhaltsam.

Unaufhaltsam? Natürlich nicht. Stahnke griff nach der Motorsteuerung, zog den nach vorne zeigenden Hebel zurück, bis er senkrecht in die Höhe zeigte. Sofort veränderte sich das Motorgeräusch, wurde leiser und wechselte in eine tiefere Frequenz. Das Schiff mit seiner 1.000-Tonnen-Masse jedoch strebte weiterhin voran – beziehungsweise auf das Steuerborddufer zu. Wieder musste Stahnke das Rad herumwirbeln. Unmöglich, den Posten zu verlassen! Sein Schweiß rann ihm in die Augen.

»Hol den Decksmann her!«, rief er Venema zu, der plötzlich neben ihm stand. Wenig später war Dirk de Jong zur Stelle, weiß wie eine Wand, aber selbstbeherrscht genug, um das Schiff in seine Gewalt zu bringen. Noch ein paar Minuten danach lag der Kreuzer der Wasserschutzpolizei längsseits. Hauptkommissar Seifert stieg über und ließ sich von Venema auf den Stand der Dinge bringen. Als er sich bei Stahnke meldete, guckte Seifert immer noch ungläubig.

»Wir müssen den ganzen Flussabschnitt absuchen«, wies Stahnke ihn an. »Zwei, vielleicht drei Kilometer von hier flussaufwärts. Unmöglich zu sagen, wo genau Dekker versunken ist. Außerdem läuft die Ebbe. Das wird nicht leicht. Taucher, Sonarboote, das volle Programm.«

»Nicht leicht?« Seifert schüttelte den Kopf. Jeden weiteren Kommentar schenkte er sich.

»Immerhin hat er vorher noch gestanden«, sagte Venema. »Ich kann das Protokoll schreiben. Habe noch jedes Wort im Gedächtnis.«

»Ich auch«, erwiderte Stahnke. »Und das Bild vor Augen.«

»Was meinte er wohl, als er sagte: ›Jetzt sollen andere übernehmen‹?«, fragte Venema.

»Dass das hier nicht alles war«, erwiderte Stahnke. »Genau dieses Gefühl habe ich auch.«

46.

Sibylle Wiemken schob die Fotos über die Tischplatte, vertauschte sie wie eine Hütchenspielerin. »Georg Zander vor dem Krieg«, sagte sie und tippte auf eins der abgebildeten Gesichter. »Hasko Zander vor dem Krieg. Und hier Hasko Zander nach dem Krieg.«

»Eindeutig«, sagte Stahnke. »Wenn man sie so nebeneinander sieht, ist es völlig klar.«

Auch Venema nickte. »Hasko Zander nach dem Krieg ist in Wahrheit sein eigener Bruder Georg«, sagte er. »Die Brüder sahen einander ähnlich, aber Zwillinge waren sie nicht. Nebeneinander konnte man sie gut voneinander unterscheiden; einzeln konnte man durchaus den einen für den anderen halten.«

»Das gilt aber nicht für die eigene Ehefrau«, wandte Sibylle Wiemken ein.

»Nein, sicher nicht. Die hat das Spiel mitgespielt«, schlussfolgerte Stahnke. »Womöglich war sie sogar der Anlass. Jedenfalls hat sie den einen Bruder geheiratet und mit dem anderen den Rest ihres Lebens verbracht.«

»Auf der Gedenktafel in Völlen steht also der falsche Zander«, sagte Venema. »Und wurde dort als ›Mörder‹ tituliert. SS-Mörder? Brudermörder? Ganz klar ist mir das noch nicht.«

»Unklar ist auch, wer die Gedenktafel beschmiert hat«, fügte Stahnke hinzu. »Zuerst dachte ich, es sei Dekker gewesen. Als Ablenkungsmanöver und Hinweis zugleich. Ablenkung, um Olivia Dressel aus der Stadt zu locken, damit sie nicht zufällig auftaucht, während er sich Heino

Zander schnappt. Und Hinweis – na ja, Zander gleich Mörder, Vater Georg ebenso wie Sohn Heino.« Er schüttelte den Kopf. »Passt aber nicht ganz. Heino Zanders Vater hieß offiziell Hasko. Und Edmund Dekker hätte gar nicht die Zeit gehabt, um neben allem anderen noch schnell nach Völlen zu fahren, um die Tafel zu beschmieren. So, wie ich mir den Tathergang vorstelle, war sowieso alles ziemlich knapp getaktet. Außerdem fehlte ihm ein geeignetes Fahrzeug.« Er musste schmunzeln. »Mit dem Schlauchboot von Oldenburg nach Völlen und zurück – geht natürlich, klappt aber nur mit Übernachtung.«

»Ich fand Dekkers Einwand stichhaltig«, sagte Venema. »Wie soll er Heino Zander von dessen Wohnung am Stadthafen aus per Schlauchboot zur Fundstelle im Jachthafen transportiert haben, quer durch die Stadt und gegen seinen Willen, ohne aufzufallen? Das ist praktisch unmöglich.«

»Er hat den Mord aber gestanden, ehe er sich in den Tod gestürzt hat«, sagte Stahnke. »Also?«

»Also«, sagte Venema, »muss er Helfer gehabt haben. Mindestens einen. Mit Auto.« Er schaute von seiner Kollegin zu seinem Chef und zurück. »Wer könnte das sein?«

»Seine letzten Worte waren: ›Jetzt sollen andere übernehmen‹«, zitierte Stahnke. »War einer von diesen anderen sein Komplize? Einer von denen, die jetzt angeblich übernehmen? Aber wer? Und was, zum Teufel?«

»Fragen können wir ihn nicht mehr«, stellte Sibylle Wiemken fest. »Er ist zweifelsfrei tot, auch wenn man seine Leiche noch nicht gefunden hat. Ertrunken in der Hunte, mit einer Stahlfelge als Gewicht am Hals. Genau wie Heino Zander, sein Opfer. Und wie 1978 Hendrike de Vries.«

»Sie war Edmund Dekkers Schwester«, sagte Venema. »Sie hatte ein Verhältnis mit Heino Zander und aus dieser Beziehung ein Kind, dessen Verbleib unklar ist. Die Zeitungsredakteurin Olivia Dressel sieht Hendrike de Vries ausgesprochen ähnlich. Und sie ist laut DNA-Abgleich direkt verwandt mit Heino Zander, dem mutmaßlichen Mörder ihrer Mutter. Wer, wenn nicht sie.« Er breitete seine Arme aus.

Sibylle Wiemken schüttelte den Kopf. »Frau Dressel hat für die Tatzeit ein wasserdichtes Alibi. Mehrere sogar. Von Völlen aus hat sie mit ihrer Redaktion telefoniert, die Handydaten sind erfasst. Und der Strafzettel, den sie sich beim Bootfahren abgeholt hat, wurde von Kollege Seifert persönlich protokolliert. So eng Olivia Dressels persönliche Beziehung zu Opfer wie Täter auch sein mag, als Komplizin des Mörders kommt sie nicht in Frage.«

»Wer dann?«, fragte Stahnke, ohne auf eine Antwort zu hoffen. So wurde er nicht enttäuscht, denn es gab keine.

47.

Jedes Mal, wenn sie zustach, spürte sie diesen wohligen Schauder. Wie die pralle Haut unter ihrer Klinge knarrte, wie sich der Schnitt klaffend öffnete! Als würde sie einen Orca schlachten. Oder einen Froschmann sezieren. Ja, genau. Diesmal stimmte es beinahe.

»Aua!« Da floss Blut. Schnell steckte Olivia sich den Finger in den Mund. Alberts Fischmesser war unglaublich scharf, damit musste sie höllisch aufpassen.

»Alles in Ordnung?« Albert Schulte beugte sich über sie, seine Miene voller Besorgnis. »Du musst aufpassen, das Messer ist …«

»Ich weiß, höllisch scharf, vielen Dank auch, treusorgender Onkel! Nächstes Mal bitte früher kommen mit der Warnung, okay?« Sie lächelte ihn an, um ihren Worten die Schärfe zu nehmen. Sie war es nun einmal gewohnt, jeden Menschen mit Worten wegzubeißen, der in ihren inneren Kreis trat. Und auch jeden, der es irgendwann versuchen könnte, dachte sie, wenn ich ehrlich bin. Ehrlichkeit, auch so eine Angewohnheit!

»Großonkel, wenn schon«, korrigierte Albert sie gutmütig. »Über 17 Ecken herum. Aber was soll man machen, nicht wahr? Familie ist Familie.«

»Und Familie ist alles, ich hab's geschnallt.« Wieder stach sie die Klinge in den Taucheranzug, zog sie durch das zähe Material. »Wie klein muss ich das Ding eigentlich schneiden?«, fragte sie. »Willst du die Stücke mit der Post verschicken?«

»Gerade so klein, dass man nicht erkennt, was es mal

war«, antwortete Albert Schulte. »Die Stücke entsorge ich mit dem Hausmüll. Portionsweise. Die eingeklebte Sauerstoffpatrone und den Schlauch samt Mundstück habe ich gut verstaut. Die kann man bestimmt noch gebrauchen.«

»Onkel Edmund sagte, er hätte ganz schön geschwitzt mit dem Anzug unter seiner Kleidung«, erzählte Olivia. »Der Schweißausbruch kam ihm aber gerade recht für seine Showeinlage. Kleine Herzattacke vorgetäuscht, dem Kommissar das Ruder in die Hand gedrückt, um ihn aus dem Spiel zu nehmen – und dann schwupps! Den eigenen Tod vorgetäuscht. Unter Wasser den Sauerstoff aufgedreht, das Gewicht abgestreift und losgeschwommen, bis zu der Stelle, wo am Ufer der Mietwagen stand. Den du dort platziert hattest. Ganz schön cleveres Manöver.«

»Ganz schön riskant.« Albert schüttelte den Kopf. »Hätte nicht gedacht, dass Edmund so ein Draufgänger ist. Wenn ich das gewusst hätte …«

»Dann hättest du ihn schon früher eingeweiht, ich weiß, hast du schon mal erzählt«, unterbrach Olivia. »Aber du sagtest auch, Großvater hätte das nicht gewollt. So viele Jahre lang hast du dich daran gehalten! Und dann plötzlich setzt du dich über seinen letzten Willen hinweg. Wieso eigentlich? Weil mein Erzeuger nach Jahrzehnten im argentinischen Exil plötzlich wieder in Oldenburg aufgetaucht ist, um nach seinem treuhänderisch verwalteten Nachlass zu sehen?« Sie schnaubte. »Auf- und wieder abgetaucht. So ein Schwein! Glaube mir, ich habe wirklich gründlich in mich hineingehorcht, ob ich nicht doch Trauer um ihn empfinde. Aber da ist nichts, überhaupt nichts.« Nicht einmal Hass, setzte sie in Gedanken hinzu. Dabei war Heino Zander der Mörder ihrer Mutter. Aber er hatte seine Strafe bekommen; das hob ihre Erinnerung an ihn auf eine erstaunlich sachliche Ebene. Über solche Kreaturen hatte sie schon Artikel geschrieben. Die Tatsache, dass sie von einer solchen abstammte, hatte sie noch nicht an sich herangelassen.

Albert Schulte schwieg einige Sekunden lang. »Das erleichtert mich«, sagte er dann. »Aber wäre es anders, und ich hätte es gewusst – es hätte meine Entscheidung nicht beeinflusst. Tut mir leid, aber es ist so. Biologisch mag Heino Zander dein Vater gewesen sein, aber aus Sicht der Familie war er nichts als ein Feind.«

»Sehe ich auch so«, sagte Olivia und drückte Alberts Hand. Als sie sie wieder losließ, hatte sie einen blutigen Abdruck hinterlassen. »Oh«, sagte sie erschrocken, aber dann lachte sie: »Guck mal, Zigeunerblut!«

»Ach, weißt du.« Der Alte wischte seine Hand sorgfältig ab. »Blut wird überschätzt. Klar, unsere Abstammung wird über das Blut definiert. Aber was für Menschen wir sind, ob wir gut sind oder böse, das liegt an etwas anderem.«

Olivia ließ für einen Moment von ihrem Zerstörungswerk ab und schaute ihn an. »Ach ja? Erzähl!«

»Das besorgt der Volksmund«, erwiderte Albert Schulte grinsend. »Du kennst doch den Spruch: ›Das hat einer im Blut‹. Und bestimmt auch diesen: ›Das hat er mit der Muttermilch eingesogen‹. Oder?«

»Klar«, antwortete Olivia. »Du hast das Gendern vergessen, aber darüber reden wir ein anderes Mal. Kenne ich natürlich beide, die Sprüche. Sind ja ziemlich gleich in ihrer Bedeutung.«

»Eben nicht«, widersprach der Alte. »Der eine besagt, dass wir Eigenschaften und Fähigkeiten genetisch vererbt bekommt. Das ist zumindest umstritten. Der andere aber sagt, dass wir Dinge durch unsere Eltern vermittelt bekommen, und zwar von frühester Kindheit an. Dieser Spruch stimmt auf jeden Fall. Dem Vorbild der Eltern eifern wir nach, und was die uns vorleben, das versuchen wir ebenfalls zu erreichen. Jedenfalls bis zur Pubertät, aber bis dahin ist die Prägung in den meisten Fällen bereits erfolgt.«

»Also wieder die Familie«, sagte Olivia. »Scheint so was wie Schicksal zu sein. Glaubst du nicht, dass man sich dem auch entziehen kann? Vorbilder negieren, Charakter und Verhalten ändern? Geht das nicht?«

»Natürlich geht das«, sagte Albert Schulte. »Das muss man nur wollen. Aber die meisten Menschen sind viel zu bequem dazu.«

Ich nicht, dachte Olivia. Schweigend arbeitete sie weiter, bis Edmunds Taucheranzug vollends zerstückelt war. Albert Schulte werkelte derweil in der Garage herum. Olivia hörte, wie er die alte Royal Enfield anließ; den Sound erkannte sie sofort. Inzwischen hatte er jedoch eine neue Bedeutung gewonnen. Als würde man eine Andacht für meinen Großvater halten, dachte sie. Danke, Opa, für alles, auch für das Falsche. Alles für die Familie, alles aus Liebe. Kurz war sie versucht, ihre Hände zu falten, aber dann zuckte sie nur mit den Schultern, stopfte die Anzugteile in einen Müllsack und gab Albert sein Messer zurück.

Anschließend gingen sie gemeinsam in den hinteren Teil des lang gestreckten Gartens, der durch dichtes Buschwerk und Totholzhecken von allen Blicken abgeschirmt war. Hier wuchs ein knorriger Apfelbaum, flankiert von zwei Rosenstöcken. »Dort liegt Siemtje«, sagte Albert leise und zeigte auf ein Rasenstück, das sich in nichts von der Umgebung unterschied. »Dies ist ihr richtiges Grab. Und gleich daneben liegt Erhard. So wollte er es haben. Du kannst jederzeit herkommen und bei deinen Großeltern sein, wenn du möchtest.«

Olivia nickte. Am Grab ihrer Mutter war sie inzwischen schon gewesen. Es war ein Urnengrab auf dem Parkfriedhof im Ortsteil Bümmerstede, nicht weit vom Krematorium, wo der Leichnam nach der Freigabe durch die Staatsanwaltschaft seinerzeit eingeäschert worden war. Unpersönlich, aber immerhin ein Ort, an den man gehen konnte, dachte Olivia und seufzte. Das Verhältnis zu ihrer Mutter begann sich gerade erst zu entwickeln. Unglaublich, aber so war es.

»Am liebsten hätte ich Hendrike auch hierhergeholt«, sagte der Alte, der ihre Gedanken an ihrer Stirn abzulesen schien. »Aber das ging natürlich nicht. Widerspricht der deutschen Friedhofsordnung.«

»Na und?«, fragte Olivia aufmüpfig. »Wäre nicht die erste Ordnungsregel, die du brichst, oder? Warum gehen wir nicht mal nachts hin und holen uns die Urne? Wer sollte uns daran hindern?«

»Nicht ohne Edmunds Einwilligung.« Albert Schulte war anzumerken, dass er diesen Gedanken nicht zum ersten Mal in seinem Kopf bewegte. »Du weißt, er muss sich eine Weile bedeckt halten. Erst mal Gras über die Sache wachsen lassen und gucken, dass wir die Reederei zu einem vernünftigen Preis verkauft bekommen. Nicht, dass wir Geld nötig hätten – es ist genügend da. Ich habe Erhards Depots, jedenfalls die, von denen ich wusste, rechtzeitig ausgeräumt, ehe Georg Zander das tun konnte. Mensch, der hat vielleicht geschäumt deswegen! Einige der Wertsachen habe ich an die früheren Besitzer zurückgegeben, die meisten Gemälde zum Beispiel. Bei Gold und Edelsteinen war mir das aber nicht möglich, also habe ich sie quasi als

Kriegskasse genutzt. Rache hat ihren Preis, man muss sie sich leisten können, verstehst du? Flugtickets nach Surinam zum Beispiel sind teuer. Wer weiß, vielleicht besuchen wir Edmund dort mal.«

»Na gut, dann warten wir eben. Wir haben Zeit.« Eine Weile standen sie Seite an Seite und hingen ihren Gedanken nach. Die Rosen dufteten, Insekten summten, Vögel zwitscherten, die nahe Autobahn brachte sich durch einen dünnen Klangteppich aus Verkehrslärm in Erinnerung.

Irgendwann sagte Albert: »Ich bin dir noch eine Antwort schuldig. Warum ich mich nach all der Zeit über Erhards Willen hinweggesetzt und Edmund informiert, warum ich ihn sogar unterstützt habe. Mit Rat und Tat, wie man so sagt. Nicht zuletzt mit meinem Auto, mit einer Flasche Chloroform und einer Dose Sprühlack.«

»Wieso? Hast du doch gesagt«, wunderte sich Olivia – nicht über Alberts Rolle beim Tathergang, die kannte sie inzwischen. Sondern über seine Frage. »Weil Heino Zander, der Mörder meiner Mutter, plötzlich wieder in Oldenburg aufgetaucht ist. Mit Edmund zusammen konntest du ihn endlich bezahlen lassen für alles, was er meiner Mutter angetan hat. Darum! Du hast ihn aus seiner Wohnung gelockt, ihn betäubt und zu Edmunds Schiff transportiert. Den Rest hat mein Onkel übernommen, während du nach Völlen gedüst bist und eine Lockspur gelegt hast.« Sie fuhr sich mit den Fingern durch die Haare. »Über die Art, wie Edmund mich in die Sache einbezogen hat, würde ich gerne mit ihm reden. Das allein wäre Grund genug für einen Trip nach Surinam.«

»Alles richtig«, sagte Albert Schulte. »Aber es ist nur ein Teil der Antwort.«

»Und was ist der andere Teil?«, fragte Olivia.

»Dass sich unser Land so verändert hat in den letzten Jahren«, erwiderte Albert. »Sie sind wieder da. Ich meine, sie waren nie wirklich weg, aber jetzt ist es anders. Schlimmer. Sie werden wieder dreist, sie treten kackfrech auf, sie tarnen sich als Demokraten, sie verkaufen ihren Terror als Freiheitskampf! Da stehst du daneben und weißt nicht, ob du lachen oder weinen sollst, und musst zusehen, wie immer mehr Leute denen auf den Leim gehen. Sie unterwandern die Institutionen, sie sind schon in der Armee und in der Polizei, in der Feuerwehr, in der Justiz sowieso, da waren sie nie weg, den Burschenschaften sei Dank. Sie beschimpfen jeden, der ihnen widerspricht, als Lügner – und lügen selbst, dass sich die Balken biegen. Es ist derselbe Geist wie damals, nur in neuen Köpfen. Du erinnerst dich? Mit der Muttermilch eingesogen. Da war viel Gift in dieser Milch all die Jahre.«

»Und deshalb hast du Edmund plötzlich alles erzählt? Hast ihn aus seiner gnädigen Unwissenheit herausgerissen?«, fragte Olivia.

»So gnädig war die gar nicht«, widersprach Albert. »Die Ungewissheit hat ihm nämlich sehr zugesetzt all die Jahre. Hat er mir selbst erzählt.«

»Aber dir ist schon klar, dass er heute keinen Menschen auf dem Gewissen hätte, wenn du nicht gewesen wärst?«, hakte sie nach.

Albert musterte Olivia lange und nachdenklich. Er musste hochschauen, um ihr ins Gesicht zu sehen. »Anzunehmen«, antwortete er dann. »Das soll heißen: Ich nehme das an. Diese Rolle nehme ich an. Weißt du, ich spiele sie nicht zum ersten Mal.«

»Nicht zum ersten Mal?« Olivia runzelte die Stirn. »Du meinst die Sache mit Edelgard und Hasko Zander? Hasko, der eigentlich Georg war?«

»Die auch«, antwortete Albert. »Aber nicht nur. Schau ruhig selber nach – du weißt schon, wo. Mein Regal mit den Ordnern, oben, ganz rechts.«

Olivia ging erneut in die Garage. Sie fühlte sich wie betäubt, setzte die Füße voreinander wie eine mechanische Puppe. Die Schreibecke mit den Regalen, die Reihen der Aktenordner mit den archivierten Zeitungsausschnitten. Oben, ganz rechts. Ihre Hände zitterten, als sie den Ordner aufschlug und die aufgeklebten Artikel durchblätterte.

Ein Geschichtslehrer, NPD-Mitglied, beim Basteln unter seinem Auto zerquetscht. Ein Staatsanwalt mit Nazi-Vergangenheit alkoholisiert im knietiefen Flüsschen Haaren ertrunken. Ein Angehöriger der Wehrsportgruppe Hoffmann erhängt im Bloher Forst aufgefunden, mutmaßlicher Suizid wegen seiner Aids-Erkrankung. Gleich mehrere Angehörige verschiedener krimineller Rockerklubs mit rechter Gesinnung, über zwei Jahrzehnte hinweg bei diversen Verkehrsunfällen ums Leben gekommen, meistens ohne Fremdeinwirkung. Olivia schaute hoch, blickte sich in der Werkstatt um, sah die säuberlich aufgereihten Werkzeuge mit anderen Augen. Ebenso wie Albert Schulte, ihren alten Nachbarn und Großonkel.

Sie blätterte ganz ans Ende der Artikelsammlung. Da waren zwei Berichte von ihrem Kollegen Marco Rosenfeld. Der Rocker mit der aufgeschlitzten Kehle und der Neonazi ohne Bremsflüssigkeit. »Das alles warst du«, sagte sie leise. Ich sollte schockiert sein, dachte sie. Aber sie war nicht einmal verwundert.

Albert zuckte mit den Schultern. »Es waren so einige in all den Jahren«, stellte er fest. »Aber glaube mir, die andere Seite liegt immer noch vorn. Um viele Millionen.«

»Und du würdest es wieder tun?«, fragte Olivia.

»Sicher«, erwiderte Albert. »Wenn es sein muss, jederzeit. Und ich denke, es muss sein. Auschwitz schläft nur, also muss ich wach sein. Übrigens könnte ich Hilfe gebrauchen. Edmund ist dabei, sobald es geht. Was sagst du?«

Olivia überlegte lange und gründlich, ehe sie antwortete: »Jederzeit.«

ENDE

DANKSAGUNG UND QUELLEN

Handlung und Personen dieses Romans sind frei erfunden, aber es gibt verbürgte Vorbilder, an denen ich mich orientiert habe. So hat es das Fußballspiel in Oldenburg wirklich gegeben, ebenso wie das in Auschwitz, so unglaublich das klingt. Auch bei anderen Detailschilderungen der Zustände im Zigeunerlager Auschwitz-Birkenau habe ich mich an Zeitzeugenberichten orientiert. Gleiches gilt für die Vorgänge in Oldenburg rund um die Pogromnacht vom 9. auf den 10. November 1938 sowie für die sogenannte Arisierung jüdischen Eigentums.

Es gibt eine große Anzahl Bücher, Filme und anderer Dokumente über die Zeit des Nationalsozialismus, auf die ich mich bei meinen Ausführungen in den entsprechenden Kapiteln stützen konnte. Zwei davon möchte ich hervorheben und den Autorinnen und Autoren sowie ihren Mitarbeitenden und Verlegern meinen herzlichen Dank aussprechen:

Walter Stanoski Winter: *WinterZeit. Erinnerungen eines deutschen Sinto, der Auschwitz überlebt hat.* Herausgegeben von Thomas W. Neumann und Michael Zimmermann. Ergebnisse Verlag, Hamburg 1999.

Ein offenes Geheimnis. »Arisierung« in Alltag und Wirtschaft in Oldenburg zwischen 1933 und 1945. Katalog der Ausstellung. MitarbeiterInnen der Ausstellung und Redaktion: Jan Beckmann, Anke Egblomassé, Mathias Krispin, Juliane Litsch-Landfried, Patricia Mühr, Melanie Pust, Margarete Rosenbohm-Plate, Katrin Sauer, Tanja Schäfer und Ronald Sperling. Isensee Verlag, Oldenburg 2001.

Hauptkommissar Stahnke ermittelt:

GMEINER SPANNUNG

WWW.GMEINER-VERLAG.DE
Wir machen's spannend